Biblioteca

Melody Thomas

Melody Thomas

ÁNGEL DEL PECADO

Traducción de

Gema Moral

CISNE

Título original: *Angel in My Bed*

Primera edición en Debolsillo: marzo, 2011

Printed in Spain – Impreso en España

ISBN: 978-84-9908-795-5 (vol. 77/4)
Depósito legal: B-2797-2011

Compuesto en Revertext, S. L.

Impreso en Novoprint, S. A.
Energia, 53. Sant Andreu de la Barca (Barcelona)

M 887955

Para mi maravillosa madre, Faye Joann.
Te quiero.

1

Inglaterra, otoño de 1873

David Donally entró en la Taberna del Jabalí acompañado por una ráfaga de viento cortante y con la capa ondeando en torno a sus piernas entre un susurro de hojas muertas. El tiempo era helado y tan imprevisible como su estado de ánimo. Permaneció como una sombra al resguardo del arco de la entrada a la taberna. Su imponente estatura le permitía inspeccionar la sala llena del humo que desprendía el asado de cerdo que chisporroteaba sobre el hogar de piedra. Notó sobre él la mirada de los clientes y dejó que lo estudiaran a placer, consciente de que la mayor parte de ellos sopesaban cuánto dinero debía de llevar encima.

Su larga capa ocultaba los pantalones, la camisa y las botas de montar, todo ello de color negro. La capucha le tapaba la cabeza y el rostro, y la barba hacía imposible distinguir sus facciones. Una sonrisa cínica alteró la línea de su boca mientras su mirada recorría el local en que, según los rumores, se daba de comer a asesinos, contrabandistas y ladrones. Llevaba un estilete sujeto a la pantorrilla bajo la bota, y un alfanje al costado, unas armas que no eran más que una prolongación de su peligroso genio.

Esa noche, él era el cazador.

Y desde luego que cazaría.

—¿Qué se le ofrece, señor? —Una ramera de pelo claro deslizó una uña sobre su barba antes de que él sujetara su frágil muñeca con una mano enguantada de negro. La mujer frunció su bonita boca en un mohín y se pegó contra él—. Seré todo lo que le apetezca esta noche.

—Señálame a Stillings —dijo él, haciendo patente su indiferencia al volverse de nuevo hacia los clientes que llenaban la taberna—. Creo que está aquí.

—¿Ha venido para hacer negocios? —La mujer sacudió su espesa melena, pues los oscuros ojos de David habían vuelto a posarse en ella; esta vez no los apartó. En la mirada de la ramera, la lujuria pareció ceder el terreno a la cautela. Con un movimiento de cabeza señaló a un hombre que observaba a David desde un rincón, y se encogió de hombros—. Lo mismo le daría arrojarlo al río que hacer negocios con usted.

David sonrió torvamente bajo su capucha y, poniendo media corona en su mano, se le acercó al oído.

—Lo tomaré como una advertencia que agradezco —dijo, con un leve acento irlandés.

Ella fijó en él sus azules ojos.

—Por si necesita una salida rápida, hay una puerta al fondo de ese pasillo.

David observó el oscuro corredor y asintió. La mujer chilló cuando alguien le rodeó las caderas con un brazo desde detrás y tiró de ella hacia una mesa cercana. David observó a dos hombres que se peleaban por ella; luego, se abrió paso entre los mugrientos cuerpos en dirección a la pared del fondo. El hedor impregnaba cada bocanada de aire que llenaba sus pulmones. Hizo una mueca de asco. Había acudido a aquel pueblo a orillas del río Cuckmere con un propósito, y le impresionaba tan poco la fanfarrona demostración de fuerza de los parroquianos como la depravación de sus hábitos nocturnos.

Stillings sorbió la espuma de su cerveza y lo observó mientras se acercaba, como un militar que presintiera la llegada de un nuevo enemigo a sus puertas. Stillings llevaba un chaleco de piel sobre una camisa de lana azul con el cuello desabrochado.

De no ser por los ojos entrecerrados que escrutaban a David, cualquier estúpido insensato habría creído que su rostro era de lo más amigable.

David se detuvo junto a la mesa, tapando la luz con su cuerpo y obligando al hombre a alzar el rostro hacia él.

—Stillings, supongo —dijo, sin tenderle la mano.

—Largo de aquí, Franks —soltó Stillings al hombre que se estaba sentado a su lado, clavándole la punta de una bota que parecía bastante cara—. ¿No ves que tenemos entre nosotros a un distinguido invitado?

David aceptó la silla que le ofrecía y se sentó con la espalda contra la pared revestida de madera.

—Soy el sheriff* —se presentó Stillings, inclinándose hacia delante con los codos apoyados en la mesa—. Nombrado por el muy noble Nellis Munro en persona, magistrado y protector de estas humildes tierras. Él es el dueño de la mayor parte de ellas. O está a punto de serlo. —Con un chasquido de los dedos, Stillings hizo acudir a una atribulada moza de taberna.

—¿Qué desea el señor?

David expresó la necesidad de lavarse para quitarse de encima el hedor de aquel lugar, pero después suavizó su siguiente afirmación con una sonrisa.

—Creo que tenemos asuntos que atender —dijo—. Cuanto antes acabemos, antes podré atender mis deseos.

—Naturalmente —acató Stillings, despidiendo a la moza—. Pero un hombre como usted no duraría ni cinco minutos en este pueblo.

Con una afable sonrisa que esbozó lentamente, David se fijó en los hombres de Stillings que se movían por el local. Aunque su rostro siguió totalmente inexpresivo tuvo la clara sensación de que el sheriff esperaba que se asustara.

—¿Y eso por qué?

—Porque es un lugar peligroso para los forasteros —contestó el hombre retadoramente con aire divertido.

* En Inglaterra y Gales, se trata del representante de la Corona. *(N. de la T.)*

Solo por una cosa David había abandonado su retiro, su aislamiento, y había regresado a Inglaterra.

Sacó una bolsa de terciopelo rojo que ocultaba bajo la capa. Aflojó el cordel y dejó caer el dije sobre la mesa. Un pendiente con diamantes y un rubí rojo como la sangre rodó hasta el círculo de la luz dorada de la vela. La luz que se reflejó en sus gemas brillantes fue una invitación a todos los ojos avariciosos de la taberna a fijar la vista en ellas.

—He seguido el rastro de este pendiente hasta aquí —explicó David—. Estoy dispuesto a pagar una buena suma por el collar que hace juego con esta baratija.

—Discúlpeme. —Stillings se rascó el mentón—. ¿De dónde dice que es usted?

—El prestamista que tenía en su poder este pendiente me envió aquí. —David se inclinó, apartándose de la luz de la vela, y rodeó el mango del estilete con su mano enguantada—. Dijo que hacía negocios por los alrededores de Alfriston y que si alguien sabía algo sobre el anterior dueño de la baratija, ese sería usted.

—Ah, ¿sí? —El sheriff cruzó los fornidos brazos sobre el pecho—. ¿Y por qué iba yo a saber semejante cosa?

—Usted es el sheriff. Debió de suponer que conoce a todo el mundo por esta zona. Este pendiente en particular procedía del botín de un robo sin resolver que se produjo en la India hace unos cuantos años.

—¿En la India? —Stillings miró a David. En sus ojos castaños asomaba un nuevo interés—. No digo que sepa que el pendiente tiene un collar a juego —aclaró por miedo a que David confundiera su codicia con otra cosa—. Pero me gustaría saber cómo es que conoce usted su existencia, si no le molesta que se lo pregunte.

—Vamos, sheriff —replicó David dirigiéndose a él con cierta ligereza—. ¿Qué más da cómo me haya enterado? Estoy dispuesto a pagar por el objeto en cuestión. Mil libras, para ser exactos —añadió, consciente de que muchos hombres venderían a su familia por semejante suma—. La gente para la que trabajo está dispuesta a ofrecer una parte de los beneficios a cualquiera que nos ayude a encontrar el collar.

—¿Mil libras, dice? —preguntó Stillings con mirada penetrante.

En realidad, se consideraba que el collar no tenía precio, pues formaba parte de una serie de objetos robados del tesoro real de Calcuta hacía una década. Un robo que a David le había costado la vida de un amigo y su propia alma. Nadie sabía por qué había aparecido un único pendiente después de tantos años. Nueve años atrás, se creía que el botín viajaba a bordo de un barco de vapor que se había hundido frente a la costa de Bombay, junto con todos los que viajaban en él.

—¿Un robo, dice? —El corpulento sheriff se rascó la afeitada barbilla con un dedo—. Tal vez no sea el collar lo que busca. Tal vez sea usted un ladrón que va en busca de otro ladrón que tiene algo que quiere —dijo, antes de fijar finalmente toda su atención en el pendiente de rubí y diamantes que brillaba sobre la mesa—. Si este pendiente es una muestra del valor del collar, me parece que ese collar vale mucho más de lo que usted dice. —Stillings alargó una mano enguantada para apoderarse del pendiente.

David clavó el estilete en la mesa de caballete justo delante de la mano. El sheriff la retiró sobresaltado.

—Este pendiente me pertenece, sheriff.

Stillings entornó los ojos como si hubiera cometido un error al subestimar a David.

—¿Cuestiona usted mi autoridad para investigar este asunto legalmente?

—Vamos, Stillings. —El tono y la sonrisa de David denotaban las escasas posibilidades de que fuera apresado—. No pretenderá arrebatarme lo que es mío. Le he ofrecido pagarle bien por la información que preciso.

La boca de Stillings se curvó en una sonrisa de suficiencia, al tiempo que se ponía en pie.

—Ya veo que tenemos un problema.

—Entonces tenemos algo en común.

—¡Apresadlo! —gritó el sheriff.

David metió las manos bajo la mesa y la volcó bruscamente. Tazones, platos y cubiertos cayeron al suelo de tablas, salpicando a los desprevenidos parroquianos. En el mismo movimiento, se puso en pie y saltó encima de otra mesa. Arrojó al aire un puñado de monedas y se echó la capa hacia atrás dejando al descubierto la espada del costado.

—Será en otra ocasión, sheriff.

Hombres y mozas de taberna se arrojaron al suelo para hacerse con los chelines en medio de un estrépito de gritos y entrechocar de dientes y extremidades.

—¡No le dejéis escapar, idiotas! —resonó una voz.

David saltó sobre otra mesa y la recorrió hasta la otra punta, apartando platos de madera y tazones con los pies. Se oyeron gritos de más hombres que se unían a la refriega. Se escuchó ruido de cristales, un banco volcó. David saltó a otra mesa, se volvió para comprobar la situación del sheriff y lo vio forcejeando con una maraña de extremidades; escapó por los pelos de un puñetazo cuando se lanzó a por el pendiente que David había dejado sobre la mesa.

Con la capucha caída sobre los hombros, David saltó a un banco antes de poner los pies en el suelo, salir por la puerta a grandes zancadas y adentrarse en la fría noche iluminada por la luna.

2

—Aquí fuera está helando.

Victoria Munro depositó una caja de tarros de mermelada en el carro y se volvió al oír la voz de su hijastra. Bethany, de diecisiete años, se había plantado bajo la luz de la luna con los brazos cruzados sobre el pecho. Tan solo se llevaban once años, por lo que siempre habían parecido más hermanas que madrastra e hijastra.

Una solitaria lámpara colocada en el umbral de la puerta del establo arrojaba su luz sobre la bata blanca de Bethany.

—¿Qué haces a estas horas y en una noche como esta? —refunfuñó.

—Ayudaremos a tu abuelo a entregar todo esto a sus pacientes mañana. —El cristal tintineó cuando Victoria depositó una segunda caja en el carro—. Desde que enfermó no puede...

—El primo Nellis ha vuelto esta noche. Te he visto discutir con él en el jardín —dijo Bethany, y corrió hacia Victoria para rodearla con los brazos—. Ese hombre horrible hará que nos echen de nuestras tierras, ¿verdad? Y *peepaw** no puede hacer nada.

Como pariente varón más cercano de sir Henry, Nellis que-

* Apelativo infantil y cariñoso para los abuelos, utilizado particularmente en el sur de Inglaterra. *(N. de la T.)*

ría que se declarara incapacitado al abuelo de Bethany, lo cual sin duda acabaría ocurriendo si la enfermedad de sir Henry lo debilitaba aún más. Victoria lucharía con todas sus fuerzas contra ese ladrón escurridizo que era su sobrino; no estaba dispuesta a cruzarse de brazos y ver cómo Nellis se convertía en el benefactor de la familia y se apoderaba de sus propiedades.

Victoria cubrió el carro con una lona y se inclinó para asegurar los cierres. Confiaba en que sobrevivirían al invierno y seguirían teniendo un techo sobre la cabeza al llegar la primavera, a pesar de las maquinaciones ilegales de Nellis, pero no estaba tan convencida de conseguirlo al año siguiente.

—Esa pugna que te traes con Nellis es peligrosa, Victoria. Cada vez se muestra más insistente en sus deseos. ¿Cómo es que no tienes miedo?

—Bethany... —Con diecisiete años, su hijastra era demasiado ingenua para comprender la auténtica maldad. Pero Victoria no era ni tan joven ni tan ingenua, y conocía la maldad demasiado bien. Sabía cómo manejar a Nellis, se dijo a sí misma—. ¿Preferirías que nos rindiéramos?

Bethany se metió un mechón de pelo detrás de la oreja y volvió la cara. Un aterciopelado dosel de estrellas cubría los campos. El columpio del árbol crujió a su espalda, movido por la fuerte brisa otoñal.

—Es solo que... me da miedo cuando te peleas con Nellis de esa manera. Ahora ya no le importa si te casas con él o no. Lo que quiere es esta finca.

—Tu primo no es un buen hombre, Bethany. Tanto tu abuelo como yo lucharemos hasta el final antes que cederle nada, y mucho menos la finca. Además, aunque quisiera casarme, no podría.

—¿Porque no le amas?

Victoria ató las cintas de la lona distraídamente a las anillas de hierro de los costados del carro. La capa que llevaba apenas la protegía del frío.

El traslado de Rose Briar al antiguo pabellón de caza que había colina abajo debería haber demostrado a Nellis que Victoria no iba a ceder, que no podía ceder. Pero, en los últimos meses, Nellis se había vuelto cada vez más detestablemente persistente, y Victoria no comprendía por qué. Había logrado salvar el pedazo de tierra sobre el que se asentaba la casita con los ingresos que sir Henry y ella obtenían de la práctica médica, pero no iban a poder salvar la casa solariega que se alzaba sobre el cerro, ni las ciento veinte hectáreas de tierra de labranza de la finca. Nellis lo había puesto ya todo a subasta por impago de impuestos. Nadie se atrevería a comprar la propiedad por miedo a las represalias y Nellis se lo quedaría todo a cambio de una miseria. Unas semanas más y sería el dueño de todo menos de la casita. Después, pediría la tutela del hijo de Victoria.

—Ven —pidió Victoria—. Ayúdame a atar la lona. Durante las próximas semanas, mientras Nathanial siga en Salehurst con tus primos, tú y yo estaremos demasiado ocupadas para preocuparnos por cualquier otra cosa.

—Oh, mira. —La joven señaló el cielo con uno de sus finos dedos—. Una estrella fugaz. ¿La has visto? Pide un deseo, deprisa.

Victoria paseó la mirada por los árboles y la tierra que había sido su hogar durante los últimos nueve años. Cerró los ojos y pidió un deseo antes de que la estrella fugaz se apagara. Las personas que más le importaban vivían allí. Pidió un milagro que la ayudara a vencer a Nellis, y descubrió que estaba dispuesta a hacer tratos con el mismísimo diablo.

Un gato negro se encaramó al carro de un salto y Victoria cogió en brazos al felino, que ronroneó.

—¿Dónde estabas, Zeus? —Besuqueó al gato—. ¿No sabes que es peligroso andar por ahí fuera de noche? En nuestro establo vive una lechuza. Nathanial no me lo perdonaría jamás si permitiera que te comiese.

Echaba de menos a su hijo. Llevaba fuera desde el inicio de la cosecha del lúpulo en septiembre. Era el primer año que le daba permiso para ausentarse, y se debía a que uno de sus mejores amigos se había trasladado a Salehurst el año anterior. Al fin y al cabo, Nathanial tenía casi diez años, una edad a la cual a muchos de sus amigos los enviaban ya a internados.

—Victoria... —dijo Bethany a su espalda en voz baja—. Se acercan unos jinetes.

—Métete en casa —le ordenó ella al ver que un grupo de jinetes de oscuros ropajes coronaba la cima de la colina que se hallaba a cincuenta metros de la casa.

—Pero ¿a qué vienen? —susurró Bethany—. Hay luna llena esta noche. Los contrabandistas no...

—He dicho que entres en casa, Bethany. —Victoria seguía sosteniendo al gato en brazos. No había ningún motivo para que el sheriff Stillings los visitara esa noche. Se preguntó qué infortunado suceso podía llevarlo hasta allí—. Procura que sir Henry no se despierte.

Su hijastra dio media vuelta y echó a correr por el patio hacia la casa en medio de una nube de tela blanca. Altos robles flanqueaban el sendero que llegaba hasta la casa. Victoria acarició con la mirada las copas que la luz plateada volvía fantasmagóricas al filtrarse a través de sus ramas. Le pareció extraño que aquella gente anduviera vagando por los bosques en una noche tan fría cuando podían hallar calor y diversión fácilmente en el pueblo.

Un jinete se separó del grupo. El sheriff Stillings se dirigió hacia ella y detuvo a su enorme caballo justo antes de que se le echara encima. La gravilla que salió despedida provocó la asustada reacción del gato que llevaba en brazos.

—Vaya, si es la señora médico que sale a darme la bienvenida. —Stillings rió entre dientes—. No irá a poner candados en sus establos otra vez, ¿verdad?

Enfurecida por el acoso al que estaba siendo sometida, Victoria dejó escapar al asustado gato, que salió disparado entre las piernas del caballo castrado. Sobresaltado, el animal se hizo a un lado y se encabritó, mientras el jinete trataba de apaciguarlo. Rápido como un rayo, el gato se encaramó al árbol más cercano; las nerviosas cabriolas del caballo estuvieron a punto de derribar al jinete.

—¡Por todos los infiernos!

Al apartarse el sombrero de los ojos, el sheriff se encontró con la pistola de cañón corto y gran calibre con la que Victoria le apuntaba al corazón.

—Tenga cuidado, Tommy Stillings. —Era más alta que la mayoría de los hombres y una tiradora de primera—. No querría confundirlo con un intruso y dispararle accidentalmente. —Victoria bajó el arma para apuntar a la preciada zona entre sus piernas.

Conocía a Stillings desde que vivía en Inglaterra, hacía nueve años. También conocía a los hombres que cabalgaban con él y sabía de lo que eran capaces. Seis meses atrás habían empezado a utilizar los caballos de Victoria para sacar del río sus alijos y transportarlos solo Dios sabía dónde. La yegua pintada de Bethany se había herido por el camino; tal vez tendría que sacrificarla.

—En cuanto a usar los caballos de mi establo, le aseguro que no volverá a hacerlo.

—Maldita sea, milady. —Dándose un golpe con el sombrero en el muslo, el sheriff miró en todas las direcciones como si esperara encontrar un ejército oculto entre los arbustos. Luego se volvió para fulminar con la mirada a sus hombres cuando alguien soltó una risita.

—Estoy sola —dijo burlonamente Victoria—. Al contrario que algunos, no necesito que otros peleen por mí.

Los dientes de Stillings brillaron en la oscuridad.

—Eso es lo que me gusta de usted, lady Munro: que no es una cobarde llorona. Debe de ser porque pasó buena parte de su vida entre los nativos de Calcuta. Siendo una inocente huérfana además. —Arrojó algo a los pies de Victoria—. Recójalo —pidió—. Y también puede guardar esa pistola. Si quisiera atacarla, ya la habría derribado con el caballo.

A regañadientes, Victoria desvió la mirada hacia el objeto. El mundo se paralizó a su alrededor.

—¿Reconoce esa baratija?

Victoria se arrodilló con el pulso acelerado. El pelo que le cayó hacia delante y rozó el suelo, ocultó su cara mientras recogía el pendiente. Presa del pánico, dirigió la mirada hacia la colina por la que habían aparecido el sheriff y sus compinches.

—Me han contado que hay un collar a juego con ese pendiente —dijo Stillings, obligando a Victoria a fijar de nuevo la vista en él—. ¿Existe ese collar?

—¿Quién le ha dado esto?

Montado, el sheriff se inclinó hacia delante; al hacerlo, sus botas enfangadas crujieron.

—Hemos tenido un visitante esta noche en la Taberna del Jabalí. Y me parece que le interesa echarle el guante a algo más que a un collar caro.

—Váyase. —Victoria le arrojó el pendiente—. Y llévese esto. ¿No cree que si tuviera ese collar, ya lo habría utilizado para pagar los impuestos sobre la finca de sir Henry?

La cínica sonrisa de Stillings no contribuyó demasiado a alimentar la esperanza de que la creyera. El sheriff contempló la casita con expresión pensativa.

—Teniendo en cuenta que en una ocasión usted me salvó la vida, podría ocuparme de ese forastero por usted. Soy un hombre al que le gusta pagar sus deudas.

—Tiene un extraño sentido del honor para ser un contrabandista asesino, Tommy Stillings.

—Sus palabras me ofenden. —Se echó a reír por lo bajo—. Sobre todo teniendo en cuenta que acabo de ofrecerle mis servicios.

—Un ofrecimiento que sin duda incluiría el asesinato.

—Tal vez, pero piense una cosa, doctora. El visitante de esta noche me ha dejado esta baratija a propósito. Si yo fuera el dueño del pendiente, me estaría preguntando quién, por estos andurriales, podría protegerme de él.

Stillings espoleó a su caballo y volvió junto al resto de los jinetes. Luego se alejaron al galope por el largo sendero, dejando una estela de polvo. Victoria no se movió, trató de mantenerse firme frente al frío y al terror que le helaban la sangre. Apretó la pistola con fuerza.

Zeus maulló y la sacó de su parálisis. Victoria se arrodilló, llamó al gato y vio con alivio que aparecía trotando por el sendero y saltaba a sus brazos. Una lechuza bajó en picado desde las altas ramas de un roble y se dirigió al establo con las alas desplegadas.

—Tranquilo —musitó en el cuello del animal, saliendo del sendero para sumergirse en las sombras—. No pasa nada.

Pero mientras miraba cómo la lechuza cruzaba el patio, abrazó al gato contra su pecho; sabía que las palabras con las que intentaba tranquilizarlo eran mentira. Lo que llevaba tanto tiempo temiendo había sucedido al fin.

Alguien la había encontrado.

3

Mientras ascendía por la colina montada en la yegua, Victoria respiró hondo y volvió la vista hacia el pabellón de caza. Había conseguido salir de la casa a hurtadillas y ensillar la yegua con relativo sigilo. Montó, preocupada por si el crujido del cuero hacía salir a algún sirviente. Conteniendo el miedo, hizo girar a la yegua y se adentró en la noche, colina arriba. Cinco minutos después viró por un sendero y cambió de dirección al llegar al angosto atajo que conducía a través del bosque a la casa solariega del cerro.

Había ocultado su larga melena negra bajo un sombrero viejo, calado hasta los ojos para protegerlos de la gélida temperatura. Las ramas le rasgaban las mangas. Inclinándose sobre el cuello de su montura, se abrió paso entre los árboles. Unos pantalones de lana y unos gruesos calcetines bajo las botas le protegían las piernas y los pies, pero no llevaba nada que le protegiera el rostro del intenso frío otoñal. Se subió el cuello del abrigo y se lo ajustó.

El pánico la había impulsado a entrar corriendo en casa para cambiarse de ropa. Y el pánico la espoleaba también ahora. Quince minutos más tarde vislumbró la silueta de la torre de piedra del siglo XVI que se alzaba sobre los restos de una iglesia con entramado de madera. Se hallaba junto al cementerio donde sir Henry había enterrado a su único hijo, el padre de Bethany, cuando su cadáver llegó en barco desde la India hacía nueve años. El antiguo cementerio había albergado en otro tiempo a las familias que vivían en las tierras de los Munro y las trabajaban. Un incendio había arrasado la iglesia cinco años atrás. Pocos se aventuraban por allí ahora, excepto algún que otro holgazán y un solitario encargado.

Victoria se detuvo bajo el arco de hierro de la entrada al cementerio, se dejó impregnar por el silencio del lugar y trató de reprimir el pánico. Después de que Stillings se hubo marchado, había esperado dentro de la casa, observando el patio y la carretera desde la ventana de su dormitorio, escudriñando las sombras de la noche, vigilando por si había alguien fuera. Había esperado a que todos se acostaran para salir.

Quería creer que la aparición del pendiente no había sido más que una increíble casualidad, pero alguien conocía la existencia del collar robado. Alguien se había presentado en el pueblo buscándola a ella. Al ver el pendiente, su primer impulso, motivado por el terror, había sido ir en busca de su hijo y huir con él de Inglaterra.

Pero no podía abandonar a sir Henry y a Bethany, ni tampoco la vida que había construido para ella y para su hijo a lo largo de los años, la única vida y la única familia que Nathanial conocía.

La niebla cubría el suelo flotando como un hálito espectral sobre las piedras viejas y musgosas, ocultando sus secretos eternos. Espoleó a la yegua y dio la vuelta al perímetro del cementerio, pero no se veía el suelo, por lo que no pudo descubrir si alguien había rondado por allí recientemente.

Se levantó de la silla para desmontar, pero en ese momento la yegua irguió las orejas y Victoria se quedó inmóvil. Volvió la cabeza rápidamente para escudriñar el oscuro sendero por el que acababa de llegar. El corazón le latía con fuerza en el pecho, pero no se distinguió ningún otro sonido. Aun así, sacó el viejo revólver de sir Henry de la alforja.

¿Cuánto tiempo hacía desde la última vez que había salido en plena noche con la intención de matar a un hombre? Temblando de frío y de temor, se alejó a caballo de la verja de hierro para adentrarse entre los árboles del cementerio. La tensión vibraba en el aire nocturno, se cernía sobre el cementerio moviéndose como la niebla, envolviéndola poco a poco.

Victoria se quedó completamente inmóvil, angustiada por algo que no podía explicar. Alguien la había seguido. Alguien a quien no veía, pero a quien percibía con su instinto.

—¿Quién eres? —gritó.

Al mirar hacia su derecha, donde se iniciaba el sendero que salía del cementerio, vio a un jinete que emergía de entre las sombras; obligó al caballo a adentrarse aún más en el bosquecillo. Bajo la luz de la luna llena, el jinete era una silueta recortada en el cielo.

—Debería ser yo quien te hiciera esa pregunta, Meg. —La voz, inquietante y evocadora, llegaba desde el otro lado del cementerio, desde un pasado alejado diez años en el tiempo y un mundo que había dejado a seis mil quinientos kilómetros de distancia. Ante esa revelación, sintió una opresión en el pecho y un miedo aún mayor que el que había sentido al marcharse Stillings.

—¿O debería llamarte lady Munro? —preguntó el jinete. A Victoria no se le escapó el sentido de sus palabras—. Pero, claro, ¿qué más da ser adúltera cuando se es además una artista del timo, una ladrona y una asesina?

—¡Vete, David! —Victoria siguió adentrándose más y más en el bosquecillo, con el corazón en la garganta—. Lo digo en serio. Vete.

Una ráfaga de viento ahuecó la capa del jinete, dándole el aspecto de las alas desplegadas de un halcón; el caballo negro que montaba hizo unas cabriolas de lado, lo que permitió a Victoria tener una visión completa de montura y jinete. Durante unos aterradores instantes, Victoria creyó que aquella aparición iba a echar a volar.

—No puedo, Meg —respondió él desde las sombras—. Lo sabes tan bien como yo.

Victoria azuzó al caballo con las riendas y le clavó las espuelas en los costados. El caballo salió del bosquecillo y saltó la pequeña cerca que bordeaba el cementerio lleno de hierbajos. Ella se agachó al llegar a una rama baja justo cuando David surgía de entre los árboles al pie de la loma y le cerraba el paso.

Sin la menor vacilación, Victoria hizo dar media vuelta a la yegua y se dirigió hacia otro sendero. No quería tomar el camino del cerro, pero estaba dispuesta a ir a cualquier lugar con tal de que no la alcanzara.

El caballo entró en el campo que separaba el cementerio de la empinada cuesta del cerro y se lanzó al galope. Victoria se agachó sobre el cuello del animal, espoleando a la yegua para atravesar el campo y correr cuesta arriba. Cuando llegó a lo alto tiró de las riendas para que aflojara el paso. Pero la yegua iba a demasiada velocidad, por lo que bajó a trompicones por la colina; sin embargo, como buen ejemplar de robusta raza irlandesa, consiguió recobrar el equilibrio. La luna que se filtraba a través de las copas iluminaba el camino entre los árboles. Victoria siguió la vieja senda de los arrieros que bajaba serpenteando. Las ramas le rasgaban el sombrero y la ropa. A pesar de la fuerza de sus latidos, oyó los cascos del caballo de David que se acercaban. Luego, igual que la lechuza que pretendía devorar a Zeus, David apareció a su lado en el sendero como una enorme sombra alada en la noche.

Los caballos chocaron entre sí. Un grito se ahogó en el pecho de Victoria cuando David la agarró. Bordeado a un lado por la maleza y abierto al río de lento caudal por el otro, el sendero se estrechaba al acercarse a una colina que bajaba a pico quince metros hasta la orilla del agua.

David no había calculado bien la fuerza de Victoria. O su desesperación.

Frenó el caballo, que resbaló sobre las hojas, y recibió un codazo en las costillas; Victoria siguió chillando y pataleando hasta que le golpeó en la boca con la cabeza. Entonces David la agarró por la muñeca.

Antes de que David se diera cuenta de lo que ella llevaba en la mano, una bala le pasó rozando la mejilla y lo dejó medio sordo. Aterrorizados, ambos caballos se encabritaron y David cayó hacia atrás rodeando aún a Victoria con los brazos.

David se golpeó contra el suelo y soltó un juramento. Ambos cayeron rodando cuesta abajo sobre las hojas secas, hasta que se detuvieron por fin en un confuso montón de ropa polvorienta y extremidades entrelazadas.

Sin saber cómo, Victoria acabó sentada a horcajadas sobre las caderas de David.

—¡Canalla! ¿Por qué no podías dejar que siguiera muerta?

Sus negros cabellos se desparramaron sobre David como una fragante malla que olía a vainilla. Durante unos instantes, demasiado aturdido por sus emociones para repeler el ataque, David no vio el puño que se cernía sobre él. Lo esquivó a duras penas y rodó sobre ella. Victoria forcejeó, tratando de zafarse. David notó la evocadora rotundidad de su cuerpo suave contra el suyo mientras rodaban juntos unos metros más. Durante la refriega, se le levantó la falda a Victoria y su pelo quedó atrapado debajo de las nalgas de David. Victoria tosió, medio asfixiada.

—¡Quítate de encima!

David la aprisionaba con su cuerpo entre las piernas de ella. La agarró por las muñecas y las inmovilizó contra el suelo a ambos lados de su cabeza, que ella no dejaba de mover de un lado a otro. David le aplastaba los senos con el pecho y notaba cómo el corazón de Victoria latía desbocado. El forcejeo de ella hizo reaccionar a David. Su mirada se posó primero en la curva de sus labios y luego en su rostro encendido; de repente, observó con agrado la duda que vio surgir en los ojos de ella.

—Dime, Meg. —Notó el sabor de la sangre que manaba de un corte que tenía en el labio y la escupió a un lado—. ¿Por qué debería querer hacerlo?

David se moría de ganas de tocarla, de rodearle el cuello con las manos y estrangularla. Una enemiga hermosa era el más mortífero de los enemigos, como ella le había demostrado hacía mucho tiempo. Durante nueve años, la había dado por muerta. Durante nueve malditos años había estado desaparecida.

Victoria había logrado burlar a uno de los países más poderosos de la tierra, y ahora David tenía que hacer un gran esfuerzo para luchar contra el interés que despertaba en él. Había buscado a la dueña del pendiente con implacable determinación, pero ahora, al descubrir que estaba viva, su voluntad se tambaleaba.

—Qué apropiado que volvamos a encontrarnos junto a un cementerio —dijo David, y deslizó las manos por la cintura y las piernas de Victoria para comprobar si llevaba más armas—. Claro que, ¿qué se supone que hay que decir en una ocasión como esta? «Hola, Meg. ¿Qué tal estás después de tantos años? Me alegro mucho de ver que no te ahogaste.» O quizá tú podrías decir: «Dios santo, David. Te di por muerto cuando te dejé en Calcuta».

Victoria lo fulminó con una mirada en la que brillaban la ira y el desconcierto. Estaba muy hermosa bajo la luz de la luna, cuyo brillo realzaba la tonalidad violeta de sus ojos.

—¿Qué? —preguntó él con voz ronca por la furia a duras penas reprimida—. ¿No tienes nada que decir antes de que te lleve a la prisión donde tan merecidamente te colgarán?

—Estás loco, David Donally. ¡Quítate de encima! —chilló ella.

—Al contrario. —Le cubrió la boca con la mano enguantada y la obligó a mirarlo—. Estoy más cuerdo de lo que he estado nunca teniéndote al lado. Pero supongo que estarás de acuerdo conmigo, teniendo en cuenta quiénes residen en estos bosques, si te aconsejo que dejes de hacer tanto ruido.

—Tú eres el único que corre peligro aquí —replicó ella con ojos centelleantes.

David sonrió al comprender la amenaza.

—¿Por ti? ¿O por esa banda de rufianes a los que tan bien conoces? ¿Son ellos los que te han hecho compañía durante estos nueve malditos años, Meg? ¿Por qué no me sorprende?

El acento irlandés de su voz pareció alertar a Victoria sobre la amenaza que se percibía en el tono.

—¿Así que vas a arrojarme por un precipicio? —Victoria

renovó su forcejeo, debatiéndose en vano—. Quítate de encima, bastardo.

—¿Qué hacías en ese cementerio?

—No estaba en el cementerio —respondió con voz jadeante—. Iba de camino a la casa del cerro cuando te he oído llegar... y me he ocultado.

—Entonces, has salido para dar un paseo a caballo de noche, antes de que los caminos se llenen de gente, ¿no es cierto?

—No tengo por qué explicarte lo que hago. Si no me equivoco, estas tierras son propiedad privada. La familia de mi marido vive aquí.

—Si no me equivoco —replicó él junto a sus labios—, la familia a la que pertenecen estas tierras sobre las que yacemos ahora tan amorosamente entrelazados no se apellida Faraday. Y el único marido al que sigues unida legalmente está justo encima de ti. A menos que consideres que el certificado de defunción que tengo en mi poder es un contrato de divorcio.

Victoria dejó de resistirse. Se le había roto la manga, dejando al aire su blanco hombro. No lloró; claro que jamás lo habría hecho en su presencia. No, su orgullosa mujer, tentadora y traicionera, pero magnífica a pesar de las ropas rasgadas y de ir despeinada, jamás habría llorado.

—¿Quieres dejar que me levante? —pidió ella entre dientes—. Me estás... aplastando.

David vaciló antes de apartarse. En sus oídos resonaba aún el disparo. Apoyó el codo en la rodilla doblada y buscó con la mirada el revólver. Meg se levantó como si eso hiciera su situación menos precaria, o como si así estuviera más segura.

David se palpó el labio inferior con un nudillo, mirándola de arriba abajo. Victoria tenía aún la respiración jadeante y se le veían los pechos bajo el encaje de la camisa. Siguiendo la mirada de David hasta el escote, Victoria se cerró la camisa de golpe y le dio la espalda.

—No querría que sufrieras daño alguno. —A David le divirtió ver aquella muestra de pudor en alguien que jamás había demostrado tenerlo—. ¿Estás bien?

Victoria se volvió y observó su labio hinchado.

—Puestos a pensarlo, yo diría que por ahora tú has obtenido mayor provecho de esta cita que yo. ¿No estás de acuerdo, Donally?

—¿Esta es tu idea de una cita? —David se levantó, haciendo que la capa se le arremolinara entre las botas y levantara una nube de hojas secas—. Desde luego, podría hacer que nuestro reencuentro fuese más interesante.

Victoria retrocedió en el acto, dispuesta a echar a correr. Al mirarla, David la recordó tal como la había visto la primera vez, hacía mucho tiempo. Meg Faraday era alta, orgullosa, majestuosa. No llevaba ropas elegantes, pero no había cambiado. Al mismo tiempo, ella observó sus oscuros cabellos y su barba recortada. David no llevaba la levita de montar de un caballero bajo la capa, sino camisa, calzón y botas de color negro. Él sabía que tenía el aspecto de un salteador de caminos, de un hombre que vivía entre las sombras, como siempre había vivido cuando la conoció.

—¿Cómo me has encontrado? —preguntó Victoria. Su porte ya no era tan altivo como antes.

David dudó en decírselo. Pensó en ponerle los grilletes y entregársela a su superior. Pensó en diversas posibilidades, pero no hizo ninguna de ellas.

La miró fijamente, abriendo y cerrando los puños, tratando de reprimir sus emociones.

—Cuando el pendiente apareció en una casa de empeños de Londres, se reabrió el caso de Calcuta. —No habló de las semanas que habían tardado en llegar a ese punto—. Obtuvimos la lista de pasajeros del buque de vapor que naufragó cerca de la costa de Bombay. Había diecisiete supervivientes. Seis eran mujeres. Dos de ellas ya habían fallecido. Otras dos tenían más de cincuenta años, y otra era una dama de compañía de cuarenta años. Solo quedaba una tal lady Scott Munro, esposa de sir Scott. ¿Tienes idea de cuántos Munro viven desde Brighton hasta Rye?

—Por favor, ¿no podrías irte y fingir que no has dado conmigo? No estoy haciendo nada ilegal, lo juro.

—Con lo que siempre has respetado la ley, Meg, ni se me había pasado por la cabeza.

Victoria hundió una mano en sus alborotados cabellos y sacudió la cabeza, aturdida.

—Creo que me he dado un golpe en la cabeza —murmuró, posando una mirada vacilante sobre el revólver que yacía entre las hojas a sus pies.

David lo vio al mismo tiempo y adivinó su intención.

—Ni se te ocurra, Meg. Te romperé la muñeca si lo intentas.

—¿Qué harás?

David se agachó para recoger el revólver.

—Exactamente lo que he venido a hacer. Atrapar a contrabandistas, a asesinos y a alguien que, pese a todo, es mi esposa.

—Escúchame, David. —Aferró la suave tela de la camisa de su marido, justo por encima del corazón. Ese contacto pareció conmocionarlos a ambos—. Quiero decir... —Victoria dejó caer la mano y tartamudeó tratando de serenarse—. ¿No hay nada que pueda hacer para...?

—No funcionará, Meg. —Sonrió al verla vacilar—. Pero si quieres abrirte de piernas para mí por los viejos tiempos, no tendré el menor reparo en acceder a tus deseos.

Con los ojos llenos de lágrimas, Victoria trató de abofetearlo, pero él le sujetó la muñeca sin dificultad.

—Eres un bastardo sin entrañas, Donally.

—Modérate, mi dulce y dócil Margaret —dijo él, sujetándola—. Siempre te ha gustado menospreciar mis orígenes.

—No has cambiado. —Se apartó de él dándole un empujón y se pasó el dorso de la mano por las mejillas.

—Y harías bien en no olvidarlo.

«Sí, tiene motivos para estar asustada», pensó David cuando Victoria dio media vuelta y huyó corriendo colina arriba, levantando hojas y polvo a su paso.

—¿Adónde crees que vas, Meg?

David se tomó tiempo para vaciar el cargador del revólver, dejando que las balas cayeran al suelo, antes de arrojar el arma entre los árboles. Alcanzó a Victoria en tres zancadas y la arrojó al suelo de espaldas. Sabía que estaba a punto de lastimarla e hizo un esfuerzo por contener la rabia, del mismo modo que antes había dominado la pasión que tan hábilmente ella despertaba en él.

Victoria había perdido la ventaja ganada. De su garganta surgió un gemido con el que expresaba su congoja.

—¡Y pensar que llegué a amarte! —se lamentó, tratando desesperadamente de zafarse de él subiendo por la cuesta, pero apenas le quedaban fuerzas—. Te odio. Cuánto te odio.

—Sin duda. Eso explica por qué has intentado matarme. Dos veces.

—No quería matarte. —Respirando entrecortadamente por el esfuerzo, Victoria arrojó un puñado de tierra y hojas a las piernas de David—. El revólver se ha disparado cuando me has tirado del caballo.

—Eres una mentirosa, Meg. —David se agarró a la rama de un árbol para no perder el equilibrio—. Me mentiste en la India. Y ahora estás viviendo una maldita mentira, usurpando la vida de otra persona como una experta consumada del timo. ¿Cuántas personas de por aquí están convencidas de que eres una santa?

—Aquí he encontrado un verdadero hogar, David. —Los ojos de Victoria brillaban, suplicantes—. Margaret Faraday está muerta. Murió hace nueve años junto a las costas de la India. ¿No podrías dejar que descanse en paz?

—¿Asesinaste a la mujer a quien robaste la identidad?

—¡No! —exclamó Victoria con ojos desorbitados. Consiguió escabullirse medio metro más subiendo por la resbaladiza cuesta—. Lady Munro... la conocí de camino a Bombay. Su marido murió unas semanas después de que se casaran y ella regresaba a Inglaterra para reunirse con la familia de su marido. No tenía a nadie más. Nos hicimos compañeras de viaje. Cuando la caldera del barco explotó, no se encontraba entre los supervivientes. Se me ofrecía la oportunidad de cambiar de vida y la aproveché.

—Junto con un centenar de miles de libras en joyas y obras de arte robadas, ¿verdad? ¿Dónde están? ¿En el fondo del mar Arábigo o en algún lugar más cercano?

—No tienes la menor idea de lo que has hecho al venir aquí. —Lanzó un puntapié a David. Luego las lágrimas brotaron a su pesar bajo sus párpados—. Ni la menor idea. Te odio por hacerme esto. Te odio.

David observó la cabeza inclinada y la desesperación en los ojos de Victoria, que su pelo enmarañado ya no ocultaban. Por un momento se ablandó. Victoria se había resistido, le había atacado, le había escupido insultos, y ahora intentaría despertar su compasión. Debía hacerle saber que su lucha era completamente inútil, que todo había terminado.

—Oh, sé muy bien que no soy el único del que te has estado ocultando durante estos años. A saber las termitas que ahora saldrán de la madera para ir a por ti.

—Entonces, si alguna vez me quisiste, deja que me marche.

Para David, estas palabras fueron como una mano que oprimiera su corazón y despertaron su ira, junto con recuerdos que no deseaba evocar. No se sentía capaz de revivir el pasado, ni quería hacerlo, de modo que escudriñó el sendero que se perdía en lo alto, buscando una salida.

—Esperemos que los caballos sigan ahí arriba —comentó y, echándose la capa sobre el brazo, obligó a Victoria a ponerse en pie—. Camina.

—No puedo. —Victoria cayó de rodillas—. Me has hecho daño de verdad.

—Sí —comentó él en tono sarcástico, ofreciéndole el hombro para que se apoyara al caminar—. ¿No fue siempre ese nuestro problema, Meg?

Cuando llegaron a la carretera, ella temblaba. David dio una buena sacudida a su capa antes de echársela sobre los hombros.

—Desgraciadamente para ti, te necesito viva.

—No quiero nada de ti —replicó ella, tratando de quitarse de encima la voluminosa capa—. Prefiero morir de frío.

A pesar de su estatura, Meg desapareció bajo la capa, haciéndola parecer frágil. David sintió que de nuevo afloraba en él cierto sentimiento posesivo, protector.

—Ponte la maldita capa —dijo, apartándole la mano para abrocharle la capa al cuello y tratando de mantener a raya el repentino renacer de sus emociones—. Hace demasiado frío. Tú la necesitas más que yo.

Ella lo miró fijamente y las manos de David se quedaron quietas.

Su mirada subió desde la boca de Victoria, enrojecida por el viento, hasta sus ojos, para perderse en ellos. Tuvo que resistir entonces la tentación de besarla. La situación de David era absurda.

No podría haber previsto el efecto que ella le causaba, y tampoco podía haberse dado cuenta de lo mucho que deseaba todavía tocarla y abrazarla.

Jamás se permitiría olvidar lo que ella le había hecho, ni que la buscaban por traición y asesinato. No podía olvidar por qué estaba allí. Sin duda el pasado los había marcado a ambos, pero David no cometería dos veces el mismo error.

—Gracias por la capa —murmuró ella. Alzó el mentón queriendo mostrarse fuerte, pero le fallaron las fuerzas y se tambaleó.

David detestaba ver que aún le importaba. Pasando un brazo por debajo de las rodillas y el otro por debajo de los hombros, la levantó, estrechándola contra sí.

David se odiaba por seguir llorando su pérdida, incluso después de todo lo que había pasado entre ellos. En su corazón, Meg Faraday había muerto en el buque de vapor hacía nueve años. En eso ella tenía razón. Sin embargo, él no había dejado nunca de pensar en ella, ni había olvidado lo mucho que la había amado.

—No me lo agradezcas —dijo, con la mirada fija en el sendero, notando la cabeza de ella caída en su hombro.

Porque Meg Faraday no volvería a ser libre nunca más.

Victoria se despertó aturdida y dolorida en una cálida cama. Volvió la cabeza y contempló el fuego que chisporroteaba en la chimenea. La cama de estilo rococó en la que yacía estaba medio oculta tras dorados cortinajes de terciopelo que también predominaban en el resto de la habitación. Paseó la mirada por la cómoda estancia, pero sus sentidos la impulsaron a mirar la almohada, ya que, de golpe, acudieron a su cabeza los recuerdos de la noche anterior. Por muchos años que hubieran transcurrido, reconocía el aroma de David bajo el fuerte olor del jabón que utilizaba. Victoria estaba en su habitación.

En su cama.

Confusa, hizo un esfuerzo para incorporarse apoyándose en los codos y trató de pensar con lógica a pesar de la niebla que parecía envolver su dolorida cabeza. No llevaba nada bajo las sábanas, excepto un vendaje alrededor de las costillas.

No era extraño que le costara respirar. Debía de haberse roto alguna costilla al caer del caballo. David debía de haberla drogado, pensó mientras se palpaba una contusión en la sien. Notaba en la boca el sabor del láudano y sus efectos debilitantes en los músculos.

La luz del día se filtraba a través de una abertura entre los cortinajes del otro lado de la cama. Se acercó al borde del colchón y se sentó; sin esperar a que la habitación dejara de dar vueltas bajó, arrastrando consigo una manta. Sus embotados sentidos apenas le permitían distinguir la habitación, pero pugnó por mantener el equilibrio, resuelta a alcanzar la puerta y huir.

—Yo en tu lugar no saldría ahí fuera.

Victoria giró en redondo al oír la familiar voz masculina. David estaba de pie en la puerta del vestidor poniéndose una camisa; actuaba como si ella fuera una amante a la que acabara de dejar en la cama. Los ojos de Victoria, bajo los pesados párpados, recorrieron sus brazos y observaron cómo la tela blanca se tensaba en los hombros mientras él se abrochaba los botones. Los movimientos de David dejaron de ser despreocupados cuando se encontraron sus miradas. Por unos instantes, ambos se quedaron inmóviles.

David se había afeitado; el olor a jabón flotaba en el aire. Victoria parpadeó para tratar de despejar la mente, pues lo que había visto la noche anterior en la oscuridad y bajo la barba no podía compararse con el semblante recién afeitado de esa mañana.

Indudablemente, David Donally era el hombre más atractivo que había conocido en su vida, y seguía siéndolo. La blancura de su camisa realzaba el tono castaño de sus cabellos, que llevaba cortos en la nuca. Más cortos que antes. Unos pantalones negros envolvían sus largas piernas y acababan metidos en unas botas de montar altas, que añadían un par de centímetros más a su ya de por sí imponente estatura.

Era su marido.

Y le odiaba.

Sin embargo, a pesar de los años transcurridos, físicamente seguía sintiendo lo mismo, seguía sintiéndose más femenina que nunca en su presencia. En ese aspecto, el tiempo no había borrado nada; al contrario, reavivaba la llama todavía viva en su interior. Se había casado con él hacía diez años porque le amaba con locura. Por aquel entonces, él la había utilizado. Ahora, su instinto de supervivencia le decía que huyera. Giró el pomo de cristal de la puerta y la abrió.

—Permíteme que te dé un consejo, Meg —dijo él, metiéndose los faldones de la camisa dentro de los pantalones. Victoria alzó el mentón sin moverse, temiendo que él se acercara—. Eres una mujer hermosa. Yo no saldría de esta habitación llevando solo una manta. No llegarías ni al final de la calle.

La mente de Victoria parecía vagar en presencia de David. La cautela y el miedo no conseguían imponerse.

—Solo tú eres capaz de encontrar divertida mi angustiosa situación, Donally.

—Debo admitir —dijo él, plantándose frente a ella—, que cuando más me gustabas era cuando llevabas únicamente una sábana. O mejor aún, sin nada. Recuerdo que eras la mujer más hermosa de todo Calcuta, y tú lo sabías.

—No me hagas responsable de tu lujuria. No tengo la culpa de que no pudieras mantenerte alejado de mí.

—Ah, Meg —se rió él, echándole el mentón un poco hacia atrás—. Sigues teniendo una lengua mordaz.

—¿Y qué me dices de la tuya, David? ¿Sigues teniendo ese legendario... vigor?

David alargó la mano por encima de su hombro para cerrar la puerta sin muchos miramientos.

—Tenías razón sobre la costilla rota y el golpe en la cabeza. —Obligó a Victoria a girar la cara de un lado a otro y la miró a los ojos—. Creo que también has sufrido daños cerebrales.

Enormemente excitada por estar de pronto tan cerca de él, Victoria lo miró preguntándose si estaba soñando.

—¿Es ese tu experto diagnóstico?

—Sé bastante de medicina —respondió él en tono neutro.

—Y yo también. —Victoria siguió con un dedo el relieve de los músculos de David bajo la camisa, recuperando la fascinación por su cuerpo—. En una ocasión cosí el cuero cabelludo a un hombre al que se lo habían lacerado desde la sien hasta el cuello. Una auténtica escabechina.

La mirada de David le indicó que no creía una sola palabra de lo que estaba diciendo, pero a ella le daba igual.

—¿Dónde has vivido durante estos años?

Al principio él no respondió.

—En Irlanda —dijo finalmente.

—¿Solo?

Era lo único que se atrevía a preguntarle, lo único que quería saber, aunque solía mirar las estrellas preguntándose si también él miraba el cielo y pensaba en ella. A veces se preguntaba cómo les habría ido juntos si ella hubiese sido distinta.

Él seguía apoyando la palma de la mano en la puerta, encerrándola entre el calor y el olor de su cuerpo.

—¿Qué estás haciendo, Meg?

—¿Te dije alguna vez que los opiáceos me hacen decir y hacer insensateces?

Aferrando la manta contra su pecho, Victoria permanecía inmóvil ante la mirada escrutadora de David, molesta porque no podía leer sus pensamientos.

Claro que nunca había podido adivinar lo que pensaba, y en aquella realidad inducida por el láudano, le contrariaba la extraña sensación de felicidad que sentía siempre en presencia de David.

—¿Adónde me has traído?

—A un lugar seguro por ahora.

—¿Seguro? —Se echó a reír al pensar en semejante contradicción, ya que se encontraba frente a él prácticamente desnuda y con un extraño ardor que le quemaba las entrañas. Apoyó la cabeza en la puerta y cerró los ojos—. Así que esta era la broma que me deparaba Dios. Solo que el ángel llega de Irlanda. —Sus ojos lanzaban chispas—. Puedes darte por satisfecho, has arruinado mi vida. No volveré a reír nunca más. Por fin me has derrotado.

—¿Has terminado ya?

Su tono tranquilo, con el que demostraba un absoluto dominio de sí mismo, desquició a Victoria.

—No —espetó. Llevada por una pasajera e insensata necesidad de tomar el control de la situación, instigada por el láudano que corría ardiente por sus venas, alzó los brazos para rodearle el cuello—. ¿Y tú?

Haciendo gala de unos reflejos más entrenados que los suyos, David le sujetó las muñecas. Pero no antes de que la manta cayera al suelo a sus pies. Victoria tembló bajo la mirada abrasadora con la que él la traspasaba.

—¿Ni siquiera por los viejos tiempos, David? ¿Tú y yo?

David le dejó las manos a los lados, se agachó, recogió la manta y volvió a ponérsela sobre los hombros.

—Te estás rebajando, Meg.

Ella reaccionó airadamente a su piedad.

—No quiero tu compasión, David. —Abrumada por la tensión que notaba en su interior, volvió la cabeza hacia un lado—. Pero cuando me cuelguen —susurró—, quiero que estés presente. —A pesar del deseo instintivo de golpearle en el pecho con los puños, para descargar en cada golpe el miedo y la frustración que la oprimían, no pudo decir nada más; los recuerdos que tanto tiempo habían permanecido enterrados, empezaron a aflorar a la superficie.

—¿Hay alguien con quien quieras ponerte en contacto? —preguntó él en voz baja—. ¿Con tu familia quizá?

—¿Mi familia?

La familia de David. El hijo cuya existencia ni siquiera conocía.

Ya no se sentía protegida por el aislamiento en el que había vivido durante tanto tiempo. Se había retirado a un lugar donde podía querer a su hijo y vivir en paz, donde había intentado redimirse de su pasado, pagar sus deudas a la sociedad y, a su modo, impartir justicia entre aquellos que lo merecían.

Se llevaría sus secretos a la tumba.

Sir Henry había sido demasiado bueno con ella para que ahora sufriera por su causa. Quería a Nathanial y la quería a ella.

Pero la quería como Victoria Munro, no como Meg Faraday. Nadie había querido jamás a Meg Faraday.

Y David menos que nadie.

Victoria no tenía la menor posibilidad de conservar a su hijo, pero no permitiría que arrancaran a Nathanial de los brazos de la única familia que conocía y lo entregaran al cuidado de un desconocido sin corazón.

Un desconocido sin corazón que ahora la abrazaba a pesar de todos sus esfuerzos por impedírselo y que la dejaba llorar sobre su camisa.

Un desconocido sin corazón que, con su fuerza, volvía a hacer que los cimientos de su vida se tambaleasen. No lloraba desde que había enterrado a la madre de Zeus hacía dos años, pensó de un modo irracional, recordando a la gata que había sacado de las aguas infestadas de tiburones frente a las costas de Bombay. El flaco y negro felino había viajado con ella a Inglaterra, como única compañía de una joven embarazada de diecinueve años que no tenía otro lugar en el mundo al que ir. Ambos formaban una pareja digna de lástima.

—Es el láudano —dijo, sorbiéndose la nariz, cuando David la llevó de vuelta a la cama y la cubrió con mantas que olían a él.

—Lo sé.

—Te odio —mintió ella, cerrando los ojos mientras él la arropaba.

—Lo sé.

Había intentado odiarlo. Durante años lo había intentado, pero en aquel momento de ofuscación no recordaba por qué.

—Duerme, Meg.

Y ella se durmió.

4

David practicaba la esgrima con la misma precisión con la que se desenvolvía en la vida, con suavidad y determinación para terminar lo que empezaba. Espada en mano, atacaba y se retiraba, cruzaba la pierna de atrás e iniciaba de nuevo el ataque. El sudor le caía en los ojos.

Llevaba una hora entrenándose con la rueda. Su espada se movía con una fuerza arrolladora en el silencio roto tan solo por el sonido de su respiración. Se detuvo momentáneamente al dar una estocada.

Pamela Rockwell lo observaba desde la puerta con los brazos cruzados sobre el pecho. Era su compañera desde que se había incorporado al equipo de Kinley tres meses atrás. Era rubia y tenía una gran habilidad para obtener información. Si David le daba la menor oportunidad, ella acabaría por enterarse de todos sus secretos. Además, era la esposa del compañero con el que llevaba este caso.

Pamela entró en el estudio con el frufrú de su vestido verde y las enaguas.

—No dejes que la punta oscile, querido. El movimiento debe tener tanto equilibrio como velocidad. Hoy no estás muy inspirado.

—Gracias por el comentario, Pamela. No sabía que entendías de esgrima.

—No quieres usar armas de fuego. —Pamela se detuvo

frente a él—. Pero practicas tus dotes de esgrimidor. ¿No te parece un poco contradictorio?

—Solo si atravieso el corazón de alguien con la punta de esta espada.

David cogió una toalla de un colgador de la pared y se secó la cara y el pelo sudorosos tras el ejercicio. Llevaba una camisa de manga larga y pantalones negros metidos en unas botas altas. El atuendo era informal, pero daba demasiado calor, a pesar del frío que hacía fuera.

—¿Deseas practicar un poco más antes de enfrentarte con Kinley?

David la miró por encima del borde de la toalla.

—Si sientes la necesidad de preocuparte por mi sentido del deber, te ahorraré las molestias. Sigue intacto.

—Entonces, ¿no tendrás problemas para entregarle a tu prisionera? Hace años que Kinley sueña con colgar ese trofeo en la pared.

—Vaya. —David arrojó la toalla al suelo, junto a un cántaro de agua—. ¿Y cómo es eso, si apenas hace unos meses que sabemos que podría estar viva?

—Hace nueve años abandonaste este caso. Y de buen grado, me atrevería a añadir. Tal vez deba recordarte en qué consiste tu trabajo, David. No vaya a ser que pongas en peligro esta misión.

—¿Esta misión, Pamela? ¿Cuánto tiempo hace que Kinley sabe que Meg no murió?

Pamela se quitó una pelusa de la manga, sin ser en absoluto consciente de que la obstinación de Kinley había sido siempre un motivo de conflictos en la relación de David con su antiguo mentor.

—No somos enemigos, David. Estamos en el mismo lado, ¿recuerdas?

—Y a mí jamás se me ocurriría que el Foreign Office utilizara cualquier otra cosa que no fuera la verdad. O que tú me mintieras.

Pamela suspiró de un modo melodramático, como era costumbre en ella, y se apartó.

—¿Sabes lo difícil que es rescatar los restos de un naufragio en aguas turbulentas?

David supuso que hablaba del barco de vapor hundido.

—Según la profundidad, supongo que no es imposible. Se hace a menudo.

Pamela se plantó frente a la ventana con parteluz por la que entraba el sol a raudales.

—Cuando Kinley no halló en el barco rastro alguno de lo que se había robado del tesoro, supusieron que la señorita Faraday no se había hundido con él. Durante los últimos cinco años, Kinley ha tenido agentes trabajando en todos los puertos británicos desde aquí a Calcuta. Deberías enorgullecerte de haberla encontrado en menos de tres meses.

—¿Kinley sabía desde hace cinco malditos años que Meg podía estar viva?

—¿Qué más te da? Obviamente sigue en contacto con su padre. ¿Con quién si no iba a reunirse cuando tú la interceptaste ayer?

—No sé si recuerdas que es mi esposa.

—Kinley me contó que, hace diez años, las circunstancias de la investigación hacían prácticamente imposible introducirse en el círculo social del coronel Faraday de otro modo. —Miró a David con los ojos entornados—. Está claro que a la mayoría de los hombres no les parece mal que eligieras mezclar el placer con el trabajo. ¿Quién no habría hecho lo mismo en tu lugar? Al parecer, tampoco tú te libras de tener vicios.

—Sorpresa, sorpresa, Pamela. —David devolvió la espada a su sitio en la pared—. No soy el maldito santo que todo el mundo cree que soy. Y tal vez Meg tampoco sea el diablo.

—Oh, por favor, David. Esa cicatriz que tienes no te la hiciste practicando el tiro al plato —le recordó Pamela—. Meg Faraday es culpable de todas las acusaciones, y no creo que hayas olvidado cuál es tu misión.

—No he olvidado nada.

David había vuelto con Kinley para terminar el trabajo, por sí mismo, por la justicia, por hallar respuestas a preguntas que había enterrado durante la última década. Al menos así se justificaba ante su conciencia cuando se miraba al espejo cada mañana.

No tenía motivos para no entregar a Meg inmediatamente a Kinley y olvidarse de ella. Aunque tal vez quería descubrir la verdad sobre la huida y posterior desaparición de su esposa. De su comportamiento se deducía que Meg era culpable, pero ya no estaba seguro de cuál había sido su pecado.

Por otra parte, tal vez el miedo que veía en Meg no era más que una prueba de sus excelentes dotes para la interpretación, y simplemente esperaba el regreso de su padre antes de realizar cualquier movimiento. No sería la primera vez que Meg le engañaba o le mentía.

Sin embargo, si dejaba a un lado los pecados y demás acusaciones moralistas, ¿acaso diez años atrás sus mentiras habían sido tan distintas de las de Meg?

En cualquier caso, cumpliría con su deber, como siempre. Se apoyó en la pared y se cruzó de brazos.

—No te preocupes, Pamela. No tengo la menor intención de eludir mis responsabilidades.

Pamela se detuvo en el umbral de la puerta y puso los brazos en jarras.

—Entonces, intenta portarte bien, ¿quieres? —Sonrió, y la blancura de sus dientes resaltó entre los labios de coral—. Porque Kinley está arriba, en el salón verde, esperando a que le entregues a la prisionera.

Victoria estaba sentada en la cama con la cabeza entre las manos, atormentada por el recuerdo de cómo se había comportado con David y por un terrible dolor de cabeza. Alguien había abierto los cortinajes y Victoria gimió cuando el sol del atardecer que veteaba el suelo le dio también en la cara.

Finalmente se envolvió en una sábana y se acercó a la ventana luchando contra la rigidez de las piernas. Por encima de los tejados de la pequeña ciudad vio la orilla del río que tan bien conocía. Tenía que hacer saber a sir Henry que estaba viva. Él y Bethany estarían muy preocupados al ver que no había vuelto a casa.

Se dirigió al vestidor y rebuscó entre las faldas y otras prendas que estaban allí dobladas. En el armario encontró más ropa, pero no había armas. David no iba a ser tan descuidado. Renunció a seguir buscando su ropa y se enfundó una bata de brocado negro y plata que encontró tirada sobre una silla junto a la cama. La tela era suave y su tacto resultó agradable sobre los doloridos músculos de sus hombros. Encontró un espejo y se inclinó para mirarse de cerca la sien. Tenía un chichón y la piel de alrededor de un bonito color lavanda. Hizo una mueca. Sin prestar atención a sus alborotados cabellos, se dirigió hacia la puerta del dormitorio y la entreabrió. Se sorprendió al ver que no había guardias apostados para impedir que saliera.

¿Tan poco le preocupaba a David que pudiera escapar?

Una gastada alfombra turca amortiguó el sonido de sus pasos cuando echó a andar por el pasillo, hasta que oyó la voz grave de David y se detuvo. Se ciñó la bata al pecho y se encaminó al arco de entrada del salón. La luz del ocaso bañaba la estancia con un resplandor cálido, pero sombrío, que parecía armonizar con el estado de ánimo de los presentes.

David estaba de pie junto a la chimenea con una mano en la cadera y un codo apoyado en la repisa. Hablaba con un hombre barrigudo de pelo blanco y patillas que ocupaba una silla y estaba visiblemente alterado. En el sofá de rayas rojas y blancas estaban sentados un hombre y una mujer más jóvenes. Victoria no esperaba que hubiera nadie más en la casa aparte de los criados. Tendría que haber imaginado que David no trabajaba solo.

Debió de hacer algún ruido, porque David volvió la cabeza con la copa a mitad de camino de los labios y la vio. Se quedó paralizada bajo el arco de la entrada con su bata de brocado negro y plata, que la hacía parecer una más de sus pertenencias. El borde de la bata le tocó los tobillos, recordándole que iba descalza.

Se colocó un largo mechón de pelo detrás de la oreja, pero la brusquedad de su movimiento delató su nerviosismo. Tuvo que resistir la tentación de dar media vuelta y echar a correr.

—Quiero ir a casa —dijo a David, puesto que era él quien le había ofrecido informar a su familia. ¿Le permitiría verlos una última vez?—. Mi familia debe de estar preocupada por mí.

El hombre de la silla de respaldo alto se echó a reír. Al ponerse en pie, su intimidatorio semblante hizo que Victoria perdiera la compostura.

—Tiene usted mucho descaro, señorita Faraday. No tiene derecho de ver a nadie. El único sitio al que voy a llevarla es a Londres.

—Soy comadrona. —Alzó la vista hacia David, que mostraba más interés por su copa y parecía haberla abandonado en aquella delicada situación. Le temblaba un músculo de la mandíbula. A pesar de que sus defensas se estaban desmoronando, Victoria se irguió y volvió a mirar a Kinley—. Piense lo que quiera, pero hay personas que me necesitan. Debe permitirme que lo deje todo arreglado.

—¿Es este su último engaño, señorita Faraday? —preguntó el hombre del pelo blanco plantándose frente a ella.

—Sir Henry Munro es un médico respetado. He trabajado con él durante nueve años. A eso me dedico.

—Ya no.

Cuando el hombre la miró a través de las gafas con sus ojos de color avellana despertó un vago recuerdo en la mente de Victoria, que empezó a sentirse incómoda. Como si se encontrara en una habitación muy caldeada con el estómago demasiado lleno. Las patillas del hombre eran blancas, anchas y muy pobladas, y su rostro redondo delataba que bebía en exceso. Su presencia no hacía más que agravar la desventurada situación de Victoria.

—¿Cómo consiguieron el pendiente? —preguntó, enfadada porque le temblaba la voz, pero tenía que preguntarlo. El pendiente que David había entregado a Stillings pertenecía a su padre—. Dígame si mi padre sigue en prisión... o si ha muerto.

El silencio acogió su pregunta. Victoria los miró a todos con creciente horror; sintió que se le hacía un nudo en el estómago. Miró a David.

—Antes de huir de Calcuta, lo último que me dio mi padre fue un pendiente que hacía juego con el que le llevaste al sheriff Stillings anoche. Era una señal entre nosotros. ¿Cómo te hiciste con él?

—Un prestamista informó a nuestra oficina —dijo el hombre sentado en el sofá al ver que David no contestaba. Su voz tenía un leve acento aristocrático—. Reconoció el pendiente por una descripción de las joyas robadas en Calcuta.

—¿Nadie se preguntó por qué un prestamista sabía tantas cosas? ¿Quién era? ¿Un erudito historiador que recordaba sucesos de hacía una década?

—Está muerto —respondió David, dejando el brandy sobre la repisa de la chimenea—. Entraron a robar en su tienda tres días después de que nos entregara el pendiente.

—¿Y mi padre? ¡Dime que sigue en prisión!

—Kinley... —David se dirigía al otro hombre, que estaba más cerca de Victoria.

—Su padre escapó —respondió Kinley.

Horrorizada por las repercusiones de lo que acababa de saber, Victoria ahogó un gemido y clavó en Kinley una mirada acusadora.

—¿Por qué no mencionaron nada los periódicos?

—A todos los efectos, Faraday murió hace nueve años —replicó Kinley.

—Lo mantenían con vida por lo que él sabía. Y ahora lo han conducido hasta mí. Hasta mi familia. Lo han hecho a propósito.

—Podemos salvar a su familia, si usted nos dice dónde están las joyas —le aseguró Kinley. Su tono hacía aún más terrible su amenaza.

—Ya basta, Kinley —interrumpió David, volviendo a dejar la copa sobre la repisa.

—Aunque supiera dónde está el tesoro, jamás se lo diría.

Esas gemas están malditas. —Victoria lanzó una mirada de impotencia a David—. ¿Cuántas personas han muerto ya por su causa? ¿Cuántas vidas se han arruinado? Que sigan enterradas.

David la traspasó con sus oscuros ojos. Con la serena intensidad de su mirada intentaba comprender aquello que ella había dejado entrever sin pretenderlo.

—¿Por qué tienes miedo de tu padre, Meg?

Su voz era amable, pero Victoria sintió una oleada de pánico irracional. Su padre tenía un motivo para buscarla. Victoria comprendió que ya no existía la menor posibilidad de que David creyera que el tesoro se había hundido frente a las costas de Bombay.

—No me llamo Meg —espetó—. Soy Victoria Munro. Margaret Faraday murió la noche que se hundió aquel barco, junto con todo aquello que creía amar. Jamás volverá. ¿Lo entiendes?

El hombre joven del sofá interrumpió el súbito silencio que siguió a aquellas palabras.

—¿Nos ayudaría usted a atrapar a su padre? Es obvio que le inquieta que pueda aparecer por aquí.

Victoria negó con la cabeza y desvió la mirada hacia el hombre y la mujer completamente rubios.

—Ustedes no lo conocen. —Respirando con dificultad, Victoria sintió una aguda punzada de dolor en el pecho. Prefería morir antes que demostrar su miedo a aquella gente que estaba allí presente, así que dio media vuelta para salir corriendo de la habitación.

David la agarró antes de que llegara a la puerta. A saber cómo había logrado sortear dos sillas, una mesa llena de objetos y curiosidades y una delicada lámpara de cristal, para darle alcance antes de que hubiera dado cinco pasos.

—Meg...

—¡Suéltame!

David la atrajo contra la sólida muralla de su cuerpo y se volvió sin soltarla para encararse con Kinley.

—Habéis sabido desde el principio que ella era el objetivo del coronel Faraday. ¿Cómo?

—Nunca hemos estado seguros de que siguiera viva —farfulló Kinley, ajustándose el chaleco negro sobre el vientre—. Primero teníamos que encontrarla, y eso lo has hecho tú.

Estaba claro que Kinley tenía una elevada opinión de sí mismo, pensó Victoria, que estaba segura de que podría escapar si lograba zafarse de David. No había cerradura en el mundo que ella no pudiera forzar. Sería libre antes de que aquel idiota estirado se diera cuenta. Mejor huir que conducir a su padre hasta sir Henry o enfrentarse con un juicio público en Londres y marcar a su hijo para siempre con semejante vergüenza. ¿Acaso no la acusaba su padre de provocar la ruina de todos aquellos a los que amaba? ¡No, esta vez no lo haría!

—Me someteré voluntariamente al interrogatorio —dijo.

—¿Hablas en serio? —se sorprendió David.

Victoria se volvió para enfrentarse con él. Saltaron chispas al encontrarse cara a cara aquellos dos adversarios de un duelo inacabado, chispas que parecieron crepitar en el aire.

—Kinley puede llevarme a Londres y descubrir por sí mismo que no sé dónde está el tesoro.

David se sentó en el brazo de una silla y la examinó con aquella mirada tan propia de él, indolente y peligrosa, con la que disimulaba tan bien sus sentimientos como la propia Victoria.

—No atraparemos a Faraday sin ella. —David desvió la mirada hacia Kinley—. ¿O acaso ha olvidado el objetivo primordial de esta misión?

—Tiene razón, Kinley —dijo el Adonis rubio—. Si Faraday la busca, lo mejor sería tenerla aquí encerrada.

Victoria sintió pánico, pero permaneció inmóvil cuando David volvió a dedicarle su atención.

—Rockwell, envíe una nota a la familia de lady Munro en la que diga que anoche salió para ir a atender un parto. Luego infórmeles de que tuvo un accidente por el camino.

—No lo creerán —susurró Victoria—. Jamás me he caído del caballo.

—Tal vez Meg Faraday no sea tan buena amazona como

Victoria Munro cree que es. —Sus insondables ojos parecían lanzar un reto a Victoria. Era increíblemente apuesto, y de no ser porque estaba convencida de que estaba tratando de provocarla, habría arremetido contra él—. ¿Por qué no habrían de creerlo? —añadió él—. He visto los moretones con mis propios ojos.

—Naturalmente. Y no olvides añadir a tu brutal comportamiento la contusión en la cabeza, además de drogarme para dejarme sin sentido.

—¿Y tu intento de matarme de un disparo? —contraatacó él sin apartar la vista de Victoria.

—Si hubiera querido matarte —replicó ella con la misma intensidad en la mirada—, no estarías aquí ahora. Nada de lo que digas me inducirá a ayudarte.

—¿Nada? —preguntó él—. Es del dominio público que las propiedades de sir Henry salieron a subasta por no pagar los impuestos dentro del plazo.

—¿Dentro del plazo? —se mofó Victoria, preguntándose cómo se había enterado David de todo aquello—. Ese magistrado robaría a su propio tío.

—¿Y si pudiéramos devolver a sir Henry sus propiedades, Meg? ¿Nos ayudarías entonces?

—¡Maldita sea! —protestó Kinley, mostrando su escepticismo—. Hace una hora estabas dispuesto a asarla viva. Esto es una locura.

David se cruzó de brazos, mirando a Victoria y esperando su respuesta. Ella desvió la mirada. Las morenas manos de David contrastaban con la blancura de sus mangas; en la mano derecha llevaba una alianza de oro, en la que ella no se había fijado hasta entonces. Victoria se tocó la alianza, un poco suelta, que también ella llevaba. Estaba claro que a David ni siquiera se le había ocurrido quitársela, porque mostró la mano en ese momento.

—Necesito un lugar para vivir y trabajar —dijo David, cuando ella volvió a alzar la vista—. A lady Munro le iría bien el apoyo de un pariente lejano. La animaría a cooperar.

—No podrás con Nellis Munro. Quiere Rose Briar a toda costa.

—Deja que me preocupe yo de las rencillas locales, Meg. Tengo mis recursos.

—Sir Henry sabe que no tengo parientes.

—¿Y nunca guardas ningún secreto?

David no dijo nada más, pero entre ellos la tensión era electrizante. Victoria sabía que estaba atrapada por las consecuencias de sus pecados, y también era consciente de que él era la única persona que se interponía entre los métodos de interrogatorios de Kinley y el nudo de una soga. Cualquier observador los habría tomado por dos amantes que confiaban el uno en el otro desde hacía mucho tiempo, en vez de por enemigos declarados.

Victoria percibía que aquella extraña tensión parecía haberse apoderado también de David.

—¿Tan impaciente estás por que te cuelguen? —preguntó él en voz baja.

Victoria estrujó la tela de la bata sobre su pecho, sintiendo que su desolación iba en aumento. Por supuesto que no deseaba que la ahorcaran. Pero David era tan peligroso para ella como su padre.

—Está bajo mi custodia —dijo él dirigiéndose a Kinley—. Yo la entregaré a la justicia cuando sea el momento.

—Todo el mundo acaba hablando tarde o temprano, señorita Faraday —amenazó Kinley, acercándose a ella—. Todo el mundo.

—Kinley. —La tranquila advertencia procedía de David—. Le aconsejo que se aleje de ella antes de que le ponga un ojo morado.

—Y yo te aconsejo que no le des la espalda. Puede que no falle el tiro la próxima vez que quiera matarte.

—Lo recordaré.

—Hazlo. Y encuentra a Faraday. —Kinley se enganchó la levita al salir de la habitación.

La hermosa mujer rubia se frotó las palmas de las manos en medio del silencio que siguió a la salida de Kinley.

—Bien —dijo con mucho estilo—. Todo ha salido satisfactoriamente para todos. —Miró a Rockwell y puso los brazos en jarras—. ¿En qué estás pensando, Ian?

El hombre se puso en pie. Era una cabeza más alto que la mujer y desde su elevada estatura la fulminó con la mirada.

—Estaba pensando en que tenemos un trabajo que hacer, Pamela.

Rockwell abandonó la habitación a grandes zancadas siguiendo el camino de Kinley. Victoria no se había movido, como si su silencio pudiera envolverla en un manto de invisibilidad; ni siquiera se dio cuenta de que había caído en un viejo hábito, hasta que vio a David observándola y se enderezó.

—Esta es la casa de la condesa Cherbinko —dijo David, presentando a Pamela—. Nuestro falso miembro de la realeza rusa, entrenada en el consulado de San Petersburgo. Te acogió anoche en su casa para que pudieran curarte las heridas. Ella es nuestros ojos y nuestros oídos en esta localidad. No se le escapa nada. —Clavó su mirada en Pamela—. ¿No es así, condesa?

Con un frufrú de su falda de seda esmeralda, Pamela se aproximó a él, le rodeó el cuello con los brazos y acercó la boca a su oreja.

—Dime que no me preocupe pensando en que estabas solo en lo alto de aquella colina, David.

Victoria no quiso seguir presenciando aquella escena íntima. Con lágrimas ardientes en los ojos, regresó al dormitorio y se encerró en él dando un portazo. No comprendía su reacción, solo sabía que no volvería a mirar las estrellas preguntándose qué había hecho David con su vida después de abandonar la India, o quién le había acompañado en los negocios... o en el placer. Jamás volvería a preguntarse a qué otra mujer podía haber amado.

No le importaba.

Pese a sus rectos principios, David seguía demostrando una manifiesta duplicidad. Era un espía inteligente, manipulador y experimentado, que se tomaba la vida como si fuera una partida de ajedrez. Y ella no era más que otro peón sobre el tablero, que él manejaría a su antojo hasta llegar al final de una partida que debería haber acabado nueve años atrás.

Ninguno de ellos sabía lo que le estaban pidiendo que hiciera.

Pensó en su padre vagando libre por ahí, y tuvo que hacer un esfuerzo para disminuir el ritmo de los latidos de su corazón. Fuera, grises nubarrones oscurecían el cielo sobre el cerro, anunciando la llegada de una temprana tormenta de invierno que se cernía sobre el Canal. Cogida al marco de la ventana, observó el patio vacío; luego se acercó aún más al cristal, buscando el modo de escapar. Paseó la mirada por los pesados cortinajes que colgaban de una gruesa barra de madera. Tiró de ellos para probar su resistencia antes de dirigirse al armario en busca de ropa adecuada. Habría tenido más posibilidades de escapar si hubiera probado su suerte con Kinley.

Pero tenía que huir cuanto antes, porque su padre estaba ahí fuera buscándola.

Y su padre le daba pavor. Le aterrorizaba que su padre encontrara a Nathanial.

Victoria había conocido a personas que no tenían moral, que no distinguían entre el bien y el mal. Había conocido a personas que bebían porque su cuerpo necesitaba la bebida, y a adictos al opio que no podían vivir un solo día sin esa droga. Había conocido a muchas personas así cuando era niña, en el círculo de amistades de su padre. Pero él no padecía semejante ambigüedad moral. Él sabía distinguir entre el bien y el mal. Simplemente le daba igual. Su opio era participar en el juego. Fuera cual fuese el objetivo, lo convertía en un deporte. Siempre le había gustado la caza, el juego entre el zorro y los sabuesos, entre el gato y el ratón.

David y él eran iguales en ese aspecto.

—¡Maldito seas, Donally! —Frustrada hasta lo indecible, cruzó los brazos sobre el pecho, se volvió hacia el interior de la habitación y se quedó paralizada.

David la miraba con la espalda apoyada en la puerta y la

misma expresión de esa mañana, cuando ella se había arrojado desnuda en sus brazos.

—No habrías escapado de Kinley, Meg.

—¿Y por qué?

—Porque yo habría estado con él.

Victoria apretó los dientes, dejándose llevar por la profunda animadversión que sentía hacia él. El fuego de la chimenea ardía en las negras profundidades de los ojos de David mientras la observaba.

—¿Qué es Nellis Munro para ti?

—Es el sobrino de sir Henry. Quiere apoderarse de todas las propiedades de los Munro.

—¿De todas? —preguntó David, incorporándose.

—¿Saben todos que tú y yo...? —preguntó ella, incapaz de mirarle a la cara.

—¿Compartimos la santidad del vínculo matrimonial? Mi situación no es ningún secreto.

—Entonces deben de valorar sobremanera el terrible sacrificio que hiciste por Dios y por la reina.

—No todo fue sacrificio, Meg —dijo él, acercándose.

Victoria trató de apartarlo.

—No quiero que sir Henry se vea envuelto en todo esto. Tú no puedes protegerle. Mi padre es un maestro del disfraz. Podría entrar en una habitación y su propia madre no lo reconocería a menos que él quisiera...

—¿Qué ocurrió entre tu padre y tú? —David le tocó la contusión de la sien con suavidad.

El contacto no era en absoluto amenazador; sin embargo, Victoria retrocedió.

—¿Por qué haces esto?

—Mírame. —David le pasó la mano por debajo de la barbilla para inclinarle la cabeza hacia atrás. Victoria habría jurado que oía los latidos de su corazón casi tan fuertes como los suyos—. Dame tu palabra de que no huirás —añadió él—. O mañana mismo te entregaré a Kinley y me ocuparé de todo yo solo.

Victoria comprendió que hablaba en serio, pero no podía

prometerle nada. Margaret Faraday seguía dispuesta a enfrentarse con él, aunque Victoria Munro no quisiera hacerlo. Meg, la más avispada de sus dos personalidades, no confiaba en David. No obstante, de él se podía decir sin lugar a dudas que era un hombre que cumplía sus amenazas.

—¿Qué posibilidades hay de que un prestamista cualquiera reconociera aquel pendiente y luego se lo llevara a Kinley, la única persona que sabía qué había que hacer con él? —preguntó Victoria.

—Yo solo sé que Kinley recibió el original antes de recurrir a mí.

—¿El original? —La noche que Stillings se había presentado en su puerta estaba muy oscuro, por lo que Victoria no se había dado cuenta de que el pendiente era falso—. Por supuesto. Jamás habrías entregado una valiosísima antigüedad procedente del tesoro de la India a alguien como Stillings.

—Era una falsificación muy buena. No te reproches no haber sabido distinguir que el pendiente era falso y haberte dejado capturar. Además, no resta valor al otro pendiente, que aún sigue en tu poder.

Con un suspiro que le oprimió las costillas, Victoria se dejó caer en el suelo y se sentó con la espalda apoyada en el armario. Tenía la dolorosa convicción de que no ganaría aquella pelea que habían vuelto a entablar como dos combatientes enemigos. Debería odiar a David más que nunca.

—¿No prefieres atarme a la cama y torturarme? ¿De verdad tengo que hacerte promesas?

David se agachó delante de ella; los fuertes músculos de sus muslos tensaron la tela de los pantalones.

—Preferiría atarte a la cama, pero dudo mucho que me permitieras hacer contigo lo que quisiera, ahora que piensas con claridad.

Victoria le miró a los ojos, unos ojos como el ocaso, de un azul tan oscuro que eran casi negros. David la había despojado de la rabia y ahora ella lo miraba asombrada por su transformación, con los ojos entrecerrados.

—¿Cómo puedes ser tan arrogante de recordarme mi zafio comportamiento de esta mañana?

—Quizá a mí me haya parecido adorable. Como en los viejos tiempos.

—No quiero que me gustes, David. Así que no intentes siquiera ser encantador. No funcionará.

—¿Me das tu palabra de que no saldrás corriendo?

Pero ¿qué significaba su palabra para él? Por sus venas corría sangre de los Faraday.

—No saldré corriendo —cedió Victoria, aprovechando la confusión semántica.

—Ni tampoco te irás andando —aclaró él—, ni a caballo, ni en carro, ni en barca, ni abandonarás el pueblo con la intención de escapar. Lo digo muy en serio. Si huyes, te daré caza.

—De acuerdo —espetó ella—. Te doy mi palabra, en lo que pueda valer para ti. Pero te aconsejo que protejas bien a mi familia.

—Tu familia no se quedará sin protección. Ian Rockwell entrará a formar parte del servicio doméstico —dijo él—. Y yo me encargaré de que sir Henry no pierda sus propiedades. Te doy mi palabra.

Esa idea y la esperanza que despertó en ella lograron acallar las protestas de Victoria, que pensó en sir Henry. Un hombre que se había portado con ella como un padre, mucho mejor que el padre auténtico. La había aceptado en la familia cuando no tenía otro lugar en el mundo al que ir, y había dado un sentido a su vida. Tal vez, cuando todo terminara, podría pagárselo de alguna manera. Rose Briar era el único hogar que había conocido su hijo. Aquella propiedad era su futuro.

—Parece como si el señor Rockwell llevara pañales hasta ayer —ironizó Victoria, empezando a transigir.

—No es tan joven —dijo David, levantando una comisura de la boca—. Y conoce bien su trabajo.

—¿Igual que tú?

—Hay muchos hombres peores que yo en el mundo, Meg.

—Para mí no —susurró ella, consciente de un extraño dolor

en el pecho, justo donde tenía el corazón. De repente, sus ojos se quedaron clavados en la abrumadora belleza de la mirada de David. Deseaba desesperadamente creer en alguien, deseaba creer que David no era peor que su padre.

—¿De verdad eres comadrona? —preguntó él.

—¿Sois amantes tú y esa niña que tanto se te arrimaba?

—Esa niña, como tú la llamas, es una agente muy experta.

—No has respondido a mi pregunta.

Él la miró a los ojos y sonrió.

—Ni pienso hacerlo.

David la ayudó a ponerse en pie, pero ella le apartó las manos.

—Por favor, no me... toques.

David la aferró por la muñeca y luego le agarró rápidamente la otra. Después le sujetó los brazos contra el endeble armario que había a su espalda. La pasión se palpaba en el aire. David era alto, pero Victoria también, y ni siquiera con su metro noventa lograba imponerse sobre ella.

—No me tientes y no tendré que rodearte la garganta con las manos, Meg. Hemos hecho un trato.

—¿Estás seguro de que es en la garganta donde quieres ponerme las manos, David?

David levantó la otra comisura de la boca, pero no llegó a decir nada porque en ese momento llamaron a la puerta.

—Milord...

Una mujer mayor, con cofia y delantal blanco sobre un vestido negro, asomó la cabeza por la puerta.

—No quería molestarlos...

—No importa, Agatha. —David miró a la nerviosa criada y sus ojos perdieron su estoica expresión—. No nos molesta.

—Me había pedido que preparara el baño y unas viandas para milady.

—De acuerdo, que lo traigan todo.

Cuando la mujer se fue, Victoria enarcó una de sus finas cejas.

—Tú no eres lord.

—Y tú no tienes derecho a que te llamen lady. Supongo que ya tenemos algo en común. —Hizo una profunda reverencia con su elegancia y desenvoltura habituales, antes de dirigirse hacia la puerta a grandes zancadas—. Lo que es mío es suyo, lady Munro —dijo, y tras un ampuloso ademán, añadió—: disfruta de la comida como si fuera la última. Rockwell te devolverá a tu humilde casa de campo dentro de unos días, cuando se haya dispuesto todo lo necesario.

De haber tenido algo en la mano, Victoria lo habría lanzado contra la puerta. David era peor que una serpiente; se enroscaba en sus pensamientos y sometía su voluntad. Sin embargo, extrañamente, el último y débil rastro de calor se desvaneció al marcharse él, y la habitación se quedó fría. Tal vez se debía a que la vida de Victoria, tal como había sido hasta entonces, acababa de llegar a su fin.

5

Victoria se encontraba en el vestidor de David, agradecida por la abundante comida que Agatha le había llevado a la habitación y que había devorado después de echarse un sueñecito. Tras haber pasado tres días enteros encerrada en aquella habitación estaba dispuesta a matar a quien intentara impedirle volver a casa. Al menos ya no le dolía la cabeza, y el chichón del tamaño de un huevo que tenía en la sien había menguado y ya no era más que una pequeña protuberancia.

Incapaz de seguir lidiando con sus pensamientos, Victoria se puso los calzones sobre las medias y se los ató en la cintura. Teniendo en cuenta el desastre en el que se había convertido su vida, consideró la posibilidad de darse el gusto de otra buena llantina. Al menos, en este caso podría disfrutarla sin el efecto del láudano corriéndole por las venas. Pero lo que en realidad necesitaba era ver a su familia.

Frente al largo espejo del vestidor de David examinó los moretones de las costillas. Parecía que hubiera participado en una reyerta. Claro que David la había hecho desmontar del caballo de una forma muy poco ortodoxa.

No había visto a su marido desde la mañana del interrogatorio con Kinley. Sabía por Agatha que David salía todas las mañanas después de desayunar y que regresaba muy tarde. No sabía dónde dormía. La noche anterior, a Victoria le había parecido notar su presencia de pie, al lado de su cama, pero al incorporarse y mirar a su alrededor, había visto que la habitación estaba vacía.

Victoria se palpó los moretones de las costillas e inopinadamente afloraron los recuerdos. Sabía, aun sin ser consciente de ello, por qué no hacía más que pensar en su marido. Al fin y al cabo, ningún otro hombre la había tocado y poseído de tantas formas como había hecho él. Los moretones que tenía en la piel no alcanzaban a reflejar los que tenía en su interior. Cerró los ojos. Sentía un dolor y una rabia que ni siquiera el tiempo transcurrido lograba mantener enterrados.

Nueve años atrás había estado a punto de matar a su marido. Descubrió quién era y para quién trabajaba el día que volvía de ver al médico del consulado, impaciente por darle la sorpresa de que estaban esperando un hijo. Pero en el bungalow de su padre todo estaba patas arriba. Al entrar corriendo en su dormitorio, encontró a un hombre que sangraba profusamente por una herida en el pecho; sin embargo, conservaba fuerzas suficientes para amenazarla con una pistola y exigirle silencio mientras los hombres de su padre lo buscaban. El hombre le contó quién era David, que estaban a punto de hacer una redada en la casa y que su marido había firmado varias órdenes de arresto, entre ellas la suya.

Victoria solo recordaba haber encañonado a David con la pistola con la que el agente la había amenazado a ella antes de morir. Le advirtió que no la tocara, que dejara que se marchara. Le suplicó. Nunca había estado tan cerca de matar a otro ser humano; nunca había estado tan cerca de apoyar el cañón de la pistola en su propia sien. Tan solo porque llevaba otra vida en su interior no acabó con la suya. Y así, salió huyendo de todo lo que había conocido y amado hasta entonces, sin volver la vista atrás... hasta ahora.

Sus recuerdos se remontaron aún más en el tiempo, a la época en la que conoció a David, al momento exacto en el que su vida cambió para siempre, el detonante que grabó su destino en piedra. Lo vio por primera vez en el campo de polo a lomos de un poni, mientras llevaba a su equipo a la victoria. David acababa de llegar a la India como miembro del cuerpo diplomático. Ningún otro hombre la había dejado sin respiración como hizo él cuando al abandonar el campo de polo, volvió la cabeza y la miró desde la banda. La saludó llevándose la mano a la gorra, y ella se quedó observándolo mientras se alejaba para devolver el poni a los establos. Oyó susurros a su alrededor.

Recordaba que se sintió joven y tonta al convertirse en el centro de atención, y que se ruborizó. Su reacción fue tan infantil que durante una semana eludió a David, hasta que una cena en casa del gobernador general los volvió a reunir.

Con gran inquietud fue consciente de que se había pasado la cena observándolo, sin ni siquiera darse cuenta. En realidad nunca había sido como las demás chicas de su edad. Las demás jóvenes mimadas le parecían frívolas e infantiles. No le gustaba la sociedad superficial en la que se movían, pero se desenvolvía bien en ella porque servía a sus propósitos. Aquella noche, brilló más que nunca.

Al fin y al cabo, era la famosa Meg Faraday, que hacía dos meses había desdeñado las atenciones de un duque muy rico. Era la chica sobre la que todas las demás murmuraban a sus espaldas, porque su madre se había fugado con un capitán del ejército bengalí.

Meg tenía diez años entonces, y no había vuelto a saber nada de su madre. En casa de los Faraday nunca se hablaba de ella. Necesitada de cariño, la niña se había convertido en la hija perfecta de su padre. Y había aprendido bien sus lecciones. No había nada más terrible para ella que cuando su padre le retiraba su cariño porque consideraba que había hecho mal; no había nada más aterrador que cuando la dejaba sola en una habitación y ella se preguntaba si había llegado el momento en el que la abandonaría igual que había hecho su madre.

Al principio, el coronel Faraday la animó a entablar amistad con las hijas de los diplomáticos. Así aprendió dónde se guardaban los documentos importantes y los objetos de valor. Al principio creyó las mentiras de su padre y pensó que, de alguna manera, aquella gente suponía una amenaza para Inglaterra. Al fin y al cabo, él trabajaba para el cuerpo de seguridad del consulado. ¿Qué chica de catorce años no creería a su padre? Así se convirtió en una valiosa cómplice para el coronel. Trepaba hasta las ventanas de un tercer piso y forzaba cerraduras con tanta destreza como escalaba los tejados.

A los diecisiete años, ya no se hacía ilusiones sobre su padre ni se engañaba sobre los delitos que ella misma había cometido contra sus propios amigos. No sospechaba que el gobernador general había puesto en marcha una investigación interna sobre las actividades de su padre, ni que ella era el objetivo principal por tratarse del eslabón más débil; solo sabía que quería abandonar una vida que para ella se había convertido en una pesadilla.

Una semana antes de cumplir los dieciocho, conoció a David en el campo de polo y se enamoró de él, sin sospechar en ningún momento por qué aparecía en su vida precisamente entonces, ni qué motivos tenía para querer seducirla de forma tan arrolladora. Por primera vez, otro hombre desplazaba a su padre. Era un hombre que podía tener a cualquier mujer a la que deseara, pero que la había elegido a ella. David Donally había sido el primer hombre en amarla por sí misma y no por lo que pudiera darle ella a cambio. Al menos eso creyó al principio; por ello dejó que él se metiera en su cama y en su corazón como la virgen inexperta que era. Luego lo introdujo en el círculo de su padre sin imaginar que David la había manipulado hábilmente para lograrlo.

Al fin y al cabo, ¿qué valor tenían los sueños de una jovencita?, recordaba haberse preguntado mientras veía cómo su padre aleccionaba a su marido, malogrando su futuro.

Victoria cerró los ojos y respiró hondo para alejar de su mente esos recuerdos. Se secó las lágrimas con el dorso de la mano y dio la espalda al espejo. Fuera del vestidor, alguien se estaba llevando la bandeja del té. Victoria se puso las enaguas y se ciñó el corsé con cuidado. Llevaba una hora allí dentro. Agatha le había llevado la ropa que Bethany había entregado al señor Rockwell unos días atrás, cuando fue a hablar con sir Henry para informarle del paradero de Victoria.

Le llegó otra voz, y Victoria supo que la condesa y amiga de David había entrado en el dormitorio. Su perfume floral llegó hasta el vestidor.

—¿Dónde está ella, Agatha?

—En el vestidor, señora.

Victoria se echó el vestido por encima de la cabeza y deslizó los brazos en las largas mangas. En ese momento llamaron a la puerta del vestidor.

—Señorita Faraday.

Victoria detestaba que todos insistieran en seguir usando ese condenado nombre.

—Si desea seguir adelante con su estratagema, le aconsejo que empiece a llamarme por mi nombre correcto —dijo, saliendo del vestidor para ponerse los zapatos.

Pamela llevaba un deslumbrante vestido de raso de color amarillo limón con adornos de encaje de Chantilly. Un reluciente par de esmeraldas en sus cabellos rubios recogidos en la coronilla aportaban un toque de elegancia que combinaba con su falso título. Verdaderamente tenía el aspecto de una condesa consentida, como si hubiera nacido para representar ese papel.

—Señora —dijo Agatha a Pamela desde el umbral de la puerta—, el señor Rockwell está aquí para llevarla de vuelta con su familia.

—David ha enviado un mensaje disponiéndolo todo para que sea devuelta a su familia —dijo Pamela—. Me ha pedido que le diga que todo está arreglado.

Victoria vaciló.

—¿Significa eso que ha pagado los impuestos de Rose Briar?

—Eso creo.

Victoria se quedó muda, y al instante olvidó la profunda antipatía que le tenía a David. Por supuesto sería peligroso para ella olvidar que David se había limitado a cumplir con su parte del trato. Ni más ni menos. Nellis montaría en cólera, pensó.

—David es muy perseverante cuando se trata de su trabajo —le recordó Pamela. A Victoria no le pasó por alto que utilizaba el nombre de pila de su marido—. Si dice que hará una cosa, puedo asegurarle que la hará. Es una de esas cualidades en las que a una mujer le gusta poder confiar.

Victoria se calzó unas viejas pantuflas.

—¿Conoce bien al señor Donally? —preguntó al cabo de un rato, volviéndose para encararse con la otra mujer.

—Desde que volvió a unirse al grupo hace tres meses, hemos llegado a conocernos, sí. Es normal, dadas las circunstancias. —Pamela señaló con la cabeza el corpiño de Victoria—. ¿Necesita ayuda?

Victoria no podía abrocharse los botones de la espalda. Con aire vacilante se volvió y se levantó el pelo.

—Gracias.

Los dedos de Pamela abrocharon el corpiño con destreza.

—En su época era toda una leyenda. A la mayoría de la gente le sorprendió tanto su partida como su posterior regreso —prosiguió—. Incluso a Kinley le sorprendió que volviera. Al fin y al cabo, apenas se habían escrito durante los nueve años que estuvo ausente.

—¿David se fue de Londres? ¿Cuándo?

—Tres meses después de que su barco se hundiera. Tardó todo ese tiempo en recuperarse de la herida que usted le había infligido.

—¿Tres meses? —Victoria apoyó una mano sobre el respaldo de la silla—. No lo sabía.

—Lo supongo. Por lo que sé, a pesar de esa herida, David recorrió toda Calcuta buscándola después de su desaparición. Kinley había enviado en su persecución a todos los hombres disponibles con la orden de llevarla ante él viva o muerta. David fue quien finalmente encontró a su padre. Kinley y él se pelearon poco después —explicó Pamela—. Nadie supo realmente por qué.

Victoria miró la alianza de oro de su dedo. La bata de David descansaba sobre el respaldo de la silla, bajo su mano.

—¿Cómo lo atraparon al final? A mi padre, quiero decir.

—Alguien lo delató a las autoridades. David lo detuvo cuando se disponía a embarcarse rumbo a Alejandría.

—Entiendo.

—Es un agente muy competente. —Pamela tiró de la bata entre los dedos de Victoria y, dejándola caer sobre la cama, se volvió enarcando una ceja—. Y jamás le ha pertenecido, señorita Faraday.

David se subió el cuello del abrigo de lana y se detuvo en lo alto de la colina. La somnolienta quietud que reinaba en el lugar no armonizaba con el estado incierto del cielo plomizo. Apretando las altas botas contra los flancos de su caballo, sacó los binoculares y observó el cementerio que se extendía en torno a las ruinas quemadas de una vieja iglesia. Después, escudriñó cada sector, el bosque ralo y los campos lejanos.

Esbozando una sonrisa con la comisura levantada, devolvió los binoculares a su estuche de cuero y los metió en el morral colgado detrás de la silla. Un frío gélido se abrió paso entre las solapas de su abrigo. Espoleó al caballo para volver a ponerse en marcha y salvó la zanja con un elegante salto antes de bajar por el sendero que conducía al cementerio. Tras unos días de descanso —o de cautividad, como le acusaba Meg cuando él no la oía—, Ian Rockwell iba a llevarla de vuelta a la casita de campo esa misma noche. David se había mantenido alejado de ella en la medida de lo posible, mientras indagaba los hechos del caso. Se había arriesgado a poner en peligro la investigación al exigir que Meg siguiera bajo su custodia, pero también sabía que Kinley le había estado manipulando desde que había ido a verle a Irlanda para pedirle que volviera a trabajar con él en el caso.

David mantenía la vista fija en el suelo con una mano enguantada descansando cerca del muslo, pero permanecía alerta. De repente, alzó la cabeza para mirar las hileras de lápidas. Meg había ido allí directamente después de que el sheriff Stillings le mostró el pendiente. David sospechaba que tenía un motivo más complejo de lo que nadie imaginaba.

Meg había dicho que el pendiente era una señal que había

acordado con su padre. Pero el terror que le producía el coronel Faraday era tan real como el amor que sentía por sir Henry y su familia. Si Meg había traicionado al coronel Faraday de algún modo, y sabiendo lo que les ocurría a quienes le traicionaban, su miedo estaba justificado.

Entonces, ¿por qué había ido al cementerio?

David se inclinó sobre el cuello del semental, encontró las huellas que buscaba y espoleó a su montura para que siguiera a lo largo de la verja de hierro forjado que rodeaba el cementerio. Localizó el lugar exacto donde se había detenido Meg aquella noche, antes de que se percatara de su presencia y se adentrara con la yegua en el bosque. Observó la hilera de lápidas más cercana y consideró la posibilidad de que Meg hubiera dicho la verdad cuando le aseguró que se había escondido allí al oír que alguien la seguía, pero lo dudaba.

David desmontó y ató las riendas a la verja. Con un ágil movimiento, apoyó ambas manos en la barandilla de hierro y saltó al otro lado. Se acuclilló delante de la lápida que estaba más cerca de la verja y apartó las hojas muertas que cubrían el mármol. Pertenecía a una mujer que había fallecido en 1856. Con un brazo cruzado sobre la rodilla, cogió un puñado de tierra y dejó que escapara entre sus dedos.

El paradero de las reliquias y los objetos robados había sido un misterio durante años. Kinley creía que Meg había huido con todo. Pero entonces, ¿por qué vivía tan modestamente y ponía todo su empeño en cuidar de un anciano y de su familia, si estaba en posesión de tan valioso tesoro? ¿No habría comprado Rose Briar ella misma de haber tenido el dinero? ¿Y cómo habría podido sacar ella de la India semejante tesoro?

Demasiadas preguntas sin respuesta llamaban a la puerta de sus pensamientos. Una delgada columna de humo gris que se alzaba a lo lejos sobre las copas de los árboles lo devolvió al presente. El coronel Faraday seguía siendo la principal amenaza. Tal vez incluso para Meg.

Su caballo resopló, advirtiéndole de que se acercaba alguien. David se levantó y vio a una joven en la entrada del cementerio. Llevaba una cesta de paja trenzada. Con los cabellos ocultos bajo la capucha de la capa, David no podía adivinar su edad.

Se sacudió el polvo de las manos, las hundió en los bolsillos y aguardó inmóvil. Ella hizo lo mismo; parecía preguntarse si era prudente acercarse a un hombre en un cementerio solitario.

—Era mi madre —dijo finalmente la joven, aferrando la capa con la mano.

—Lo siento. —David se apartó de la tumba—. No era mi intención asustarla. He visto la torre de la iglesia desde el cerro.

—¿Quién es usted?

—Un nuevo residente. —Se encogió de hombros—. He pagado los impuestos que se debían por Rose Briar, antes de que saliera a subasta. Me han dicho que el propietario vive por aquí cerca.

—¿El abuelo?

—¿Su abuelo es sir Henry Munro?

La joven traspasó la entrada y se acercó.

—Usted debe de ser el muy noble barón Donally de Chadwick, ¿verdad? —El título surgió de sus labios entre las nubes de vaho de su respiración—. Victoria nos hablaba de usted en su misiva. Es usted su primo.

La capucha se le había caído sobre los hombros. Era una bonita joven, con largos cabellos rubios y rostro ovalado.

—Y usted debe de ser la señorita Bethany Munro —dijo David, como si Meg y él estuvieran emparentados y él no hubiera tenido que arrancarle a ella lo que sabía de su familia.

La joven sonrió.

—Soy la señorita Munro. No sabíamos que Victoria tuviera parientes, y mucho menos un barón en la familia.

—Acabo de regresar a Inglaterra después de pasar un tiempo en el extranjero.

—En su nota, decía que llevaba usted una vida aventurera. Que, hasta su inesperado regreso, ella estaba convencida de que había encontrado usted un prematuro y trágico final.

—¿En serio?

—Qué emocionante sería llevar una vida aventurera. Pero sin encontrarme con caníbales que quisieran comerme, claro. Un día me gustaría cruzar el Canal y visitar Francia.

David sonrió para sí y se abstuvo de responder.

—Cuando Victoria nos escribió diciendo que quizá usted podría ayudarnos contra el primo Nellis... —Hizo una pausa—. Tiene que entenderlo. Estábamos muertos de preocupación hasta que recibimos la nota. Peepaw se cayó hace tres semanas y se lastimó un pie. Me temo que yo no soy como Victoria y no le sirvo de gran cosa. Mi madre falleció cuando yo era muy pequeña —añadió. Luego señaló la tumba junto a la que había encontrado a David—. Victoria me trae aquí cada semana. Ayudamos al encargado a limpiar el cementerio y le traemos comida. El señor Doyle vive en el bosque, detrás de la rectoría.

David miró a su alrededor, sorprendido de que alguien viviera allí.

—No vive exactamente en el bosque, sino en una casa que está en el bosque. Aunque no sé dónde está. Yo solo tengo que dejarle esta cesta aquí. —Bethany miró a un lado y a otro, como si esperara ver al encargado surgiendo de debajo de la tierra—. Victoria se ha hecho cargo de los arrendatarios en nombre de peepaw. He intentado hacer todo lo que ella esperaría de mí, pero no me gusta este lugar.

—A mí también me ponen nervioso los cementerios.

—Ah, ¿sí? —Bethany sonrió—. Peepaw solía venir a visitar la tumba de mi padre. Pero ya no viene, porque tiene dificultades para moverse.

La joven se arrodilló y limpió de hojas secas la segunda lápida.

—Yo no conocí a mi padre. Fue un valiente soldado en la India. Victoria se casó con él unas semanas antes de que muriera. Prácticamente me adoptó cuando vino aquí.

—¿Trajeron los restos de su padre de la India? —David miró la lápida, con todos los sentidos agudizados mientras leía la inscripción:

SIR SCOTT DAVIS MUNRO
24 DE SEPTIEMBRE DE 1828-28 DE NOVIEMBRE DE 1863
AMADO HIJO DE SIR HENRY Y DE
LADY MATILDA MUNRO

Meg había abandonado la India en diciembre de 1863.

—Mi padre era el único hijo de sir Henry —prosiguió Bethany—. Debía de ser un hombre maravilloso para que una mujer como Victoria no haya vuelto a casarse. Un día encontraré a un hombre al que amaré de esa manera.

David frunció el ceño al oír aquellas cursilerías románticas.

—Así es mi prima, una poetisa del amor.

Bethany alzó la mirada repentinamente y él se apresuró a preguntarle:

—¿Vive sola con su madrastra y su abuelo?

—Oh, no. También tengo un hermano. Ahora está en Salehurst, visitando a la familia. La familia de mi madre cultiva lúpulo. Antes nosotros también lo hacíamos, pero nuestra última cosecha se malogró hace tres años.

David se quedó con la mirada fija en la lápida de sir Scott y dejó de escuchar a la joven mientras esta charlaba sobre la climatología desfavorable o la falta de arrendatarios que los ayudaran a cultivar las tierras. Quería hacerle preguntas sobre la unidad militar de su padre. Sobre todo, quería saber por qué el ataúd de Munro no viajaba en el mismo buque de vapor en el que Meg había abandonado Bombay.

—Si bebe usted cerveza por esta zona, puede estar seguro de que será de la marca de mi familia —seguía hablando ella—. Victoria quiere que Nathanial aprenda a administrar las tierras. Por desgracia, como puede usted comprobar, para cuando él tenga edad suficiente, puede que ya no queden tierras que administrar. —Suspiró, alzando sus azules ojos hacia la iglesia—. Ya no queda gran cosa. Casi todo el mundo se ha ido. Incluidos muchos de los criados. Salvo el señor Doyle, que trabaja aquí.

David fijó la vista más allá de Bethany, en los árboles. Más arriba, en el cerro, la casa solariega de piedra amarilla se asomaba al paisaje desde un trono hecho de rosas, zarzas y altos robles.

—Me temo que será difícil que pueda usted instalarse allí arriba esta noche —dijo ella—. ¿Quiere venir a casa y conocer a mi abuelo? —preguntó. Su rubia cabeza apenas llegaba al pecho de David—. Además, se está haciendo tarde y debe de estar muerto de hambre. A sir Henry le complacerá conocerlo, sobre todo porque ha pagado los impuestos pendientes sobre las tierras. Podemos esperar a Victoria todos juntos.

David se volvió para desatar las riendas de su caballo y se preguntó qué pensaría Meg cuando entrara en la casa y se lo encontrara. De repente se dio cuenta de que realmente tenía mucha hambre.

—¿Es usted siempre tan amable con los desconocidos?

—Usted no es un desconocido para Victoria. —El frío teñía de rojo sus mejillas—. Y es innegable que se parecen. Los dos tienen el pelo negro y son muy altos.

Cuando Victoria llegó a la casita de campo después del anochecer llovía a mares. La puerta de atrás se abrió y en el umbral se dibujó la silueta de Bethany a contraluz. El señor Rockwell iba sentado en el pescante de la calesa, con el rostro oculto bajo el ala de un amplio sombrero flexible. Iba completamente envuelto en un impermeable negro.

—Hay alguien allí —gritó bajo la lluvia.

Victoria se ciñó la capucha en torno al rostro y miró hacia el establo, donde vio un hermoso semental negro al abrigo de la lluvia. Una fuerte ráfaga de viento le agitó la falda y la capa, que tuvo que sujetar con una mano.

—El señor Shelby está en el establo. Él le proporcionará ropa seca. Cuando termine, la señora Shelby le dará de comer y le preparará una cama para dormir esta noche. Mañana nos ocuparemos de darle un alojamiento más adecuado.

Victoria señaló el establo y luego la casita de campo que había detrás. La lluvia había convertido la tierra en barro. Victoria se levantó las faldas para echar a correr hacia el sendero de adoquines que conducía a la puerta de atrás de la casa. Se trataba de un antiguo pabellón de caza, una casa sencilla de dos plantas, hecha de piedra gris y con el techo de paja. La hiedra llevaba un siglo trepando por sus muros e introduciéndose entre las rendijas. Victoria olió el humo de la chimenea.

—¡Victoria! —Bethany se arrojó en sus brazos cuando Victoria entró en el zaguán—. Estaba en la cocina y he oído la calesa. Por Dios, mírate. Empezaba a estar preocupada. ¿Estás bien? No decías gran cosa en tu nota. Debes de estar helada.

El agua que chorreaba su ropa formaba un charco a sus pies. Bethany la ayudó a quitarse la capa empapada que Victoria había cogido del armario de David.

—Siento no haber podido volver antes. ¿Cómo está tu abuelo? ¿Se ha dado los baños de pies?

—Está jugando a las cartas.

—¿Quién ha venido? —preguntó Victoria, recordando el caballo del establo.

—Tengo una sorpresa maravillosa para ti.

Bethany le cogió la mano y la condujo por el largo pasillo hasta el otro lado de la casa. En el dormitorio de sir Henry se oían voces masculinas.

David estaba sentado junto a la cama, con la camisa arremangada hasta los codos, barajando las cartas. El fuego que crepitaba en la chimenea caldeaba la habitación. Junto a David, con el pie izquierdo vendado, estaba sentado sir Henry. En su rostro de facciones marcadas se dibujaba una amplia sonrisa. Hacía semanas que Victoria no veía tan animado al anciano.

David volvió la cabeza y la vio en el umbral de la puerta. La luz de la lámpara se reflejó en sus negros cabellos y realzó sus facciones de corte clásico. Victoria no pudo evitar sentir una extraña palpitación en el pecho.

—¿Qué estás haciendo aquí?

—Hoy me he encontrado con Su Señoría cerca del cementerio —explicó Bethany.

Victoria había olvidado momentáneamente que David era barón, o que se suponía que era un pariente suyo que había pasado muchos años perdido en la jungla de algún otro continente.

—¿El cementerio?

—Hace trampas, estoy seguro. —El hombre al que Victoria quería como a un padre rió entre dientes con regocijo—. Victoria, por fin me has traído a alguien a quien vale la pena conocer.

Victoria miró a David, desconcertada por la camaradería que parecía haberse establecido entre ambos hombres. David le guiñó un ojo.

—Sir Henry sabe cómo conseguir lo que quiere.

—Bueno, a mí me parece que si Su Señoría es capaz de timar al timador jugando a las cartas, merece ganar, peepaw —opinó Bethany, recogiendo de la mesita de noche la bandeja con la cena—. Además, no deberías comportarte como un cascarrabias. Es nuestro invitado.

—Paparruchas —dijo sir Henry con un bufido—. No pienso firmar ningún documento relacionado con Rose Briar con ningún hombre, a menos que demuestre que está a la altura. Nellis nunca ha sabido jugar a las cartas como Dios manda.

—¿Cómo dice? —Victoria avanzó hacia la cama. ¿Y David se atrevía a llamarla ladrona?—. ¿Qué documento ha firmado?

—He llegado a un acuerdo con Chadwick. Negocios de hombres, por así decirlo. Ven, ayúdame a levantarme y déjame que te eche un vistazo. Bethany, prepara un *toddy** para Victoria.

—Sí, abuelo —murmuró Bethany obedientemente, y salió llevándose la bandeja.

—¿Dónde has estado? —preguntó sir Henry cuando se fue su nieta—. Llevamos tres días faltando a nuestras obligaciones. ¿Qué diablos te pasó para que te cayeras del caballo?

—La mujer de Tommy Stillings está embarazada —dijo

* Mezcla de licor y agua con azúcar y limón que se bebe caliente. *(N. de la T.)*

Victoria, contando la verdad al menos sobre ese punto—. Estaba preocupado por Annie.

—Y un cuerno, preocupado. —Sir Henry miró a David—. Tenga cuidado con Stillings —le advirtió—. Es la marioneta de mi sobrino. Ha ahuyentado a la mayor parte de las personas decentes de estos aledaños. Vino aquí la otra noche y dio un susto de muerte a mi nieta. Pensábamos que se había llevado a Victoria. Nellis y él...

—Por favor, sir Henry —le interrumpió Victoria, y apartando la falda para que no tocara a David, se interpuso entre su marido y la cama—. Estoy segura de que mi primo no está interesado en nuestros problemas. El pie no está curado —dijo al anciano en tono de reproche, cuando este se movió hacia el borde la cama—. ¿Ha hecho baños de agua caliente con sales?

—Sí, sí. —Sir Henry hizo un ademán de impaciencia—. Ahora deja que vea esa cabeza. Bethany dice que te diste un golpe. Aunque sigo sin entender cómo te has vuelto tan torpe de repente...

—Estoy bien, sir Henry.

—Eso lo decidiré yo, jovencita. Un golpe en la cabeza no puede tomarse a la ligera.

Victoria inclinó la cabeza obedientemente para que él la examinara, e hizo una mueca de dolor cuando le palpó el chichón.

—Nellis ha decidido que quiere a Victoria —dijo sir Henry.

—Estoy segura de que a lord Chadwick no le interesa... ¡ay!

—Memeces. No se puede permitir que un hombre se meta a ciegas en medio de una disputa familiar. —Alzó dos dedos—. ¿Cuántos ves?

—Cuatro —contestó ella, lanzándole una airada mirada de resignación.

—Vivirás —afirmó sir Henry, dándole una palmadita en la mejilla—. Ahora ayúdame a levantarme.

—¿Puedo verle el pie primero?

—¿Se da cuenta de lo que tengo que soportar? —dijo sir Henry a David, bajando de la cama—. Esta muchacha insiste en atosigarme a todas horas.

Victoria siguió a sir Henry, que cojeaba por la habitación.

—No le atosigo.

—Ojalá navegara aún por las cálidas aguas de la Indias Occidentales. Al menos allí no padecía los dolores que causa este frío. —Rebuscó entre los frascos y botellas del estante—. Ah, aquí está —musitó sir Henry—. Mi medicina.

—¿Qué es? —preguntó Victoria, acercándose con la intención manifiesta de oler el contenido de la botella.

—Esto es mío —respondió él, tomando un trago—. El mejor whisky irlandés del mundo. Y ahora vete, muchacha. Ve a tomarte tu *toddy* y a cambiarte de ropa; estás empapada. Yo voy a meterme en la cama. Este joven me ha dejado agotado.

Victoria siguió inmóvil frente a sir Henry, deseando que David no pudiera oírlos. Los últimos acontecimientos la habían dejado con las emociones a flor de piel. Depositó un afectuoso beso en las patillas del anciano, conteniendo las ganas de abrazarlo.

—Gracias, sir Henry.

—¿Por qué? —musitó él.

¿Cómo iba a explicarle la verdad?

—Por preocuparse tanto por mí.

Sir Henry resopló, fingiendo enfurruñarse, pero Victoria sabía que la había echado mucho de menos y que, comportándose de aquella manera, trataba de disimular su preocupación.

—Vamos, fuera, Victoria. —Sir Henry le dio unas palmadas en el brazo y ella se quedó mirándolo mientras volvía cojeando a la cama. Se dio cuenta de que David la observaba.

Victoria se irguió, sintiendo que se había puesto en evidencia.

—Lo veré por la mañana, sir Henry.

6

David se hizo a un lado para permitir que Victoria saliera al pasillo.

—En serio, no doy crédito a lo que has hecho —susurró ella, y al pasar por delante de David le ofreció una breve visión de sus firmes pechos, que la húmeda tela del corpiño realzaba.

David se interesó de inmediato por el resto de su atuendo y se echó hacia atrás para observarla, justo cuando Victoria se volvía para encararse con él con la mano extendida, lo que atrajo la mirada de David hacia su rostro.

—¿Puedo ver el documento que ha firmado sir Henry?

David sacó el documento doblado del interior del bolsillo de su chaleco.

—Como quieras.

—Tal vez deberías haberte esforzado más por perder jugando a las cartas, David.

—¿Yo? —David se echó a reír, asombrado por la conclusión a la que había llegado Victoria—. Es sir Henry quien hace trampas.

David no había ido allí para arrebatarle la propiedad al anciano. Mientras Victoria leía el contrato de venta que sir Henry había firmado, sus pensamientos derivaron en otra dirección. Su mirada se deslizó desde los labios carnosos de Victoria hacia el húmedo vestido azul que llevaba, y finalmente se detuvo en las sensuales curvas de sus caderas.

Durante los días pasados en cautividad, Victoria se había lavado con su jabón, por lo que todo su cuerpo desprendía ese olor. Cuando David volvió a contemplar aquellos ojos de color violeta que tanto podían decir a un hombre, descubrió que Victoria lo observaba.

—¿Qué puedo decir? —David no mostró el menor arrepentimiento por aquella intrusión carnal, como era habitual en él cuando le sorprendían en cualquier otro de sus vicios—. Estás muy guapa tan mojada.

—Eres un sinvergüenza, David. —Victoria volvió a doblar el documento y se lo arrojó—. No solo te he permitido que volvieras a meterte en mi vida, sino que te he ayudado a apoderarte de la casa solariega de sir Henry. Se suponía que te limitarías a pagar los impuestos que se debían. Sin embargo, ahora eres dueño de Rose Briar y de sus mil doscientas hectáreas de tierra.

—Meg...

—¿Cómo te atreves a utilizar tus armas para introducirte en el seno de mi familia?

—¿Crees que este es el lugar más adecuado para mantener esta conversación? —preguntó David, bajando la voz—. Se supone que mantenemos una relación cordial.

—Oh, cielos. ¿No te he recibido con el suficiente entusiasmo, primo David, barón de Chadwick, que acabas de regresar de la selva del África Central? —Victoria le plantó un beso en la mejilla y le susurró al oído—: Debo admitir que sufrí una decepción al enterarme de que no te habían devorado los caníbales. Salgo perdiendo, querido primo.

David le rodeó la espalda con el brazo.

—Sí, fui a cazar y me salvé del destino que otros muchos encontraron. Tú pierdes y yo gano.

—Suéltame, David —ordenó ella, apoyando las manos en su pecho.

Él sonrió al ver cómo a Victoria se le aceleraba el pulso en el cuello. Le gustaba ser capaz de alterarla de esa forma, después de que ella hubiera despertado el deseo en cada poro de su piel sin hacer el menor esfuerzo.

—Debería enseñarte mis cicatrices, querida.

—Sigues siendo un tirano —logró decir ella entre dientes—. Ese falso título te va a la perfección.

—Igual que a usted el suyo, lady Munro —replicó él con la boca entre sus cabellos.

Pero, en realidad, David opinaba que ella llevaba el título con dignidad. La soltó. Victoria se apartó de él con los ojos muy abiertos, y David percibió la confusión que le habían causado sus palabras. Victoria retrocedió un paso y luego se volvió desplazando la húmeda tela de su vestido. David se ajustó los pantalones, observó el balanceo de las faldas de Victoria con los ojos entornados y esperó un momento antes de seguir sus pasos por el pasillo.

En la cocina, Bethany había preparado dos *toddies*. Ofreció uno de ellos a Victoria.

—Los he preparado fuertes —dijo con una sonrisa.

—¿Dónde está la capa de lord Chadwick? —preguntó Victoria con la intención manifiesta de dejarlo a merced de la tormenta.

Bethany ofreció el otro *toddy* a David.

—Oh, pero no estará usted pensando en dejarnos esta noche, ¿verdad? Aquí tenemos espacio de sobra.

—Oh, por el amor de Dios, Bethany...

—Podría caerse por un barranco, Victoria.

David dejó que Bethany ganara la batalla por él, y miró a su mujer por encima del borde del vaso. Victoria estaba de pie frente al fuego que ardía en el hogar.

—Estoy segura de que Su Señoría conoce el camino perfectamente. La tormenta no es tan fuerte.

Unos truenos hicieron vibrar el alero de la casa. Victoria dio un sorbo a su bebida y miró a David como si le hiciera responsable del mal tiempo. Los ojos de él siguieron mirándola por encima del vaso de peltre.

—Creo que mi prima aún no me ha perdonado que le hiciera nudos en las coletas cuando era más joven —explicó David a Bethany, sin dejar de mirar a Victoria.

—¿Eso hizo? —La joven se echó a reír.

Los brillantes ojos de David recordaron a Victoria que había hecho mucho más que enroscar su pelo alrededor de la cabecera de la cama. También la había desnudado y había acercado su boca a partes de su cuerpo que, al recordarlo, todavía hacía que se ruborizara.

—Además, nunca ha conseguido superarme a lomos de un caballo —añadió con aquella misma boca—. Creo que aún me guarda rencor —bromeó en un susurro, tapándose la boca con la mano.

La lluvia azotaba la casita de campo. Bethany se volvió hacia Victoria.

—Nadie debería salir en una noche como esta. Tenemos sitio. —Sonrió a David—. Siempre que no le moleste Zeus, lord Chadwick.

—¿Zeus?

—El gato de mi hermano. Duerme en la cama de la habitación de Nathanial.

David miró a Victoria que, visiblemente nerviosa, encontraba consuelo en su *toddy*. David sintió una punzada de culpabilidad al ver que la superaban en número e ingenio; primero él, luego sir Henry y ahora Bethany.

—Solo si lady Munro acepta —dijo, dejando a un lado el vaso. Lo que menos deseaba era sentirse cómodo y cálido por dentro.

—Por supuesto que acepta. —Bethany se volvió hacia Victoria—. ¿Verdad que sí?

—No he cambiado las sábanas.

—No importa —dijo él.

—A él no le importa —repitió Bethany.

—No has traído ropa —insistió Victoria, aunque ya resignada.

David abrió los brazos, deseando mostrarse humilde en el momento de la derrota de Victoria.

—La llevo puesta.

—¡Estupendo! —Bethany dio una palmada, dando por zanjada la cuestión—. Le acompañaré a su habitación.

—No lo harás, Bethany Munro —espetó Victoria—. Creo que ya es hora de que te acuestes. Su Señoría y yo tenemos que ponernos al día sobre algunas cosas. Asuntos familiares —añadió, suavizando su tono.

—¿Le veré mañana? —preguntó Bethany, volviéndose hacia David.

—Cuente con ello, señorita Munro —respondió él, hundiendo las manos en los bolsillos.

—Es estupendo que esté usted aquí.

—Buenas noches, Bethany —dijo Victoria, instándola a marcharse.

—Buenas noches, milord —se despidió Bethany con una breve reverencia.

David vio cómo se marchaba haciendo aspavientos y reconoció el típico enamoramiento juvenil. Se aclaró la garganta, volvió el rostro hacia Meg y vio su expresión sombría mientras contemplaba ella también a su hijastra, seguramente pensando lo mismo que él.

David se preguntó si Meg había sido alguna vez tan joven como Bethany o igual de vulnerable. Cuando él la conoció era apenas un poco mayor que Bethany. Recorrió su cuerpo con la mirada. La luz del fuego del hogar se reflejaba en los largos cabellos de ébano, mojados por la lluvia.

Era una locura quedarse embobado de aquella manera, pero no lograba apartar los ojos de ella. Sus pensamientos parecieron superar de algún modo la distancia que los separaba, porque Meg volvió la cabeza y David se encontró de repente frente al enigma más cautivador de todos.

Su esposa.

—Ha sido interesante —comentó.

—No te hagas ilusiones. Bethany se enamora de alguien nuevo cada mes. Está claro que te ha elegido para el mes de octubre.

David torció el gesto al oír su mordaz réplica.

—No dejaré que se me suba a la cabeza —dijo.

Meg volvió la cara y pareció reflexionar. Un rayo iluminó la ventana que había a su espalda. David pensó que en realidad no le resultaba tan indiferente como ella quería aparentar.

—Eso espero —dijo Meg—. Es tan joven y vehemente... Aún no ha tenido que enfrentarse con auténticas penalidades. —Meg dejó el vaso vacío en la tina de lavar los platos—. No pretendo fingir que haya cambiado nada entre nosotros, David.

David la retuvo cuando pasaba por delante de él.

—Tú y yo hicimos un trato sobre la casa. Cumpliré mi palabra.

Meg cogió la lámpara que había sobre la mesa de caballete.

—Me temo que no tenemos criados para que te ayuden con el aseo —dijo ella, rodeando la mesa sin hacerle caso—. Hay una bomba de mano en el fregadero si quieres agua. Las toallas están en el armario, al salir de la cocina.

—Pagar los impuestos de Rose Briar no basta para asegurar la propiedad.

—Esma sirve el desayuno temprano.

—Sé lo que piensas de mí... —dijo él, volviendo a detenerla.

—¡Es imposible que comprendas lo que pienso! —Meg meneó la cabeza y luego le miró con ojos llenos de aflicción—. Esta no es tu familia. No es tu gente. No quiero que les hagan daño. Únicamente estás aquí para atrapar al coronel Faraday.

—Puede que me dé igual cuál sea el destino de un traidor y un asesino reconocido, pero soy un hombre de palabra, Meg.

Pero ¿por qué tenía que defenderse? David miró al techo con un sentimiento de frustración; luego observó la tormenta por la ventana.

—¿Dónde dormirá Rockwell esta noche?

—En la casa del jardinero —contestó Victoria en tono vacilante. David comprendió que había percibido su estado de ánimo—. Mañana me ocuparé de que lo instalen en uno de los cuartos de la ropa blanca que hay junto a la cocina.

—Sin duda sabrá apreciar el alojamiento.

—Es un cuarto muy grande. —Sus ojos brillaban suavemente en aquella luz mortecina—. Si está aquí para proteger a esta familia, no puede dormir fuera.

David se mostró de acuerdo. Guardaron silencio durante un rato; de repente se sentían incómodos en la cálida quietud de la cocina.

—Debería acompañarte a tu habitación.

Victoria atravesó una sala de estar bien amueblada y condujo a David por la escalera de madera, que crujió a cada paso.

—La familia Shelby vive en la casa grande que hay saliendo por la parte de atrás. El señor Shelby y su hijo se ocupan de los establos. Esma y su hija cocinan y nos ayudan con las tareas domésticas. Pero si quieres comer algo esta noche, tendrás que preparártelo tú.

—Ya he cenado con tu familia. ¿Tú has cenado?

—El señor Rockwell y yo nos hemos detenido en una posada de camino hacia aquí.

David entró tras ella en la habitación que había al final del pasillo. El techo era tan inclinado que David tenía que agacharse para andar por la habitación. Se detuvo justo después de pasar el umbral de la puerta y paseó la mirada por las paredes llenas de dibujos de trenes al carboncillo, antes de ver la sencilla cama de hierro lo suficientemente amplia para dos personas. Victoria dejó la lámpara sobre la cómoda de madera de arce y encendió otra lámpara con una cerilla. No había polvo en la habitación, por lo que David supuso que alguien pasaba mucho tiempo en ella.

—¿Nathanial se parece a Bethany? —preguntó, a la luz de la lámpara que iluminaba el oscuro interior.

Sentía curiosidad por los dos hijos que Meg había heredado al llegar de la India; recordó que en aquella época debía de tener diecinueve años.

Victoria apagó la cerilla y el olor a sulfuro impregnó el aire. Luego volvió a poner el globo de cristal de la lámpara en su sitio.

—Están muy unidos. —Victoria se cruzó de brazos y se volvió con los negros cabellos sueltos sobre los hombros—. Sir Henry se está muriendo, David. Cree que ha encontrado una forma de proteger a su familia de Nellis cuando él ya no esté.

—¿De qué estás hablando?

—La enfermedad lo corroe por dentro. Él no quiere que yo lo sepa, pero he notado que ha estado bebiendo más para mitigar el dolor.

—De ahí que Nellis haya decidido actuar.

—Nellis es hijo del hermano mayor de sir Henry y magistrado jefe de toda esta región. Es un hombre de mediana edad que se casó unos años antes de que yo regresara a Inglaterra y ahora es viudo. Se las da de guardián de la familia. Hace seis meses, no sé por qué, se interesó por las propiedades de sir Henry.

—Querrás decir que se interesó por ti.

Victoria se pasó la mano por los cabellos todavía húmedos.

—Sir Henry cree que vendiéndote a ti la propiedad ha logrado garantizar nuestro futuro y, dado tu supuesto parentesco conmigo, parece ser que confía en que tú nos protegerás. —Se echó a reír—. Increíble la ironía, ¿no te parece?

—Pero si sir Henry muere antes de que Nathanial y Bethany alcancen la mayoría de edad, como pariente masculino más próximo, Nellis se convertiría en su tutor legal. Aunque yo sea el propietario de Rose Briar no servirá para nada.

—Eso no ocurrirá —dijo ella en un susurro, y se volvió hacia la cómoda. Abrió un cajón y guardó en él la caja de cerillas—. Sir Henry no va a morir.

Consciente de que se sentía amo y señor del destino de Meg, David se dijo que no podía permitir que ella lo involucrara en su vida. Ya había hecho suficiente con impedir que Nellis se apoderara de la finca... y no le había costado poco. Al otro lado de la ventana, la lluvia seguía cayendo a mares. El aroma a mirra y a membrillo que desprendía Meg hacía que oliera como una exótica hurí del harén de un jeque.

—Los pies te quedarán colgando —dijo Victoria.

David miró la cama. Un rayo iluminó los cuadros rojos de la colcha.

—¿Has hecho tú la colcha?

Ella esbozó una extraña sonrisa y David se sintió perdido

entre la lógica y la lujuria que empezaban a combatir en su interior.

—Mi primera y única colcha —dijo ella alegremente—. Me dijeron que la paciencia es una recompensa en sí misma. Es mentira.

David le tocó el pelo y la miró a los ojos.

—¿Lo es? —Tocarla había sido un error. David lo supo en el mismo instante en que lo hizo.

Ella reclamó su mechón de pelo.

—Esto no forma parte de nuestro acuerdo. Acepté ayudarte a capturar a mi padre, no dormir bajo el mismo techo que tú.

David quería dormir en la misma cama que ella, y hacer algo más que dormir, pero logró reírse interiormente de su debilidad.

—No hagas que parezca tan íntimo. No te pido que compartas mis sábanas.

—No importa. —Victoria se colocó el mechón de pelo por detrás de la oreja—. No importa lo que pidas, porque no va a ocurrir nunca.

Victoria se apartó y David fue tras ella.

—¿Qué es lo que no va a ocurrir nunca?

—La... intimidad entre nosotros.

—¿Porque no quieres intimidad? —preguntó él, molesto porque Meg hacía todo lo posible por evitar tocarle—. ¿O porque has olvidado cómo es una relación íntima?

—Ahórrate las groserías, David. Seguro que tendrás alguna otra mujer a la que atormentar. —Victoria pasó por su lado esquivándolo.

Pero él la cogió del brazo y la obligó a volverse.

—Ninguna con la que esté casado.

Victoria se ruborizó. David había observado que, a pesar del valor que demostraba su mujer cuando tenía que enfrentarse con forajidos en plena noche, se comportaba como una virgen con él. O quizá era él quien se comportaba como si fuera virgen. ¿Cuánto tiempo hacía que no estaba con una mujer?

Alzó la mano para mirarla a la luz. El anillo de su dedo lanzó destellos dorados.

—Aún llevas mi anillo. ¿Por qué?

Victoria trató de retirar la mano sin conseguirlo.

—Deberías saber la respuesta.

A David le importaba un comino que ella fingiera ser viuda; quería saber por qué llevaba aún su anillo.

—No, no la sé.

Los dedos de David siguieron el contorno de la boca de Victoria. Notó la suavidad de los labios bajo las yemas de sus dedos. Seguía pareciéndole perfecta.

David se acercó aún más, hundió la otra mano entre sus cabellos y le echó la cabeza hacia atrás, pero lo que estuviera a punto de decir murió antes de ser pronunciado, porque ella susurró su nombre. Aquel susurro embriagador hizo que el mundo gélido de David se resquebrajara con una promesa de calor. Jamás había podido controlarse cuando estaba con ella. Jamás lograba contenerse.

Debería haberse abstenido de tocarla, pero sabía por experiencia que aquella hazaña era imposible. Apretó la boca contra la suya, le separó los labios y, hundiendo sus dedos en la melena húmeda, se perdió completamente en aquel beso.

Lo saboreó. Se deleitó con él.

Le cogió suavemente la cara entre las manos. Ella soltó un gemido que pareció un sollozo y se abrazó a él.

Gimiendo a su vez en el interior de su pecho, el beso de David se hizo más profundo; luego solo sintió que la sangre se agolpaba en sus venas. El calor se apoderó de su cuerpo, se extendió a sus entrañas. Avanzó hasta que Victoria chocó contra la cómoda. La respiración de David se hizo más rápida; su abrazo, más intenso. La lógica amonestaba a su lujuria. Aquello era una mala idea en tantos malditos sentidos que David no sabía ni por dónde empezar ni cómo parar. O si quería hacerlo.

Su vertiginoso deseo acabó por imponerse a su capacidad de control. Fuera, la tormenta era como un caparazón que los envolvía. Dentro, rugía en silencio borrando barreras y recuerdos, arrasando emociones, que se partieron en pedazos y cayeron a sus pies. David se dio cuenta de que se había apartado ligeramente, pero no tanto como para no poder saborear los labios de Victoria o respirar el aire que llenaba sus pulmones. Notaba aún aquellos senos generosos contra su pecho; notaba las uñas de ella clavadas con fuerza en sus hombros.

—¿Cuándo fue la última vez que tuviste un amante? —preguntó.

Al ver que ella no respondía, miró sus ojos violeta. La luz que bañaba su rostro era cálida y dorada; una promesa de seducción.

—¿Cuándo?

—Tú. —Los ojos de Victoria buscaron los suyos—. Tú fuiste el último, David.

Él le lanzó una intensa mirada. Los labios de Victoria aún estaban húmedos por el beso.

—No entiendo...

Victoria era la mujer más apasionada que había conocido. En otro tiempo, hombres de todos los países habían caído rendidos a sus pies, y David estaba seguro de que ella se había aprovechado de ello para robarles.

—¿Eres capaz de robar una fortuna y de matar a un hombre, pero no de cometer adulterio? —preguntó.

Victoria le empujó con rabia renovada.

—Yo no maté a tu compañero. Aquel día, cuando entré y lo encontré allí escondido, él estaba en nuestro dormitorio, esperándote —replicó ella en un susurro—. Ya le habían disparado. Yo solo sé que llevaba encima órdenes de arresto con tu firma, David, así que no me vengas ahora con sermones.

David recordaba aquella mañana con toda nitidez. Al entrar en la habitación había encontrado a su compañero muerto y a Meg empuñando una pistola con la que le apuntaba al corazón. Pero ni siquiera ahora lograba creer que ella hubiera apretado el gatillo. O quizá sí.

—No eres totalmente inocente, Meg.

—¿Crees que no lo sé? —preguntó ella, y le apartó para salir.

David se volvió justo cuando la puerta se cerraba en sus narices y le obligaba a detenerse en seco. En la habitación contigua sonó un portazo.

David se pasó una mano por la barba incipiente, echó un vistazo a la agradable y pequeña habitación y se lamentó por la intensa erección que abultaba sus pantalones. En el suelo había un tren de madera junto a una vaca de peluche de color morado y un caballito de balancín. La inocencia que se respiraba en aquel lugar hizo que de pronto se sintiera un auténtico depravado.

—Eres un idiota, David —musitó, hablando a las vigas, a los demonios y a todos los fantasmas de su alma—. Un completo y maldito idiota.

Victoria no despertó hasta el mediodía.

Apartó las sábanas con incredulidad antes de recordar dónde se hallaba, y, sin preocuparse por lo frío que estaba el suelo, se levantó, y se lavó la cara y los dientes. Se pasó el cepillo por el pelo y se lo recogió en un moño; luego se vistió y fue a asomarse a la habitación de Nathanial. La cama estaba impecable, como si nadie hubiera violado la santidad del cuarto de su hijo, como si David no hubiera estado nunca allí. Como si no la hubiera besado y todo lo que había ocurrido durante los últimos días no fuera más que un sueño.

Ojalá la Providencia fuera tan generosa con ella, pensó, sintiéndose inquieta e irritable. Se dio cuenta de que la causa de su frustración era lo absurdamente banal que se había vuelto; se había pasado toda la noche atenta a los ruidos de la habitación contigua, imaginando que David no paraba de moverse tratando de hallar acomodo en un colchón demasiado corto para él.

¿En qué estaba pensando cuando permitió que la besara?

Cerró la puerta y se apresuró a bajar justo cuando el gran

reloj de pared de la escalera daba las doce. Al asomarse a la habitación de sir Henry lo encontró dormido. De la cocina llegaba el olor familiar a pan recién hecho y a sidra caliente con azúcar y especias.

—Buenos días, señora. —Junto a los fogones, Esma Shelby se volvió cuando Victoria se dirigió a uno de los armarios de la cocina y sacó un tazón de cerámica. Rizos húmedos de color mostaza enmarcaban el rostro de Esma—. Dormir bien le ha devuelto el color a las mejillas.

Victoria cogió una manopla para levantar del fogón la cafetera de cinc. Se sirvió una taza de café humeante.

—No debería haberme dejado dormir hasta tan tarde, señora Shelby.

—¿Y qué puede hacerse con un tiempo como este? Necesitaba usted descansar. Así lo ha dicho Su Señoría.

Molesta con David por arrogarse tal autoridad en su casa, Victoria cogió el tazón con ambas manos y se lo llevó a la nariz.

—¿Cuánto hace que salió mi... primo?

—Su Señoría se ha levantado al alba. —Esma metió una cuchara de madera en la marmita para remover la sopa de calabaza—. Ha hablado con ese joven que ha contratado usted y se ha ido a lomos de su caballo negro. No sé adónde iba, pero ha dicho que volvería para la cena.

—Ah, ¿sí? —Victoria miró sorprendida al ama de llaves—. ¿Se ha invitado sin más?

Esma enarcó las cejas.

—Teniendo en cuenta que es pariente de la señora, seguramente habrá supuesto que es bienvenido aquí.

Victoria enterró la respuesta en su tazón. David era capaz de convencer a una víbora de que le diera sus colmillos. Se sentía decepcionada al ver la facilidad con la que se había granjeado la simpatía de toda la familia.

—Solo le pido que sea prudente. Es un desconocido a pesar de su parentesco conmigo. No debería confiar en él sin más. Al fin y al cabo, hacía años que no nos veíamos.

—Pero ha venido en su ayuda, ¿no? —replicó el ama de llaves, desafiante.

Victoria no quiso hacer ningún comentario y Esma interpretó su silencio como una aprobación.

—Es un hombre muy apuesto, señora —prosiguió, y dejó escapar un suspiro que contrastaba con su dulce aspecto de abuela entrada en carnes—. Y también es un caballero. Me ha ayudado a traer el carbón para la cocina y me ha dado las gracias como Dios manda por las gachas de avena. A Bethany le gusta. Esta muchacha es tan enamoradiza... —Esma rió entre dientes—. Pero la verdad es que también tiene un cierto aire familiar...

Un leño que ardía en el hogar cayó en medio de una lluvia de chispas y Victoria se sobresaltó.

—Dios santo, niña. —Esma dejó a un lado la cuchara y puso los brazos en jarras—. Está tan nerviosa como Zeus. El gato se ha pasado toda la mañana escondido debajo de la cama de sir Henry. Seguramente ha oído ladrar a los sabuesos.

—¿Han oído ladrar a unos sabuesos?

—Al amanecer. —Esma comprobó el fuego que ardía bajo la marmita ennegrecida—. Lo lamento por el pobre animal al que perseguían el rastro.

Victoria se inclinó hacia la ventana y contempló el cielo plomizo con el ceño fruncido.

—¿Dónde está Bethany?

Esma le respondió que estaba en el establo atendiendo a la yegua que los hombres de Stillings habían herido hacía unas semanas. No habían cerrado el establo con candado la noche anterior porque Victoria no lo había considerado necesario durante la tormenta, pero nunca se sabía cuándo podían recibir alguna visita inesperada durante la noche. Los sabuesos solían andar sueltos cuando los contrabandistas rondaban por ahí.

—Hace cuarenta años, el apellido Munro era respetado. —Esma echó una cucharada de grasa de cerdo en una sartén de hierro—. Nadie se habría atrevido a robar un caballo para llevar a cabo semejante infamia —se lamentó el ama de llaves, como si existiera alguna excusa suficientemente buena para robar. Rompió dos huevos sobre la grasa que chisporroteaba—. Hemos llegado a un punto en el que las personas decentes ya no están a salvo. Necesitamos a alguien que se preocupe tanto como usted por estas tierras y por sus arrendatarios, señora, y ese alguien no es Nellis Munro. —Esma se sorbió la nariz y sirvió el plato de huevos a Victoria.

Por desgracia, pensó Victoria, ese alguien tampoco era David.

Sin embargo, a pesar del caos y las preocupaciones que había llevado a su vida, trastornándola por completo, su presencia hacía que se sintiera más segura. Meneó la cabeza, terminó de desayunar y dejó el plato en la tina. Solo sabía que sus emociones eran contradictorias y que desafiaban toda lógica.

Fuera, el viento seguía soplando con fuerza. Victoria se acercó a la ventana. El sendero se había convertido en un barrizal; se necesitarían horas para rellenar los surcos con tierra.

—Debería ir al cementerio a hablar con el señor Doyle. Quiero ver qué tal están esas gallinas a las que cuida como si fueran mascotas.

—Bethany ya fue ayer, señora. No debería preocuparse tanto.

Pero Victoria estaba preocupada. El tiempo seguía siendo horrible y la temperatura había caído bajo cero desde el día anterior.

—¿Está usted segura de que Bethany le ha llevado comida durante mi ausencia?

—Yo misma preparé la cesta —respondió Esma—. Le puse la mermelada de moras que aún tenemos que llevar a los demás arrendatarios.

Victoria no había olvidado las cajas de mermelada que estaba cargando la noche que el sheriff Stillings se había presentado allí. Dio la espalda a la ventana y se apoyó en la encimera con los brazos cruzados. Su mirada se posó en la cesta de mimbre que había junto a la alacena.

—¿Esa cesta? —preguntó señalándola.

Esma se volvió y se llevó una mano a la boca.

—No comprendo...

Victoria recordó que Bethany se había encontrado con David en el cementerio.

—¿Adónde va, señora? —preguntó Esma al ver que Victoria salía al zaguán para coger la capa de David que se estaba secando colgada de la pared. La había tomado prestada para volver a casa, ya que había perdido la suya.

—Alguien tiene que ir a ver al señor Doyle —dijo, y se puso el sombrero—. Hablaré con Bethany cuando regrese.

—Lo hace lo mejor que puede, señora.

—Pues tendrá que hacerlo mejor.

Victoria se echó la pesada capa de David sobre los hombros.

Llevaba medias de lana bajo el grueso vestido, lo que la protegería del frío al menos durante la caminata hasta la casita del señor Doyle.

—Atajaré por el bosque y estaré de vuelta antes de que sir Henry se despierte.

Además, quería echar un vistazo al cementerio al pasar por allí. Mientras ella se ataba los botines, Esma la observaba desde la puerta que comunicaba la cocina con el zaguán. Su rostro rubicundo delataba cierta inquietud. La misma que había sentido la noche anterior cuando Victoria acudió a ella y le pidió que mandara a su hijo al pueblo cuando despejara para enviar una carta a Nathanial. Por el momento, Nathan estaría más seguro con los primos de Bethany. Ya afrontaría más adelante las emociones que despertaba en ella la situación de su hijo.

—No se preocupe, Esma. —Victoria se abrochó la capa—. Si sir Henry se despierta, no olvide calentarle el agua para el baño del pie. No le dé de comer hasta que lo haga.

Fuera, el viento estuvo a punto de arrancarle la capa. Se agachó para pasar por debajo del enrejado, esperando que el señor Rockwell no la viera, ya que prefería que se quedara con su familia. Victoria no iba a ninguna parte sin su pistola de cañón corto, y ese día no iba a ser distinto. Sabía cuidarse sola. Su familia no.

Recorrer el atajo del bosque le llevó menos de quince minutos. El señor Doyle era un hombre solitario al que le gustaba la mermelada de moras, tenía gallinas como mascotas y alimentaba a las palomas que anidaban en lo que quedaba del campanario de la iglesia quemada. Llevaba décadas encargándose de la iglesia y del cementerio. Cuando Victoria llegó a Rose Briar ya era viejo, y seguía siéndolo ahora. Su mujer había fallecido el año anterior, después de cuarenta años de matrimonio, y desde entonces Victoria lo visitaba regularmente. El hombre no tenía más familia.

El invierno se había adelantado aquel año, y Victoria quería comprobar que el señor Doyle tuviera combustible suficiente para calentar su casa. El señor Doyle se había convertido en responsabilidad suya, al igual que los demás arrendatarios que quedaban en las tierras de los Munro, desde que sir Henry estaba enfermo.

Victoria percibió en el aire que la nieve, o la aguanieve, no tardaría en caer, por lo que se echó la capucha de la capa sobre el sombrero para protegerse mejor del viento. Con la cesta colgada del brazo, se sentía como Caperucita Roja al salir del bosque a campo abierto, cerca de un ruinoso granero, vestigio de épocas mejores en las que se guardaba allí la cosecha. Una suave y sedosa ardilla roja asomó la cabeza por detrás de un montón de hojas húmedas. Vio a Victoria y trepó a un árbol velozmente.

La casita se encontraba a cincuenta metros detrás de la rectoría. No salía humo de la chimenea. Intranquila, Victoria se acercó a la casa. Llamó a la puerta antes de entreabrirla y asomar la cabeza al oscuro interior.

—¿Señor Doyle?

No obtuvo respuesta. Temiendo lo que pudiera encontrar, entró en la pequeña salita abarrotada de cosas. Luego comprobó el dormitorio, donde reinaba el desorden y la cama estaba deshecha. Salió por la puerta de atrás. El gallinero estaba destruido. Había plumas por todas partes. Los malditos sabuesos habían pasado por allí esa mañana.

Esforzándose por mantener la calma, Victoria paseó la vista

por la iglesia y llamó dos veces al señor Doyle. Un relámpago rasgó el cielo sobre las copas de los árboles, seguido del retumbar del trueno. Poniéndose una mano sobre los ojos a modo de visera, Victoria deseó no haber ido hasta allí sola.

7

David detuvo su caballo en lo alto de la colina que se alzaba sobre la casa, justo cuando empezaba a caer aguanieve sobre sus hombros. Al final del sendero estaba estacionado un negro carruaje señorial; dos lacayos se apretujaban en la parte de atrás, tratando de protegerse del fuerte viento invernal.

David no vio a Rockwell por ninguna parte. Renegando por lo bajo, espoleó al caballo y bajó por el sendero. Entró a caballo en el cálido establo y se detuvo al ver al señor Shelby, que llegaba apresuradamente desde el fondo de la hilera de compartimientos para recibirlo.

—Llega usted a tiempo —dijo Shelby, haciéndose cargo de la brida—. Nellis Munro ha llegado hace diez minutos.

—Ocúpese del caballo —pidió David, desmontando—. He venido galopando con la esperanza de llegar antes que la tormenta.

—¿Es una bolsa de viaje lo que cuelga de la silla? —preguntó Shelby.

—Déjela ahí —ordenó David. Se levantó el cuello del abrigo mientras echaba a caminar hacia la puerta del establo—. No me quedaré esta noche. Voy a instalarme en la casa solariega.

David atravesó el patio corriendo, saludó con una inclinación de cabeza a los dos lacayos uniformados y luego subió los peldaños que llevaban al zaguán. Una vez en el interior, mientras se sacudía las botas pisando fuerte, oyó voces airadas que llegaban de la cocina. Sin quitarse el abrigo, agachó la cabeza para pasar por la puerta y se detuvo.

En el hogar ardía un fuego bajo. En el aire flotaba el olor a pan recién horneado. Sir Henry estaba sentado a la mesa, con Bethany a su lado. La señora Shelby se encontraba de pie junto a sir Henry y le servía el té. La mesa estaba puesta para la cena, pero el hombre que miraba a la pareja con actitud prepotente no parecía interesado en unirse a ellos. David miró a su alrededor, pero no vio a Meg.

—... he sido paciente, tío. —Nellis hizo una pausa en su perorata para taladrar a sir Henry con la mirada—. Tan paciente como puede serlo un hombre en estas circunstancias. Victoria me debe al menos un poco de su tiempo por todos los problemas que me ha causado. ¡Maldita sea! —Se golpeó la palma de la mano con los guantes que llevaba en la otra—. Ni siquiera sabía que una persona tan distinguida como la condesa había alquilado la Sprague House hasta que mi criado me ha informado esta mañana.

—No hemos conspirado para mantener ningún secreto —dijo sir Henry.

—Entonces, me disculpará si insisto en ver a Victoria, ¿verdad? Toda esta familia está bajo mi responsabilidad. Si Victoria necesita asistencia médica, mi médico personal se ocupará de ella.

David se quitó los guantes y avanzó hacia el centro de la habitación.

—Ella no es responsabilidad suya.

Nellis giró en redondo, vio a David y, fueran cuales fuesen las palabras que iba a pronunciar, se extinguieron con una tos.

—¿Disculpe?

—Ahí lo tienes. —Sir Henry agitó la cuchara en dirección a David—. ¿Querías hablar con alguien sobre tus desdichadas circunstancias? Pues ahí tienes al hombre con el que debes hablar.

David se desabrochó el abrigo y se acercó.

—¿Me he perdido algo importante?

Nellis examinó a David con una mezcla de furia e incredulidad.

—¿Es usted quien ha comprado Rose Briar en una partida de cartas?

—Creo que soy yo, en efecto —respondió David, mirando a sir Henry por encima del hombro de Nellis.

—¿Y quién se ha creído que es, si puede saberse?

—El barón Donally de Chadwick —se adelantó a responder Bethany. David se detuvo al llegar al extremo de la mesa, interponiéndose entre Nellis y la familia de Meg—. El primo de Victoria.

—¿Primo? —dijo Nellis en tono burlón—. Victoria no tiene ningún condenado pariente aparte de nosotros.

—Le aseguro que soy su pariente más cercano.

Nellis era un hombre alto de sienes plateadas, cabellos castaños y patillas de boca de hacha del mismo color. Llevaba traje oscuro y capa, y aún tenía el sombrero y los guantes en la mano. Nellis entrecerró los ojos.

—¿Nos conocemos?

—No, a menos que haya viajado a África —volvió a intervenir Bethany.

—¿África? —Nellis se volvió hacia la pareja que estaba sentada a la mesa—. Esto es una locura. ¿Cómo ha podido vender Rose Briar a un desconocido, tío? Y apenas por el valor de los impuestos.

—No recuerdo que tú te hayas ofrecido nunca a comprarla, Nellis. —Sir Henry mojó el pan en su escudilla de sopa de calabaza—. De hecho, lo único que recuerdo es que Victoria tiene que defenderse de ti cada vez que decides honrarnos con tu estimada presencia. Si quieres echar la culpa a alguien por mi decisión, échatela a ti mismo.

—Victoria debería estarme agradecida por el mero hecho de haberle propuesto matrimonio. La próxima vez no me molestaré en comportarme como un caballero. —Posó su mirada en David con deliberada intención intimidatoria, pero debió de ver algo en sus ojos que le advertía que sería mejor cerrar la boca mientras aún tuviera lengua—. Su adquisición no es legal, milord —dijo Nellis, moderando su tono.

—Todo es perfectamente legal, señor Munro —replicó David sin preocuparse ya por el sombrío tono de su voz, y sacó del bolsillo un paquete de color marfil—. He registrado la escritura esta mañana. Si insiste en enfrentarse conmigo, podría dar la impresión de que utiliza el poder que le da su cargo para adueñarse ilegalmente de una propiedad privada. Ahora, Rose Briar es mío y, al contrario que su tío, yo dispongo de los medios para enfrentarme con usted.

—¿Me está acusando de cometer una fechoría contra mi propia familia?

—Si lo hiciera, podría obligarle a demostrar que miento. —David conocía a los tipos como Nellis. Había conocido a bastantes de la misma calaña en Irlanda. Hombres que utilizaban su poder para adueñarse de tierras ajenas—. Sí —añadió en voz baja—. Conozco perfectamente el sistema legal.

Nellis volvió a enfundarse los guantes con exagerada indiferencia.

—Salude a lady Munro de mi parte, sir Henry. También puede decirle que soy un hombre paciente. Porque usted no vivirá eternamente. Por su aspecto, incluso dudo mucho que llegue a final de año.

—¡Cómo puede hablar así! —exclamó Bethany.

—¡Fuera de aquí! —Sir Henry volcó la escudilla de sopa y el líquido caliente se derramó sobre sus pantalones.

David dio un paso hacia sir Henry con actitud protectora.

—Le han dicho que se vaya, Nellis.

—Y usted, Chadwick —dijo Nellis, poniéndose el sombrero—, necesitará algo más que voluntad y dinero para cultivar las tierras de Rose Briar. Sus arrendatarios han huido en tropel. No regresarán para trabajar sus campos. El miedo provoca esa reacción en las personas.

Nellis salió dando un portazo. Bethany se sorbió la nariz. Instantes después, David oyó el traqueteo de las ruedas del carruaje subiendo por el sendero.

—¿Puede decirme alguno de ustedes a qué venía todo esto? —preguntó David.

Sir Henry apoyó las manos temblorosas en la mesa. Le costó limpiarse la sopa de los pantalones.

—Tal vez debería habérselo advertido —admitió.

Sir Henry apenas podía ponerse en pie y David tuvo que rodear la mesa y echarle un brazo sobre los hombros.

—Sí —masculló—. Ya veo por qué se le olvidó —dijo con cierta brusquedad—. Voy a llevarlo a su habitación. —Miró a Esma, que se había arrodillado para limpiar la sopa derramada en el suelo—. Traiga más sopa y té, señora Shelby.

—Lady Munro me dijo que le obligara a bañarse el pie con agua y sales. —Esma se sentó en el suelo, retorciéndose las manos—. Pero él no quiere cooperar, milord.

Una vez en la habitación de sir Henry, David lo instaló en una butaca y, después de ayudar al anciano a quitarse los pantalones, le quitó también el calcetín de lana del hinchado pie izquierdo. Una llaga incipiente le atormentaba el dedo gordo.

—¿Cuánto tiempo hace que tiene así el pie? —preguntó David, apoyando el brazo en el muslo y mirando a sir Henry con el ceño fruncido.

—Lo bastante para saber qué puede hacerle a un pie una llaga sin curar. —Sir Henry se frotó la sien—. He hecho lo que he podido para no preocuparla a ella. Ya tiene bastantes quebraderos de cabeza con los niños y con conseguirnos un techo para dormir. No podía dejar que viera esto.

—Lady Munro tiene razón. Debería bañarlo en agua y sales. He visto heridas como esta. Y aunque no siempre se curan, tiene que atacar la infección.

—¿Es usted médico? —preguntó sir Henry lanzándole una mirada inquisitiva.

Por su anterior trabajo en Irlanda, David sabía lo bastante de medicina práctica para ser reconocido como médico en muchas partes del mundo. También sabía que en pocas semanas la herida de sir Henry ya no tendría cura si no lo ponía todo de su parte.

—Durante la última década he trabajado con gente suficiente para aprender a entablillar y a traer al mundo un bebé —explicó a sir Henry.

Esma y Bethany entraron con una olla llena de agua caliente y sales.

—¿Se pondrá bien? —preguntó Bethany acercándose a su abuelo.

David desvió la mirada del anciano, que se quejaba a Esma de la temperatura del agua, y se preguntó si Meg estaría indispuesta en su habitación, puesto que no parecía haberse enterado de aquel alboroto. No quería sentirse responsable en modo alguno de aquella gente.

—Señora Shelby —dijo, poniéndose en pie—, encárguese de que mantenga el pie un rato en el agua.

David volvió a la cocina. Se lavó las manos y luego las apoyó en la encimera para mirar por la ventana.

—Gracias —dijo Bethany, que le había seguido hasta la cocina. Vestía de amarillo, el mismo color de las cortinas—. Por lo que ha hecho por nosotros...

—No he hecho nada, señorita Munro.

—Sí que lo ha hecho. No solo por sir Henry, sino por enfrentarse con Nellis. Me temo que no será nada bueno para usted. No es un hombre al que sea recomendable tener como enemigo. Pero supongo que ya es demasiado tarde.

David cogió una toalla que colgaba de un gancho de madera y se secó las manos, mirando a la joven.

—¿Qué les ocurrió a los arrendatarios de estas tierras? —preguntó.

—La mayoría se han ido en busca de trabajo —respondió ella, mirándose la punta de la zapatilla—. Con el río y el Canal a poca distancia de aquí, esta zona se ha convertido en un refugio ideal para contrabandistas. Cuando no es Tommy Stillings quien les mete el miedo en el cuerpo, son los sabuesos que andan sueltos por el campo. Los arrendatarios que aún no se han ido están en constante peligro.

David tuvo que contener la ira y recordar que aquellas personas eran unos extraños para él. Cuando se fuera, no volvería a verlos nunca más.

—Pero ustedes siguen aquí —dijo.

—Por lo general, el sheriff Stillings nos deja tranquilos —explicó Bethany—. Victoria le salvó la vida en una ocasión y, por cierto sentido del honor, no nos ha tratado igual que a los demás, pero temo que se canse de que Victoria se enfrente con él.

David recordó la noche de su llegada al pueblo y que el sheriff Stillings hubiera acudido a aquella casa con el pendiente.

—¿Los funcionarios de impuestos especiales no saben nada de lo que ocurre?

—Oh, algunas veces vienen soldados y funcionarios. Entonces los contrabandistas dejan de actuar. Nellis no hace nada en absoluto. —Bethany desvió la mirada—. Me temo que es posible que haya hecho usted una mala inversión comprando Rose Briar.

—¿Eso cree?

David se acercó a la ventana y apartó la cortina amarilla. Mientras miraba, se desvaneció la luz postrera del día; tan solo era visible la aguanieve que golpeaba el cristal.

—He oído a los sabuesos esta mañana —dijo.

Esma soltó un bufido de repugnancia. Dejó en el fregadero la olla con agua que llevaba.

—Sí, andaban correteando por ahí. Por eso lady Munro se ha ido esta tarde a ver al señor Doyle. —Se secó las manos con el delantal—. Es el hombre que cuida la iglesia y el cementerio. Hace horas que la señora debería haber vuelto. No le hemos dicho a Nellis...

—¿Lady Munro se ha ido? —David se apartó de la ventana y miró a la señora Shelby y a Bethany—. ¿Por qué nadie me lo ha dicho antes?

—El señor Rockwell acababa de salir en su busca justo antes de que llegara Nellis.

David tuvo que hacer un esfuerzo para no salir corriendo. Sacó los guantes del bolsillo y se dirigió a toda prisa hacia el establo.

Maldijo la imprudencia de Meg, que sabía perfectamente que el coronel Faraday andaba suelto. Pero una parte de David temía que hubiera huido; era su parte antigua, que conocía a la parte antigua de Meg tan bien como conocía su propia alma. Tal vez Victoria Munro estuviera cerca de la santidad para sir Henry, pero Meg Faraday podía apuntar y matar a un hombre con un arma. Era solo cuestión de tiempo que volviera a salir huyendo. Sin embargo, David se negaba a creer que fuera tan pronto.

—Estoy pensando en casarme con usted, señora. —La voz del señor Doyle sonó con aspereza sobre la mejilla de Victoria.

Ella sonrió mientras le ayudaba a acostarse, aunque fuera solo para indicar que le había oído. El señor Doyle aún sufría de hipotermia. Victoria lo había encontrado en la rectoría quemada, oculto tras la mesa, aferrando una gallina con todas sus fuerzas y temblando bajo una gruesa manta de lana.

—Puede que considere su oferta dentro de unos años. —Le acomodó los almohadones detrás de la espalda—. El señor Rockwell ha encendido el fuego en la chimenea de la salita. Yo le prepararé un té. Pero quiero que se quede bien abrigado bajo estas mantas. Ha estado a punto de morir de frío.

—Hace un año que ella se fue, milady —dijo él, aferrando las manos de Victoria entre sus manos huesudas.

—Lo sé —dijo Victoria, cogiéndoselas a su vez.

Finas venas moradas cruzaban las mejillas y la nariz de Doyle, que la miraba con el ojo izquierdo cubierto por un velo opaco. Hacía cinco años que se había quedado ciego de aquel ojo.

—Recuerdo cuando tenía el mismo color de pelo que usted —dijo, medio dormido.

—Echa de menos a su esposa. ¿Por eso estaba en la iglesia?

Victoria sabía que Doyle pasaba mucho tiempo en el edificio quemado. A veces lo encontraba sentado en el suelo frente al púlpito en ruinas.

—Dígale a sir Henry que Doyle le pide que le encuentre a usted un marido pronto. Es una pena ver un robusto linaje que se desperdicia.

Victoria se sentó en la cama y miró al señor Doyle con severidad.

—Ya que está tan animado, quizá debería enviarlo a casa de la viuda Gibson a pasar el invierno.

—No querrá sacarme usted de aquí, ¿verdad, milady?

Victoria tenía que enviarlo a alguna parte, por su seguridad. La señora Gibson era la antigua cocinera de Rose Briar. El año anterior se había ido a vivir con su hijo, que aún se las apañaba para cultivar un trozo de tierra de la finca.

—Es una gran cocinera y allí usted estaría más seguro. También le iría bien que la ayudara en la granja. Además, tendría un lugar donde guardar sus gallinas.

—Entonces, le diré la verdad. —Doyle se frotó la barbilla con aire pensativo, mirando a Victoria con el ojo sano—. Nadie está a salvo en los tiempos que corren. —Bajó la voz—. El viejo Doyle puede contarle un par de cosas sobre lo que ha visto algunas noches que le pondrían los pelos de punta, señora. Hay fantasmas en el campanario. Ni siquiera los sabuesos entraron allí anoche.

Victoria se inclinó sobre la mesita de noche y bajó la luz de la lámpara. Tendría que ir a la iglesia para averiguar qué había asustado al señor Doyle. Miró por la ventana en dirección a la iglesia, sospechando que los fantasmas debían de ser seres humanos con faroles que formaban parte del grupo de contrabandistas de Stillings.

Victoria cerró la cortina para impedir que entrara el aire gélido del exterior, y observó por encima del hombro al hombre acostado. Podía haber muerto si ella no lo hubiera encontrado.

—No se vaya, señora —le oyó decir cuando soplaba para apagar la lámpara de la cómoda.

—Solo voy a la otra habitación —le tranquilizó Victoria, deteniéndose al pie de la cama—. Pero mañana lo llevaré a casa de la viuda Gibson. ¿De acuerdo?

El ojo sano del señor Doyle se clavó en ella en la oscuridad.

—¿Avisará a Bess? —preguntó en voz baja—. Esperará verme mañana y no sabrá adónde he ido.

—Se lo diré a su esposa, señor Doyle —le prometió Victoria.

—¿Me lo promete?

—Se lo prometo.

—Fuimos felices juntos, milady —musitó él.

Con el pulso acelerado por alguna razón ilógica que no sabía explicarse, Victoria salió de la habitación, cerró la puerta y apoyó la cabeza en la jamba. No quería llegar a conocer ese tipo de amor. El amor que impulsaba a una persona a cometer locuras como la de hablar a la lápida de una tumba.

O la de concebir un hijo.

Echando los hombros hacia atrás, Victoria se volvió y dio un respingo.

David estaba medio recostado en el sofá, con el abrigo doblado a su lado. Instintivamente, Victoria echó mano al bolsillo, pero vaciló y optó por esperar a que el pulso recuperara su ritmo normal.

—¡Dios santo! ¿Dónde está el señor Rockwell? —preguntó, alarmada al ver que David se incorporaba para levantarse.

David había visto el movimiento de su mano y, por la dura expresión de su rostro, supuso que había adivinado que llevaba un arma.

—Lo he enviado de vuelta con tu familia. Te dije que no salieras nunca de casa sin él.

A pesar de que, por principio, ella se negaba a retroceder ante cualquier hombre, dio un paso atrás sin poder evitarlo. Fue a dar contra la pared, pero David no dejó de avanzar hacia ella. En el pelo de David brillaban gotas de agua, y Victoria percibía el frío de sus ropas, como si acabara de llegar bajo la tormenta.

—¿Qué estás haciendo?

Sin decir una sola palabra, David le quitó la pistola del bolsillo antes de que ella pudiera impedírselo.

—No es que no confíe en ti cuando tienes a mano un arma

cargada. —David comprobó el cargador sin dejar de mirarla a los ojos, como si Victoria fuera a llevar un arma descargada—. Pero no confío.

Victoria se cruzó de brazos sin discutir su sensata acción. Ella tampoco confiaría en Meg Faraday cuando resultaba tan tentador pegarle un tiro a David y acabar de una vez con todo. Miró a su marido de arriba abajo. La luz que se reflejaba en los hilos plateados de su chaleco causaba una impresión de riqueza.

—¿Por qué estás tan enfadado? —preguntó.

—¿Tienes deseos de morir? —inquirió David con voz áspera. Por su tono parecía que creyera tener derechos sobre ella—. Se supone que no debes abandonar la casa sola.

—Sé cuidarme. Rockwell debe permanecer junto a mi familia constantemente.

—Ese no era el trato. A menos que planees una agradable reunión entre padre e hija. —Victoria arqueó una de sus finas cejas, mientras David sopesaba esa posibilidad—. Pensándolo bien, aún no me has dicho por qué no quieres que te encuentre.

—¿Qué pasa contigo? —atacó Victoria, dándole un empujón en el pecho. Sin embargo, en el instante mismo en el que retiraba la mano supo que había sido un error tocarle. Sobre todo cuando lo tenía tan cerca y el frío de sus ropas se había convertido en calor.

Ambos se quedaron quietos; el único movimiento perceptible era el de su respiración. David estaba lo bastante cerca de ella para besarla. Lo bastante cerca para hundir los dedos en sus cabellos y abrir la boca sobre la suya, tal como había hecho la noche anterior. Victoria quería volver a sentir. No deseaba experimentar aquel miedo pavoroso a cometer una estupidez y arrojarse en brazos de su marido.

David apretó la mandíbula. Luego desvió la mirada hacia la puerta del dormitorio y guardó la pistola en el bolsillo del chaleco.

—¿Está bien el señor Doyle?

—Ha sufrido una hipotermia. No puedo dejarlo solo esta noche. Estaba a punto de prepararle un té.

Victoria dio un amplio rodeo para evitar a su marido, pasó por delante de la pequeña mesa de arce y las dos sillas con respaldo de listones, y se metió en la cocina.

Había encendido el fuego antes de que llegara David, por lo que solo tuvo que poner el agua a hervir. Sacó tres tazas del armario y las dejó sobre la encimera junto a la cesta de mimbre que había llevado consigo. También sacó una bandeja de madera.

Con el rabillo del ojo vio que David tenía un hombro apoyado en la pared y la miraba con ojos abrasadores mientras ella echaba el agua humeante en una tetera de porcelana. Aunque a duras penas, Victoria consiguió mantener la atención fija en el té, al tiempo que trataba de sosegar los latidos de su corazón. La casita era demasiado pequeña para que pudieran pasar juntos una noche pacífica bajo aquel mismo techo. Un incómodo silencio se instaló entre ambos mientras ella hurgaba en sus pensamientos tratando de encontrar algo relevante que decir.

—¿De quién son los sabuesos que pasaron por aquí anoche? —preguntó él finalmente.

—La mayor parte son perros salvajes. No puedo demostrarlo, pero creo que el responsable de que ronden por aquí es Nellis. Cuando descubra...

David solo tuvo que mirarla, y la ira justificada de Victoria se desvaneció en parte. Le sorprendía que él se hubiera molestado en preguntarle. O quizá estaba cansada de luchar ella sola y apreciaba que mostrara interés.

—La aguanieve se convertirá en nieve esta noche. Si vuelven, será fácil seguirles el rastro —dijo ella.

—No necesito nieve para seguirles el rastro.

Victoria parpadeó para contener el impulso de decirle que seguir el rastro a los sabuesos no era responsabilidad suya.

—Son peligrosos, David.

—Igual que tu padre. Pero prefiero tener un único perro a mis espaldas. —Entró en la cocina y se apoyó en la encimera—. ¿Cuántos arrendatarios os quedan?

—Siete familias. —Victoria colocó el azucarero sobre la bandeja, pero sus movimientos se hicieron más lentos. En los nudillos se veían aún las postillas que le quedaban como recuerdo de la caída del caballo—. Hace unos años, había treinta familias. El señor Doyle se ocupa del cementerio y la iglesia. Antes teníamos cuatro guardabosques que se encargaban de la finca que rodeaba la casa solariega.

—¿Solo hay un camino que lleve hasta el cerro?

—No —respondió ella, sabiendo que lo preguntaba simplemente por motivos profesionales, no porque le interesara Rose Briar. Aquello la entristeció, pues allí arriba estaba todo cuanto amaba—. Desde el valle sube un camino hasta la casa solariega. También hay un camino más transitado hacia el norte, más allá del barranco, que viene de Halisham y Salehurst y baja hasta la costa. Y, por supuesto, todos los senderos escondidos que entran y salen del bosque. —Victoria miró a David—. Yo los conozco todos.

—Por si se te ha ocurrido pensarlo —dijo él, lanzándole una mirada llena de intención—, no hay sitio en el mundo en el que yo no pueda encontrarte, Meg.

Victoria puso la tapa a la tetera.

—¿Porque me odias demasiado?

—El odio no fue nunca nuestro problema. —Se volvió hacia Victoria—. No sé cómo, pero he acabado siendo dueño y señor de una casa, tierras, y una familia a la que quieres. ¿Puedes explicármelo?

Victoria dejó caer la mano sobre la bandeja mientras recordaba la estrella fugaz que había visto la noche de su reencuentro con David y a la que había pedido que la ayudara a salvar Rose Briar. Nunca había tenido tan claramente la certeza de que los caminos del Señor eran inescrutables.

—Tal vez algo que estuvo tan vivo en otro tiempo no merezca morir —dijo. Alzó la vista hacia David al ver que este no decía nada—. Realmente merece la pena salvar Rose Briar.

—¿Es eso todo lo que merece la pena salvarse, Meg?

—También están los campos y los huertos. Los arrendatarios han vivido aquí toda su vida. Esta tierra es su hogar. —Este pensamiento la distrajo del tema de conversación. Se quedó contemplando una fina grieta en el azucarero—. ¿Has cenado ya?

—¿Te estás ofreciendo a cocinar para mí?

—Hay un tarro de mermelada de moras en la cesta. Pensaba compartirlo contigo. —Esta vez lanzó a David una mirada de tímida coquetería.

David esbozó una sonrisa con la comisura de la boca, que contagió a Victoria.

—Entonces quizá debería cocinar yo —se ofreció él.

—¿Sabes hacerlo?

—Dame una patata. Te haré un pastel. ¿Te parece que estoy mal alimentado?

Victoria examinó sus hombros y recorrió brevemente el resto de su cuerpo con la mirada. A pesar de todos sus defectos, David seguía teniendo un cuerpo tan atlético que obligaba a las mujeres a recurrir a las sales. Una vez más, por su mente cruzaron imágenes del beso que le había dado la noche anterior, el beso que la había mantenido despierta toda la noche.

El silencio se prolongó, tenso como una cuerda de violín; de repente, Victoria sintió la necesidad de puntear en él toda una sinfonía.

David había despertado su lado pícaro, que ella creía dormido dentro de la remilgada Victoria. Era el único hombre al que había conocido al cual Meg Faraday no podía controlar con su sexualidad. Eso siempre había formado parte de la atracción. Del desafío.

Pero solo en parte.

—Deberías hacerlo más a menudo —dijo Victoria, colocando una mano sobre la tapa de la tetera para servir el té.

—¿Qué debería hacer más a menudo exactamente?

—Sonreír como si fuera de verdad. —Le lanzó una mirada insolente—. Tienes unos dientes bonitos. —Como los de un lobo, añadió mentalmente.

David cambió de postura y metió una mano en el bolsillo.

—Le he dicho a Rockwell que no volverías a casa esta noche. Me preocupaba el tiempo.

—Entonces, ¿por qué no se ha quedado él y has vuelto tú a casa?

Era una pregunta impulsiva, propia de una jovencita.

—Pensándolo bien —añadió Victoria—, quizá ninguno de los dos debería hacerse esa pregunta.

Los ojos de David le dijeron que también él estaba pensando en el beso.

Comprendió que no estaba preparada para disputar de nuevo aquella batalla. Pero no podía respirar el mismo aire que David sin recordar cómo era en otro tiempo, cuando sentía el calor de su cuerpo contra el suyo desnudo, cuando conocía hasta el último centímetro de su piel. Como si hubiera olvidado que David era un charlatán consumado.

Como si hubiera olvidado que era exactamente igual que ella.

—Tengo que meter el caballo en el establo —dijo él, apartándose de la encimera—. Daré una vuelta por los alrededores antes de cerrarlo todo. Corre la cortina y cierra bien la puerta.

Por supuesto, David no pensaba bajar la guardia. Aún tenía la pistola de Victoria metida en el bolsillo. Victoria miró por encima del hombro y vio una capa de hielo en el cristal de la ventana. Se sobresaltó cuando David le levantó el mentón con un dedo y volvió su rostro hacia la luz. Estaba tan cerca de ella que notaba el calor que desprendía su cuerpo. De repente le resultó obvio, igual que debía de resultarle a él, que iban a volver a acostarse.

—Paciencia, amor. —David le pasó el rugoso dedo pulgar por el labio inferior, antes de ocultar el brillo ardiente y posesivo de sus ojos tras un muro pétreo. Directo. Depredador—. Cuando vuelva a besarte, no será mientras juegas a ser Florence Nightingale con un anciano.

Victoria no quiso replicar. No le preocupaba lo que David pudiera hacerle, sino lo que ella le permitiría si se dejaba llevar por la promesa que veía en sus ojos. Cuando David salió de la cocina, Victoria apoyó las manos sobre la lisa madera de la encimera y escuchó el susurro de la ropa cuando él metió los brazos en las mangas del abrigo. No volvió a respirar hasta que David cerró la puerta de la casa.

8

—Lleva fuera mucho rato, señora —murmuró Doyle desde la cama.

Victoria, que miraba por la ventana y no se había dado cuenta de que Doyle se había despertado, se volvió. El anciano se tapaba con las mantas hasta la barbilla. La única luz que había en la habitación procedía de la estufa de leña del rincón.

—Su Señoría ha preparado una sopa buenísima —añadió, con el ojo sano brillando a la tenue luz anaranjada—. No es como otros nobles que no sirven para nada, señora.

—No, no lo es —admitió ella. Porque no era un noble de verdad.

Pero era un cocinero excelente. David se las había apañado para preparar una deliciosa cena con patatas viejas, zanahorias y lo que quedaba de tocino en el cobertizo de ahumar situado en la parte de atrás. Pero el auténtico cambio en su opinión sobre él se había producido cuando David había ayudado al anciano a hacer sus necesidades antes de acostarse. Había conseguido mantener la dignidad del anciano intacta, como si no fuera la primera vez que realizaba tareas semejantes, y su compasión contradecía todo lo que Victoria recordaba de él. Cuando David había salido de la habitación del anciano, Victoria había desviado la vista tratando de ocultar su turbación.

—Presiento que él será quien vuelva a poner en pie Rose

Briar, señora. —El señor Doyle cerró los ojos mientras Victoria lo arropaba—. Lo noto en las entrañas.

—¿Por qué? —preguntó ella, tratando de ahondar en sus contradictorios sentimientos sobre el carácter de David.

—Está fuera partiendo leña para que no nos congelemos por la noche. —El señor Doyle rió entre dientes—. Y he visto cómo la mira cuando usted no se da cuenta. Ese hombre siente algo por usted.

—¿Lord Chadwick? —Victoria se rió ante semejante idea. David no la miraba de manera distinta a como miraría a cualquier criminal que hubieran confiado a su custodia.

Doyle la observó con los ojos entornados bajo sus pobladas cejas.

—No estoy tan ciego como parece, milady.

No, solo ve fantasmas en una vieja iglesia quemada.

—¿Está bien abrigado? —preguntó, de pie junto a la cama.

—Sí, señora. Hacía mucho tiempo que no estaba tan abrigado.

Al cabo de un rato, Victoria salió de la habitación. Se dirigió a la chimenea y echó un leño al fuego antes de volver a la cocina.

David le había dicho que mantuviera las cortinas cerradas, pero Victoria levantó una punta para mirar hacia el establo. El viento había amainado y solo soplaba alguna que otra ráfaga. La aguanieve ya se había convertido en nieve. Caían grandes copos que cubrían el suelo formando una capa blanca. La luz del establo que se filtraba entre las rendijas de los listones hacía que el suelo desprendiera un resplandor dorado. Oía los golpes amortiguados, pero firmes, de un hacha partiendo leña. David llevaba fuera casi dos horas.

Victoria cogió una manopla raída para quitar la cafetera del fuego y sirvió café en un tazón desportillado. Luego fue a la puerta de atrás, se echó la pesada capa de David sobre los hombros y se encaminó hacia el establo. Sus botas crujían sobre la nieve. Una vez allí, levantó el pestillo de madera y abrió la puerta. El ruido hizo que David levantara la cabeza y, a pesar de su fuerza de voluntad y de las mentiras con las que había intentado convencerse, a Victoria le dio un vuelco el corazón. Aunque las sombras no hubieran cincelado su rostro, se le veía alto y apuesto, y tenía un aspecto realmente competente con el largo mango del hacha entre las manos. Su marido, del que había estado separada tantos años, tenía una presencia imponente y la capacidad de adaptarse a cualquier entorno; incluso a un establo viejo y ruinoso y vestido con un atuendo digno de un lord. Tuvo que hacer un esfuerzo para acordarse del tazón de café que llevaba en la mano, volverse y cerrar la puerta.

—Esto está helado —dijo. Tendió el tazón humeante a David con una sonrisa indecisa—. Nada de armas. Lo prometo.

—¿Líquido hirviendo contra un hacha? —David sonrió, pero sin mostrar la menor indecisión—. Prefiero seguir con el hacha en la mano.

—Qué escena tan doméstica —dijo ella—. Charlando de asesinar con el mismo desenfado con el que hablaríamos del tiempo.

El suelo estaba cubierto de paja. La gallina del señor Doyle había encontrado un lugar donde acomodarse junto al compartimiento en el que el semental rumiaba la avena del comedero. David aceptó el tazón que Victoria le ofrecía y también le cogió la mano. El abrigo de lana desabrochado se abrió cuando él se inclinó para aspirar el aroma del café.

—Entonces, ¿me aseguras que no es necesario que te obligue a beber primero?

Victoria se llevó el tazón a los labios, consciente de que David tenía puestos los ojos en su boca. Bebió, no porque él la intimidara, sino porque el café era lo único caliente en el establo.

—Hago un café estupendo, aunque no está bien que sea yo quien lo diga —comentó, y se hizo a un lado, segura de que al menos había conseguido incomodar a David—. Mañana por la mañana llevaré al señor Doyle a casa de la viuda Gibson. Son buenas personas.

David bebió el café. Mirándola por encima del borde del tazón, se fijó en la capa de Victoria, pero no preguntó por qué llevaba algo que le pertenecía a él. Victoria podría haberle contestado que la capa daba más calor que cualquier otra prenda suya.

—¿Este tiempo es habitual en esta época del año? —preguntó.

—Tenemos una tormenta como esta cada tres o cuatro años —explicó Victoria, observando detenidamente una astilla de madera—. En una ocasión tuvimos incluso un huracán, pero los mayores daños se produjeron en Brighton.

—Lo recuerdo. Los periódicos de Dublín se hicieron eco de la noticia.

Victoria alzó la vista y se encontró con sus ojos. David había leído algo que le había ocurrido a ella, pensó, preguntándose si eso equivaldría a mirar el cielo estrellado sabiendo que los mismos cuerpos celestes brillaban también en el cielo de David. Desvió la mirada y se alejó de la luz del farol para acercarse al caballo.

—Has cuidado muy bien del señor Doyle esta noche —dijo.

David dejó el hacha a un lado y masculló un comentario idiota a la gallina. Victoria sonrió.

—No hablas mucho de ti mismo, ¿verdad? —preguntó cuando David se acercó a ella, barriendo la paja con los pies.

«No te dejes llevar por el pánico», se dijo Victoria, alargando la mano hacia el semental. El abrigo de David rozó su capa. David dejó el tazón a un lado y se volvió hacia el caballo, que inclinaba la cabeza sobre la puerta del compartimiento para saludarlo.

—He trabajado en muchos hospitales. No como médico, pero sí lo bastante cerca de la gente como para actuar igual que un médico en algunas ocasiones.

—Un camino muy distinto del que tomaste en Calcuta.

—Los caminos tienen muchas bifurcaciones —replicó él.

—Eso es lo bueno de los caminos —convino ella—, que se bifurcan.

—Cuantas más bifurcaciones mejor —añadió él, esbozando una sonrisa irónica.

David tenía talento para mantener viva una conversación hablando de todo menos de la cuestión principal. Victoria imaginaba que hacer de nuevo el amor con él sería tan increíble como arder en una playa de arena caliente. En la India había sido así. Sensual y tempestuoso. Sol y jazmín.

Muerte.

—No quiero acostarme contigo —dijo ella sin mirarle a la cara.

Las manos de David acariciaron el cuello y las orejas del caballo.

—Hace frío aquí, ¿verdad, Viejo amigo?

La presencia de David resultaba dolorosamente íntima, y el suave movimiento de sus manos tenía paralizada a Victoria, atrapada por la farsa de las circunstancias y los deseos contradictorios.

—Lo digo en serio, David. No me lo pidas. Sobre todo cuando ambos sabemos para qué estás aquí.

—¿Por qué te has arriesgado a venir? —preguntó él, frotando el cuello del caballo.

Victoria miró su perfil, sumido en las sombras, consciente de que no podía responder a su pregunta sin admitir la facilidad con la que la había seducido. Era una sensación vertiginosa.

—¿Cómo se llama? —preguntó ella, señalando al caballo con la cabeza. Esta vez, David esbozó una de esas sonrisas que iluminaban una noche oscura o, en aquel caso, el interior de un establo helado.

—Viejo amigo —respondió, mirándola a los ojos.

Victoria esbozó una sonrisa involuntariamente; al darse cuenta frunció el ceño. Pasó por detrás de David y se dirigió hacia la puerta del establo con la capa ondeando en torno a ella como unas alas.

—Ojalá te odiara —dijo. Abrió la puerta y se volvió bruscamente—. Pero no te odio.

David no se movió de donde estaba y siguió acariciando al caballo; notaba cómo su sangre corría desbocada por las venas. Aún percibía el olor de su jabón en ella, en su pelo. Se había ido al establo para alejarse de Meg, pero ahora descubría que no quería escapar.

—Esto no es bueno, Viejo amigo —murmuró, distraído. Sus palabras eran una advertencia, el aviso de que caminaba por una línea realmente fina—. No es nada bueno.

—La señora ha dicho que a usted le gustaba la menta, milord.

David apartó las mantas que alguien le había echado por encima durante la noche. Estaba sentado en una silla frente a la chimenea. A su lado, el señor Doyle le ofrecía una infusión caliente. Las curtidas manos llenas de venas azules temblaban por la edad. David echó un vistazo en derredor y comprobó que Meg se había ido.

Furioso, se calzó las botas.

—¿También le ha dicho que se quedara callado hasta que se hubiera ido? —Se acercó a la ventana de la cocina y miró hacia el establo.

En la nieve se veían huellas que salían del establo. Meg se había llevado el caballo. David cogió el abrigo del sofá, salió y examinó los alrededores de la iglesia.

Allí se detuvo. Un rastro de huellas recientes salía del cementerio desde la vieja rectoría. Sin embargo, no había huellas que condujeran al interior, lo que significaba que no pertenecían a Meg.

Alguien había estado dentro de la iglesia desde antes de que empezara a nevar, pasada la medianoche. Se puso el abrigo y escudriñó la campiña, más allá de los campos, donde una red de quebradas y lomas distantes daban paso a un bosque. Las huellas de Viejo amigo se juntaban con las huellas de pisadas a unos cien metros de allí, y desaparecían tras una colina.

—Dormía usted como un niño cuando ella se ha ido esta mañana —dijo Doyle, de pie en el umbral de la puerta, envuelto en una manta de cuadros azules—. Anoche le dije que había visto fantasmas en la iglesia. A veces brillan en la rectoría, a veces en el campanario. Se lo conté y me creyó.

Maldiciendo entre dientes, David bajó del porche.

—N... no irá a dejarme solo, ¿verdad, milord?

David sacó los guantes del bolsillo y se volvió hacia el anciano, que iba tras él.

—Recoja todo lo que quiera llevarse a casa de la viuda Gibson. No tardaré en volver.

—Bendito sea, milord.

Mientras caminaba por la nieve hacia el cementerio, David decidió que era una buena idea que Meg enviara a Doyle a pasar el invierno a otro lugar, siempre y cuando él no le retorciera el pescuezo primero.

—¿Quién eres hoy? —Se detuvo para examinar las huellas—. ¿Lady Victoria, la buena samaritana? ¿O la protegida del coronel Faraday?

Meg, Maggie, Victoria, lady Munro. Jamás había conocido a una persona con más talento camaleónico que Margaret Faraday, la hermosa hija de una puta de una guarnición bengalí y de un asesino convicto. Excepto quizá su padre.

David se puso en cuclillas para palpar las huellas y determinar la profundidad de las pisadas. Las había dejado un hombre corpulento que calzaba botas grandes y llevaba capa. Vio los surcos que había dejado el borde de la tela sobre la superficie helada. Normalmente, a un hombre la capa solía llegarle hasta las pantorrillas, lo que significaba que aquel fantasma de Doyle medía como mínimo un metro ochenta y cinco de estatura. Lo mismo que el coronel Faraday.

David miró hacia el norte y siguió las huellas. Caminaba pesadamente por la nieve como una negra figura solitaria envuelta en lana negra y con un atuendo demasiado elegante, y ciertamente inadecuado para dar un paseo invernal. Sin embargo, cuanto más avanzaba, más le parecía que el tiempo se había detenido a su alrededor. El silencio era sepulcral y el paisaje resultaba extrañamente bello cubierto de hielo y nieve.

Igual que Meg, pensó, una reina de hielo que ocultaba la esencia vital de su alma y los latidos de su corazón. Destino y engaño se habían aliado para convertirla en su esposa. Pero la fuerza de la pasión de David le había devuelto a Meg. Había olvidado hasta qué punto era honda esa pasión, el peligro que esa mujer representaba.

Era la segunda vez en otros tantos días que se preocupaba por Meg. David rió, pero su risa tenía el filo cortante de la ira; era un aviso de que esta vez pensaba estrangularla de verdad. No fue un sonido tranquilizador.

Sobre todo cuando la deseaba tanto como deseaba el calor del sol en aquellos instantes.

—Demasiado tiempo en Irlanda —murmuró disgustado media hora más tarde, con el aliento convertido en una nube de vapor en el aire. Tenía dificultades para respirar con aquel frío. Se detuvo para examinar las huellas y tomar aliento. Apoyando las manos en los muslos, miró por encima del hombro en dirección a la casa de Doyle y se sorprendió de la distancia recorrida. Delante de él, en un bosquecillo, el viento había barrido la nieve en algunos puntos por donde asomaban matojos de hierba. Se incorporó y siguió adelante, pero aflojó el paso cuando descubrió otro par de huellas más pequeñas.

Una mujer se había encontrado allí con el hombre. Entró en un cobertizo donde había rastros de la presencia de un caballo. Siguió las huellas del animal otros cien metros hasta lo alto de una colina que dominaba un amplio valle.

En medio del tenso silencio de sus pensamientos, David vio un grupo de jinetes coronando el montículo que tenía enfrente. Ellos lo vieron al mismo tiempo y se detuvieron.

Maldición.

Se encontraba a campo abierto y sin un lugar donde esconderse. Si echaba a correr, los caballos lo alcanzarían en menos de un minuto. Cuando los jinetes se acercaron, reconoció a Stillings, que iba en cabeza. Incluso con la gruesa capa, el sombrero y la barba de varios días, el sheriff era inconfundible.

—Solo ocho contra uno —se dijo en voz alta.

Dos hombres se separaron del resto y los jinetes se colocaron en abanico. David sabía distinguir un ataque por el flanco cuando lo veía, así que retrocedió un paso y se preparó para luchar.

Un caballo se abalanzó sobre él; su jinete blandía un garrote. David se agachó, rodó por el suelo y volvió a ponerse en pie. Dos hombres desmontaron y lo atacaron por detrás. David fue a parar al suelo. Notó una patada en las costillas, pero logró esquivar una segunda bota que apuntaba al pecho. Consiguió levantarse. El abrigo ondeó en torno a sus tobillos cuando se volvió para enfrentarse con el tercer jinete, que blandía el garrote.

—Atrápalo, Franks, maldita sea —gritó Stillings.

Los fuertes brazos de un hombre le rodearon el torso. David notó su cansancio por cómo resollaba, lo cual le permitió ganar unos segundos preciosos. Alzó ambos pies del suelo y dio una patada al hombre del garrote, que cayó al suelo de espaldas. Luego, bajó la barbilla hasta el pecho, plantó los pies en el suelo, agarró a Franks por el antebrazo y lo lanzó por el aire; el hombre quedó sentado en la nieve. Con un veloz movimiento, David hincó una rodilla en el suelo y rodeó el cuello de Franks con un brazo.

Resollando con fuerza, David alzó la mirada hacia el sheriff Stillings.

—Aleje a sus hombres de mí. —Sus palabras surgieron en medio de una nube de vapor—. ¡Ahora, maldita sea!

Los cuatro hombres que lo rodeaban se detuvieron en seco y miraron a Stillings aguardando órdenes. Nadie se movió.

—Anoche mataron a dos de mis hombres —dijo el sheriff—. A poco más de un kilómetro de aquí. Les rompieron el cuello.

David soltó al hombre que tenía cogido por la garganta. Franks se alejó a gatas, boqueando.

—¿De qué me está hablando?

—Usted es forastero.

—Está conmigo —dijo furiosamente una voz femenina desde atrás.

David volvió la cabeza en dirección a la voz. Era Meg a lomos de su semental.

—He perdido mi pistola —dijo Meg—, pero esta escopeta puede hacerle mucho daño, Tommy Stillings.

El arma que empuñaba Meg hizo dudar a David que estuviera más a salvo con ella que con Stillings.

—El señor Doyle guarda una escopeta en el establo —aclaró Meg, como si le leyera el pensamiento.

David se secó la boca con la manga y escupió sangre en la nieve. Aunque confiaba poco en ella le gustaba todavía menos estar en su línea de fuego.

—Intentaré recordarlo la próxima vez que durmamos bajo el mismo techo. Seré el primero en saberlo si decides disparar ese trasto, ¿verdad?

—Te dije que era peligroso para ti andar por aquí solo.

—Pero no lo es para ti —dijo él con rostro inexpresivo. Logró ponerse en pie sin quejarse, disimulando el dolor de las costillas—. ¿He interrumpido una cita secreta? —David miró a su mujer y al sheriff, que parecía divertirse con la conversación—. ¿Por qué no me sorprende?

—¿Se conocen? —preguntó Stillings.

Meg apartó la mirada y alzó el mentón.

—Acaba de intentar matar a lord Chadwick, mi primo y nuevo propietario de las tierras en las que usted y sus hombres han entrado sin permiso. Compró Rose Briar hace dos días.

—Ah, ¿sí? —El cuero crujió cuando Stillings apoyó el codo en su silla de montar y midió a David con la mirada—. El nuevo propietario, y vestido de domingo. ¿Acaso está inspeccionando sus tierras?

Los hombres rieron a su alrededor. Stillings espoleó al caballo para acercarse a David, sin dejar de examinar sus ropas.

—Ningún caballero que yo conozca pelea de esa forma.

—Él no mató a sus hombres —aseguró Meg apuntando a Stillings en el pecho con la escopeta.

El sheriff frunció el ceño.

—No debería apuntarme a mí, señora médico. Podría pensar que intenta pegarme un tiro.

—Oh, por favor, Tommy. Creo que después de lo ocurrido la otra noche, eso habría quedado más que claro. —Victoria miró a David a los ojos—. El sheriff cree que soy una ladrona.

Por lo visto, está convencido de que obra en mi poder un collar con el que podría convertirse en un hombre rico.

—Interesante. —David enarcó una ceja—. ¿Y es verdad?

—Naturalmente —respondió ella, fulminándolo con la mirada—. Por eso vivo pobremente en un antiguo pabellón de caza.

—¿Sabe nuestro magistrado que es usted el dueño de Rose Briar? —preguntó Stillings a David.

—Tuve el placer de informar en persona al honorable Nellis Munro ayer.

El caballo de Stillings dio una vuelta en círculo. El cañón de la escopeta de Victoria siguió apuntando al pecho del sheriff.

—¿A qué ha venido a esta propiedad, Tommy? ¿No está un poco lejos de las carreteras principales?

La sonrisa del sheriff se veía todavía más blanca rodeada por la barba negra, pero su mirada se había vuelto más dura.

—¿Qué le he dicho acerca de hablarme así delante de mis...?

—¿Cómo está su mujer, Tommy?

La expresión de Stillings cambió.

—La vi en el pueblo hace tres semanas —prosiguió Victoria—. Tendré que examinarla el mes que viene, para ver qué tal va el embarazo. A menos, claro está, que usted prefiera que dé a luz sola. Lo quiero fuera de estas tierras inmediatamente. Incluso yo tengo un límite cuando amenaza a mis seres queridos.

Stillings se irguió en la silla.

—¿Sabe lo que pienso, señora médico? Usted no dejaría que Annie diera a luz sola, hiciera yo lo que hiciese. —Se echó a reír e indicó a sus hombres con un ademán que se iban.

Sus secuaces montaron con ruido de bridas y crujido de cuero que el frío había vuelto rígido. Los caballos bajaron al galope por la quebrada en dirección a los árboles, y finalmente reaparecieron en la loma opuesta antes de adentrarse en el bosque.

—¿Tus seres queridos? —David volvió a escupir sangre al soltar una carcajada—. ¿No has exagerado un poco?

—¿Cuándo hablaste con Nellis?

David se palpó el labio inferior con el dorso de la mano enguantada. Meg llevaba su capa, la misma que llevaba la noche anterior en el establo.

—Pregúntaselo a tu maldita familia.

—¿Mataste tú a los hombres de Stillings?

David la miró entrecerrando los ojos para protegerse del brillante sol; estaba tentado de arrancarle la escopeta de las manos y tirarla de la silla. Y lo habría hecho, de no ser porque la cabeza le dolía como si se hubiera estrellado contra el suelo desde un segundo piso. Estaba claro que Meg quería encontrar una razón para desconfiar de él tanto como él desconfiaba de ella. Se relajó todo lo que podía relajarse estando Meg cerca.

—Ayer estaba en el pueblo. ¿Dónde estabas tú antes de que te encontrara Rockwell?

—Oh, por favor. No tengo suficiente fuerza para partirle el cuello a un hombre. ¿No es ese tu fuerte?

—¿Debo suponer que quienquiera que anduviese por la iglesia anoche, no pertenecía al grupo de Stillings? —preguntó David.

A menos que ella ya lo supiera de antemano, pensó. Pero Meg no le estaba mirando, por lo que no pudo leer en sus ojos.

—Seguía las huellas que iban hacia el bosque a unos ochocientos metros colina abajo. —Señaló la quebrada—. He visto indicios de que habían dejado un caballo en un cobertizo que está al otro lado de un viejo granero. Estaba allí cuando he visto a los hombres de Stillings.

David quería apartar la vista, pero no podía. Meg no había estado cerca de aquel cobertizo, porque sin duda él la habría visto.

—¿Por qué has salido sola esta mañana, Meg?

—¿No deberías darme las gracias por haberte salvado la vida?

—¿Está a salvo mi vida en tus manos? —preguntó él con los ojos fijos en la escopeta.

Su voz planteaba una pregunta, más que una advertencia. Ella observó su postura, sus manos antes de que él las levantara para tocarse los ojos. David notaba la presencia de Meg, el peligro que representaba, como una corriente que fluía por sus venas. Aun estando a su merced, tendría tiempo de matarla antes de que ella volviera a apuntarle con la escopeta y apretara el gatillo.

Tal vez.

Si no vacilaba.

Como había hecho nueve años atrás, cuando puso en peligro la misión y la vida de los hombres que dependían de él. Aquello casi le costó la vida y, desde luego, el alma.

—No vale la pena dispararte —dijo en voz baja.

—Quizá porque sabes que te perseguirían hasta el fin del mundo. Y esta vez no contarías con la ventaja de una falsa muerte para ocultar tu rastro. Esas personas no son tu familia, Meg. ¿Por qué te enfrentas por ellos con un hombre como Stillings?

—No espero que lo comprendas. —Victoria metió la escopeta en la funda que colgaba de su silla y, apoyándose en el estribo, desmontó. La nieve crujió bajo sus botas al acercarse a David—. Estás herido —dijo, abriéndole el abrigo.

—¿Por qué me has salvado de los hombres de Stillings? —preguntó él, impidiéndole que le tocara.

—A lo mejor me gusta tu personalidad. No lo sé. Dímelo tú.

David no lo sabía.

Pero su corazón palpitó con fuerza en respuesta a la cercanía de Meg. La brisa agitó la voluminosa capa que llevaba. Las curvas de su cuerpo eran suaves y seductoras. David bajó las manos de Meg hasta los costados. No quería que le tocara de ningún modo.

—Debería echar un vistazo a tus costillas.

—No. —David se alejó—. No deberías. Si no hubiera tenido que salir a buscarte, esto no habría ocurrido.

Victoria lo siguió hasta el caballo.

—No seas niño...

David se agachó para recoger las riendas caídas en la nieve.

—No quiero tu ayuda, Meg. No necesito tu ayuda.

—No, tú solo me quieres como cebo para atrapar a mi padre.

—¿Cebo? —preguntó él en tono de mofa.

—¿Acaso no he sido eso para ti desde el principio? ¿Un cebo?

Victoria observó a David, que metió un pie en el estribo y pasó la otra pierna por encima de la silla con una mueca de dolor. El sol le daba en la espalda.

—Es evidente que sabes disparar esa escopeta —dijo—, así que cógela y vuelve a casa de Doyle. Quiero trasladarlo cuanto antes. —Hizo dar media vuelta al caballo—. Hoy.

—Ya he seguido esas huellas —dijo Victoria, mirando con ira la rígida espalda de David. El muy canalla iba a dejar que volviera andando—. ¡Es obvio que sigues siendo tan diestro para la lucha como siempre! —gritó, molesta por las lágrimas que afluían a sus ojos y por la sensación de abandono, la misma que David hacía que sintiera siempre—. Pero no lo suficiente para evitar que salgas huyendo. ¡Me habría ido de la India contigo si me lo hubieras pedido, David! ¿Por qué no me lo pediste?

El caballo se detuvo en la pendiente, pero Victoria estaba demasiado furiosa para refrenar su lengua.

—¡Sé que sentías algo por mí!

El animal retrocedió y empezó a hacer cabriolas, nervioso, cuando David volvió a subir por la ladera de la colina. La expresión de Victoria se volvió sombría al ver que se acercaba. Su mirada subió desde la reluciente bota al muslo perfectamente ceñido por el pantalón negro y, luego, hasta la mano enguantada que sujetaba las riendas.

—¿Qué demonios esperabas que pasara entre nosotros, Meg, entre tú y yo? ¿Creías que no sabía que eras una marioneta y que tu padre movía los hilos? ¿Por qué crees que me permitió casarme contigo? —Victoria sostuvo con horror la mirada más fría y perspicaz que le había dirigido nunca David—. Tú no sabías nada, ¿verdad? Él se enteró de quién era yo antes de que me casara contigo. Siempre jugando al gato y el ratón. ¿Cebo, dices? Tu padre te echó como carnaza en aguas infestadas de tiburones, dispuesto a entregarte en ofrenda a los dioses del dinero, Meg. Y tú no me pediste ayuda ni una sola vez. Ni una maldita vez en los tres meses que estuvimos casados.

Unas lágrimas ardientes amenazaban con brotar de los ojos de Victoria, ahogándola.

—Tú ya sabías cómo era mi padre. Lo sabías. Pero, al parecer, dejé que el tiburón se metiera en mi cama. Cómo debiste de reírte de mí, David.

—Oh, sí, me he pasado riendo nueve malditos años.

—¿Y qué hiciste durante esos nueve malditos años retirado en Irlanda? ¿Pasabas el día en los hospitales? ¿Matabas a malhechores por la noche? ¿Practicabas para cuando volvieras a perseguirme? Hurra por el equipo ganador. Te sacaron de tu retiro para que pudieras acabar tu valiosa misión.

Los ojos de David, de un azul más claro a la luz del sol, se posaron en Victoria, que aguardaba en la nieve envuelta en su capa, esperando a que respondiera.

—Dios sabe... tanto si te gusta como si no, que soy la única esperanza que te queda, Meg.

—Hay un nombre para la gente como tú, David. —Victoria dio un paso atrás y tropezó con la capa—. Hipócrita.

—Sacerdote —dijo él, cerrando los ojos.

—¿Perdón?

—Condado de Wicklow, Irlanda. —David tiró de las riendas del caballo, que empezó a trazar círculos, y miró a Victoria por encima del hombro—. Allí me fui cuando abandoné el Foreign Office hace nueve años.

Atónita, Victoria vio cómo se alejaba. Habría ido tras él, de no ser porque los pies se le estaban empezando a congelar.

—Imposible —acertó a decir al fin, pero David había llegado ya a la boscosa quebrada—. ¡Si ni siquiera creías en Dios!

9

—Peepaw dice que debería llevar anteojos cuando haya poca luz —dijo Bethany despreocupadamente—, si no quiero acabar ciega cuando llegue a tu edad.

Una única lámpara de cristal se balanceaba, colgada de un gancho clavado a una pesada viga de madera, sobre la mesa de trabajo donde Bethany ayudaba a Victoria a etiquetar tarros de cristal con hierbas medicinales que antes se habían puesto a secar.

—¿Mi edad? —Victoria arqueó una ceja—. Por favor, no hables de mí como si ya tuviera un pie en la tumba.

Bethany se sentó en un taburete de tres patas junto a la mesa donde Victoria y ella habían pasado gran parte de la mañana.

—Tory Birmingham me dio estos anteojos cuando fuimos al pueblo ayer. Dice que son el último grito en el club de lectura de la señora Winston. Creo que me hacen parecer mayor.

Bethany llevaba un pañuelo rojo en la cabeza. Las gafas agrandaban sus ojos y le daban aspecto de lechuza. Victoria contuvo una sonrisa.

—Sí, pareces mayor.

—Quizá lord Chadwick asista a la fiesta de Navidad de Tory Birmingham de este año. —En el tono de la joven se notaba cierta ansiedad—. ¿Has pensado en lo que te dije acerca de un vestido nuevo para mí? —Bethany dejó a un lado el tarro que estaba llenando con hierbas secas y cogió otro—. Solo necesitaría la tela. Lo cosería yo misma.

Victoria soltó un suspiro de exasperación y volvió a concentrarse en el tarro con menta que tenía en la mano.

—Por favor, ¿tenemos que discutir de eso otra vez?

Los ojos de Bethany, más grises que azules a la luz de la lámpara, miraron a Victoria con preocupación.

—Antes no vivías tan recluida —dijo—. Ni gritabas en sueños por la noche ni te sobresaltabas al ver una sombra.

Sorprendida de que Bethany se hubiera dado cuenta, y también un poco avergonzada, Victoria desvió la mirada hacia el tarro que estaba sobre la mesa.

—Últimamente no me encuentro demasiado bien.

—¿Tienes miedo de ir a sitios donde podamos encontrarnos con Nellis? ¿Es por eso que no quieres que Nathanial vuelva a casa? —preguntó Bethany—. ¿Por Nellis?

Victoria se secó las manos en el delantal.

—Es complicado, Bethany. Si pudiera, te enviaría a ti también junto a Nathanial. Pero tu abuelo te necesita para cuando no estoy yo.

—Peepaw no me necesita. Solo te necesita a ti. Y a veces al señor Shelby para jugar al rummy.

—Eso no es cierto, Bethany.

La joven cogió un tarro vacío del montón y alargó el brazo hacia donde estaba la manzanilla.

—Tiene una amante —dijo en voz baja.

—¿Quién tiene una amante? —preguntó Victoria con asombro.

—Lord Chadwick. Melinda me lo dijo ayer cuando peepaw y tú estabais en la botica. Su padre es el dueño del gran almacén que hay en la calle mayor...

—Ya sé quién es el señor Carter. Lo vemos todos los domingos.

—Los criados de la condesa Cherbinko compran en su almacén. Allí tienen especias raras que le gustan a la condesa. Los criados hablan. A ella la vi saliendo de la Goodchilds Boutique. Es muy guapa. ¿No te molesta que lord Chadwick la tenga en una casa del pueblo?

Victoria dejó su tarro sobre la mesa. Había oído esos mismos chismes en la iglesia los dos últimos domingos. No quería pensar en las actividades nocturnas de David, en lo que hacía o dejaba de hacer cuando estaba a solas con Pamela, en la cama de otra mujer. Sin embargo, no había dejado de pensar en él y en el pasado de ambos desde hacía semanas, desde que David se había alejado a caballo, dejándola en medio del campo para que volviera andando por la nieve.

—La vida privada de lord Chadwick no es asunto nuestro.

—Pero es pariente tuyo. Y pagó los impuestos de Rose Briar. Yo creía que no era como Nellis.

—Y no lo es. Y ahora, ¿podemos cambiar de conversación, por favor?

Mientras Bethany seguía recogiendo hierbas de la mesa, Victoria encontró el lápiz que había dejado a un lado para empezar a etiquetar el siguiente lote de tarros del estante; pero su mente ya no estaba centrada en el trabajo.

Durante los días siguientes al ataque de Stillings, había procurado guardar las distancias con David, aunque podría haberse ahorrado la molestia, porque él se había mantenido alejado. No lo había visto desde que la había ayudado a trasladar al señor Doyle a la casa de la viuda Gibson. Después, David la había acompañado de vuelta a casa, pero no había vuelto a aparecer por allí hasta el día anterior, y solo se había detenido brevemente para hablar con el señor Rockwell. Ni siquiera había visto a Victoria, que había aparecido por una esquina de la casa y lo había observado mientras se alejaba a caballo. No parecía importarle demasiado adónde fuera, siempre que el señor Rockwell la acompañara. Estaba claro que, no solo no quería tener el menor trato con ella, sino que no confiaba en dejarla sola un solo momento. O quizá había algo más.

David tenía razón al afirmar que su padre disfrutaba jugando al gato y al ratón. Era un hombre al que le interesaba más la caza que la presa. Sin embargo, a Victoria no se le había ocurrido pensar en ningún momento que las huellas que había seguido después de la tormenta fueran del coronel Faraday. Lo había hecho porque creía que serían de uno de los hombres de Tommy Stillings. Pero lo único que había conseguido era convertirse en culpable a los ojos de David.

Victoria no sabía por qué le importaba tanto.

Salvo que David había prometido impedir que Nellis se apoderara de Rose Briar y había cumplido su promesa. Además, había iniciado los trámites a fin de que la finca fuera a pasar a un fideicomiso para Nathanial. Había visto los documentos en la consulta de sir Henry esa misma mañana, los había leído y había estado a punto de llorar de alivio. En ese momento se había dado cuenta de que corría el riesgo de admirar a su marido, de que estaba volviendo a sentir las emociones que había tenido en la India al conocerlo.

David era un hombre que cumplía siempre sus promesas y nunca prometía nada que no pudiera cumplir. Esma le había contado lo que David había dicho a Nellis para defender a su familia y lo que había hecho luego por sir Henry. También había sido amable con el señor Doyle.

Empezaba a comprender qué era lo que le había atraído de él hacía nueve años; lo que le atraía ahora, a pesar del apocalíptico destino con que la amenazaba. Bajo aquella máscara, se escondía un hombre de principios firmes y de gran coraje. Había bondad en él, tanto si era consciente de ello como si no. Tenía un agudo sentido del deber, lo que le impulsaba a defender la ley y la verdad, y a las personas. Mientras que Meg Faraday era una ladrona.

En su vida siempre había habido duplicidad y engaño. Todo había sido una gran mentira desde el principio, y seguía siéndolo.

Sin embargo, diez años atrás había influido de alguna manera en la vida de David, igual que él había influido en la suya. Y se había producido un extraño milagro en medio del caos y la tragedia que los rodeaba. Se habían enamorado. De eso ahora estaba segura.

Luego habían hecho lo único que podían hacer.

Habían huido.

De repente, la necesidad de hablar con David se había convertido en razón suficiente para verlo. Una razón para formular un centenar de preguntas que le rondaban por la cabeza. Quería volver a tocarlo. Podría haberse contentado con su vida célibe, de no ser porque él la había besado, y luego había ratificado aquel acto con la promesa de darle más.

¿Seguía siendo sacerdote?

—... hay alguien viviendo en la casa del señor Doyle. —Bethany miraba fijamente una hoja diminuta que tenía en la mano y, cuando Victoria alzó la vista, se dio cuenta de que la joven llevaba un rato hablando—. El señor Rockwell dice que trabaja para lord Chadwick. Es un irlandés grande y pelirrojo. Lo vi ayer cuando pasé por la casa del señor Doyle de camino a Rose Briar.

Esta última frase frenó en seco los pensamientos de Victoria.

—¿Has ido a Rose Briar? ¿Sola?

Bethany agachó la cabeza con expresión culpable.

—Esma hizo tartas de manzana y pensé que estaría bien llevarle una a lord Chadwick. —Dibujó unos corazones diminutos en la tierra arcillosa que había sobre la mesa—. Me dio las gracias. Luego me trajo de vuelta a casa como si fuera una colegiala perdida y me dijo que no volviera a ir nunca a Rose Briar sola. Lo vi hablando con el señor Rockwell, bastante enfadado, debo añadir, antes de que se fuera, y sin tan siquiera despedirse.

Así que ese era el motivo por el que David había aparecido ayer por allí. Victoria se limpió las manos en el delantal y se lo quitó. David tenía hombres vigilando la casa. No era de extrañar que no le preocupara adónde pudiera ir ella. Seguramente la seguían a todas partes.

—Hizo bien en traerte —dijo a Bethany.

—Hace semanas que no hemos tenido ningún problema —protestó la joven—. No me pareció peligroso salir a la luz del día, y dado que tú no pareces interesada en cultivar su amistad a pesar de todo lo que ha hecho por nosotros, pensé que debía hacerlo yo.

—El hecho de que estemos más tranquilos últimamente no significa que el bosque sea ahora más seguro, ni que sea apropiado que una señorita vaya sola y sin decir nada a nadie a visitar a un hombre soltero. —Victoria recogió las etiquetas y los lápices y lo dejó en una bandeja de madera—. Aunque sea de la familia.

—Antes me has dicho que ya soy mayor. Tengo casi dieciocho años.

—Dentro de diez meses, Bethany. Y él tiene edad suficiente para ser tu padre.

—Pero nosotros podríamos ser su familia. —Bethany alzó la barbilla con obstinación—. Quiero un vestido al que no tenga que retocarle las costuras del pecho durante dos años consecutivos. Estoy harta de acostarme por la noche preguntándome si alguien volverá a robar mi preciosa yegua para usarla en actividades ilícitas que le reporten inmerecidas ganancias. ¡Deberían colgar a todos los ladrones! ¡Los odio!

Afectada por el arrebato de la joven, Victoria echó el delantal sucio en un cesto que había junto a los estantes.

—Ojalá tuviera poder para llenar para siempre de sol tu mundo y el de Nathanial, Bethany. —Deseaba tener el poder de protegerlos de todo peligro y de evitarles los horrores del mundo—. Pero a veces la vida no es justa y uno debe conformarse con lo que tiene. Los padres no se pueden elegir.

Los rasgos de porcelana de la joven adoptaron una expresión angustiada.

—No es culpa tuya, Victoria. Sé que amabas a mi padre, pero ¿tan malo sería que dejáramos entrar a otra persona en nuestra vida? Tal vez lord Chadwick no tenga ningún otro familiar que le quiera.

Victoria hundió las manos en un cubo de agua helada y se lavó la tierra. Los cabellos le cayeron sobre los hombros, ocultando su cara. No sabía si David tenía familia. En realidad sabía muy poco de su vida, salvo que había ido a Irlanda después de abandonar el Foreign Office.

Y que tenía un hijo.

Durante las últimas semanas, se había despertado cada mañana decidida a contárselo. Pero luego pensaba en la vida que tenían su hijo y ella con Bethany y sir Henry. Lo que temía no era tanto decirle a David la verdad sobre Nathanial, sino lo que significaría esa verdad para la vida de su hijo y la de sir Henry.

No sabía qué hacer, porque la intuición seguía advirtiéndole que debía huir. Sin embargo, cuanto más se aferraba su corazón a aquella tierra, más dudaba de tener la suficiente fortaleza para soportar la tormenta que se avecinaba. No dejaba de preguntarse cuándo decidiría David suspender la investigación y llevarla a Londres para que la juzgaran.

O peor aún. También se preguntaba cuándo la encontraría su padre, porque entonces se enteraría de que Nathanial existía. David tenía razón al afirmar que él era su única esperanza.

Sin embargo, las razones por las que necesitaba ver a David no se basaban tan solo en su deseo de sobrevivir. Eran personales, pues él le había revelado sin querer ciertas verdades. ¿Por qué iba alguien a desear abandonar el Foreing Office para hacerse sacerdote? Solo sabía que un peligroso fuego la rodeaba y avanzaba hacia ella.

Tal vez David estuviera en la misma situación.

—¿Crees que el señor Rockwell querrá un poco de tarta de manzana? —preguntó Victoria, secándose las manos distraídamente con un trapo.

—No lo sé. —Bethany enroscó la tapa de otro tarro.

—¿Por qué no se lo preguntas de camino a la cocina? Apuesto a que están realizando alguna tarea junto a esta puerta mientras hablamos.

—No me gusta, Victoria. Es... me trata como a una niña.

—Por favor, Bethany.

—Pero aún no he terminado aquí.

Victoria sacó la lámpara del gancho.

—Tengo que hacer otras cosas, no puedo quedarme aquí para supervisarte.

Otra mentira, pensó Victoria mientras observaba cómo Bethany subía la escalera de la bodega unos minutos más tarde. Victoria se miró la ropa que llevaba: unos pantalones de montar de hombre y una camisa de lana que solía ponerse cuando tenía que trabajar con la tierra. Hacía tiempo que se había convencido de que era más fácil lavar pantalones que faldas y enaguas.

Arrastró una silla hasta el ventanuco y miró hacia el establo; luego, echó un vistazo a la casa antes de echarse la capa sobre los hombros y apagar la lámpara.

Abrió la puerta de la bodega y salió dispuesta a cruzar el patio tranquilamente en dirección al establo, pero tuvo que detenerse en seco. Ian estaba de pie junto a la leñera, con sus fornidos brazos cruzados sobre el pecho y un hombro apoyado en un árbol con aire desenvuelto.

—Señora Donally —dijo, como si no acabara de pillarla usando un subterfugio. Su aliento formó una nube de vapor; sin embargo, solo llevaba una camisa de lana, metida en unos pantalones de trabajo.

—No vuelva a asustarme de esta forma. —Victoria ni siquiera fingió que no intentaba escapar y cerró la puerta de la bodega—. ¿Por qué no está dentro comiendo tarta de manzana? —Como cualquier hombre joven, habría querido añadir. Se negaba a aceptar que un hombre más joven que ella fuera su carcelero. Aunque tuviera unos anchos hombros y se le formara un hoyuelo cuando sonreía—. Y no me llame señora Donally.

Los ojos verdes de Rockwell centellearon.

—Donally me dijo que si volvía a perderla de vista, me cortaría las pelot... la cabeza. Y suele cumplir sus amenazas, milady.

—¿Está en la casa solariega?

—Creo que hoy está allí.

—Necesito que se quede usted con mi familia, por favor.

Rockwell señaló el granero con la cabeza.

—No soy el único que protege a su familia. Donally ha traído a su propia gente. Hace una semana que llegaron.

Victoria salió del enrejado a la brillante luz del sol de la tarde, y se protegió los ojos con una mano. Al no ver a nadie miró al señor Rockwell con suspicacia.

—¿Quiénes son?

—¿De verdad quiere saberlo? —Rockwell bajó la voz y se

inclinó hacia ella. Victoria aspiró el olor de su jabón—. Sospecho que son los fenianos* de Donally. Criminales —susurró con su habitual encanto juvenil, que conseguía atenuar la antipatía que Victoria sentía hacia él—. La respuesta de los irlandeses a los recaudadores de impuestos británicos y a ciertos contrabandistas locales, según tengo entendido. Está claro que nuestro lord Chadwick siente cierta afinidad por los criminales.

Victoria se dirigió al establo. Mejor que David la tratara como a una criminal, como a alguien en quien jamás podría confiar. A ella le daba igual, no le importaba.

Otra mentira más.

Con qué facilidad mentía, incluso a sí misma.

* «Feniano» es un término utilizado desde alrededor de 1850 para referirse a los nacionalistas irlandeses que se oponían al dominio británico. También puede referirse a los miembros de la milicia irlandesa. *(N. de la T.)*

10

—Iré a buscar a Su Señoría de inmediato, señora. —El imperturbable mayordomo de David observó el atuendo de Victoria, dejando claro que prefería no dejarla sola en el salón—. Tenga la amabilidad de esperar aquí.

—Le aseguro que no voy a robar nada —prometió ella burlonamente por lo bajo, cuando el mayordomo subió por la escalera hasta el segundo piso.

El hombre, que empezaba a quedarse calvo, desapareció justo cuando Victoria se preguntaba dónde habría encontrado David un mayordomo tan puntilloso en tan poco tiempo. Echó una mirada nerviosa al reloj de pared de la entrada; el tictac desgranaba los segundos en medio del silencio.

Al cabo de un rato de pasear intranquila de un lado a otro del vestíbulo entró en el salón y dejó la capa en el respaldo de una silla. Se quedó sorprendida y algo triste al ver que los muebles seguían cubiertos por sábanas fantasmales. Había polvo por todas partes. Descorrió los cortinajes dorados de damasco para dejar entrar la luz del sol. Más allá del muro bajo de piedra se extendía el blanco valle hasta llegar al viejo huerto. Victoria siguió con el dedo una de las rosas rojas pintadas en la vidriera, antes de rodearse el cuerpo con los brazos y volverse de nuevo hacia el centro del salón.

En otro tiempo, Rose Briar poseía una hermosa colección de tapices y pinturas de Mortlake de estilo flamenco. Victoria se situó debajo de la araña veneciana y, girando lentamente, alzó la mirada. Las molduras del techo seguían siendo doradas; se veían más brillantes aún a la luz del día. Aquel no era su hogar, o quizá sí lo era, pues se había convertido en la piedra angular sobre la que había edificado los últimos nueve años de su vida.

Con un suspiro, se volvió hacia el sonido de pasos que se acercaban.

David llegó a la puerta, la vio y se detuvo. Sujetaba con las manos los extremos de una toalla que colgaba de su cuello. Llevaba el pelo, casi negro en contraste con la camisa blanca de hilo, despeinado y mojado por el sudor. No pareció alegrarse de ver a Victoria.

—¿No hay tarta de manzana de Esma esta vez? —preguntó.

Victoria alzó el mentón y consiguió sonreír.

—Gracias por llevar a Bethany a casa ayer.

David enarcó levemente una ceja.

—No sé por qué, pero me parece que no has venido hasta aquí para darme las gracias. ¿Debería preocuparme por si vas armada? —preguntó, mirándola de arriba abajo.

El atuendo juvenil de Victoria revelaba más que ocultaba. Podría pasar perfectamente por un aristócrata, pensó Victoria, dejándole que mirara. Lo pensaba por el modo en que inclinaba la cabeza, por su porte desenvuelto y el oscuro fuego que ardía en su mirada. Daba igual que sus ojos tuvieran la habilidad de desnudarla. Podían hacerlo fácilmente, pues ya sabían lo que había debajo de su ropa.

Victoria se abrazó el torso con fuerza.

—¿Sigues siendo sacerdote?

David le lanzó una mirada indescifrable, pero luego se suavizó.

—No —respondió al cabo de unos instantes.

—¿Por qué te hiciste sacerdote, David? Tú, que eras un experto en el arte de la seducción, en la muerte y la locura.

David alzó una ceja en una expresión de regocijo apenas disimulado.

—¿Por qué no me lo dices tú?

—¿Te sentías culpable? —aventuró ella—. ¿Querías expiar tus pecados? ¿Por qué no convertirte en un paladín para las almas desvalidas que te necesitan?

—Todos tenemos pecados que expiar, ¿no es cierto?

—Alguien que se toma tantas molestias para encontrarme después de nueve años debe de seguir sintiendo algo.

David no se movió, pero tampoco la contradijo. Victoria ya no estaba segura de qué sentía él.

—¿Tu trabajo incluye traerte a tus propios hombres, aunque no tengan relación con el Foreign Office? ¿No estás sobrepasando los límites del deber conmigo?

—Soy un hombre de palabra, Meg.

De repente se le hizo difícil mirar a su marido. Victoria pasó una mano por el respaldo del sofá. En la alianza de oro de su dedo se reflejó la luz del sol.

—Nellis intentará encontrar el modo de impugnar la compra de Rose Briar.

—¿Te has parado a pensar que tal vez tenga derecho a heredar Rose Briar?

—Sir Henry heredó Rose Briar de su madre, que era la madrastra del padre de Nellis. Nellis no tiene ningún vínculo familiar con Rose Briar y, por tanto, tampoco puede reclamar esas tierras.

—Pero entonces, tampoco te corresponden a ti, querida. A Victoria no se le escapó la ironía de que era más dueña de Rose Briar ahora, como esposa de David, de lo que lo había sido nunca como lady Munro.

—¿Por qué mantienes cubiertos los muebles? —Victoria apartó la tela, dejando al descubierto un gastado sofá de damasco amarillo—. ¿Cómo esperas estar cómodo en un lugar lleno de fantasmas?

David no respondió, de modo que Victoria destapó las dos sillas de respaldo alto estilo Reina Ana, y luego las que había junto a la vidriera. Estaba dispuesta a derribar las barreras de David, igual que él derribaba las suyas.

—Debes aprender a tocarlo todo. Es esencial para adquirir una nueva identidad. Una vez has marcado tu territorio, a los demás les resultará más difícil desenmascararte.

Por un breve instante, Victoria tuvo la impresión de que sus palabras habían conectado con los sentimientos de David.

—¿Qué quieres, Meg? —preguntó él, aferrando los dos extremos de la toalla.

Mirándolo allí, de pie, Victoria supo exactamente qué quería hacer y cuántas veces. David era su condenación. Su salvación secreta. Todo lo que él le hacía sentir se unía para crear un nuevo interrogante sobre su futuro.

—Hoy he descubierto algo sobre ti.

—¿Hoy? —David entró en la habitación y cerró la doble puerta tras él—. Has tardado mucho.

—Quiero saber por qué has vuelto a implicarte en un caso que abandonaste hace años. Pamela me dijo que te retiraste poco después de que yo...

—Kinley volvió a llamarme.

—¿Y eso es todo?

—Eso es todo, Meg. —David se acercó a Victoria—. No hay ningún motivo secreto. No hay ninguna necesidad oculta de arreglar los males de este mundo. He venido aquí para terminar algo que empecé hace más de diez años.

—Porque pensabas que yo estaba viva.

Era una afirmación, y él no replicó.

—Ojo por ojo, David Donally —le desafió ella.

David se detuvo delante de Victoria. Bailaban una danza que les resultaba familiar; en ella, David la guiaba con la habilidad de un maestro, pero ella no podía permitírselo. Esta vez no.

—¿Quieres decir que responderás a mis preguntas si yo respondo a las tuyas? —preguntó él sin tocarla.

Victoria no contestó, pero redujo la distancia que los separaba.

—¿Estabas enamorado de mí?

Una sombra pareció velar la mirada de David.

—¿Esta es la parte en la que intentas seducirme de verdad?

—¿Alguna vez lamentas no tener una familia, David?

—En realidad, tengo una familia muy amplia.

—No te creo. —A Victoria le sorprendió esa respuesta.

—¿Porque nunca te hablé de ellos? ¿Y para qué iba a hacerlo? Para satisfacer tu curiosidad te diré que tampoco les hablé de ti a ellos.

A Victoria no se le había ocurrido nunca que David tuviera familia. Nunca había pensado que pudiera estar completamente equivocada sobre él.

—Ya veo que no debía haber venido a verte.

—No, no debías. —David le apartó un mechón de pelo y ladeó la cabeza—. Pero ya que pedías ojo por ojo y parece que te interesas tanto por mi persona, ¿no quieres que te cuente más cosas de ellos?

Consternada por el recuerdo de las profundas huellas que David había dejado en su alma, Victoria solo quería marcharse de allí. Intentó esquivar a su marido, pero él se plantó delante con aspecto repentinamente peligroso.

—Mi hermano mayor está casado con la hija de un conde —dijo—. Mi hermana es duquesa. Mi hermano menor tiene dos asientos en la Bolsa de Londres. Tengo otros dos hermanos y trece sobrinas y sobrinos. Así que te pregunto —siguió a Victoria en su retirada como si estuvieran bailando un vals—, ¿qué puede ofrecerme usted, señora, que yo aún no tenga? Su virtud ya la tomé.

—¡Canalla! —Victoria alzó el puño para apartarlo de un empujón, pero él le aferró la muñeca—. ¿Por qué insistes en arruinar todo lo que intento hacer? —De repente su espalda topó con la vidriera.

David la agarró por ambas muñecas con una sola mano por encima de su cabeza y la cacheó.

—Ojo por ojo, Meg, ¿recuerdas? —David metió una rodilla entre sus piernas y la aplastó contra el grueso cristal, inmovilizando cada centímetro de su cuerpo con el suyo—. Una charla sincera entre marido y mujer. ¿No es eso lo que querías? Pero lamento decirte que no quiero que me mutiles.

—No he traído pistola esta vez.

Victoria dejó de forcejear cuando David encontró el cuchillo que llevaba dentro de la bota y lo sacó.

—Eso es lo que me gusta de ti, Meg. Tu falsedad es predecible.

—No puedes seguir quitándome mis armas, David. —Victoria siguió con la mirada la mano de David y vio que clavaba el cuchillo en el revestimiento de madera, muy por encima de su cabeza.

Trató de golpearle con una mano, pero él se la sujetó.

—Ojo por ojo, Meg. Las preguntas primero. Luego, seguiremos con otros asuntos. —Victoria se encaró con la mirada furiosa de su marido; notó su aliento en los labios—. Empezaré con suavidad, por tu bien.

—Oh, por favor. —Victoria trató de desasirse, furiosa porque la hubiera dominado con tanta facilidad—. ¿Por qué ser suave ahora, cuando el peligro es tan agradable?

Para su sorpresa, David no estaba de humor para juegos. Se limitó a sujetarla, esperando a que ella dejara de luchar. La observó unos instantes sin tan siquiera jadear.

—¿Has matado alguna vez a un hombre con un cuchillo, Meg? ¿Le has mirado a los ojos mientras veías cómo se le iba la vida entre tus manos? —Le dio unas palmaditas—. Porque eso es lo que ocurre. No es limpio y no es agradable, y el olor a sangre se te queda pegado durante mucho tiempo.

—Conozco el olor de la sangre —replicó ella, horrorizada al notar la rodilla de David bajo el vulnerable vértice de sus muslos, y más horrorizada aún por el tono de sus palabras y lo que significaban. ¿David había matado a hombres en el pasado?

—Aquella mañana, después de la tormenta, cuando decidiste seguir las huellas que salían de la iglesia, ¿bajaste del caballo? ¿Te encontraste con alguien? —preguntó David.

—Pensaba que las huellas pertenecían a alguien del grupo de Stillings. No vi a nadie.

—¿Por qué querrías seguir a uno de los hombres de Stillings?

Victoria detestaba notar que las lágrimas brotaban de sus ojos.

—Tú nunca lo entenderías.

—Ponme a prueba, Meg.

Victoria no podía apartar los ojos del rostro de su marido, de la seductora promesa que leía en su mirada, la promesa de paz y seguridad que ella tanto ansiaba. Al menos en su guerra contra Stillings se hacía la ilusión de que no estaba indefensa. Si podía vencer a uno de los malos, quizá pudiera vencerlos a todos.

—No todo el mundo es malo. A veces, las personas tienen un motivo para hacer lo que hacen.

—Por supuesto, Meg. Que suenen los violines, por favor. —Se echó a reír, y fue una risa sincera—. Ya he tenido ocasión de ver lo que hacen Stillings y sus alegres compadres. ¿O te referías a ti?

—Has hablado como un auténtico puritano que se cree superior —dijo ella entre dientes, furiosa por haber creído que David podía mostrar un ápice de compasión. Furiosa por haber ido a verlo.

—No necesito comprender los motivos por los que un hombre comete un crimen para saber que está mal.

—Y yo que creía que te habías ablandado, David. O quizá es que todo te importa más de lo que quieres admitir.

—Yo no usaría el adjetivo blando para describir mi estado de ánimo —dijo él, bajando la voz—. Ni de ninguna otra parte de mi cuerpo en este momento.

David apoyó las palmas de las manos en las de ella sobre la vidriera, encerrándola entre sus brazos.

—Eres una farsante, Meg —susurró contra sus labios—. Una maldita mentirosa de nacimiento. Pero, que Dios me ayude, en este momento no me importa en absoluto.

Victoria dejó escapar un levísimo gemido cuando los labios de David se aplastaron contra los suyos.

Ella quería volver la cabeza, o quizá no, pero en cuanto la boca de David tocó la suya, le devolvió el beso en un tempestuoso recuerdo de la pasión que existía entre ellos. Era una pasión que ardía y abrasaba como el más intenso de los fuegos. Era pura perfección y electricidad que anulaba la mente. David hundió los dedos en su pelo para sujetarla por la nuca y hacer más profundo su beso con la lengua. Victoria sentía deseos de reír y de llorar; estaba embarazosamente cerca de alcanzar el clímax contra la rodilla de David.

Sin duda debía de haber cosas peores que perder aquella batalla.

De repente, él se apartó.

Con la boca húmeda y entumecida, Victoria alzó la mirada y vio la oscuridad en el profundo abismo añil de los ojos de David. Notó que también él estaba perdiendo su batalla. En ese breve instante de conexión, supo que se hallaban ambos en el mismo lugar profano.

—Victoria. —David pronunció su nombre como si quisiera probar cómo sonaba en su boca. Apretó su erección contra la suavidad de ella—. ¿Quién eres ahora?

Victoria ya no lo sabía y cerró los ojos, porque ya no le importaba. Con sus manos sujetó el rostro de David y atrajo su boca de nuevo hacia la suya, tratando de poseerlo tan completamente como él se había abandonado a ella.

Lo que estaba ocurriendo no era lo que él había planeado, o tal vez estaba ocurriendo demasiado deprisa. Así lo percibió ella cuando le oyó maldecir por lo bajo. Luego, David volvió a besarla apasionadamente con una mano en su mandíbula y la otra en un seno. Le sacó la camisa por fuera del pantalón. Aquello era una locura.

—David... deberíamos hablar.

¿Debían?

—No lo creo.

La réplica de David produjo en ella una satisfacción que le recorrió las venas; era la sensación de poder, familiar y atrayente, que Meg Faraday aún poseía.

Meg Faraday, aquella sombra oscura, latente, que seguía aferrada a su vida y se negaba a desaparecer. Meg coqueteaba con el peligro igual que con la muerte, y David había sido muy hábil al dejarla salir de su jaula para jugar. Él también podía frenarla con su mera presencia. Meg levantó las manos para acariciarle el pelo y luego siguió el contorno de sus orejas con los pulgares. David no se apartó cuando ella le metió la lengua en la boca, sin darle margen para la retirada.

David deslizó la mano libre por su espalda, por el corsé que llevaba, y estrujó la camisa con el puño.

—Al infierno con esto, Meg —dijo, y le quitó la camisa por la cabeza.

Las nalgas de Meg golpearon contra la pequeña mesa llena de curiosidades que había entre las dos vidrieras; luego, David la aplastó contra los pesados cortinajes y ella se apretó contra él, buscando la sensación que empezaba a crecer en sus entrañas. Pero no era lo que esperaba sentir. Victoria debió de hacer algún tipo de ruido, porque David la levantó y ella le rodeó las caderas con las piernas. Su miembro estaba completamente erecto y se apretaba contra Meg, que montaba a su marido buscando el puro placer físico. Su cuerpo lo deseaba.

Meg cerró los ojos y jadeó mientras la boca de David se movía desde el erótico arco de su garganta hacia el valle que había entre sus pechos. Sin aliento, Victoria aferró los hombros de David y notó cómo los tendones se tensaban bajo la tela de su camisa. Sus hombros desnudos fueron a parar contra los cortinajes cuando él le chupó los pezones a través de la fina tela de su camisola y le cogió los pechos con las manos.

Ella empezó a temblar.

La tela de la camisa de David desprendía calor y un olor a almizcle y a algo exótico. Meg susurró su nombre sin darse cuenta de que sus pies tocaban el suelo. Luego él le inclinó la cabeza antes de reclamar de nuevo sus labios con la boca. En algún lugar de su mente, en la tempestad que separaba su placer del de David, la razón y la lógica trataron de apartar las cabezas unidas. Pero quedaron aplastadas por las manos de David, que se metieron en los pantalones de Meg y los bajaron por las caderas lo suficiente para poder levantarla y, con la otra mano, guiar al miembro erecto para penetrarla.

El pecado despertaba el deseo de muchas maneras. El destello de un diamante a la luz de una lámpara, el sabor del chocolate con fresas, un soberano de oro. Y también David, pensó ella, abriendo los ojos.

Rodeada por los dorados cortinajes de damasco, notó que la voz se ahogaba en su pecho. El miembro de David era grande. Le hacía daño y él parecía saberlo. Con el poco dominio de sí mismo que parecía quedarle, despeinado y con la camisa abierta, David clavó en ella una mirada ardiente que pareció abrasarla con su intensidad.

—Mirra. —Meg se aferró a él, acoplándose a su tamaño, con todos sus sentidos alertados por los recuerdos—. Por fin he descubierto el otro aroma de tu jabón. Membrillo y mirra.

—Mi único vicio en Irlanda, del que no he podido desembarazarme.

¿Solo un vicio? Meg tuvo ganas de reír. Por un momento se quedó sin respiración y cerró los ojos cuando David empujó con más fuerza.

—Desearía...

Con una mano apoyada en la pared, David empujó, llenándola por completo.

—¿Qué desearías? —preguntó en un susurro ronco y aterciopelado.

Meg buscó la respuesta en su corazón. ¿Volver atrás y cambiar el pasado? ¿Ser otra persona?

—Las cortinas —dijo jadeando, y notó que David aferraba la tela y corría las cortinas para atenuar la luz que entraba en la habitación.

Sus miradas se encontraron unos instantes. Luego, él miró la boca húmeda de su mujer.

—Confieso... que no hacía esto desde hace mucho tiempo.

—¿Mucho tiempo? —repitió ella con una débil sonrisa, ajustando su cuerpo al ardiente molde del de David. Su sonrisa era trémula, pero era una sonrisa al fin y al cabo, y hacía mucho tiempo que no se sentía tan viva. Recorrió el torso fornido con las palmas de las manos—. Es una pena que no tengamos una botella de vino para celebrar este momento —susurró sobre la garganta masculina.

—No necesito vino.

Meg notó que los músculos de su espalda se tensaban; luego, su boca se aplastó de nuevo contra la de ella. La agarró por las caderas y la levantó un poco más antes de inclinarse sobre ella y susurrarle al oído:

—Ya te tengo a ti.

David se sumergió en su olor. El cuerpo de Meg lo consumía. Notaba los latidos de su corazón y el aliento en su oreja.

—Eso es, Meg. —Las palabras ardían en la boca de ella—. Así, tómame.

Meg abrió la boca y él acalló su grito con un beso lento y profundo. Apoyando los pies en el suelo con firmeza, siguió penetrándola con furiosas acometidas. Trató de recordar que debía respirar, pero, sumido en el delirio de poseerla, tan solo surgió un gemido de su garganta. Incluso mientras la mantenía apretada contra sí, ella lo aferraba con fuerza, jadeando, ajustándose a sus acometidas. Sacudido por el orgasmo, David perdió la conciencia de sí mismo. Cuando ya no pudo seguir de pie, cayó de rodillas con Meg. De pronto, ella se encontró debajo de él con el pelo y las ropas revueltas. David se apoyó en los antebrazos con las manos en el pelo de Meg y los labios sobre su sien, mientras un estremecimiento sensual recorría su cuerpo.

Meg yacía en el suelo, respirando entrecortadamente. David la había poseído sin quitarse las botas ni los pantalones. Tardó mucho rato en abrir los ojos. El necesario para recobrar parcialmente la cordura, maldecir su conciencia y recriminarse mentalmente. Algo más que los años de celibato habían acabado esa noche.

De repente, Meg torció el gesto y David se dio cuenta de que lo observaba con seriedad.

—Las cosas no son nunca como deberían ser entre nosotros, ¿verdad, David?

Los cabellos de Meg se desparramaban a su alrededor, brillantes a la luz del crepúsculo. Un deseo intenso e innegable seguía consumiendo a David por dentro.

—¿Te he hecho daño? —preguntó, pero sus palabras le sonaron ásperas incluso a él.

—No te sientas culpable —dijo ella en voz baja—. Yo también lo deseaba.

—¿Qué deseabas? —David se incorporó apoyándose en las manos.

—El polvo, el revolcón, el acto. Como quieras llamar a lo que acaba de ocurrir.

—Gracias por darle su justa medida, señora Donally. Pero no me sentía culpable.

—¿Qué estabas pensando, entonces? —preguntó ella, mirándole a los ojos.

La mirada de David recorrió sus pechos y la sombra oscura del vello púbico, donde sus cuerpos se juntaban.

—Me preguntaba qué se le dice a una esposa de la que se ha estado separado... cuando ya no existe tal separación.

—No le des demasiadas vueltas. —Meg apoyó las palmas de las manos sobre su pecho—. Podría volver mañana para hacerlo de nuevo. Y que durara más esa vez.

David entornó los ojos y se separó de su cuerpo, casi dolorosamente. Se tumbó de espaldas y se ajustó los pantalones para tener ocupadas las manos y la mente. Seguía atormentándose, preguntándose cómo una mujer podía tener semejante poder sobre él; colmaba sus pensamientos noche y día, ocupaba un lugar tan preeminente en su vida que estaba dispuesto a defenderla por encima de cualquier otra cosa. Nunca había habido otra mujer como ella, pero Meg siempre había sido una complicación. Eso no había cambiado.

David se levantó y luego la ayudó a levantarse y a vestirse, porque ella no parecía tener la intención de hacerlo.

—Mírame, Meg.

—No quiero ser Meg. —Victoria levantó la cabeza y él la miró a los ojos—. Pero cuando estoy contigo, no puedo evitarlo. Tú sacas lo peor de mí.

David se echó a reír mientras se metía la camisa en los pantalones; estuvo a punto de estrecharla contra su pecho antes de darse cuenta de que sería un grave error.

—Has cambiado, pero no tanto. Creo que acabas de demostrarlo.

Ella alzó la vista con los ojos brillantes por las lágrimas y los sentimientos heridos.

—De verdad creía que aquellas huellas eran de uno de los hombres de Stillings. Quiero que me creas por una vez.

Maldita sea, pensó David, Meg conseguía frustrarlo más deprisa que ninguna otra persona. Jamás había sido su intención volver a involucrarse con ella, y menos de ese modo. Sobre todo porque era consciente de los peligros que corrían y sabía que no tenían futuro juntos. Porque ni siquiera confiaba en que no le echara veneno en el té. Y porque el coronel Faraday andaba por ahí suelto.

Sin embargo, deseaba tocarla, ya que algo en su interior se removía cuando estaba con ella, como si venderle su alma no fuera suficiente.

Esperó a que Meg le prestara atención.

—Si pusiera una Biblia en tus manos, ¿jurarías que no te citaste con tu padre?

Victoria vaciló unos segundos mientras la pregunta se abría paso en el torbellino de sus pensamientos.

—¿De verdad crees que salí esa mañana porque aquellas huellas pertenecían a mi padre y pensaste que...? ¿Sabiendo todo lo que sabes sobre él?

—No lo sé. Dímelo tú. Hay una Biblia en la otra habitación.

Era muy propio de David confiar en que lo que alguien juraba sobre una Biblia tenía que ser verdad, por muchos crímenes y pecados que pesaran sobre la conciencia de esa persona. Iba a decirle que podía jurarlo sobre lo que él quisiera, pero de repente recordó algo que hizo que le diera un vuelco el corazón.

La Biblia familiar contenía los nombres con la fecha de nacimiento y de defunción de todos los que habían vivido en aquella casa. El nacimiento de Nathanial estaba registrado en ella. ¿Estaba dispuesta a contarle a David su más profundo secreto?

Súbitamente, volvió a sentir pánico por su hijo. Tuvo miedo de decir la verdad, cuando tantos peligros la acechaban. Por un momento, esa tarde, en la bodega, había olvidado que David formaba parte de esos peligros. Había olvidado quién era y qué quería: encontrar a su padre y terminar lo que había empezado años atrás.

—¿Aquí termina lo del ojo por ojo? —preguntó él, tocándole la mandíbula con el dedo. Victoria notó un extraño temblor en su mano—. ¿Ya ha acabado la charla sincera entre marido y mujer?

—¿Era eso lo que estábamos haciendo? —Victoria se ajustó las botas y pasó por delante de David para coger la capa—. Tengo que irme.

David la obligó a volverse y Victoria se encaró con él con los ojos centelleantes.

—El problema contigo, Meg, es que siempre has distinguido entre el bien y el mal. Sin embargo, eliges el mal. ¿A quién intentas proteger con tu silencio? ¿A tu padre?

Los dedos de Victoria temblaban cuando trató de zafarse de su mano.

—No necesito que me des lecciones, ni que me sueltes ningún discurso de estoico patriotismo. Es evidente que algunos no tenemos tu integridad moral. Suéltame.

—¿Por qué es tan difícil elegir?

—Algunas personas hacen elecciones que nadie conocerá jamás —replicó ella, tirando del brazo para desasirse.

—Dime por qué le tienes tanto miedo a tu padre.

Victoria se acercó a la silla donde había dejado la capa y se detuvo, asqueada con los desagradables recuerdos que despertaba su sensación de impotencia. Pero recobró la compostura y confesó por fin algo que jamás había contado a ninguna otra persona.

—Cuando era pequeña, mi padre me dijo que mi madre me

odiaba y que se había fugado con un oficial de artillería del ejército. Años más tarde, traté de encontrarla. —Se le quebró la voz.

—¿Qué le ocurrió a tu madre?

Victoria se apartó el pelo de los ojos y miró a David.

—Descubrí que el oficial de artillería en cuestión había desaparecido poco después de que mi madre y él se hubieran fugado. Meses más tarde, encontraron su cabeza putrefacta en su propia cama, pero jamás encontraron su cuerpo ni sangre alguna en toda la casa. —Victoria enderezó los hombros—. No tengo la menor duda de que mi madre cometió adulterio, ni de que mi padre consideraba que su venganza era un acto de justicia. Mientras tanto, me utilizó para robar a los incautos. Mi progenitor, si Dios desea llamarlo así, es un monstruo. No vuelvas a acusarme de estar de su parte.

David la observó unos instantes sin decir nada.

—Fuiste tú quien dio el soplo anónimo que condujo a las autoridades hasta él hace nueve años, ¿verdad?

A Victoria le dio un vuelco el corazón, y luego empezó a latirle con fuerza desbocada. No pudo confirmar la sospecha de David, tan profundamente enterrada en ella estaba su traición. Había pasado nueve años protegiendo a Nathanial de la amenaza de que un día su abuelo los encontrara. Pero había sido David quien había dado con ella, y ahora Victoria volvía a estar aterrorizada. Había perdido la serenidad de la vida pacífica y feliz que había llevado durante nueve años.

—No estoy pidiendo tu aprobación. —Se cruzó de brazos para evitar la tentación de tocar a su marido.

—Hiciste lo correcto. —Su voz sostenía la mirada de Victoria, igual que sus ojos sostenían el corazón de ella, pero Victoria no sabía cómo contarle todo lo demás, aunque era consciente de que debía hacerlo—. No puedo imaginar cómo debió de ser tu vida con un padre así —añadió David.

—Tú estabas en Calcuta. Sabías cómo era mi padre. ¿Ahora también quieres meterte en mi cabeza? ¿Ablandarme? —le espetó Victoria, mirando la camisa entreabierta de su marido, dejándose llevar fácilmente por la ira, ahora que David le permitía desahogarse—. ¿O ahora será cuando me ofreces unos minutos más de éxtasis a cambio de todos los secretos de mi alma?

La mirada de David se volvió inexpresiva.

—Me alegro de que tu placer y el mío sigan coincidiendo a la perfección, Meg. Follarte ha sido lo mejor que me ha ocurrido en años.

Victoria soltó una exclamación ahogada.

—Y eso lo dice un antiguo hombre de Dios. A lo mejor no te retiraste. —Le señaló con un dedo acusador—. A lo mejor te echaron a patadas de Irlanda cuando la gente empezó a descubrir lo que había bajo la máscara y tu halo de santidad se desvaneció.

—¿He puesto el dedo en la llaga?

Victoria no le hizo caso. Se recogió la melena a un lado y se echó la capa sobre los hombros con un movimiento con el que estuvo a punto de derribar una lámpara de cristal de la mesa que había entre dos sillones de orejas.

—Alguna vez tendrás que dejar que alguien entre en tu corazón. No lo sé, maldita sea. —David se desgreñó los cabellos y luego miró a Victoria como si ella fuera la responsable de su frustración—. Quizá lo que necesitamos los dos es otro revolcón. Arriba, en la cama. Pero la próxima vez no empleemos tan solo unos mezquinos minutos.

—En serio, David. A veces puedes llegar a ser tan cansino... —Victoria se subió la capucha de la capa y pasó por delante de David para salir al vestíbulo.

«Este sitio necesita una limpieza a fondo», pensó brevemente mientras se ponía los guantes con bruscos tirones. Le apetecía tan poco pensar en aquella casa como en David o en sus odiosas acusaciones. Y tampoco quería preguntarse cómo iba a reconciliar su vida presente con su pasado.

Al llegar a la puerta, se detuvo y cerró los ojos.

—No he vuelto a ver a mi padre desde hace nueve años, lo juro —afirmó, después de unos instantes, con la voz amortiguada por la capucha.

Al no recibir respuesta de David, miró hacia atrás y lo vio apoyado con expresión indiferente en el poste de arranque de la escalinata. En sus ojos ardía algo más que ira.

—Ten cuidado con los hombres muertos y con los secretos que guardan, Meg —advirtió en voz baja, cruzándose de brazos—. Si quieres vivir, te aconsejo que te mantengas alejada de los cementerios.

Un intenso rubor tiñó las mejillas de Victoria. Pero si David creía saber cuáles eran sus razones para ir al cementerio aquella noche, estaba muy equivocado.

—Hay cosas de las que soy inocente, tanto si me crees como si no, David. —Victoria abrió la puerta y salió al frío del atardecer. La capa ondeó a su alrededor cuando bajó corriendo los escalones de la entrada.

David salió al porche para ver cómo se marchaba a toda prisa con la cabeza y la cara ocultas bajo la capucha. Rockwell aguardaba con el carro en el sendero de entrada, pero Meg pasó por delante sin detenerse.

David seguía debatiéndose en la duda, porque Meg era su esposa y, a pesar de todo, la deseaba. Con la estatura de Meg, la capucha que le tapaba la cara y la gruesa capa que disimulaba sus formas femeninas, nadie la habría tomado por una mujer.

Por desgracia, David conocía demasiado bien su perfecta piel de marfil y ansiaba poseerla otra vez. Dejó que pensara que podía huir de él.

—Ve tras ella —ordenó David cuando Rockwell lo miró encogiéndose de hombros con esa expresión exasperada que parecía provocar Meg en todos aquellos que la trataban—. Hay un buen trecho hasta su casa.

David estaba a punto de volverse para entrar en Rose Briar, cuando una bandada de mirlos asustados alzó el vuelo, y sobrevoló los campos como un negro remolino en el cielo azul. Un sexto sentido le alertó del peligro, justo antes de que sonara un tiro de escopeta a lo lejos, como si un cazador hubiera disparado. Aquel sonido, inofensivo en otras circunstancias, no lo era tanto en su propiedad. David miró el campanario de la iglesia que era visible por encima de los demás edificios.

El grito de Rockwell hizo que mirara a su alrededor. Ian había saltado del carro y corría como un poseso hacia el lugar donde debería hallarse Meg.

11

Victoria trataba de incorporarse levantando la cabeza.

—Por Dios, milady —decía Ian, arrodillado junto a ella.

—Estoy bien. —Con el pulso acelerado, Victoria se pasó el dorso de la mano por la boca, en la que notaba sabor a sangre—. Me he... mordido la lengua.

—Meg...

De repente, David se encontraba de rodillas a su lado, lanzando nubes de vapor al respirar. Su marido le puso una mano en la cintura para ayudarla a sentarse, pero la retiró súbitamente, cubierta de sangre. Victoria notó una cálida sensación de humedad en la ropa. Sonrió débilmente.

—¿Por casualidad no llevarás un poco de alumbre* encima para cortar la hemorragia?

Dos criados llegaron corriendo por el sendero. David les gritó que fueran a buscar el carro.

—Trae los caballos —ordenó a Rockwell, pasando un brazo por debajo de los hombros de Meg para ayudarla a ponerse en pie. Luego la cogió en brazos—. Y ve a por mi abrigo. ¡Ahora! —gritó, viendo que Rockwell vacilaba unos segundos.

—Puedo andar, David. Encuentra al hombre que ha disparado esa escopeta.

* Sal blanca que se encuentra en diferentes rocas y suelos. Sirve como cáustico en medicina. *(N. de la T.)*

—Quienquiera que haya sido se ha ido ya. —David la llevó junto a un árbol y dejó que pusiera los pies en el suelo—. De lo contrario, habría vuelto a disparar.

—No tiene sentido —dijo ella, demasiado enfadada para sentir algo más que una ofuscada conmoción. Rechazó la ayuda de David y añadió—: Mi padre no me habría disparado...

David le abrió la camisa a la altura de la cintura.

—Ese canalla te rajaría el cuello si le dejaras, Meg —dijo, rasgando la tela fácilmente con sus manos—. Hace años que debí haberlo matado, maldita sea.

Victoria le observó mientras él trataba de evitar que se desangrara.

—¿Venganza, David?

David desgarró otro trozo de tela.

—Quien haya hecho esto ha cometido el mayor error de su vida.

Victoria cerró los ojos, disimulando el dolor bajo una fachada de serenidad.

—Te ha dado justo debajo de una costilla. —David le ató el trozo de tela alrededor de la cintura y se puso en pie—. El corsé te ayudará a soportar el dolor. La bala no ha atravesado la capa. La herida no es profunda.

Victoria oyó el rítmico golpeteo de los cascos de unos caballos que se acercaban.

—¿Es oscura la sangre?

—No —respondió él. El hielo de sus ojos se había derretido.

Al menos eso era una buena noticia. Victoria empezó a temblar y volvió la cara hacia otro lado. El dolor le ayudó a contener sus emociones y dar una impresión de calma.

—Ha tenido que ser un accidente —dijo con voz débil—. Algún cazador furtivo. —Pero ¿y si no era eso?, se preguntó mentalmente—. Alguien debe avisar a la familia.

—Ven aquí —susurró David, rodeándola con los brazos y ajustando perfectamente la mejilla de Victoria sobre su hombro.

Justo cuando Victoria creía que había logrado que no le afectaran sus acciones, David echaba abajo todas sus esperanzas de haberlo conseguido.

—El carro ya casi está aquí —musitó él contra su sien.

—He echado a perder tu capa —dijo ella, temblando—. Es la única prenda que he llevado que se adaptaba a mi estatura a la perfección.

—Te compraré una capa forrada de piel —la tranquilizó él.

Victoria sonrió junto al cuello de su camisa.

—Creía que los sacerdotes tenían que renunciar a todas sus posesiones terrenales —dijo. Oyó el crujido de la grava cuando el carro se detuvo.

—Así es. Y lo hice. Pero, al parecer, mi familia puso mis acciones de ciertas empresas familiares en un fideicomiso.

—¿Eres rico?

—En absoluto —respondió él en tono divertido—. Pero me gusta el jabón caro.

Victoria aspiró el olor de sus cabellos. David significaba el calor y la seguridad, y un centenar de recuerdos convertidos en uno solo. Así se había sentido el día de su primer encuentro, cuando David la había tomado entre sus brazos y habían bailado a lo largo y ancho del reluciente salón de baile.

—¿Crees en el destino? ¿Que todo ocurre por alguna razón?

—Meg...

—Me alegro de que hayamos tenido esa pequeña... charla hoy.

David soltó un exagerado suspiro de resignación.

—No ha tenido nada de pequeña.

El comentario hizo reír a Victoria, pero sintió un dolor agudo. Instantes después, David la depositaba en la parte de atrás del carro y ordenaba que la llevaran a la casa. Ian llegó a lomos de una hermosa yegua zaina; con una mano sujetaba las riendas del caballo de David y con la otra su abrigo.

—Volveré en cuanto pueda. —David se enfundó el abrigo y habló con el hombre que estaba de pie junto al conductor del carro, uno de los que se había traído de Irlanda.

—Comprueba todo el perímetro. Que todo el mundo se mantenga a cubierto por ahora.

—David...

David miró a Meg, que le hablaba desde el interior del carro.

—Chis —le dijo, poniendo un dedo sobre sus labios y echó a caminar junto al carro cuando este inició la marcha—. Hablaremos de lo que quieras cuando vuelva.

—Te necesito para asegurarme de que Nathanial está a salvo.

—Estoy seguro de que es así, Meg.

—No puedes saberlo con seguridad.

—Señor... —dijo Rockwell a su espalda—, alguien tiene que ir a buscar a sir Henry.

—Nosotros la llevaremos al interior de la casa, señor —dijo el conductor del carro.

David se detuvo en el sendero y dejó que el carro siguiera adelante.

Había prometido protegerla a ella y a su familia, pero no disponía de suficientes hombres para vigilar al nieto de sir Henry; además, no creía que el muchacho corriera ningún peligro.

David se impulsó sobre el estribo de su caballo y montó. Tuvo que dominar al semental, que estaba inquieto. Miró a Rockwell por encima del hombro.

—Ve al cementerio. El disparo procedía de allí.

—Los ciervos abundan en estos cerros. Quizá ha sido un accidente.

—Piénsalo bien. —David miró hacia el lejano campanario de la iglesia—. Para dar en el blanco a semejante distancia, el tirador tenía que estar en algún lugar alto. ¿Un árbol? ¿El campanario quizá? —El caballo se encabritó de nuevo—. Blakely está en casa de Doyle. Ve para allá y averigua si ha visto algo.

David llegó a la casa de sir Henry, desmontó y, tras echar una mirada por el patio vacío, corrió hacia los escalones de la puerta de atrás. Cuando David agachó la cabeza para pasar por la puerta del zaguán que daba a la cocina, vio a Esma Shelby y a Bethany.

—Es usted, milord. —Esma estrujaba su delantal con nerviosismo—. Sir Henry ha oído un disparo. Ha ido a los campos con mi marido. A veces rondan por aquí cazadores furtivos. Estaba furioso porque disparen tan cerca de casas donde vive gente. —Se secó los ojos con la punta del delantal—. Pero ¿y si era Tommy Stillings, milord? Ese canalla no le tiene tanto respeto a sir Henry como a milady.

—Encontraré a Henry y le enviaré a su marido de vuelta —le aseguró David, consciente de que no disponía de tiempo para disipar sus miedos. Miró a Bethany—. Pero ahora mismo necesito que suba a la habitación de lady Munro y prepare una muda de ropa para ella.

—Pero ¿por qué? —preguntó la joven con los ojos muy abiertos.

—Limítese a hacerlo —dijo él—. No tengo tiempo para explicárselo. —Se volvió hacia la señora Shelby y suavizó su tono—: Enséñeme dónde guarda sir Henry su maletín de médico.

Esma lo guió hasta las dependencias que ocupaba sir Henry en la planta baja. Instantes después, David encontraba el maletín de sir Henry bajo una colcha que alguien había echado sobre una silla.

—Todo lo demás debe de estar en la consulta, señor. —Esma apartó hacia un lado el biombo plegable que separaba el dormitorio de la habitación contigua y luego encendió la lámpara con una cerilla—. Aquí es donde examina a sus pacientes. Desde su enfermedad ya no se desplaza demasiado.

Había un armario lleno de libros, algunos de ellos escritos por el mismo sir Henry, según observó David al mirar el estante que tenía más cerca. También vio un marco grande y recargado con el nombramiento de sir Henry en la Marina Real, que colgaba de la pared junto a su diploma de medicina. Había sido profesor en una facultad de medicina de Londres.

—Vaya a ver qué hace Bethany —ordenó por encima del hombro.

Varios armarios con puertas de cristal cubrían otra de las

paredes; estaban llenos de frascos y tarros. Cajas, botes y vendas llenaban otro armario. David se acercó y empezó a echar cosas en el maletín. Había casi tres docenas de fotografías y daguerrotipos en miniatura que cubrían la parte superior de los armarios, los estantes de la pared y la maciza repisa de la chimenea. Demasiados rostros para ser miembros de la familia.

Fuera se oyó el traqueteo de un carro. David miró por la ventana. El marido de Esma acababa de entrar en el patio. Iba solo. Cuando David se volvió, derribó un par de fotografías de la mesa. Una de ellas fue a parar al suelo de madera.

Atraído por la imagen de Meg, David recogió el marco, quitó los trozos de cristal rotos y los tiró al cubo de la basura. Luego miró la foto a la luz del sol. Reconoció a Bethany con un vestido de volantes —no aparentaba más de doce años—, y a sir Henry a su lado. Meg estaba sentada y en el regazo tenía sentado un niño de pelo oscuro que vestía pantalones cortos de terciopelo negro y zapatos negros con hebilla. David ladeó la fotografía; percibía algo que no podía explicar.

—Milord... —Esma irrumpió en la consulta con el rostro encendido y sin resuello—. Mi marido acaba de regresar. Sir Henry está en Rose Briar. Ha enviado a mi marido de vuelta en busca de su maletín médico.

—¿Cuánto tiempo hace que se tomó esta fotografía?

La señora Shelby miró la foto que David tenía en la mano, demasiado alterada para recordar fechas.

—No lo sé, milord. —Se retorció las manos en el delantal—. Hace unos años. Por favor, milord. Sir Henry está esperando su maletín.

David se metió la fotografía en el bolsillo del abrigo.

—Traga la medicina, por favor.

Victoria notó en los labios el sabor a regaliz caliente y tragó.

Apenas recordaba nada después de que sir Henry le hubiera cauterizado la herida. Solo las voces. Volvió a dejarse llevar y se sumió en una neblina de dolor y de sueños aterradores.

Sueños en los que aparecía Nathanial. Ella buscaba a su hijo, porque su instinto de madre le decía que corría peligro. Pronunció el nombre de David.

Alguien acudió a su lado, pero no era David.

Más tarde, recordaba que una joven la había ayudado a hacer sus necesidades y a comer sopa. Se despertó de nuevo al alba, cuando la luz del sol se filtró entre las rendijas de las cortinas. Sir Henry estaba sentado junto a la cama con una pipa apagada entre los labios; en sus azules ojos no había rastro de su habitual buen humor. Confundida por su presencia, Victoria se volvió hacia él con un palpitante dolor en la cabeza.

—Ha subido dos veces para preguntar por ti —dijo sir Henry.

A la luz de la chimenea, la mirada de Victoria se posó sobre la estructura de la cama que tan bien conocía, con la tela de volantes de color amarillo y lavanda que caía a los lados desde el dosel. Llevaba un camisón limpio. Parecía que su cuerpo hubiera pasado por una picadora de carne. El más leve movimiento le producía dolor y, con él, una renovada sensación de apremio al comprender que aquello no era una terrible pesadilla.

Alguien le había disparado. ¿Por qué?

—¿Cuánto tiempo he estado durmiendo? —preguntó con torpeza, mientras trataba de coordinar su mente y su lengua.

—Casi dos días enteros. —Las arrugas en torno a los ojos de sir Henry se hicieron más profundas.

La había mantenido sedada; por eso Victoria se sentía tan aletargada e incapaz de pensar. Intentó incorporarse. De repente, sir Henry se acercó, con la levita negra arrugada y una expresión resuelta. En la mano llevaba una jeringa. De la punta de la aguja brotaba un líquido.

—No se atreva a ponerme eso otra vez, sir Henry...

Él no mostró la menor intención de obedecerla.

—He cauterizado la herida y no permitiré que se te abra. Deja que el emplasto cumpla su función, si no quieres que se te infecte.

—Es usted un tirano —susurró ella, aunque sabía que tenía razón.

—Y tú eres una paciente pésima —replicó él, igualmente resuelto a mantenerla postrada en cama. Le puso la inyección.

—No soy peor que usted —arguyó Victoria. En una lucha de voluntades, sir Henry llevaba las de ganar. Volvió a recostarse en la almohada—. ¿Dónde está David?

—Lord Chadwick se fue ayer a hacer una visita al señor Doyle. —Sir Henry dejó la jeringa sobre la mesita de noche, junto a un frasco de fenato de cal, y volvió a coger su pipa—. No ha regresado todavía. —Acomodó su cuerpo desgarbado en una silla junto a la cama—. ¿Quieres contarme de qué conoces en realidad a Chadwick? Has hablado de él en sueños, Victoria.

Victoria se tapó con el edredón de plumas hasta el cuello. Incapaz de mirar a sir Henry a los ojos, volvió la cabeza hacia el otro lado.

—Lo conocí en Calcuta.

—Eso pensaba. Si fuese jugador, apostaría a que os conocéis muy bien.

La voz de sir Henry se volvió distante cuando Victoria empezó de nuevo a sentirse adormilada. «Por supuesto —respondió una voz susurrante en su cabeza—. Estaba enamorada de él.»

Esta revelación no supuso nada nuevo para su maltrecho corazón. En realidad, siempre había amado a David. Habían engendrado a un hijo, la única cosa buena que habían hecho juntos. David podía proteger a Nathanial. Aunque aceptara que David jamás sería suyo, lo necesitaba. Él podía darle a su hijo un futuro; ella no. Ahora lo comprendía.

Sumida en aquel estado de semiinconsciencia inducido por la droga, percibió la mirada de sir Henry sobre ella, perplejo por razones que no podía nombrar, y preocupado por razones que seguramente podía nombrar sin problemas si se ponía a pensar. Pero alguien le había disparado y necesitaba respuestas que solo ella podía obtener. Tenía que ir al cementerio. Tenía que saber la verdad.

David regresó al cementerio a unas horas en las que ya debería haber prestado atención al frío y haber buscado refugio. Llevaba varias horas cabalgando por un paisaje helado. Pateando el suelo para calentarse los pies, ató las riendas del caballo a la verja y siguió el resplandor de varios faroles. Esa noche, no había luna que creara sombras; permanecía oculta tras densos nubarrones. Los copos de nieve revoloteaban en el aire como si de pronto el tiempo se hubiera vuelto tímido.

Al ver cómo el resplandor incorpóreo de los faroles danzaba por el ruinoso esqueleto del edificio, David comprendió por qué el señor Doyle creía en fantasmas. Pasó por una abertura y se detuvo, paralizado por la destrucción que lo rodeaba.

El fuego había devorado la iglesia mucho tiempo atrás. Los bancos de madera se amontonaban torcidos contra la pared del fondo. Apestaba a madera podrida y a despojos de animales, en una extraña yuxtaposición a los blancos y aterciopelados copos de nieve que flotaban a su alrededor.

—... a la gente no le salen alas y se va volando.

David oyó voces y se dirigió hacia la rectoría sorteando escombros.

—No digo que el disparo no procediera de la iglesia, señor Rockwell. Solo digo que si había alguien en el campanario, no salió por ninguna puerta o ventana.

—No estamos tratando con fantasmas —dijo David desde el umbral de la puerta, a pesar de que el señor Doyle afirmara que había espíritus en la iglesia—. Hay otra salida en esta estructura.

Había ocho hombres en medio de los escombros. David los miró a todos antes de centrarse en un hombre gigantesco que ocupaba el centro del grupo. Ralph Blakely, que había residido durante largo tiempo en Glenealy, Irlanda, era el guardaespaldas ocasional de David desde los tiempos en los que había empezado a trabajar en las miserables barriadas cercanas al puerto de Dublín, siete años atrás. Blakely era uno de los pocos hombres que había conocido que fuera tan alto como él.

David se alejó del muro de piedra para examinar la estancia.

La iglesia parecía haber sido construida en la época de Cromwell, momento de gran agitación política. Cualquier sacerdote sabría que en una habitación como aquella tenía que haber un pasadizo por el que escapar en caso de producirse una incursión. David debería haberlo imaginado hacía semanas, cuando se dio cuenta del alcance del lucrativo comercio que desarrollaban los contrabandistas y que alimentaba a muchas familias de los alrededores.

—Encuentra al párroco que vivió y trabajó aquí —ordenó a Blakely.

—¿Le ha sacado algo a Doyle? —preguntó Rockwell.

—Quienquiera que estuviera en esta iglesia llevaba aquí semanas.

—¿Semanas?

—A dos de los hombres del sheriff Stillings los encontraron muertos hace dos semanas cerca del viejo camino de carros. Vete allí a echar un vistazo.

David se quedó una hora más antes de volver a montar y enfilar el sendero en dirección a Rose Briar. Tras una primera visita a Meg el día anterior, se había quedado en casa de Doyle. Ahora, cuando ya se le echaba encima la segunda noche, seguía sin haber encontrado una sola prueba que apuntara a un posible tirador. Eso, unido al hecho de que alguien hubiera disparado intencionadamente a Meg, que podía o no ser la clave para localizar un tesoro oculto, hacía que todo careciera de sentido. Lo que más le preocupaba era que Meg llevaba su capa en el momento del disparo.

Para colmo, le desconcertaban las emociones que sentía cuando trataba de averiguar cuáles eran sus verdaderos sentimientos hacia su esposa. Ya no eran abstractos, sino que habían formado una barrera sólida y permanente en su cabeza, lo cual impedía que la razón hallara el camino de vuelta a sus pensamientos. Ya no abordaba el caso como investigador, sino como marido, y comprendía que era una situación imposible, puesto que su misión le exigía que entregara su esposa a Kinley.

Cuando entró en el establo, los copos de nieve flotaban a la luz ambarina que arrojaba el farol a su espalda. No tenía intención de quedarse con aquella propiedad, pero se había asegurado de la inviolabilidad del acuerdo con Meg comprando él mismo Rose Briar y poniéndolo todo a su nombre. Sin embargo, después de entregar las riendas del caballo al mozo de cuadra, subirse el cuello del abrigo y mirar la casa, empezó a sentirse el auténtico dueño de todo aquello. El dormitorio de Meg daba al invernadero. David no veía su ventana, pero era consciente de su presencia y admitía que pensaba en algo más que en la casa y las tierras. Todo lo que se extendía desde allí hasta Alfriston le pertenecía, incluida Meg.

¿Cómo renunciaba un hombre a todo eso?

Dos veces.

Una joven doncella acababa de cerrar la puerta del dormitorio de Meg cuando él apareció. David reconoció a una de las chicas que habían llegado de Irlanda con Blakely. La doncella llevaba una bandeja de mimbre con varios trapos ensangrentados.

—Milord, no le había visto.

Con la mirada fija en la puerta, David se quitó los guantes y los metió en el bolsillo del abrigo.

—¿Está consciente?

—Oh, sí. Sir Henry me ha pedido que traiga té para ella. —La doncella se fue presurosa.

Sir Henry salió del dormitorio y cerró la puerta tras él al ver a David.

—Ha vuelto —dijo, y sin más preámbulos ni comedimiento, tendió a David un trozo de plomo que llevaba en la mano—. Ayer olvidé darle esto. El disparo no lo hizo un cazador, a menos que utilice un rifle Enfield —dijo—. Un modelo antiguo.

Con el corazón en vilo, David apretó la pequeña bala en su puño y reflexionó sobre las implicaciones de que el disparo procediera de un tirador con entrenamiento militar o de un asesino profesional.

—¿Sabe si hay cuevas en este cerro? —preguntó.

—Sí, pero llevan cincuenta años selladas, desde antes de que yo llegara a Rose Briar. Solo un loco se aventuraría a entrar en ellas, son muy peligrosas.

—Alguien tiene que saber algo, alguien que conozca bien la zona.

—Quizá usted sepa más que yo y pueda explicarme quién querría matar a Victoria —dijo sir Henry cuando David pasó por su lado para entrar en el dormitorio.

Recordando la insolencia de Victoria al enfrentarse con Stillings, David tuvo que hacer un enorme esfuerzo para no soltar la primera docena de nombres que le vinieron a la cabeza.

—Este lugar no es exactamente un ejemplo de moralidad, sir Henry.

—No soy estúpido. Conozco la catadura de los hombres que cabalgan por estos andurriales. —Sir Henry dejó su maletín de cuero sobre una mesita que había junto a la puerta y lo cerró—. No valen para nada. Pero Victoria ha salido muchas veces de casa en plena noche para coserles las heridas. Ha ayudado a traer al mundo a los hijos que han engendrado esos hombres. Ha cuidado a sus esposas y a sus hermanas. Ningún hombre de por aquí le pegaría un tiro como si fuera un vulgar animal. Y ahora le preocupa que quien le haya disparado quiera ir a por su hijo.

David dejó caer la mano que tenía sobre el pomo de la puerta.

—¿De qué está hablando?

—Dígamelo usted, Chadwick. Al principio, pensé que había venido aquí porque es pariente suyo y de verdad quería ayudarla. Pero usted esconde muchas cosas. Igual que ella. Es tan evidente que hasta un ciego se daría cuenta.

—Esto tiene que hablarlo con ella...

—Ya lo he hablado con ella. Durante dos noches, joven. La morfina no es buen compañero de cama para los que guardan secretos. Se conocieron en Calcuta, lo que explica muchas cosas. Allí Victoria se metió en problemas.

Sir Henry sacó un pañuelo y se secó el labio superior.

—Victoria se ha esforzado mucho para enseñar a Nathanial

unos firmes principios y el respeto a la tierra que algún día debe heredar. Lo envió con los primos de Bethany para que pudiera participar en la cosecha del lúpulo, pero este año no le ha dejado volver a casa. Al principio pensé que era por Nellis. Pero ahora me inclino a pensar que es por un motivo completamente distinto. ¿Por qué le tiene ella tanto miedo, Chadwick? ¿Por qué lleva semanas despertándose todas las noches con pesadillas? Y ahora esto.

—Demonios, no lo sé —dijo David, recelando de los comentarios de sir Henry—. ¿Por qué no me lo cuenta usted?

—Porque está usted relacionado con las mismas personas que ella teme que vayan a por su hijo.

Antes de que David pudiera responder, un ruido atrajo su mirada hacia la escalera. Rockwell apareció en el rellano con la capa ondeando y se detuvo. Con su presencia, la tensión se rompió igual que la cuerda de un instrumento.

Liberado del irritante ataque verbal del anciano, David metió la mano en el bolsillo del abrigo y se encontró con la fotografía que había cogido de la consulta.

—Y supongo que ese hombre tampoco es un criado corriente, ¿verdad? —dijo sir Henry, tosiendo en el pañuelo.

—Trabaja para mí —aclaró David.

—Entiendo. —Sir Henry miró a David y a Ian y dio un paso hacia atrás casi con timidez, al tiempo que volvía a guardarse el pañuelo en el bolsillo—. Bien, si me disculpa, los dejaré con sus asuntos.

—Sir Henry —llamó David al anciano, cuando este ya se iba—, ¿qué edad tiene Nathanial?

Sir Henry se detuvo y se volvió.

—¿Por qué no se lo pregunta a ella?

Se hizo un silencio solemne que conmocionó a David.

Mascullando algo sobre el té, sir Henry dio media vuelta y echó a andar. Rockwell se apartó cuando el anciano pasó por su lado apresuradamente. Luego se volvió hacia David, que permanecía inmóvil.

—¿Qué ha pasado?

—No estoy seguro —contestó David, dirigiéndose hacia la escalera.

Condujo a Rockwell hasta la biblioteca, la habitación más alejada del dormitorio de Meg. No encendió ninguna lámpara.

—¿Cómo está lady Munro? —preguntó Rockwell.

—Viva.

Sin quitarse el abrigo, David se acercó a la ventana. Llevaba dos días sin afeitarse y su reflejo en el cristal delataba que tampoco había dormido.

—¿Cómo de viva? —preguntó Rockwell en tono vacilante. Las miradas de los dos hombres se cruzaron en el espejo.

—Gracias por esta muestra de confianza. No la he asesinado, si es eso lo que le preocupa, aunque no sé por qué tendría que preocuparle. ¿Ha encontrado algo en el camino?

—Hace días que no pasa nadie por allí.

—Entonces, ¿por qué no está en el pabellón de caza?

—Pamela no estaba anoche en la casa del pueblo. Estoy preocupado. Debería intentar encontrarla.

—Su ausencia no tiene nada de extraño —dijo David, meneando la cabeza.

—Puede que no, pero eso no significa...

—Maldita sea, Rockwell —le interrumpió David en tono tajante, pero dejó la frase sin terminar—. Ya sabía cómo iba a ser su trabajo antes de casarse con ella. A ella no le gustaría que se entrometiera en lo que esté haciendo, ¿verdad?

Rockwell apretó la mandíbula, pero no dijo nada más. El mismo carácter mercenario que había permitido a David ser tan bueno en su trabajo en otra época, convertía a Pamela en una valiosa pieza del espionaje británico. David conocía aquella cualidad y, mientras contemplaba el perfecto paisaje cubierto de nieve y hielo, comprendió que, en parte, el hombre que había sido seguía existiendo en su interior. Percibía su oscura presencia acechando como una sombra oscura bajo la superficie.

Al cabo de unos instantes, se volvió, consciente de que no tenía derecho a perder los estribos con Rockwell.

—Yo mismo iré a ver a Pamela esta noche y le diré que envíe un mensaje a Kinley. De ese modo sabremos si está bien —dijo.

—¿Algo más antes de que me vaya, señor?

Si lo había, David no lo recordaba. Permaneció junto a la ventana durante largo rato después de que Rockwell se fuera. Había dejado de nevar y la luz de la luna entraba por la ventana dibujando una cuadrícula en el reluciente suelo.

Finalmente, sacó la fotografía.

La acercó a la luz de la ventana y examinó el rostro del niño.

Apretó la mandíbula y tuvo que hacer un esfuerzo para seguir respirando mientras movía la foto tratando de verla mejor. Si Scott Munro había muerto en la India, el niño era demasiado pequeño para ser hijastro de Meg.

La doncella con la que se había encontrado antes entró en la estancia.

—Milord, puedo encender fuego en la chimenea. Esta habitación está helada.

David miró la chimenea con indiferencia, el suntuoso revestimiento de las paredes y las recargadas estanterías, y sintió el calor de una ira creciente.

—No, gracias —contestó—. Si quiero fuego, ya lo encenderé yo.

—Sí, milord.

La mirada de David se posó en el atril. Había visto aquella Biblia el primer día de estancia en Rose Briar. La Biblia de la familia Munro.

La Biblia sobre la que Meg no quería poner la mano para jurar que era sincera.

David encontró un yesquero en el cajón del escritorio y encendió la lámpara que había junto al globo terráqueo. Llevó la Biblia al escritorio. Abrió la adornada tapa y fue pasando hojas hasta que encontró la lista de nacimientos; la recorrió hasta que reconoció la letra de Meg.

La fecha de nacimiento de Nathanial era la última: 14 de mayo de 1864, cinco meses después de que Meg desapareciera de Calcuta.

David se quedó completamente helado.

Cinco meses.

Apoyó las palmas de las manos en el escritorio y cerró los ojos.

Cinco malditos meses.

Mientras él lloraba su muerte y regresaba a Irlanda para hacerse sacerdote, Meg daba a luz a su hijo.

Era padre desde hacía nueve años.

—Un hombre tendría que estar ciego para no ver el parecido entre mi nieto y usted —dijo sir Henry desde las sombras, a su espalda—. Creía que lo sabía.

Apoyado aún en el escritorio, David miró al techo con ira y maldijo en silencio el corazón mentiroso y traicionero de Meg. Su ira fue en aumento a medida que empezaba a comprender. Meg habría dejado que se fuera de allí sin saber la verdad.

—Victoria no era más que una muchacha que ni siquiera había cumplido los veinte años cuando apareció en mi puerta embarazada y sin otra posesión que un gato flaco.

David se encaró con sir Henry sin el menor deseo de mostrarse benevolente.

—Por más que esté seguro de que esta historia...

—La mujer que hay arriba es como una hija para mí. Si mi hijo se casó con ella por la razón que fuera... debía de quererla mucho.

—No esté tan seguro.

—Victoria es la única madre que Bethany ha conocido —dijo sir Henry desde detrás del sofá—. La quiero como si fuera de mi propia sangre. Y quiero a su hijo. Si tienen problemas...

—¿Problemas? —preguntó David, furioso.

Sir Henry se acercó. Por un momento, David sintió lástima de él; era un anciano encorvado por la edad.

—Hiciera lo que hiciese en el pasado —dijo—, ha logrado crear una buena vida para ella y para su hijo.

—No tiene ninguna maldita vida —replicó David sin poder controlar su rabia, ni siquiera cuando vio que sir Henry se sobresaltaba—. Y está metida en un buen lío. Enterrada hasta el cuello.

Incapaz de refrenar sus emociones, David rodeó el sofá y se encaminó hacia la puerta a grandes zancadas.

—No sé quién es usted, Chadwick —dijo sir Henry desde la oscuridad—, ni si realmente se llama así. Pero ocurriera lo que ocurriese... y fuera cual fuese el motivo por el que huyó de Calcuta, Nathanial nació siendo un Munro. Legalmente pertenece a mi familia.

—Está en un error, sir Henry. Me pertenece a mí.

12

Cuando David entró en el dormitorio de Meg, supo inmediatamente que había huido. Se quedó en el umbral de la puerta mirando la cama y el arrugado edredón de plumas. Se dirigió rápidamente al vestidor. El camisón de Meg estaba tirado en el suelo. La ropa que David le había llevado y su gruesa capa habían desaparecido.

—¡Estúpida! —musitó.

Abandonó la habitación y chocó con la doncella, que iba cargada de ropa blanca.

—¿Cuándo ha sido la última vez que alguien ha entrado a ver a lady Munro? —preguntó David.

—Hace una hora, milord. —La doncella agachó la cabeza—. Sir Henry me ha pedido que le trajera té y galletas.

—¿Estaba acostada?

—Sí, milord. Me ha dicho que quería dormir.

David bajó los escalones de tres en tres. ¿Qué distancia podía haber recorrido en su estado? El frío aire nocturno le golpeó como una bofetada en la cara; se detuvo en la escalera de piedra de la entrada. Sacó los guantes del bolsillo y miró en dirección al sendero. No nevaba y la luna llena brillaba en el firmamento rozando las copas de los árboles y reflejándose en el paisaje como si fuera fino cristal. Al principio, no vio huellas en la nieve que fueran lo bastante pequeñas para pertenecer a Meg. Luego, un sexto sentido lo impulsó a enfilar el sendero. Sus botas crujieron en el silencio de la noche. Finalmente se detuvo, reprimió una punzada de miedo y se dejó llevar por la ira. Cambió de dirección y se dirigió hacia el establo en busca de su caballo.

Una vez hubo montado, David halló el rastro de Meg en el bosque, justo al borde del camino. Las huellas iban hacia el norte, donde estaba la iglesia. David se giró en la silla para mirar la casa solariega y frunció el ceño. Meg debía de haber atravesado las dependencias de los criados para salir por la parte posterior de la casa sin ser vista.

David espoleó al caballo; abandonó el sendero y siguió las huellas inclinado sobre su montura, zigzagueando entre los árboles. Había algo que lo tenía inquieto.

Al recordar las huellas femeninas que había encontrado unas semanas atrás decidió desmontar. Se agachó junto al camino. Las huellas que había visto aquel día en el claro, después de la tormenta, no eran de Meg. Por la longitud de las pisadas y la amplitud de la zancada era evidente. Meg era más alta.

Apoyando un brazo en la rodilla, David observó la dirección que tomaban las huellas en la nieve y se dio cuenta de que Meg iba al cementerio.

Arrodillada y con la capa extendida a su alrededor, Victoria escarbaba en la nieve bajo la alta losa de granito de la tumba de sir Scott Munro, el amado hijo de sir Henry. Hundió las manos en la tierra helada hasta que, dándose por vencida, se sentó en cuclillas y esperó a que la herida del costado dejara de arder. Se sentía como si estuviera cometiendo un sacrilegio. Como si hiciera algo malo. Jamás le había asustado aquel lugar, pero al contemplar la iglesia quemada y sin vida, sintió miedo.

Victoria cogió una piedra del suelo y empezó a golpear la tierra endurecida. Los ojos se le llenaron de lágrimas. Su padre no habría intentado jamás matarla de un disparo. Sobre todo sabiendo que ella tenía algo valioso de lo que él quería apoderarse, y cuando podía vengarse de mil formas distintas.

Oyó que un caballo relinchaba. Victoria se quedó inmóvil con el corazón en la garganta y aguzó el oído. Se pasó el dorso de la mano por la mejilla y tuvo un sobresalto.

A unos metros de donde ella se encontraba, vio una temible figura vestida de negro. Era David. Había dejado el caballo atado a la reja de hierro que rodeaba el cementerio. En aquella noche tan silenciosa, en la que se podía oír el leve sonido de la nieve al caer de los árboles, Victoria no comprendía cómo David había podido entrar en el cementerio y acercarse a ella sin que se diera cuenta.

—Adelante, Meg. Sigue cavando.

Victoria le lanzó una mirada desafiante que le recordó a la antigua Meg.

—Esperaba estar de vuelta antes de que descubrieras mi ausencia. Esto no es lo que crees.

—Dime qué debería creer. Maldita sea, todo entre nosotros ha sido siempre una mentira.

Un movimiento detrás de David atrajo la atención de Victoria. Un hombre corpulento como un oso traspasó la verja de hierro y entró en el cementerio. Victoria volvió a mirar a David, que no parecía preocupado.

—Dímelo, Meg —repitió David, mirándola a los ojos.

David podía ser un defensor acérrimo de lo que era moralmente correcto, pero en aquel asunto, los dos estaban del mismo lado. Esforzándose por sobreponerse al mareo que sentía y a la incertidumbre, Victoria miró la lápida que tenía delante. Se inclinó y apartó las hojas húmedas y la nieve. Se estaba quedando sin fuerzas. La morfina que le había administrado sir Henry le calmaba el dolor, pero no la protegía del cansancio ni del intenso frío. Y lo peor de todo: no la protegía de la furia de David.

Victoria apartó a un lado el recipiente de mármol que solía contener flores. Debajo, había una alcancía oxidada que ella misma había ocultado allí hacía casi una década. En ella había escondido el pendiente del par cuya otra mitad había acabado en un prestamista de Londres.

—Sigue aquí —susurró, atónita, pues estaba segura de que habría desaparecido. Sacó la alcancía del agujero y se quedó mirándola con incredulidad—. Pensaba que...

David cogió la caja metálica y sacó de su interior una bolsita de terciopelo.

—La enterré aquí hace años. —Aspiró una bocanada de aire, lo que le provocó una mueca de dolor—. Tenía que asegurarme de que el pendiente que tienes tú procedía realmente de mi padre, y no de alguien que hubiera descubierto este escondite. Necesitaba asegurarme de que mi padre está vivo.

—Esto no prueba nada —replicó David.

Victoria alzó la vista con esfuerzo. En la mirada de David detectó una frialdad que jamás había visto hasta entonces.

—¿Era esto lo que venías a buscar al cementerio la noche que te encontré aquí? —David se alzaba sobre Victoria, alto y amenazador, con una mirada retadora.

Victoria se dio cuenta de que David había descubierto algo más, algo realmente terrible.

David se agachó al lado de Victoria, que volvió a colocar el recipiente de mármol delante de la lápida. El grueso abrigo de David cubrió el suelo a su alrededor. Miró a Victoria a los ojos con tal intensidad que parecía que iba a traspasarla y adivinar sus más íntimos secretos.

—Este pendiente es lo suficientemente valioso como para haber pagado los impuestos de Rose Briar durante años. ¿Por qué no lo utilizaste?

Victoria agachó la cabeza, consciente de que David creía que guardaba el pendiente para una noche como aquella, para el momento en el que necesitara huir. Jamás comprendería que ella solo podía considerarse libre mientras el pendiente permaneciera oculto.

—Llevabas mi capa —dijo él—. ¿Has considerado la posibilidad de que la bala no estuviera destinada a ti, de que quizá fuera yo el objetivo?

—¿Tú? —se sorprendió Victoria, llevándose una mano al pecho.

—¿Por qué el cadáver de sir Scott no salió de Bombay en el mismo buque de vapor que tú?

—Me quedé en Bombay una semana más porque su mujer enfermó y el capitán del barco que transportaba el cadáver no le permitió embarcar.

—Te arriesgaste a ser capturada.

Victoria apretó las palmas de las manos contra los muslos y empezó a temblar. La capucha le tapaba la cara.

—Ella y yo viajamos en el mismo tren desde Calcuta. Yo sabía que no se encontraba... bien, y había sido muy amable conmigo. No podía abandonarla cuando enfermó.

—Además, el papel de doncella de una dama convenía perfectamente a tus intereses.

Victoria le devolvió la mirada con determinación, consciente de que David no andaba desencaminado.

—No hay ningún tesoro oculto aquí. El tesoro salió de la India mucho antes de que yo me fuera.

David la miró entornando levemente los ojos.

—Estás sangrando, Meg —dijo él bruscamente, pero sin aspereza.

Victoria se asombró, no por el tono, sino por la falta de emoción. Se miró el costado y vio que la sangre había traspasado la venda y manchaba el corpiño del vestido. A duras penas había logrado llegar al cementerio andando. Sabía que ahora no sería capaz ni siquiera de ponerse en pie.

De repente, David la ayudó a levantarse y la cogió en brazos. Victoria dejó a un lado el orgullo. Estaba demasiado débil para discutir, así que dejó caer la cabeza sobre su hombro y le oyó hablar con el hombre que esperaba junto a la verja.

—¿Tu guardaespaldas? —preguntó cuando David la depositó sobre su caballo.

David montó detrás de ella. El caballo dejó escapar una nube de vapor. David alargó una mano por delante de Victoria para coger las riendas y con la otra le rodeó el cuerpo, evitando cuidadosamente tocarle la cintura. El calor de su cuerpo envolvió a Victoria.

—Se llama Ralph Blakely —dijo, dirigiendo al caballo hacia el sendero—. No responde ante nadie que no sea yo.

Victoria apretó la mandíbula cuando empezó a notar las sacudidas de los movimientos del caballo. No comprendía la ira contenida de su marido. David refrenó al caballo para que adoptara un paso más soportable.

—Este trayecto no va a ser agradable, por despacio que vayamos —dijo.

—Estoy bien, David.

—Por supuesto. La sangre del corpiño demuestra perfectamente tu salud de hierro. Y tu cerebro es un ejemplo de buen juicio. Podrías haber esperado hasta mañana para ir al cementerio.

—¿De verdad crees que tú podrías ser el objetivo? —preguntó ella, recostando la cabeza en su hombro.

—Llegados a este punto, creo que cualquier cosa es posible. Tú misma lo has demostrado.

Siguieron cabalgando en silencio hacia el pabellón de caza.

—¿Por qué me traes aquí?

David no respondió. Se limitó a desmontar y la ayudó a bajar del caballo. En la cocina ardía una lámpara, lo que significaba que Rockwell estaba haciendo la ronda alrededor de la casa antes de acostarse. Victoria se tambaleó. David la levantó en brazos sin detenerse y la llevó escaleras arriba con una facilidad que delataba su fuerza. Victoria le rodeó el cuello con los brazos.

David abrió la puerta de la habitación de Victoria empujándola con el hombro. Llegó junto a la cama en tres zancadas y la depositó en el suelo para desabrocharle la capa. La luz de la luna, que entraba por las cortinas abiertas, envolvía su rostro en sombras.

—¿Dónde dormirás tú esta noche? —preguntó ella.

David le quitó la capa y se la colocó bajo el brazo.

—Te garantizo que no será aquí.

—David... —dijo Victoria, ofuscada, olvidando sus reservas.

—Quédate el pendiente. —Victoria oyó que algo caía sobre

el edredón. David había arrojado la bolsita de terciopelo sobre la cama—. Te lo has ganado por ser la mayor mentirosa que he conocido en mi vida.

David cruzó la habitación con la capa bajo el brazo; la alfombra de nudos roja amortiguaba el sonido de sus pasos. Llegó a la puerta antes de que Victoria recuperara por fin la voz.

—¿Qué te pasa? No he hecho nada malo.

David se volvió y vio a Victoria temblando en el mismo sitio donde la había dejado.

—Sir Henry lo sabe, Meg.

—¿Qué es lo que sabe? —preguntó ella en voz baja en el tenso silencio de la habitación.

—Que Nathanial es hijo mío.

Victoria se aferró a la barra de hierro de la cama.

—Espera.

Pero él ya había salido de la habitación. Victoria llegó al pasillo tambaleándose y vio que David abría la puerta del dormitorio de Nathanial. El corazón se le salía del pecho y de pronto sintió náuseas.

David lo sabía.

De algún modo, se había enterado de la verdad.

—Debería habértelo dicho —susurró.

David giró la cabeza y luego volvió sobre sus pasos. Victoria quiso erguirse para enfrentarse a la mirada acusadora de su marido, pero no pudo.

—Mantuviste a mi hijo alejado de mí. Jamás te lo perdonaré. Jamás. Si tanto te molesta cuidar de tu salud, o tan desesperada estás por huir, adelante. Puedes irte al infierno, Meg. No pienso levantar un maldito dedo para impedírtelo.

—No lo entiendes. —Victoria apoyó una mano en la pared—. ¿Cómo vas a entenderlo después de todo lo que hiciste?

—¿Todo lo que hice? —replicó David alzando la voz—. ¿Qué parte de tu vida en Calcuta no recuerdas exactamente? Eras una ladrona que robaba oro, joyas y secretos de Estado indistintamente. Pertenecías al Círculo de los Nueve...

—Llevábamos tres meses casados. ¿Qué esperabas? Sin embargo, no dudaste ni un momento en sacrificarme —replicó Victoria. Las lágrimas le ardían en los ojos—. ¿Cómo te atreves a creer que tienes algún derecho?

—¿Que cómo me atrevo? —David avanzó hacia ella con aspecto amenazador—. Tengo un hijo, Meg.

—¿Qué vas a hacer? —Victoria alzó la barbilla. La rabia que sentía aumentó de intensidad cuando David pasó de largo.

—Voy a buscar a mi hijo.

—No puedes... Él no sabe quién eres.

David giró en redondo y retrocedió tres pasos con expresión airada hasta encararse con Victoria.

—Por supuesto que no me conoce. Ya te encargaste tú de eso, ¿verdad? Pero tiene derecho a saber que su padre está vivo, que es un padre real, que respira, y no la asquerosa mentira que inventaste para salvar tu maldito pellejo...

—¡Eres un hipócrita!

Victoria le dio un empujón con más fuerza de la que hubiera creído posible, y David se tambaleó hacia atrás, sorprendido por su acción. Nueve años atrás, Victoria se enteró del auténtico motivo por el que David se había casado con ella. Todas aquellas noches que había pasado en sus brazos riendo y soñando con un futuro que jamás se haría realidad, creía que David la amaba. Pero, para él, solo formaba parte del trabajo.

—¿Qué mentira fue peor? —prosiguió—. ¿La mía, porque elegí luchar por mi vida y la del hijo que llevaba en las entrañas, o la tuya, porque entregaste tu alma a la patria y a la reina, como un vulgar Lotario,* sabiendo que todo lo que hacías conmigo no era más que una farsa? No me vengas con sermones sobre mentiras, cuando tú planeaste la mayor mentira de todas. —Victoria golpeó el pecho de su marido con los puños, pero él la inmovilizó sujetándole las manos—. Si alguien debe pedir perdón eres tú, y deberías hacerlo de rodillas. ¡No tienes corazón!

* Nombre del personaje principal de una ópera de Handel basada en la historia de Lotario I, emperador carolingio que conspiró con sus hermanos en una conjura contra su padre en el siglo IX. *(N. de la T.)*

Pegada a David, Victoria notó cómo se tensaban los músculos de su cuerpo.

—No creas ni por un momento que conoces lo que siente mi corazón —dijo él con dureza.

Pero Victoria ya no tenía intención de guardar las formas. No pensaba seguir responsabilizándose de todos los errores de su pasado, ni de enamorarse de un canalla que había puesto su deber como excusa para acostarse con ella.

—Tus benditos superiores me condenaron a la horca antes incluso de llevarme a juicio. Mi padre envió a sus compinches tras de mí por haberlo traicionado. Hice lo único que podía hacer. Huí para salvarme, para empezar una nueva vida para mi hijo y para mí.

—Se te está abriendo la herida.

David la soltó y ella se tambaleó hacia atrás, jadeando.

—¡Podría haberte matado aquel día, pero no lo hice!

David se volvió de repente con los ojos centelleando. Vio a Bethany en el pasillo, aferrándose a la bata y con lágrimas en los ojos.

—Victoria... —susurró la joven. Sus rubios cabellos destacaban en la oscuridad.

—Vuelva a la cama, Bethany. —David se agachó para recoger la capa que se le había caído—. No pasa nada.

Victoria volvió a fijar su atención en David con los ojos llenos de lágrimas. Sí, sí que pasaba. Pero Bethany obedeció y Victoria oyó el ruido de su puerta al cerrarse.

—No te atrevas a creer que tus órdenes arbitrarias tienen alguna autoridad en esta casa, David.

—Soy el maldito dueño de esta casa, Meg.

Clavada en el suelo, Victoria observó consternada que David daba media vuelta.

—Nathanial conoce al señor Shelby —dijo David por encima del hombro—. Me lo llevaré a Salehurst. No necesitas preocuparte por si tengo que raptar a mi hijo.

—Y luego ¿qué? —preguntó ella con voz trémula.

David se detuvo al llegar a la escalera con la mano apoyada

en la barandilla y miró a Victoria, desnudando su alma y su orgullo.

—Aún no lo he decidido —dijo.

Después se fue, y al cabo de unos instantes se oyó un portazo en la planta baja. La casa se sumió en un silencio sepulcral. Victoria no se había sentido jamás tan sola. Perdida. Asustada. No podía respirar. Entró en su habitación y, sin hacer caso del frío ni de la sangre de su ropa, se arrojó sobre la cama. La ira que sentía le dio cierta calma. Oyó el ruido de unos cascos de caballo que se alejaban.

—Victoria... —Un delgado brazo le rodeó los hombros y de repente Bethany la abrazó con fuerza—. Todo irá bien.

Fue demasiado para Victoria. De pronto sus pulmones dejaron de respirar, y cuando por fin aspiró una bocanada de aire, no pudo contener las lágrimas, que cayeron por sus mejillas como un torrente.

—Lo siento mucho.

Victoria hundió el rostro en la almohada. Sabía que nada volvería a ir bien.

David levantó la jofaina llena de agua y se la echó por encima de la cabeza. Sintió en todo su cuerpo la sacudida del agua helada, pero siguió vaciándola, echando la cabeza hacia atrás para acabar de aclararse el jabón del pelo. Estaba de pie en una tina; ni siquiera se había molestado en pedir que le calentaran agua para el baño.

Dejó la jofaina sobre la cómoda y apoyó en ella las manos. Al lado de la tina había dejado las botas embarradas. Los botones se habían desperdigado por el suelo al arrancarse la camisa ensangrentada y los pantalones. No había querido regresar a Rose Briar, por lo que se había ido a la casa del pueblo. Demonios, habría cabalgado toda la noche hasta Salehurst si hubiera creído que no iba a matar al caballo de extenuación.

Volvió la cabeza al percibir un movimiento a su espalda, y vio a Pamela junto al biombo de seda observándolo. Llevaba un vestido de un oscuro tono carmesí con una falda de amplio vuelo y un escote generoso adornado con encaje de color marfil. Unos tirabuzones rubios le caían sobre los hombros.

David vio cómo la mirada de Pamela se deslizaba por su cuerpo; si su reacción fue como la de cualquier otro hombre en aquellas circunstancias, ella no pareció escandalizarse.

—La puerta del vestidor estaba abierta —dijo ella.

David salió de la tina, salpicando el suelo de agua.

—La puerta no estaba abierta.

—Tampoco estaba cerrada con llave. —La mirada de Pamela se desvió rápidamente hacia los ojos de David cuando él se le acercó—. Tengo una llave —Pamela balanceó en su mano un objeto metálico.

—Muy oportuna. —David se la arrebató.

—Para tu información, antes he llamado —aseguró ella, cuando David alargó la mano por encima del hombro de Pamela y agarró de un tirón la bata que había echado sobre el biombo—. No has contestado. Estaba preocupada. Sobre todo después de todo lo que ha ocurrido. No esperaba encontrarte aquí.

—¿Dónde has estado desde ayer? —preguntó él, poniéndose la bata.

—¿Hay alguna norma que me obligue a pasar la noche aquí?

—No me pidas que trate de comprender esa respuesta. Ian estaba inquieto por ti. Le dije que vendría a comprobar dónde estabas.

—El magistrado local está aquí —dijo ella, cruzándose de brazos—. Ha estado haciendo preguntas sobre ti. Creo que va camino de Londres con la intención de encontrar pruebas de que eres un impostor. Sobre todo después de que le negaran la entrada en Rose Briar hace una hora. ¿Por orden tuya?

—¿Eso es todo? —preguntó David, atándose el cinturón de la bata.

—¿Quieres más? —Pamela le dedicó una sonrisa coqueta que recordaba la de una vulgar ramera, y luego señaló con la cabeza la pequeña marca de un mordisco que David tenía en el cuello—. Veo que se te ha metido alguien entre las sábanas.

David la miró a los ojos con expresión grave. A pesar de la actitud de Pamela, sabía que en parte era todo fingido. El problema era que nunca sabía qué parte.

—¿Tienes veleidades de fulana, Pamela? ¿O es que estás tan acostumbrada al papel que ya no distingues la diferencia?

David pasó a su habitación. Pamela apoyó un hombro en la puerta al pasar él por delante.

—A pesar de habérnoslo negado repetidamente a Ian y a mí, aún estás enamorado de ella, ¿no es así?

Con pulso algo tembloroso, David sacó del aparador una licorera de cristal llena de whisky, como si sus pensamientos pudieran consumirse en el fuego del alcohol.

—El amor no tiene nada que ver con lo que hay entre Meg y yo.

—Entonces es lujuria. Yo diría que para la mayor parte de los hombres no hay diferencia, pero no es tu caso. —Se acercó con un frufrú de seda—. ¿Te has planteado que quizá ya no sea la misma mujer?

—Nadie cambia tanto.

—Tú lo hiciste. —Pamela le dio un golpecito con una larga uña de color escarlata—. En otro tiempo no tenías el menor reparo en matar a un hombre a sangre fría. Tengo entendido que fuiste tú quien liquidó de un disparo al traidor del nieto del archiduque de Prusia en Munich. ¿Cuántos años hace? ¿Trece? ¿Catorce? Menudo revuelo se armó en la comunidad internacional —le pinchó Pamela con voz melosa—. La identidad del asesino sigue siendo un misterio.

David no le preguntó cómo había llegado a su conocimiento aquella información confidencial.

—Es evidente que ya no.

—Cuando se trataba de cumplir una misión sucia y clandestina, te llamaban a ti. ¿Cuántos años debías de tener cuando disparaste aquella bala?

David tenía veintidós años cuando apretó el gatillo que había puesto fin a la conspiración para asesinar a la reina. Y veinticuatro cuando su reputación le había convertido ya en uno de los agentes en activo más solicitados. Y veintiséis cuando conoció a Meg Faraday.

La había visto por primera vez en el campo de polo del consulado británico en Calcuta. Aquel encuentro había significado el fin de la vida que había llevado hasta entonces.

Su pecado y su salvación.

También su condenación.

—Estaré fuera un par de semanas. —Se sirvió un vaso de whisky—. Quizá más.

—¿Ahora? ¿Te vas ahora?

—Tengo que resolver un asunto personal. —David la miró por encima del borde del vaso mientras bebía, sin ofrecerle una copa a ella—. Tú eres nuestro enlace con Kinley. Durante mi ausencia, quiero que descubras dónde ha estado viviendo Faraday estos últimos nueve años, quién pagaba sus gastos y cuántos de sus antiguos compinches siguen con vida.

—¿Por qué?

—Oh, no lo sé, Pamela —dijo él en tono de burla, consciente de su sarcasmo y del estado de ánimo que lo provocaba. Estaba impaciente por ponerse en camino—. Quizá tenga algo que ver con que alguien puede haber intentado matarme y ha pegado un tiro a la hija de Faraday en mi lugar.

—¿Qué te hace pensar que tú podías ser el objetivo?

—Ella llevaba mi capa. —David examinó el fondo del vaso—. ¿Por qué iba alguien a disparar a la única persona de la que se sospecha que sabe dónde está oculta una fortuna en joyas y dinero? —Dejó el vaso a un lado—. Aunque disparar a alguien desde seiscientos metros fuera lo que solía hacer Faraday, después de nueve años en prisión tendría mucha suerte si le diera a la pared de un granero a seis metros de distancia.

—Solo hay un puñado de hombres en Inglaterra que pudieran hacer ese disparo. —Pamela sonrió comedidamente—. Dado que tú estás descartado, quizá menos de un puñado.

David cerró la puerta del aparador con cierta brusquedad.

Nunca le resultaba fácil conservar la paciencia con Pamela; a veces se preguntaba por qué ella insistía en provocarle, como si tuviera algo que demostrar, sobre todo cuando su marido y él participaban en la misma misión. Se dirigió hacia la puerta del dormitorio y la abrió de par en par.

—No estaré mucho tiempo fuera —dijo, arrastrando las palabras.

Pamela se detuvo en el umbral.

—Aún no me has contado por qué te vas.

—Tengo un hijo, Pamela. Ahora... —haciendo caso omiso del nudo que tenía en el estómago, David sonrió a Pamela con indulgencia, invitándola a marcharse—, por mi seguridad, vete.

—¿Un hijo? Entiendo —dijo ella al cabo de unos instantes—. Lo siento, David.

—¿Por qué? No es culpa tuya que nadie lo supiera.

—¿Qué le digo al señor Munro sobre ti? No le hace ninguna gracia que le hayas arrebatado Rose Briar de las manos, y ahora le impides ver a lady Munro. Ya te advertí cuando viniste aquí que debías tener cuidado con él.

—Acompaña a Nellis a la salida. —David hizo ademán de volverse, pero vaciló—. Después de haberte puesto en contacto con Kinley, lleva a cabo una pequeña investigación sobre el pasado del magistrado mientras él está en Londres. Quiero conocer la historia de Rose Briar y por qué quiere la propiedad a toda costa.

13

—Dios bendito, muchacha. —Esma se acercó a Victoria y le puso una mano en la mejilla cuando esta entró en la cocina—. Aún tiene fiebre. Solo hace una semana. ¿Qué hace fuera de la cama?

—Estoy decidida a valerme por mí misma. —Victoria dejó a Zeus sobre una silla y vio que el gato se lanzaba directo a por el cuenco con leche que había en el suelo—. Sir Henry no está en su habitación.

—Está en el herbario, señora.

Victoria aceptó una taza de té caliente. Se instaló lo más cómodamente posible en un taburete y observó a Esma, que empezaba a preparar las zanahorias para la cena.

—¿Ha hablado con sir Henry desde anoche?

Esma negó con la cabeza.

—No ha dicho nada desde que lord Chadwick se fue en busca de Nathanial.

Victoria sufría, pero su dolor no tenía nada que ver con la herida. David no había enviado ningún mensaje. Aunque quería apartarlo de sus pensamientos, la ausencia de David, así como la preocupación por el bienestar de su hijo, la mantenían despierta cuando más necesitaba descansar.

Sir Henry había seguido atendiendo su herida, pero se mantenía a distancia de la herida más profunda, la de su corazón.

Victoria quería a sir Henry como al padre que nunca había

tenido. Él era el único abuelo que Nathanial iba a conocer. Victoria no tenía derecho a esperar su perdón, pero él tenía derecho a saber la verdad, fuera cual fuese el precio.

El día anterior, cuando sir Henry había ido a su habitación para cambiarle el vendaje, Victoria no había podido soportarlo más. Le habló de su matrimonio con David en Calcuta y le contó que huía de él cuando intentaba abandonar la India y conoció a la viuda de Scott Munro.

No tenía palabras para expresar cuánto sentía el dolor que había causado.

Desde la marcha de su madre, era la primera vez que se sinceraba completamente con otro ser humano. De sir Henry dependía qué parte de su confesión quería transmitir a los demás. Pero bastaba con que la gente supiera que Nathanial era hijo de David.

Esa mañana, Victoria se había levantado para cambiarse ella misma el vendaje.

Unas risas procedentes del exterior atrajeron a Victoria hasta la ventana. El señor Rockwell y Bethany estaban en el patio con la yegua que esta había estado cuidando hasta devolverle la salud, igual que había cuidado de Victoria.

Frunció el ceño y dejó la taza en el platillo. A pesar del hoyuelo en su mejilla, Ian Rockwell, agente del Foreign Office, no era recomendable para una risueña jovencita de diecisiete años.

—No ha hecho nada indecoroso, señora —dijo Esma, leyéndole el pensamiento como si Victoria hubiera expresado sus dudas en voz alta—. Mi William dice que el señor Rockwell entiende de caballos y que la muchacha adora a esa yegua.

—Bethany debería relacionarse con personas de su edad. Debería estrenar un vestido de vez en cuando y asistir a cenas y otros eventos sociales que le permitieran conocer a jóvenes adecuados.

—¿Y cuándo lo haría, señora? —Esma echó zanahorias peladas y troceadas en una cacerola con agua—. No ha dicho una sola palabra sobre la velada de Navidad de este año. Sabe que no podemos permitirnos comprar tela para un vestido nuevo. Pero es una pena que no le pida usted a lord Chadwick que se lo costee.

—No puedo hacer eso, Esma.

—No soy quién para preguntarle qué ha ocurrido entre usted, Su Señoría y sir Henry. Quizá no fuera tan buena idea que lord Chadwick viniera aquí. Es una auténtica pena. Me gusta ese joven. —El ama de llaves cambió de conversación—. Pero teniendo en cuenta que ha vuelto a abrir la casa solariega, debería usted pedirle a Lydia Gibson que volviera a Rose Briar. No tienen a nadie que cocine en la casa.

—Lo tenían, hasta ayer, cuando usted insultó al cocinero.

—Si cree que un pollo hervido es comida... —dijo Esma agitando el cuchillo que tenía en la mano—. Esos hombres necesitan alimentarse y yo no puedo irme de aquí para ocuparme de ellos.

—La señora Gibson está cuidando del señor Doyle...

—El señor Doyle se pondría loco de contento si usted le pidiera que preparara los bulbos en el invernadero para plantarlos en primavera. Muchos de nosotros estaríamos en deuda con Su Señoría, si Rose Briar volviera a la vida en primavera como antes. Nos haría bien a todos, incluida usted, señora.

Salvo que la compra de Rose Briar no significaba nada para David, pensó Victoria. Miró la taza que tenía en la mano y tocó distraídamente una muesca en la porcelana de color marfil. ¿Cómo explicarle a Esma quién era David en realidad y cuál era su propósito? Ni siquiera podía decirle si David pensaba regresar con Nathanial, o si ella estaría en Rose Briar para la primavera. La gente no debería pedirle cosas imposibles.

Esma dejó de trocear zanahorias y apoyó ambas manos en la tabla de madera.

—Ninguno de nosotros le preguntó nunca de qué huía hace nueve años, porque hay cosas de las que no es necesario hablar. Pero lleva aquí mucho tiempo y ahora es parte de la familia. Si desea hablar, ni una sola palabra de lo que me cuente saldrá jamás de mis labios.

—William y usted han sido siempre muy buenos conmigo, Esma. Pero me temo que esto es algo que debo intentar resolver yo sola. Debería ir a ver a sir Henry —musitó.

Victoria cogió su capa del gancho de la pared y se envolvió con ella. David se había llevado la suya.

El sol le dio en la cara cuando salió al exterior. Aún había nieve en el suelo, amontonada junto a la casa. Esquivando los charcos del sendero, Victoria cruzó el patio y se metió en la bodega. Solo el sonido de una pala al hundirse en la tierra rompía el silencio.

Hundir. Sacar. Hundir. Sacar. Las paredes de ligera piedra caliza amplificaban el ruido que llegaba desde el fondo de la bodega. Victoria apretó los labios. Empezó a notar una sensación de angustia en el estómago a medida que se acercaba al ruido. Convertirse en un paria para la propia familia era malo, pero no tener familia era peor.

—¿Qué haces fuera de la cama, Victoria? —La voz de sir Henry le llegó desde las frías y húmedas sombras.

Dándose cuenta de que seguía llamándola por el nombre por el que la había conocido, Victoria se detuvo junto a una lámpara que había sobre la mesa de trabajo sin saber si seguir adelante o retirarse.

—Quiero hablar con usted, sir Henry.

—Si estás bien para caminar y hablar, pásame un tarro.

Victoria cogió un tarro del estante y luego subió la llama de la lámpara. Sir Henry había cavado agujeros por todo el herbario. Victoria se arrodilló en la tierra a su lado y le ayudó a colocar un delicado tubérculo en el tarro. Más tarde lo pondría a secar. No podía dejarse en un tarro, aunque sir Henry sin duda ya lo sabía.

Al observarle mientras trabajaba en la tierra, Victoria se dio cuenta de que sir Henry realizaba la tarea de manera repetitiva y sin un verdadero propósito. Miró su rostro de perfil y notó que se le llenaban los ojos de lágrimas; inmediatamente volvió a centrar su atención en el tarro.

—Metí gran parte de las hierbas del mes pasado en tarros. Las demás...

—¿Traerá de vuelta a mi nieto? —preguntó sir Henry sin dejar de cavar.

Las manos de Victoria se detuvieron mientras enroscaban la tapa del tarro. Finalmente asintió, aunque sabía que tal vez era mentira.

—David no siente la menor animadversión hacia usted, sir Henry.

—Quiero que te vayas de esta casa, Victoria. Puedes llevarte lo que quieras a Rose Briar. No hay nada aquí por lo que sienta apego, salvo mis libros. Cuando muera, podrás quedártelos. Si decides que quieres seguir aquí.

Victoria lo miró parpadeando con perplejidad.

—No quiero sus cosas, sir Henry.

—Tu lugar está junto a tu marido. —Sir Henry se sentó en cuclillas—. Perteneces a Chadwick tanto si quieres aceptarlo como si no.

—No lo acepto.

—¿Cuánto amas a tu hijo?

—¿Cómo puede preguntarme eso?

—¿Nathanial estará a salvo con su padre?

Victoria se secó las lágrimas de la cara con el dorso de la mano y asintió.

—David jamás permitiría que le sucediera nada malo.

—Entonces tú también estarás a salvo con él.

—Se equivoca —dijo Victoria, mirando a sir Henry como si el anciano hubiera perdido el juicio—. Me desprecia.

—Memeces —dijo sir Henry utilizando su palabra favorita, y se limpió las manos en los pantalones—. Ese hombre está enamorado de ti.

Escandalizada, Victoria iba a negar tal afirmación, pero no fue capaz de expresar sus pensamientos a sir Henry, que conocía perfectamente su corazón. Sin embargo, amar a una persona no era lo mismo que confiarle la vida. En muchos aspectos, David era tan farsante como ella.

Un pálido haz de luz entró por la ventana de la bodega e iluminó el herbario.

—Hay pocos regalos en esta vida —dijo sir Henry volviendo a empuñar la pala—. La familia es uno de ellos. El amor es otro. Yo tuve ambas cosas con la madre de Scott, y tuve que aprender que la vida es demasiado corta. Me da igual quiénes fuerais hace diez años. Debéis haceros responsables de quienes sois ahora.

Victoria miró a sir Henry en la penumbra.

—No es tan sencillo.

—Fui soldado y soy médico, Victoria —dijo él, obligándola a mirarlo a los ojos—. Mi hijo y yo nos habíamos distanciado mucho antes de que se uniera a la Compañía de las Indias Orientales y partiera en busca de fortuna. Me dejó con Bethany y la responsabilidad de educarla adecuadamente. Mi hijo no tenía el coraje ni la perseverancia suficientes para dirigir su vida o la de su hija.

En una ocasión, había llegado a oídos de Victoria el rumor de que Scott Munro y sir Henry se habían peleado y no se habían reconciliado cuando el hijo murió. Pero hasta entonces siempre había pensado que no le correspondía saber nada más que aquello que sir Henry quisiera contarle.

—¿Qué ocurrió entre su hijo y usted?

—Después del nacimiento de Bethany, yo quería que ocupara su lugar como cabeza de familia. Rose Briar lo necesitaba. Su hija lo necesitaba. El pueblo lo necesitaba. Pero él siempre se rebeló contra las exigencias de su posición. —Sir Henry hundió la pala bajo una raíz—. Una noche discutimos, él se enfureció y se fue. Lo encontré a la mañana siguiente cuando iba a visitar a un enfermo. Había tenido un accidente con el carruaje. No se debería permitir nunca que un ser querido se vaya enfadado. Debería haberme esforzado más por arreglar las cosas entre nosotros. Seis meses más tarde, Scott estaba prácticamente recuperado, pero permanecimos distanciados hasta su muerte.

—¿Por qué me cuenta esto?

Sir Henry meneó la cabeza con pesar.

—A raíz del accidente, Scott era físicamente incapaz de engendrar más hijos.

—Entonces siempre ha sabido... —dijo Victoria, sorprendida.

—Siempre pensé que, por la razón que fuera, Scott te amaba lo suficiente para casarse contigo y dar su apellido a tu hijo. Eso me bastaba. —Sir Henry volvió a sentarse en cuclillas. En un día parecía haber envejecido varios años—. Nunca podré aceptar que todo fuera una mentira, por mucho afecto que te tenga. Pero no podía dejar que te fueras de aquí enfadada.

Victoria asintió con cansancio; se preguntó vagamente por qué no se le saltaban las lágrimas.

—Una persona solo puede seguir dos caminos en la vida, Victoria. Puedes obrar bien o puedes obrar mal. Todo lo demás son bifurcaciones de esos dos caminos principales.

Sir Henry sacó un tubérculo de la tierra, lo metió en un tarro y enroscó la tapa.

—La próxima vez que nos veamos, no volveremos a hablar de esta conversación. ¿Lo entiendes?

Sin mirar a Victoria, sir Henry se puso en pie con dificultad. Victoria apretó los puños resistiendo la tentación de alargar las manos para ayudarle, y se levantó también. Sir Henry no querría que le ayudara.

—Ese mocoso... Ian Rockwell —señaló la estrecha ventana con la pala—, llévatelo a Rose Briar. No quiero que estés sola en la casa.

Victoria no dejaba de dar vueltas en la cama. Finalmente alargó la mano para coger el reloj de la mesita de noche y mirar la hora. Por la noche se había tomado una dosis de carbonato de amonio y se había quedado dormida antes de cenar. Volvió a dejar el reloj sobre la mesita y paseó la mirada por el dormitorio. La casa estaba sumida en un completo silencio a aquellas horas de la madrugada.

Solo había tardado un día en mudarse a Rose Briar. No había nada que le perteneciera únicamente a ella, y lo poco que tenía lo había trasladado Ian desde el pabellón de caza.

—Señora... —dijo una muchacha desde el umbral de la puerta. Victoria reconoció a Moira, una de las chicas que había llegado de Irlanda con Blakely—. La he oído llorar.

—No pretendía despertar a nadie —dijo Victoria, volviendo la cabeza.

Desde luego no era su intención sembrar la inquietud entre el escaso servicio doméstico de la casa.

—¿Quiere que eche más carbón a la chimenea, señora?

—No, estoy bien. Puedes volver a la cama.

Cuando la chica se fue, Victoria se levantó y se lavó con la jofaina de agua que Moira le había dejado en el dormitorio por la noche. Delante del espejo, examinó la cicatriz de la cintura. El cristal azogado no fue benevolente. La piel que rodeaba la herida era de un rojo moteado y aún le dolía al tocarla. La herida se estaba curando, pero a un ritmo más lento de lo que habría deseado.

Se vistió y abandonó la habitación con la lámpara en la mano. Las dos doncellas y el mayordomo que había contratado David dormían en el otro extremo de la casa. Moira no.

Victoria recorrió el pasillo sigilosamente y subió la escalera que conducía al desván. Su sombra danzó por las paredes de forma inquietante cuando se detuvo en el centro de la habitación y alzó la lámpara. Todo el desván estaba cubierto de una gruesa capa de polvo y telarañas. Baúles, cajas y muebles viejos se apilaban creando formas fantasmales contra las paredes sin seguir un orden de antigüedad. Al otro lado de las buhardillas, el cielo seguía estando oscuro.

Se arrodilló junto a la segunda buhardilla y revolvió en un montón de tapices bordados sobre cañamazo y otras reliquias, acumuladas allí a lo largo de los años. Por fin llegó al fondo y desplazó una tabla de pino del suelo. La caja seguía donde la había escondido hacía años, como un recordatorio de todo lo que desearía olvidar pero no podía.

Sacó del agujero del suelo la caja de raso y levantó la tapa. Sobre un bullón de terciopelo envejecido yacía un guardapelo de oro. Lo abrió. En el interior había un daguerrotipo de su madre, de la cual era el vivo retrato. No había fechas grabadas, tan solo una inscripción en latín y un doloroso vacío que desvelaba mucho más sobre su corazón que el terrible secreto que ocultaba.

Su padre le había regalado el guardapelo en su decimoséptimo cumpleaños. Aquel regalo supuso para Victoria una gran sorpresa, teniendo en cuenta que su padre aborrecía a su madre. Ella lo guardó como un tesoro, precisamente porque era el único vínculo que tenía con su madre. Su padre se lo dio después de llevársela aparte durante una reunión con sus compinches, el Círculo de los Nueve. Pasó bastante tiempo hasta que Victoria empezó a pensar que el guardapelo tenía un significado insidioso, y que su padre no se lo había regalado por afecto, sino impulsado por su obsesión de mantenerla atada a él. Victoria no mentía al asegurar a David que no sabía dónde estaba escondido el tesoro.

Pero su padre sí lo sabía.

Después de huir de Calcuta, Victoria había rezado durante años para que su padre se llevara el secreto del paradero del tesoro a la tumba, ya que estaba convencida de que nunca podrían relacionarla con él si no lo encontraban.

Porque ella era tan responsable de aquel robo como todos los demás que habían participado en él. A la edad de dieciséis años era ya una ladrona consumada. Ella había introducido a su padre en la cámara del tesoro. El robo había sido tan limpio y se había ejecutado con tal perfección, que las autoridades tardaron seis días en descubrirlo. Para entonces, el tesoro había abandonado ya la India clandestinamente; la intención era recuperarlo más adelante. Pero a medida que transcurrían los meses, la vanidosa arrogancia de su padre empezó a ponerlos a todos en su contra. Con dieciocho años, Victoria conoció a David y ya solo pensó en abandonar a su padre.

Pero nadie abandonaba al coronel Faraday.

Al estrecharse el cerco alrededor de su padre, Victoria cogió el guardapelo y huyó de Calcuta. Su parte pragmática sabía que aquella pieza de oro podía significar la diferencia entre escapar o morir en un país cualquiera. Sin embargo, no había sido capaz de venderlo. La culpa era de su valor sentimental. No pudo desprenderse del único vínculo que tenía con su madre.

Victoria cerró el guardapelo y apartó la vista.

Al lado de la lámpara vio un baúl que reconoció como el de Nathanial. Su llanto rompió el denso silencio del desván cuando empezó a revolver entre las ropas de bebé y los juguetes que había guardado en él durante años. Sacó la manta de la cuna de su hijo, la levantó a la luz y, abrumada por las lágrimas que inundaban sus ojos, apretó la amada tela contra la mejilla. La manta de cuadros amarillos, raída por el roce constante de unas manitas, seguía oliendo a su hijo.

Algo le rozó los labios. Victoria se sobresaltó cuando Zeus se le subió al regazo. Se había llevado el gato a la casa para que le hiciera compañía.

—Tú también lo echas de menos, ¿verdad?

A pesar de lo que opinara David de las decisiones que ella había tomado, no podía negar que Nathanial había crecido en un hogar lleno de cariño. Su nacimiento había supuesto una bendición en muchos aspectos. Victoria había cambiado de vida por él. Se había convertido en la progenitora que podría haber sido su propia madre si hubiera vivido más tiempo, y que su padre no podría ser jamás, aunque viviera cien años. Sir Henry le había proporcionado los cimientos para poder empezar una nueva vida, y Victoria la había construido poco a poco, superando incluso los fracasos, porque todo lo hacía por un bien mayor. Había leído los libros de la consulta de sir Henry y se había convertido en su ayudante. Había participado en los asuntos del pueblo y había logrado convertirse en una persona respetada. Lentamente, había aprendido a celebrar cada triunfo como un nuevo hito. Había osado creer que podía convertirse en alguien especial, pero no había comprendido que el pasado no era algo de lo que pudiera escapar, sino una parte de sí misma.

Después de vivir tanto tiempo instalada en la mentira, no sabía cómo arreglar su vida, no sabía ni siquiera si era posible arreglarla. Sir Henry decía que una persona solo podía elegir entre obrar bien u obrar mal, pero para ella se trataba de no hacer nada... o dar la cara y pelear.

Sin saber muy bien cómo, había llegado a una encrucijada en la que se decidiría, no solamente su vida, sino el tipo de mujer que realmente era. Solo sabía que, por el bien de su hijo, no podía seguir de brazos cruzados. Ella nunca había tenido un verdadero hogar, por ello valoraba aún más la importancia que tenía Rose Briar para Nathanial y Bethany, pues su padre amenazaba a los que ella más quería. En muchos aspectos, David y ella siempre habían estado en el mismo bando.

Victoria cerró la tapa del baúl. Abrazada a Zeus, que ronroneaba en sus brazos, Victoria se acercó a la buhardilla y acarició al gato negro mientras contemplaba el paisaje. Sobre las copas de los árboles aparecía la primera franja de pálida luz, y el sol asomaba sobre el campanario distante como si desplegara sus alas doradas en el cielo.

Mantuvo la vista fija en la torre del campanario como si sus ojos fueran capaces de distinguir algo más que sombras vagas, y se preguntó si habría alguien que desde allí vigilara la casa.

¿Realmente alguien había querido matar a David y le había disparado a ella por error? Ese pensamiento la asustó. Aunque dadas las circunstancias, tendría más sentido. Sin embargo, ni el señor Rockwell ni Pamela habían sido atacados, y todos estaban allí con el mismo fin. Su padre tenía muchas habilidades, pero no era un gran tirador, ni siquiera en su mejor momento, lo que significaba que había alguien más trabajando para él. Alguien que estaba al tanto de la existencia de un laberinto de cuevas bajo los cerros, un lugar perfecto para ocultarse y no ser hallado jamás.

Corrían leyendas sobre esas cuevas. Se decía que las utilizaban los piratas en otra época, pero las habían sellado hacía medio siglo. Los inspectores fiscales ya no sabían siquiera dónde buscarlas cuando realizaban su inspección anual de la zona. Pero Victoria sospechaba que alguien sí lo sabía.

Y ese alguien era Tommy Stillings.

Durante el interminable intervalo de las últimas semanas, Victoria había perdido el norte. No solo sufría por la herida del cuerpo, sino también por la del corazón. Pero había más de un frente en aquella guerra y había llegado el momento de pasar a la acción. Cuando el cielo empezó a adquirir una tonalidad rosada y la luz del día reemplazó a la oscuridad, Victoria apagó la lámpara y bajó sin hacer ruido con las zapatillas de suela blanda hasta el precioso salón dorado donde David y ella habían hecho el amor. Si le era dado realizar alguna proeza en la vida, que fuera la de hallar el medio de salvar el futuro de Nathanial.

Le pareció simbólico iniciar su cruzada en aquel salón. Con ambas manos arrancó las mortajas de los muebles.

Margaret Faraday Donally había dejado de huir.

Victoria llamó a la puerta. Al no recibir respuesta, retrocedió para alzar la vista hacia la ventana del segundo piso; las verdes cortinas estaban echadas. Con su maletín médico bajo la capa, siguió retrocediendo.

—Quizá no haya nadie en casa —dijo el señor Rockwell con las manos en los bolsillos para protegerse del frío de la tarde.

La casa del sheriff Stillings se alzaba en un tranquilo claro en medio de hayas y castaños, justo a las afueras del pueblo. Cuando Victoria se volvía para dirigirse a la parte posterior de la casa, la puerta se entreabrió con un crujido.

—Milady. —Annie Stillings abrió la puerta de par en par—. ¿Qué hace aquí? —La joven se apartó para permitir la entrada a Victoria. Sus cabellos rubios, casi blancos, estaban despeinados. En su sexto mes de embarazo, Annie parecía envejecida; tenía la cara pálida y un aspecto cansado—. Supimos lo del accidente. Me alegro de ver que ya está usted bien, milady.

Por supuesto que lo sabían. La noticia había corrido por todo el pueblo, aunque el disparo se había atribuido a un accidente provocado por un cazador furtivo. Sin embargo, Victoria estaba allí para librar su propia batalla, de modo que olvidó su turbación y prosiguió con firmeza.

—¿Cómo te encuentras, Annie?

—No demasiado bien —admitió la joven—. Estaba en la cama.

Victoria dijo al señor Rockwell que no tardaría mucho y cerró la puerta tras ella.

—¿Quiere que le prepare un té, señora?

Victoria dejó el maletín médico sobre la mesa, junto al sofá.

—¿Cuánto tiempo hace que te sientes tan cansada, Annie?

—Siempre estoy cansada, señora —respondió ella, riendo.

—Le dije a tu marido que vendría a ver cómo estabas.

Victoria había decidido que debía cumplir su promesa; además, Annie le gustaba. Solo era unos años mayor que ella y habían trabajado juntas a menudo en la casa de caridad, cuando sir Henry acudía a tratar a los niños que vivían allí. Charlaron sobre el tiempo mientras Victoria la examinaba; dejaron de lado cualquier cuestión que tuviera algo que ver con el marido de Annie.

—Tienes un bebé muy activo, desde luego. Te dejaré regaliz y manzanilla para las náuseas. Pero no puedes saltarte ninguna comida.

—¿Estará usted conmigo cuando nazca mi bebé, señora?

Las manos de Victoria se detuvieron en el acto de cerrar el maletín.

—¿Por qué me lo preguntas?

—La gente habla. —Annie se incorporó y apartó la mirada mientras se ahuecaba la falda—. Dicen que ha vuelto usted a Rose Briar. También se rumorea que lord Chadwick es el padre de Nathanial.

Victoria se sentó pesadamente en el sofá al lado de Annie. ¿Cómo era posible que ya lo supieran todo?, se preguntó, consternada. Sin embargo, no era algo que simplemente pudiera negar.

—Lord Chadwick y yo nos conocimos hace muchos años, cuando yo vivía en la India. Nos separamos en circunstancias terribles y, hasta hace muy poco, él creía que yo había muerto.

—No sería usted la primera en casarse con otro para dar un apellido a su hijo, señora.

—¿Eso es lo que cree la gente? —preguntó Victoria a duras penas.

Victoria sabía que la gente era muy poco tolerante y que no serían pocos los que la condenarían al ostracismo. No le importaba lo que pensara de ella la gente en general, pues sus días de comadrona habían terminado desde que David había reaparecido en su vida, pero sí le preocupaba lo que pensaran de ella su hijo y Bethany.

—¿Cuántos años lleva cuidando a la gente de este pueblo, milady?

—Quizá no los suficientes.

—Puede que haya provocado usted un escándalo, pero es nuestro escándalo, milady —dijo Annie con vehemencia, y apretó las manos de Victoria antes de que esta pudiera hablar, o más bien atragantarse con las palabras—. Lord Chadwick la encontró, señora. Ahora es el dueño de Rose Briar. Y será un buen amo, sin duda. ¿Se da cuenta de lo que representará que vuelvan a labrarse los campos esta primavera? —El rostro redondo de Annie se iluminó mientras hablaba—. La gente ya piensa en cuántos arrendatarios va a necesitar para cultivar la tierra. Algunos serán crueles con usted, pero la mayoría estamos de su parte, milady. Nellis Munro nunca ha hecho nada bueno por este pueblo.

Con las manos unidas sobre el regazo, Victoria volvió la cabeza. Al lado de la chimenea vio una cuna.

—La ha hecho Tommy —dijo Annie, siguiendo su mirada—. Con el señor Munro todavía en Londres, no ha estado tan ocupado con... otros asuntos.

Al contemplar la cuna, a Victoria le sorprendió el contraste que había entre el hombre que se había esforzado para crear algo tan bello, y el hombre que trabajaba para Nellis.

—Mi marido no es mal hombre, señora. A veces las circunstancias nos obligan a tomar decisiones para proteger a otras personas y a nosotros mismos. No le condene por ello.

—Lo comprendo mejor de lo que crees, Annie. —Victoria se puso en pie—. ¿Sabes dónde puedo encontrarlo? Es importante.

—Está ahí fuera, en la parte de atrás, milady.

Envuelta en la capa y con la capucha protegiéndole la cara del frío, Victoria salió por la puerta de atrás y se encaminó hacia una cabaña que estaba prácticamente oculta entre los árboles. Cuando entró por la puerta, vio al sheriff en la parte de atrás de la estancia, tallando un juguete de madera en forma de pato. La mirada de Victoria se posó en las dos gruesas vigas de roble que cruzaban el techo inclinado; luego, cerró la puerta. Concentrado en su trabajo, el sheriff no la vio hasta que su sombra cayó sobre él.

—Lady Munro... —dijo Stillings con voz ahogada, y dejó a un lado la talla. Llevaba una camisa de lana limpia con las mangas subidas; tenía un aspecto casi cortés, si se pasaba por alto la cicatriz de la mejilla. Recobró la compostura rápidamente y se puso en pie—. ¿Qué la trae por aquí?

—Ya le dije que iría a ver a Annie. Será padre antes de la primavera, Tommy. —Victoria observó los juguetes esparcidos por la mesa de trabajo y cogió un taco de madera—. Tiene usted una vida secreta, sheriff.

El sheriff le quitó el taco de las manos.

—Y según tengo entendido, usted también, milady.

—¿Fue un accidente el disparo que recibí?

El sheriff arrojó al suelo el trapo que estaba utilizando.

—No tuve nada que ver con lo que le ocurrió. —Aunque llevaba botas, Stillings no tenía una gran estatura. Aquella fue una de las pocas ocasiones en las que Victoria agradeció ser tan alta, ya que le permitía imponerse incluso entre hombres—. Ninguno de los míos le dispararía —aseguró él.

—Le creo. Ninguno de sus hombres habría podido realizar un disparo tan certero. Pero usted trabaja para Nellis. Puede que sepa cosas que los demás no sabemos.

Stillings se acercó a la ventana y miró en dirección a su casa. Victoria sabía perfectamente que Ian Rockwell la encontraría en cuanto se diera cuenta de que había salido por la parte de atrás.

—¿Es cierto que ya no vive con sir Henry? —preguntó él, dejando caer la cortina.

—Muy cierto. —Victoria dejó el maletín sobre la mesa de trabajo—. ¿Hay algún otro camino para llegar a la iglesia de Briar Hill? —preguntó—. Usted ha vivido aquí toda la vida. Tal vez sepa algo que la familia Munro ignora.

Stillings apoyó un hombro en el marco de la ventana.

—Habría que estar loco para meterse en las cuevas. Hace décadas que las sellaron.

—Pero quizá usted abrió alguna.

—Usted y yo no estamos de acuerdo en muchas cosas —reconoció Stillings—, pero ha sido siempre honesta —añadió, como si a Victoria pudiera importarle su opinión, después de haberle robado sus caballos, haberles hecho daño y haber obligado a la mayoría de los arrendatarios de Rose Briar a abandonar sus casas—. Si quiere mi ayuda, comprenderá que tengo un precio.

—Igual que yo, Tommy. —Victoria le llamó adrede por el nombre de pila porque siempre lo había hecho cuando Stillings llevaba juguetes de madera a Nathanial después de que sir Henry o ella hubieran visitado a su madre enferma. Aunque entonces no sabía que los juguetes los fabricaba él mismo. En aquella época, Stillings acudía a la iglesia y parecía preocuparse por los problemas de sus vecinos. Pero eso fue antes de que se metiera en problemas y cayera en las redes de Nellis—. A cambio de su cooperación, no le entregaré a las autoridades junto con todos los nombres de sus compinches y de los lugares donde ha estado llevando a cabo sus actividades clandestinas durante los últimos tres años.

—Vaya, milady —dijo, con una sonrisa maliciosa—. Una compañera de armas. Qué novedad descubrir que usted y yo nos parecemos más de lo que pensaba.

Victoria vio por encima del hombro del sheriff que el señor Rockwell se acercaba a la cabaña. También Stillings lo observó.

—Me parece que será mejor que interrumpamos nuestra charla. Su carcelero se ha puesto nervioso.

—El señor Rockwell trabaja para lord Chadwick.

Stillings se dirigió hacia la puerta y la abrió de par en par, invitándola a marcharse.

—Es curioso que Chadwick apareciera como lo hizo justo después de que yo le enseñara a usted aquel pendiente. Y no se lleva nada mal con la condesa, según he oído.

Victoria se echó la capucha hacia atrás y se aflojó la presilla del cuello como si le impidiera respirar.

—Lord Chadwick no es un ingenuo petimetre —le advirtió—. Si fuera usted listo, se conformaría con todo lo que ha conseguido hasta ahora y se buscaría un nuevo modo de ganarse la vida. Debería estar de su parte. Créame cuando le digo que el camino del delito solo le llevará a la horca.

Stillings soltó una carcajada forzada, pero sus perspicaces ojos delataban que empezaba a comprender.

—¿Está usted segura, milady?

—Estoy segura, Tommy.

—Nuestro buen magistrado, Munro, confía en que lord Chadwick se habrá marchado antes de que termine el año. Alguien quiere quitárselo de en medio.

—¿Nellis ha dicho eso? —preguntó Victoria, sintiendo que un escalofrío le recorría la espalda. Aquel comentario amenazador llevaba a una conclusión inevitable: David estaba en lo cierto al pensar que la bala iba destinada a él. De repente se preguntó si Nellis estaría trabajando con su padre. Pero ¿cómo era posible?

—Así que, como comprenderá, mi lealtad no va a cambiar, milady.

—¿Le dijo Nellis quién era? Si sabe algo...

—No, no lo sé. Puede preguntárselo usted misma cuando él vuelva de Londres. —Stillings cruzó los brazos sobre el pecho—. Nellis Munro siente pasión por el coñac francés y las cosas caras, milady. Últimamente ha añadido Rose Briar a su lista. Usted debería saber que no se puede ganar contra alguien que es más fuerte. ¿No ha aprendido todavía la lección?

—Pero ¿y si ganáramos nosotros, Tommy?

—No puede hacerlo sola, milady. Y así es exactamente como está ahora. Sola.

14

—Nunca había visto una tela tan hermosa. —Bethany apretó el terciopelo azul contra su pecho como si fuera un ser vivo al que abrazaba.

Victoria estaba sentada delante de su tocador observando a la joven, que daba vueltas como una brillante peonza dorada. La mirada de Bethany se cruzó con la suya en el espejo.

—¿Cómo lo has pagado, Victoria?

—Terminado, señora. —Moira dejó el peine delante del espejo.

Victoria no respondió a la pregunta de Bethany. Se miró en el espejo y enarcó las cejas. El vestido que llevaba era recatado, pero se ceñía a su cuerpo como un guante. Desde que había encontrado el viejo baúl lleno de ropa en el ático, y tras realizar unos pequeños retoques para actualizar el estilo, había añadido tres vestidos nuevos a su guardarropa. Esa tarde, con una falda de muselina roja y verde, una blusa de color marfil y un cinturón, y con la abundante cabellera recogida en la coronilla, era la elegancia personificada.

Unos gritos que procedían de la planta baja la sacaron de su ensoñación.

—¡Se acerca un carruaje, señora!

—¿Un carruaje? —preguntó Victoria mientras se levantaba a toda prisa y corría hasta la ventana que daba al invernadero.

Un carruaje negro pasó por debajo de la ventana. Antes incluso de que se detuviera por completo, la puerta se abrió de golpe y un niño saltó al suelo.

—Nathanial.

Victoria se volvió en medio de un revuelo de faldas y salió al pasillo rápidamente. Se detuvo en el descansillo justo cuando la puerta principal se abría.

—Mamá... —Su hijo corrió escaleras arriba.

Victoria lo recibió en mitad de la escalera y, arrodillándose, lo estrechó entre sus brazos.

—¡Dios mío! —exclamó apartándolo para mirarle—. Has crecido cinco centímetros desde que te fuiste.

—Los pantalones me han quedado pequeños, madre —dijo él, y orgullosamente dobló el brazo para mostrarle los músculos que había desarrollado trabajando en el campo.

Bethany apareció detrás de Victoria y Nathanial la puso al día sobre las novedades de sus numerosos primos. Le contó que Janie había besado a Peter cuando jugaban a coger manzanas con la boca en un barreño de agua. Por eso no habían vuelto antes.

—¿Porque Janie besó a Peter? —preguntó Bethany.

—No, tonta —dijo Nathanial, poniendo los ojos en blanco. Luego miró a su madre—. Nos hemos quedado para la fiesta de la cosecha. —Añadió con deleite que el tío Fred le había permitido probar un poco de la cerveza que fabricaban.

Victoria miró por encima de la cabeza de su hijo a David, que permanecía en el vestíbulo, alto y apuesto, con un traje nuevo y los cabellos casi negros a la luz del sol.

—Lord Chadwick dejó que me quedara. —Nathanial se inclinó hacia su madre y le susurró al oído—: Bailó con Bessie, con Mildred y con Frannie. Quiere casarse con él.

—¿Frannie? —se burló Bethany—. Si hace dos días aún llevaba pañales. ¿Qué sabrá ella del matrimonio?

Frannie tenía la edad de Bethany y era su rival en las reuniones familiares.

—No cabe duda de que Su Señoría causa siempre ese efecto en las jovencitas —dijo Victoria.

—¿Dónde está Zeus? —preguntó Nathanial, inclinándose sobre la barandilla.

—La última vez que he visto a ese gato estaba durmiendo en la biblioteca —respondió Victoria, aferrándose a los balaustres de la barandilla—. Ten cuidado, Nathan. Acaban de encerar los suelos —advirtió.

Pero su hijo no le prestaba la menor atención. Victoria miró a David a los ojos, se levantó y permaneció inmóvil, apoyada en el lustroso pasamanos.

Sus mejillas se tiñeron de rojo al notar que David evaluaba hasta el último detalle de su aspecto. A pesar de todo, Victoria pensó que su mundo volvía a estar completo y seguro, aunque sabía que no era cierto.

—Iré a ver cómo están las tartas que la señora Gibson ha sacado del horno —dijo Bethany, pasando por su lado para bajar la escalera—. Seguramente Nathanial tiene hambre.

Bethany desapareció a toda prisa dejando a Victoria con el corazón desbocado y a solas con David.

—Casi esperaba que te hubieras ido —dijo él.

—Hicimos un trato —replicó ella. Prefería mantenerse en un plano de superioridad moral en lugar de recordar que hasta hacía unas pocas semanas planeaba fugarse—. ¿Cómo sabías que estaba en esta casa?

—Rockwell ha salido a nuestro encuentro. Me ha contado lo que pasó entre sir Henry y tú. Yo...

—No te disculpes. Sir Henry tiene derecho a opinar lo que quiera sobre mí.

David se acercó al pie de la escalera y Victoria miró el rostro vuelto hacia ella, atraída por el juego de luces y sombras en sus ojos.

—Solo quería decirte que me sorprende que le contaras la verdad.

Victoria alzó el mentón.

—¿Lo sabe Nathanial?

—Todo el mundo en Salehurst creyó que el «parentesco» entre tú y yo explicaba el parecido. Otra mentira, hasta que podamos sentarnos tranquilamente a hablar con él. No permitiré que mi hijo crezca pensando que su padre ha muerto.

Victoria oyó la exclamación de Nathanial al encontrar a Zeus. ¿Se atrevería a decirle a David que ya eran objeto de chismorreos en el pueblo?

—Entonces, ¿estamos preparados para contestar a las preguntas que haga sobre nosotros?

—Ahí me ha pillado, señora. —A Victoria le irritó su leve tono burlón—. Por la dinámica de nuestra relación, creo que lo más beneficioso para ambos sería que renunciara a seguir en este caso y saliera de tu vida para siempre.

Victoria contuvo su lengua, temiendo que David se fuera, pero consciente al mismo tiempo de que no tenía derecho a pedirle nada. Sin embargo, aún no estaba preparada para perder a su hijo. David había vuelto con él y Victoria se sentía tan aliviada que no quería pensar en nada más.

—¿No podríamos dejarlo en que los dos queremos lo mejor para nuestro hijo?

—Madre... —Nathan salió corriendo de la biblioteca con Zeus en brazos—. ¿Puedo ir a ver a peepaw?

—Te llevaré con tu abuelo —dijo David, apartando la mirada de Victoria.

—Lord Chadwick dice que voy a ver el Big Ben. —Nathan se balanceó con una sonrisa en los labios—. Hemos venido para verte a ti, y a Zeus, y también a peepaw. Y para recoger mi almohada.

Victoria miró a David tratando de dominar el pánico que sentía.

—¿Te lo llevas a Londres?

—Mañana por la noche sale un tren de New Haven. Ya lo he dispuesto todo.

David no lo dijo, pero en sus ojos se veía claramente que solo había llevado a Nathanial a Rose Briar para despedirse. ¿De modo que así iban a ser las cosas entre ellos?, pensó Victoria. David ya había tomado la decisión. Aunque en el fondo sabía que tal vez Nathanial estuviera más seguro en Londres, no estaba preparada para la punzada de dolor que sintió en el estómago. Se puso en cuclillas delante de su hijo. ¿Cómo iba a decírselo a sir Henry?

—Visitaré la casa de fieras cuando abra en primavera, madre —dijo Nathanial—. E iré a un colegio, como Ethan Birmingham. El año pasado aprendió esgrima.

Victoria le acarició la mejilla. Su hijo hablaba con tanto entusiasmo que no podía permitir que la viera triste.

—Entonces necesitarás algo más que la almohada, ardilla.

—No me voy para siempre, madre —la tranquilizó él, adoptando de pronto el tono del hombre de la casa—. Todos los chicos van al colegio. Y cuando vuelva, Ethan Birmingham ya no me llamará mocoso nunca más.

—Creía que Ethan, Robbie y tú erais muy amigos.

—Sí, hasta que Ethan se fue al colegio el año pasado.

Victoria le apartó un mechón de cabellos oscuros de la frente.

—La señora Gibson ha sacado unas tartas del horno hace menos de una hora. ¿Por qué no vas a ver si ya están listas para comer?

Nathan giró en redondo soltando una exclamación de entusiasmo. A Victoria le dolía el costado. No pudo ponerse en pie. La mano firme de David apareció de repente en su codo.

—¿Quién cuida de ti? —preguntó.

Victoria retiró el brazo y, a duras penas, consiguió ponerse en pie sin desplomarse en la escalera.

—No necesito ayuda de nadie. Puedo librar mis batallas yo sola, David.

—Bravo, general Faraday. —David retrocedió con una fingidamente expresión risueña—. Me alegro de ver que tu frágil estado físico no ha alterado tu carácter.

—Yo llevaré a mi hijo a ver a sir Henry. Habrá cosas que...

—Ya me ocuparé de conseguirle todo lo que necesite en Londres.

—Por supuesto. —Victoria notaba un sordo martilleo en la cabeza—. ¿Eso incluye una madre también?

—Demonios, podría ser.

—Si te divorcias de mí tendrás que admitir públicamente que te casaste con la hija traidora del coronel Faraday. El escándalo será mayúsculo. Incluso tú saldrías perjudicado.

Victoria vio con incredulidad que David sacaba un cigarro cortado por ambos extremos y se lo colocaba entre los labios.

—En ese caso pediría la anulación —dijo él, encendiendo una cerilla contra el tacón de la bota—. Creo que aún puedo hacer algún que otro milagro.

—¿Cuándo has empezado a fumar esas cosas horribles otra vez? —preguntó Victoria con los ojos entornados, recobrando el dominio de sí misma.

—Habría sido mejor que no lo hubiera dejado nunca —respondió él, protegiendo la llama con la mano mientras observaba el rostro encendido de Victoria—. ¿Quieres saber por qué?

Agitó la mano para apagar la cerilla y la dejó caer en un recipiente de latón que había junto a la barandilla.

—Aunque no tuvieras un cargo de alta traición pendiendo sobre tu cabeza, sin contar con las cien mil libras en objetos y joyas robados que aún no han aparecido, la muerte de mi compañero y la amenaza de matarme a mí, tú y yo jamás seríamos una familia. —Echó ceniza en el recipiente y ella siguió el movimiento con los ojos—. Pero quizá, si te portas bien, no te echaré de esta casa cuando regrese. La verdad es que aún siento algo por ti. Lo suficiente para no darte una buena sacudida.

—¿Sientes algo?

—No he hecho más que pensar en ti desde que me fui. Tengo un hijo con el que jamás habría soñado. En cierto sentido, incluso estoy de acuerdo con lo que hiciste, maldita sea. —David se acercó más a ella y ese ligero movimiento apaciguó la rabia de Victoria—. Lo cierto es que admiro tu valor ante la derrota, y no puedo imaginar lo que has debido de sentir todos estos años, sabiendo que te había traicionado a ti y a mi hijo, ni lo que has sentido cuando, a pesar de todo, te he pedido que confiaras en mí. No quiero apartarte de Nathanial. Dime si no soy un perfecto idiota por sentir lo que siento.

Atrapada ante la mirada tempestuosa de su marido, Victoria lo miró con ojos llorosos.

—A veces me dejas absolutamente perpleja, David.

—Lo mismo digo, señora —replicó él con un saludo burlón—. Yo mismo me dejo perplejo.

Victoria se quedó mirándole mientras él daba media vuelta, salía por la puerta principal y la cerraba con energía.

David apuraba el cigarro apoyado en el carruaje. Se protegía del intenso frío con el cuello del abrigo vuelto hacia arriba y llevaba un sombrero forrado de piel para cubrirse las orejas. Sin embargo, pensó con irritación que quizá no se había puesto suficiente ropa. Se llevó el cigarro a la boca, sabiendo que no tenía una respuesta para lo que estaba sintiendo en ese momento.

Debería estar en la cocina con Meg y su hijo. Debería, pero no estaba, y tampoco sabía qué diría si estuviese allí con ellos. Así que ahora estaba ahí fuera congelándose el culo.

Entornando los ojos para protegerse del humo del cigarro, David dirigió la vista hacia la lejana torre de la iglesia. Se irguió al ver una vieja carreta que se acercaba lentamente. Reconoció al señor Doyle. Un segundo hombre se encorvaba sobre las riendas, y entre los dos iba sentado un niño rubio.

Distinguió también al hijo de la viuda Gibson, al que había visto hacía unas semanas al llevar a su casa al señor Doyle. David tiró el cigarro al suelo y lo aplastó con el tacón de la bota. La carreta se detuvo con estrépito delante de él.

—Lord Chadwick. —El señor Gibson se limpió las manos en el mono de trabajo que llevaba y luego presentó a su hijo, el niño rubio—. Este es mi hijo Robbie. Pasaba mucho tiempo aquí cuando yo me ocupaba de la finca. Me alegro de verle de vuelta. Espero que sea para quedarse.

David guardó silencio, reacio a continuar con aquella conversación. No tenía ninguna relación con Rose Briar, aparte de haber comprando la casa y las tierras como parte de su acuerdo con Meg. Y no quería tenerla.

La puerta de la casa se abrió a su espalda y apareció Nathanial.

—¡Nate! —exclamó Robbie, animándose de repente.

—No sabíamos que el chiquillo había vuelto —comentó el señor Gibson, y su rostro se iluminó bajo el sombrero.

—¿Puedo ir con él, papá?

El señor Gibson dejó que decidiera David, que no habría podido detener al chico aunque hubiera querido.

—Sois amigos, ¿verdad?

—Los mejores amigos, milord —dijo el chico. David apenas tuvo tiempo de apartarse para no ser pisoteado.

Robbie corrió hacia Nathanial, que bajaba por el sendero de adoquines. David se dio cuenta de que no sabía nada de la vida de su hijo, salvo lo poco que había podido averiguar durante el trayecto desde Salehurst. Su hijo era listo, seguro de sí mismo, y parecía muy popular allá donde fuera, un rasgo que no se le había escapado a David.

David vio que Meg decía algo a Robbie que animó a los dos chicos. Ambos entraron corriendo en el interior de la casa, huyendo del frío.

Envuelta en su capa y con todo el aspecto de señora de la casa, Meg se irguió y sonrió a Daniel Gibson. Mientras la observaba, David se sintió como si alguien le hubiera golpeado en el pecho con un garrote. Meg no era guapa en el sentido convencional. Era una mujer extraordinaria que hacía que se sintiera como si saliera a la luz del sol después de pasar años en una cueva. Y cuando sonrió, David necesitó un momento para volver a respirar.

Meg se acercó a la carreta.

—Señor Gibson, señor Doyle. Veo que se ha estado cuidando.

Una ráfaga de viento helado agitó las faldas de Meg alrededor de las piernas de David cuando ella se inclinó para ajustar la manta que cubría las piernas del anciano.

—No quería venir, señora —dijo el señor Gibson.

—¿No quiere trabajar en el invernadero? —preguntó Meg,

observando su nerviosismo con preocupación—. A usted le encantan las flores.

David siguió la mirada del anciano, esperando enterarse de lo que por lo visto nadie quería decir. El anciano parecía tener miedo de la casa.

—Le gustará tener gente alrededor con quien charlar —oyó que decía Meg—. Lo he instalado en la casita del otro lado del invernadero. La madre del señor Gibson ha encendido un buen fuego.

La frente del señor Doyle desapareció bajo un montón de arrugas.

—No habrá fantasmas en el invernadero, ¿verdad?

—Ni uno solo. Estará completamente a salvo —dijo Meg en voz baja.

Meg se apartó de la carreta y se quedó junto a David viendo cómo esta se alejaba pesadamente.

—Nunca lo había visto así —dijo Meg sin dejar de mirar la carreta, igual que David no podía apartar los ojos de ella. Su descontento se había reducido considerablemente al observar el afecto sincero con el que Meg trataba a aquellas personas—. Espero haber hecho lo correcto trayéndolo aquí.

—¿Doyle ha dicho algo más sobre lo que vio en la iglesia?

—No, pero hay cuevas en este cerro. El sheriff Stillings lo ha confirmado.

—¿Fuiste a ver al sheriff Stillings? —David iba a estrangular a Rockwell por permitir que Meg se acercara a Stillings.

Meg lo miró como si se hubieran mostrado corteses el uno con el otro desde su regreso, como si él no estuviera pensando en cometer algún acto irreflexivo de autodestrucción con ella. En ese momento, David notó en sus entrañas algo muy parecido a un sentimiento de posesión. Ataviada con un vestido que no le había visto nunca, Meg estaba deslumbrante mientras se enfrentaba desafiante a su mirada escrutadora.

—Tus órdenes me han convertido prácticamente en una prisionera —dijo Meg, mirándole a los ojos—. Pero no dijiste nada de hablar con la gente o de tomar ciertas decisiones con respecto al bienestar de personas de las que me siento responsable. Por si aún no lo has notado, te señalaré que no he permanecido ociosa.

David divisó a un mozo de cuadra que salía del establo para ayudar al señor Gibson. De repente, se volvió hacia la casa y vio las relucientes ventanas con parteluces y los jardines limpios de hierbajos. Dos doncellas a las que David no conocía estaban fuera sacudiendo una alfombra; sus risas le llegaron en una ráfaga de viento invernal.

David volvió a mirar a Meg con las cejas arqueadas. Se sentía como aquel día en el salón, cuando empujó a Meg contra las cortinas para poseerla.

—Has estado ocupada durante mi ausencia. ¿Piensas quedarte mucho tiempo por aquí?

Meg se echó la capucha sobre la cabeza.

—Nathanial y Robbie están comiendo. He enviado al señor Rockwell para que informe a sir Henry de que le llevaré a Nathanial dentro de un rato. Necesito ser yo quien lo haga. Hasta entonces, estás invitado a comer con nosotros, si lo deseas —dijo ella, con su boca de labios perfectamente contorneados—. La señora Gibson es una excelente cocinera.

—¿Qué has hecho con mi cocinero? —preguntó David.

—Esma lo despidió. Se le dan mejor los caballos. Sin duda la mayor parte de tus asalariados son espías, así que he introducido a unos cuantos de los míos. Gente que de verdad sabe cocinar y limpiar.

La expresión de David se suavizó.

—Lo tendré en cuenta si siento la tentación de comer aquí.

—En serio, David —le regañó ella—. No me des ideas.

Sintiéndose como un criado al que acabaran de leerle la cartilla, David paseó la mirada por la espalda de Meg cuando ella le pasó por delante. La partida ya no estaba en tablas. Seguía mirándola embobado cuando Meg se dio la vuelta y lo miró, tan desconcertada como él.

Los ardientes ojos de Meg amenazaron con llenarse de lágrimas.

—¿Te importa si llevo yo a Nathanial a ver a sir Henry? —preguntó en un tono extrañamente vulnerable—. No es mi deseo excluirte.

David señaló el carruaje con la cabeza.

—Usad el carruaje. Yo iré más tarde.

—David... —Sus miradas se encontraron y David pensó que probablemente era un idiota por acceder a sus deseos, aunque extrañamente no le importaba—. Te prometo que no le diré a la señora Gibson que envenene tu comida. Ya no siento el menor deseo de matarte o de mutilarte.

David se permitió una leve sonrisa. Leía en los ojos de Meg que quería decir algo más. Pero una cosa era que no le arrebatara a su hijo y otra muy distinta que pudiera perdonarla. O tratar de olvidar la situación en la que se encontraban.

Aunque como sacerdote su cometido era otorgar el perdón eterno a cuantos se confesaban con él, en el caso de Meg, se trataba de algo personal.

Sin embargo, por eso precisamente había regresado.

—¿De verdad querías verme muerto, Meg?

—No. —Meg lo miró a los ojos—. Solo te quería a ti. Punto.

David no trató de atemperar su reacción a semejante respuesta. Enarcó una ceja con incredulidad cuando Meg entró en la casa y cerró la puerta, consciente de la facilidad con la que una simple palabra de dos letras, seguida de una frase crucial, podía cambiar el tono de su discurso y alterar la esencia de su relación.

15

David frenó al caballo justo después de pasar por delante del cementerio y levantó la vista hacia la torre de la iglesia antes de entrar en el patio de la casa de Doyle. Mientras ataba las riendas a un poste, le llegó un saludo típicamente irlandés desde la iglesia quemada.

—Vaya, aquí lo tenemos en persona. —Ralph Blakely estaba en el cementerio lleno de maleza, con unas pesadas botas de cuero y una gruesa camisa de lana. Un diente de oro brilló en su boca cuando David se acercó a él—. ¿Va a quedarse mucho tiempo, señor Donally?

David entró con él en la rectoría. A resguardo del viento, su cuerpo empezó a recuperar el calor.

—Solo esta noche. Tengo asuntos que atender en Londres. Volveré dentro de unos días.

—Usted me dijo que no saliera de la iglesia hasta que encontrara el túnel.

—¿Hemos tenido suerte?

David miró con recelo la gruesa viga de madera que tenía sobre la cabeza, se agachó para esquivar un trozo partido y luego agachó la cabeza para pasar por debajo de un saliente ennegrecido que daba a la nave principal de la iglesia. La parte sin techo dejaba al descubierto el límpido cielo azul. A diferencia de ciertos miembros de su familia, David no era ingeniero, pero el sentido común le decía que aquel lugar estaba tan cerca de derrumbarse como cualquiera de los numerosos pisos de alquiler destartalados que había visto en su vida.

Blakely se metió los pulgares en la cintura del pantalón.

—No, pero los chicos y yo hemos hecho todo lo demás que nos pidió. Encontramos a los sabuesos hace unos días. Forman parte de una manada de perros salvajes que alguien dejó suelta por aquí y que ahora vaga por estas colinas matando ganado. A mí me parece que alguien ha hecho todo lo posible para obligar a huir a todos los arrendatarios. También he encontrado al antiguo párroco de la iglesia.

—¿Has hablado con él?

—Ojalá pudiera decir que sí, pero murió hace unos meses y lo enterraron en Halisham. Su mujer me dijo que no era el primero en interesarse por los viejos túneles. Unos meses atrás, una mujer de cabellos oscuros y un hombre corpulento de pelo blanco se presentaron en su casa haciéndole las mismas preguntas.

—Un hombre de pelo blanco...

Kinley.

La descripción coincidía, lo que quizá era demasiado conveniente y daba al traste con su suposición inicial. Eso, y la mujer de cabellos oscuros. Por otro lado, Kinley medía un metro ochenta y cinco y podía haber dejado las huellas que David había encontrado junto a la iglesia después de la tormenta de nieve.

Una brisa fresca agitó las hojas secas a los pies de David. Paseó la mirada por las piedras ennegrecidas de la nave, particularmente en lo que quedaba del coro, el presbiterio y el púlpito. David sintió una extraña conexión con aquel lugar. Meg y su hijo habían asistido a los servicios religiosos en esa iglesia. A Nathanial lo habían bautizado allí.

David se alejó del muro de piedra y cambió la dirección de sus pensamientos. No había estado nunca en una iglesia que no tuviera criptas y cámaras secretas. Meg le había confirmado que existían cuevas bajo los cerros. Sin embargo, lo más probable era que la mayoría de los túneles no se usaran desde hacía siglos y que fueran peligrosos, lo que explicaría que la gente de los alrededores no supiera gran cosa sobre ellos.

David se volvió, atraído por el ruido de cascos de un caballo que se aproximaba; Rockwell se acercaba desde el otro lado del cementerio.

—¿Tienes a alguien vigilando la residencia de Nellis? —preguntó a Blakely.

—Sí. Aún no ha regresado de Londres.

—Por ahora preferiría que no hablaras a nadie de nuestros hallazgos pasados o futuros —dijo David. Si confiaba en alguien era en los hombres que había traído consigo de Irlanda. Ninguno de ellos trabajaba para Kinley—. Buscaré un mampostero. Mientras tanto, quiero que se apuntale toda esta nave antes de empezar a tocar las paredes.

David se volvió hacia el campanario. Si había algún camino secreto para entrar o salir de aquella iglesia, quería encontrarlo y sellarlo para siempre.

Unos minutos más tarde, David montó a lomos de su caballo y salió al encuentro de Rockwell, que subía hacia el cementerio por el estrecho camino de grava. Le preocupaba que sus sospechas sobre Kinley acabaran afectando a Rockwell por su relación con Pamela. Porque David también había encontrado unas huellas de mujer después de la tormenta. Pamela tenía el pelo rubio, pero podía haberse puesto una peluca para acompañar a Kinley. Estaba claro que alguien quería hacerle creer que la mujer era Meg.

Rockwell aminoró el paso al acercarse David.

—Parece preocupado.

—¿En qué demonios pensaba cuando llevó a Meg a ver a Stillings?

Rockwell reaccionó con expresión ofendida y divertida a la vez.

—Intente impedirle hacer algo cuando se empeña en hacerlo.

David no estaba de humor para cavilaciones. Espoleó al caballo y oyó que Rockwell gritaba a su espalda:

—Yo no iría a ver a sir Henry ahora, señor.

David frenó al caballo.

—¿Por qué no?

—¿Ese niño es hijo suyo? —preguntó Rockwell—. ¿Por eso fue a Salehurst? Se ha convertido en la comidilla del pueblo, Donally.

David desvió la vista, mordiéndose la lengua para no soltar una maldición. Solo había contado el propósito de su viaje a una persona.

—Ese niño se llama Nathanial —respondió David secamente. Que Rockwell sacara sus propias conclusiones si quería—. Me lo llevo a Londres mañana por la noche. Lo dejaré al cuidado de mi hermana hasta que... —Meneó la cabeza, cruzó una mano sobre la otra y lanzó una mirada fulminante al otro lado del cementerio—. Hasta que cierre este caso.

—¿Hasta que entregue a su madre a Kinley, quiere decir?

Las facciones de David se endurecieron. La verdad de aquella afirmación no hizo más que agravar su malhumor.

—Dado que es usted tan incapaz de eludir sus responsabilidades como ella de traspasárselas a otros —Rockwell se metió la mano en el bolsillo y le arrojó un guardapelo de oro a David—, he venido para darle esto.

David cogió al vuelo el guardapelo y le dio vueltas en la mano.

—Lo recuperé después de que su esposa lo cambiara por un rollo de tela. —Rockwell tuvo que tirar de las riendas para impedir que su caballo siguiera avanzando—. Quería regalarle un vestido nuevo a la señorita Munro. O quizá simplemente quería deshacerse del guardapelo. Sospecho que ambas cosas.

David abrió el guardapelo con una sensación de angustia. Alguien había intentado despegar de su interior el daguerrotipo de una mujer. Aquella imagen en miniatura era lo único que conservaba Meg de una mujer a la que su padre había arrancado cruelmente de su vida. Pero a Rockwell no le movía ninguna razón sentimental para entregarle aquel objeto.

—Deje que adivine. —David cerró la tapa del guardapelo—. Esto no estaba entre las cosas que Meg se llevó del pabellón de caza cuando volvió a Rose Briar, lo que significa que lo tenía escondido en la casa solariega. Pero a lo mejor no está usted en lo cierto.

—Sé exactamente lo que se llevó, porque yo la ayudé a hacer el traslado.

—¿Y por qué no se lo ha entregado directamente a Kinley?

—Kinley se está impacientando —respondió Rockwell tras unos instantes de pausa. En su rostro no había rastro del hoyuelo que le hacía parecer menor de los veintiséis años que tenía—. Sospecho que su afán por atrapar al coronel Faraday no es tan grande como el de obtener un porcentaje del botín de este caso. Puede que ese guardapelo no signifique nada, o que signifique mucho, pero he pensado que sería mejor dejar que fuera usted quien lo averiguara y no él.

La mirada de David seguía fija en el cementerio mientras daba vueltas al misterio que rodeaba las últimas semanas de Meg en la India. En parte, reconocía que el guardapelo podía ser importante. Sabía que a Meg se lo había dado su padre. Pero después de enterarse de lo que había ocurrido con la madre de Meg, pensó que tal vez el guardapelo significara algo completamente distinto para Faraday.

También respetaba el gesto simbólico de desafío de Meg contra su padre, al dejar de llevar el guardapelo poco después de casarse con él. De pronto, David se dio cuenta de que sabía exactamente cuándo Meg había empezado a ponerse en contra de su padre.

Tuvo que admitir que, al tiempo que el coronel Faraday permitía que David se introdujera en el Círculo de los Nueve, Meg intentaba escapar de él.

—¿Cómo fue que a su mujer y a usted les asignaron este caso? —preguntó guardándose el guardapelo en el bolsillo.

—Kinley se puso en contacto conmigo poco después de hablar con usted. Mi padre era el ayudante de Kinley cuando empezó a trabajar en la India en este caso.

—¿Su padre trabajó en este caso?

Una sombra cruzó levemente el semblante de Rockwell al darse cuenta de que había revelado algo que no debía. David estaba pensando en el maldito pendiente que milagrosamente había llegado a manos de Kinley, y que tal vez había obrado en su poder durante todos aquellos años, pues a Faraday no le habría sido posible conservarlo en la prisión.

—Mi padre murió. Mi interés en este caso es tan personal como el suyo.

—¿Y por qué, exactamente?

—Usted y yo dependemos el uno del otro —dijo Rockwell, eludiendo la pregunta—. Confíe en que haré mi trabajo, al igual que yo confío en que hará usted el suyo.

—De lo único que yo dependo es de la lealtad de los demás y de la seguridad de que nadie va a tratar de desautorizarme. Estamos llevando a cabo una operación que fue aprobada —dijo David, sin molestarse ya en eludir la cuestión que más le preocupaba. Tampoco pensaba seguir confiando en la lealtad de Pamela—. Y confío en que, si alguien quería matarnos a Meg o a mí, no fue alguien que trabaja para mi gobierno.

—¿Está escuchando lo que dice? —Rockwell rió—. ¿No se le ha ocurrido pensar que la mujer a la que vino a capturar lo tiene pillado por los huevos? ¿O acaso tiene por costumbre poblar todos los países en los que trabaja?

David le dio un puñetazo en la mandíbula. Ambos caballos se encabritaron. Rockwell se cayó de la silla. David tiró con fuerza de las riendas para impedir que su caballo pisoteara a Rockwell. Cuando consiguió dominarlo, se deslizó de la silla y desmontó delante de Ian, su grueso abrigo le acarició las pantorrillas.

—No creía que fuera tan estúpido, Rockwell.

—Tal vez me haya faltado finura al expresarme, pero creo que no estoy equivocado. —Ian se incorporó apoyándose en un codo—. Y usted también se daría cuenta si no fuera tan increíblemente obcecado. Admítalo, maldita sea, está enamorado de su mujer, Donally.

Demonios, sí, era cierto.

—Meg se rebeló contra Faraday hace diez años. Aunque no tenía adónde ir y absolutamente todos la habían traicionado, hizo lo correcto y lo hizo sola. A Faraday lo atrapamos la primera vez gracias a ella.

—¿Y ahora usted está dispuesto a renegar de su juramento para salvarla? Esa es la pregunta que atormenta su alma. La que lo convierte en peligroso para todos los que estamos en este caso.

David miró a Ian, dejando que la ira anulara su sentido común. ¿Qué demonios sabía Rockwell o cualquier otro sobre su alma?

—Si ha terminado de machacarme, ayúdeme, Donally. Tendré suerte si no me quedo lisiado de por vida.

David se puso en cuchillas delante de Ian. No estaba de humor para mostrarse compasivo.

—¿Cuánto tiempo lleva en marcha esta operación?

—Faraday desapareció poco después de ser trasladado a Marshalsea hace seis meses. Eso es todo lo que sé. —Ian se pasó el dorso de la mano por la boca y luego examinó el guante para ver si tenía sangre—. Kinley era el encargado de supervisar su encarcelamiento. También fue él quien aprobó esta operación. Mi padre formaba parte del equipo de Kinley en Calcuta. Kinley estaba en deuda conmigo.

—¿Y qué le debía a Pamela?

—Váyase a la mierda, Donally. Usted solo tiene que mantener a Meg Faraday con vida.

Rockwell vivía dedicado a su carrera. David había leído su expediente; era ejemplar. Para el Foreign Office, sería el agente ideal para investigar a otro agente.

—Fue idea suya que Meg se quedara aquí como cebo para su padre, ¿verdad? —preguntó David—. Kinley no se lo esperaba. De hecho, le cabreó bastante. ¿Quién es el auténtico objetivo? ¿Faraday o Kinley? ¿O alguien más?

—Acaba de demostrarme que su posición está comprometida, maldita sea. No crea que va a sacarme ninguna respuesta. Todos los archivos concernientes a este caso se encuentran en el despacho del secretario del Foreign Office. Así que, a menos que conozca a lord Ware, no va a averiguar nada más.

—Es usted un maldito cabrón, Rockwell. —David miró a Ian, que seguía tirado en el suelo con el gorro de castor torcido. Finalmente logró dominar su ira.

—Llévese a su hijo, Donally. Es más, le aconsejo que lo haga, pero Meg Faraday se queda. Si pone en peligro este caso, Kinley le arrestará por traición. Todavía es su superior.

—¿Quién disparó a Meg?

Al ver que Rockwell no parecía más dispuesto a cooperar que antes, David colocó una bota sobre su pecho.

—Le juro que no lo sé.

—¿Ha estado Kinley alguna vez aquí?

—Ya sé que ustedes dos han tenido sus más y sus menos...

—Kinley no sabría salir de un tarro de cristal aunque alguien lo inclinara. Si ese cabrón va detrás de nosotros, tiene que haber alguien que tire de los hilos. —El Foreign Office quiere echar el guante al tipo para el que trabaja Kinley, pensó David—. Dígame una cosa. ¿Faraday está vivo o muerto?

Rockwell apretó la mandíbula, pero su breve actitud de desafío se diluyó ante la amenazadora expresión de David.

—Eso es parte del problema. No lo sabemos. Solo sabemos que alguien está dispuesto a matar por conseguir lo que tiene su hija.

Un tesoro que bien valía un triste juramento, pensó David, y con el que desde luego se podía comprar todo un reino. Pero entonces, ¿por qué Meg no había cogido el maldito tesoro y había huido cuando aún tenía la posibilidad?

David paseó la mirada por la iglesia y el cielo azul que le hacía de techo. En realidad, ya conocía la respuesta. En el fondo de su corazón sabía que, aunque el tesoro estuviese realmente en poder de Meg, ella jamás lo tocaría. Meg había encontrado uno mucho más valioso, en el que no había ni oro ni diamantes. Era un tesoro que vivía en las personas que la amaban, la familia que nunca había tenido, los árboles, la tierra, la casa del cerro. Vivía en su hijo.

—Pamela está siguiendo una pista —dijo Rockwell, todavía en el suelo—. Así que, si su juramento a la Corona todavía significa algo para usted, quédese aquí y haga su trabajo, maldita sea, y déjenos a los demás hacer el nuestro.

David reconocía una amenaza cuando la oía, pero fue la amenaza implícita la que le preocupó, precisamente porque venía del mismo Rockwell. Era una lástima que no se hubiese roto un hueso al menos, pensó David, apartando la bota de su pecho y ofreciéndole la mano en un gesto de fingida concordia y buena voluntad. También era una lástima para el joven espía advenedizo que David no tuviera la menor intención de permanecer al margen sin hacer nada.

—¿Cree que sobrevivirá? —preguntó David.

—Confieso que esto ha sido un condenado contratiempo. —Rockwell se sacudió la capa—. Mi caballo me ha abandonado. Puede confiar en que no volveré a arrojarle el guante una segunda vez.

Rockwell se irguió justo cuando David volvía a darle un puñetazo en la mandíbula que lo mandó de culo sobre la nieve fangosa.

—Sin embargo —dijo David, contemplando al hombre caído—, yo no tengo ese problema, Rockwell.

David cerró de golpe el cajón del escritorio y recorrió la biblioteca con la mirada. No tenía una idea clara de qué estaba buscando, de modo que siguió registrando metódicamente todas las habitaciones de la casa del pueblo en busca de cualquier cosa que sirviera para aclararle las actividades de Pamela durante las últimas semanas. La luz de la luna se filtraba por las ventanas a su espalda. No descubrió nada en la planta baja, de modo que subió al segundo piso.

El escritorio del gabinete de Pamela parecía un almacén de facturas, recibos e invitaciones. Lo repasó todo sin encontrar nada extraño, salvo un trozo de papel con una dirección. Levantó el papel a la luz y luego se lo metió en el bolsillo del abrigo antes de registrar el armario y el vestidor en busca de una peluca morena. Descubrió que Pamela tenía pelucas, pero ninguna de ellas era morena.

Se acercó a la ventana y apartó los cortinajes. Mientras miraba, las nubes se abrieron y la luz de la luna tiñó los tejados de blanco. La calle estaba prácticamente desierta. No sabía dónde estaba Pamela, pero era mucho mejor que David no tuviera que encararse con ella esa noche. Su instinto le decía que debía andarse con pies de plomo. Sin embargo, también sabía que ni Ian ni Pamela confiaban ya en él.

En la chimenea ardía un fuego bajo y, sin proponérselo, David pensó de repente en Meg; se preguntó si habría regresado a Rose Briar con Nathanial. Se miró la mano. Un fino rayo de luz iluminó el guardapelo que tenía en la palma. A David le asombró que pudiera sentir tantas emociones contradictorias.

Por primera vez en su vida, ya no tenía claro cuál era su deber. Algo se había desgarrado en lo más profundo de su ser, algo que antes era duro e inflexible. Sus pensamientos se alejaban tanto del honor y la integridad que estuvo a punto de echarse a reír, pero no como un hombre que reflexionara sobre su pasado, sino como un hombre que sopesara su futuro y se diera cuenta de que tenía que hacer una elección. Hasta entonces, lo correcto y lo honorable siempre habían ido de la mano, y no sabía cómo separar el deber de ambas cosas.

Y al imaginar el futuro de Meg, tampoco sabía cómo salvar lo que tan despreocupadamente él había despreciado nueve años y medio atrás. Kinley, Ian y Pamela —fueran cuales fuesen sus respectivas misiones—, formaban parte de una compleja organización que cubría gran parte del mundo. Si David ayudaba a Meg a huir de nuevo, ninguno de los dos volvería a ser libre mientras vivieran. Y tenían que pensar en su hijo.

David había contribuido a la captura de Meg. Sin embargo, consciente de lo que había ocurrido, aunque no acabara de comprenderlo, veía con claridad que su misión había cambiado.

Salvo por una única luz en un soporte dorado de la pared, el pasillo seguía a oscuras. David bajó la escalera protegido por las sombras y salió por la misma puerta trasera por la que había entrado. Tenía que encontrar al tirador, ya que estaba seguro de que el hombre que había empuñado el rifle tenía todas las respuestas, y quizá la clave para la libertad de Meg. No temía tanto a su propio corazón como hacer una promesa a Meg que no pudiera cumplir. Sin embargo, David comprendía el juego mejor de lo que creía Rockwell. La única diferencia era que ya no estaba dispuesto a comerciar con su alma por su país.

—No deseo ir a Londres, madre.

Victoria colocó un dedo en el libro de cuentos que estaba leyendo. Sentada en el sofá con Nathanial y con un vaso de leche en la mano, Victoria miró a su hijo, acurrucado contra ella, y frunció el ceño, desconcertada por su declaración.

Tras despedirse de sir Henry por la tarde, Nathanial se había mostrado inusitadamente callado. Ya no era el chico eufórico de aquella mañana, el que soñaba con desafiar a Ethan Birmingham a un duelo de espadachines. Victoria había hecho un esfuerzo para poner buena cara, pero por el ambiente fúnebre que había reinado en la mesa durante la cena, parecía que el mundo hubiera llegado a su fin.

—¿No quieres ver la ciudad? Antes peepaw y tú no hablabais de otra cosa.

El niño miró la tarta de fresa que tenía en el regazo con expresión taciturna.

—No si tú no estás conmigo.

—¿Y a qué viene eso ahora?

—¿Lord Chadwick es mi padre?

Meg se atragantó con la leche. Cogió la servilleta de su regazo, se limpió los labios y tosió.

—¿De eso habéis hablado hoy peepaw y tú? —preguntó con voz ronca.

—Peepaw ha dicho que soy igualito que él. Todo el mundo me lo dice. —Nathanial bajó los ojos, tan parecidos a los de su padre, y trazó un círculo en la tarta—. ¿Es verdad, madre?

—Nathanial...

El niño apretó la mandíbula en un gesto adusto de desafío y alzó el mentón.

—Ya sé la verdad.

Se suponía que Victoria y David iban a hablar con él juntos, pero David no había regresado de la iglesia con el señor Rockwell. Nathanial se cruzó de brazos, lo que hizo que se pareciera aún más a David.

—Sí, es tu padre —respondió Victoria, dejando a un lado la leche para volverse hacia su hijo—. Es cierto. Íbamos a...

—¿Padre me quiere?

Victoria sintió que su pecho se llenaba de un sentimiento protector al ver la vulnerabilidad que expresaba la mirada de su hijo. La última cosa que esperaba era tener que defender a David.

—Escúchame bien, jovencito —dijo, cogiendo las manos de su hijo—. Te quiere mucho, de lo contrario no habría ido hasta Salehurst para buscarte, ni habría bailado con Frannie solo para que tú pudieras quedarte un poco más y jugar a coger manzanas.

En la comisura de su boca infantil empezó a dibujarse una sonrisa.

—Ocurrió algo entre nosotros antes de que me viniera a vivir con sir Henry —dijo Victoria en voz baja—. De no ser así, tu padre habría venido antes a verte. —Victoria ya no pisaba terreno firme, y deseó poder culpar del súbito ardor de las lágrimas en sus ojos a cualquier otra persona que no fuera ella misma.

—Frannie me dijo que soy un bastardo —explicó Nathanial.

—Bueno, eso es completamente imposible. Te lo aseguro.

Nathanial apoyó la cabeza en el brazo doblado de su madre.

—¿No lo soy? —Victoria vislumbró una chispa en los ojos de su hijo por primera vez desde que habían vuelto de ver a sir Henry—. ¿En serio?

—En serio, Nathanial, no lo eres.

El niño comió un trozo de tarta y sonrió.

—Estoy contento, madre. Él me gusta.

Victoria no sabía qué decir. Aunque nunca había puesto en duda el resultado de aquella conversación, la reacción de su hijo le resultó totalmente inesperada. Pero entonces se dio cuenta de que, salvo por alguna historia que le habían contado, Nathanial no había conocido nunca a sir Scott Munro. El hombre enterrado en el cementerio no tenía relación alguna con el mundo de Nathanial, como habría tenido un padre real, de carne y hueso. Y David tenía el don de convertirse en el centro del universo para las personas que lo conocían.

—¿A ti también te gusta, madre?

—Yo... —Victoria movió el brazo bajo la cabeza de su hijo—. Tu padre tiene muchas... cualidades interesantes y admirables. Es... —carraspeó, enfrentándose al interés de su hijo con frustración creciente— interesante. Y admirable.

—Posee un castillo en Escocia.

Victoria no comprendía por qué David tenía que decirle tal cosa.

—El padre de Ethan Birmingham es solo un comerciante —prosiguió Nathanial, cada vez más entusiasmado—. Mi padre es mejor que su padre.

—No debes juzgar a las personas por su rango o su profesión, Nathanial, ya lo sabes.

—Padre también pondrá las cosas en su sitio con el primo Nellis, madre. Ya lo verás. Sabe manejar la espada. Practica todas las mañanas. Lo vi desde la ventana de mi habitación.

Victoria se recostó en los cojines. Recordó con cierta sorpresa el ritual kata, una antigua forma de entrenamiento de Oriente Medio. También ella solía observarlo desde la ventana de su habitación en Calcuta. David realizaba el entrenamiento cada mañana antes de la salida del sol, y había acabado enseñándoselo a ella, hasta que se había convertido en un ritual para los dos y ella también había conseguido dominar el arte de la espada.

—Nathanial... —empezó a decir, cerrando el libro de cuentos.

—Su familia es muy numerosa —siguió explicando su hijo con orgullo—. Tiene trece sobrinos y sobrinas. Y Frannie dice que le oyó hablar con el tío Reuben en alemán. A todos les gusta.

—¿Dijo algo más... sobre alguna otra cosa?

—Dijo que los pantalones me iban demasiado cortos y que necesitaba ropa nueva. —Nathanial bostezó y se acurrucó contra su madre—. No nos dejará, ¿verdad, madre?

Victoria le apartó el pelo de la frente.

—No te dejará, te lo prometo.

Después de acostar a su hijo, Victoria cogió una lámpara de aceite y bajó silenciosamente la escalera en camisón. La lámpara proyectaba sombras en los paneles blancos de madera del pasillo. En la casa reinaba un silencio sepulcral. David no había regresado aún. Victoria quería preguntarle al señor Rockwell si tenía alguna idea de por qué.

Se dirigió hacia la cocina, donde lo había visto por última vez mientras comía, y estuvo a punto de chocar con él al entrar.

—Milady —dijo él—. No la había visto.

Cuando Rockwell retrocedió, Victoria notó que cojeaba y alzó la lámpara para verle la cara. Le levantó la barbilla con el pulgar, examinándolo con los ojos entornados.

—¿Aún conserva todos los dientes?

Rockwell se palpó la mandíbula con expresión de disgusto.

—Con dificultad, milady.

El reloj del vestíbulo dio las doce.

—¿Sabe adónde ha ido el señor Donally esta noche?

—Estaba bastante enfadado cuando nos separamos. Solo espero que no haya ido a hacer una visita a Pamela. —Rockwell masculló algo sobre hacer una ronda por los jardines, salió de la cocina y subió la escalera antes de que Victoria tuviera tiempo de reaccionar.

La lámpara que sostenía emitió un leve silbido.

—Entiendo —susurró Victoria, tan dolida que ya había olvidado lo que quería decirle a David—. Desde luego no ha tardado mucho.

Distraídamente recogió un trozo de corteza de pan del suelo. Iba a dar media vuelta cuando un ruido que procedía de la bodega la sobresaltó. Metió la mano en el bolsillo, pero recordó que ya no tenía la pistola. Y tampoco el cuchillo.

Alzó la lámpara y atravesó la cocina. En el cuarto contiguo guardaban los cacharros limpios y relucientes. La luna iluminaba el suelo arrojando su luz plateada a través de una vidriera alta.

—¡Señora Gibson! —llamó Victoria en voz alta.

Se dirigió hacia la puerta que conducía a la bodega y la entreabrió. Zeus pasó corriendo entre sus piernas con la cola erizada y desapareció por la esquina. Mordiéndose el labio para ahogar los jadeos que la delatarían, Victoria cerró la puerta, giró la llave en la cerradura y apoyó la espalda en la jamba. Una fría corriente de aire se filtró por debajo de la puerta y le envolvió los tobillos. Victoria se apartó de un brinco y fulminó la puerta con la mirada como si unos dedos helados acabaran de tocarla. No le hacía ninguna gracia que Zeus le hubiera dado semejante susto.

Se apresuró a salir de la cocina, dándose cuenta de que la ausencia de David le pesaba lo suficiente en el ánimo como para tener miedo incluso de las sombras de su querida casa. Sin detenerse en la planta baja, subió apresuradamente el segundo tramo de escalera y se detuvo frente a la puerta de la habitación de Nathanial.

Tenía la mano en el pomo, pero justo cuando estaba a punto de girarlo, la puerta se abrió de par en par.

—¡Madre de Dios! —Victoria se encontró cara a cara con David, sin apenas poder respirar—. Me has dado un susto de muerte.

Todavía con el abrigo puesto, David salió al pasillo con el frío aún pegado a la lana negra.

—¿Por qué estás temblando?

Victoria lo miró de arriba abajo. El hecho de que la presencia de su marido la tranquilizara la turbaba tanto como el alivio que sentía al saber que estaba a salvo.

—Creí que eras... —Sacudió la cabeza para aclararse las ideas—. Un intruso.

En el pasillo no había ninguna luz encendida, de modo que Victoria no pudo ver los ojos de David cuando este cerró la puerta.

—No esperaba encontrar a nadie levantado —dijo él—. No quería despertarte.

Se hizo el silencio. Pasado el susto, Victoria percibió un leve aroma a perfume francés caro.

—¿Qué ha ocurrido entre el señor Rockwell y tú? —preguntó, haciendo un esfuerzo.

—Hemos tenido divergencia de opiniones —respondió David, encaminándose a su dormitorio.

Victoria fue tras él.

—Si se trata de algo referente al caso, deberías contármelo.

David se volvió al llegar al final del pasillo, la miró, y luego bajó la vista hacia sus pies.

—No llevas zapatillas, Meg.

Victoria se miró los pies como si no se hubiera dado cuenta. Pero llevaba unas gruesas medias de lana bajo el camisón.

—Háblame del señor Gibson —pidió David, antes de que ella pudiera responder—. Es el padre de Robbie, ¿verdad?

Resultaba extraño que hiciera esa pregunta en medio de la noche, y Victoria frunció el ceño.

—Antes se ocupaba de contratar a los peones para los campos y de supervisar el trabajo de los carpinteros cuando había que hacer alguna reparación en las dependencias exteriores.

—¿Trabaja para Stillings?

—No todos los que trabajan para Stillings son malos. Algunos hombres lo hacen solo para poder dar de comer a sus familias.

—Eso se consigue también trabajando duro —replicó David, echándose a reír.

—El señor Gibson no trabaja para Stillings. Sigue viniendo periódicamente para asegurarse de que no se necesita ninguna reparación.

—¿Trabajó también en la iglesia alguna vez?

—Sí, creo que lo hacía con frecuencia.

A espaldas de David, el fuego de la chimenea creaba sombras cambiantes. Victoria había dado instrucciones a Moira para que encendiera la chimenea y abriera la cama. Desde la puerta, Victoria veía la cama de cuatro postes y el borde del dosel.

—¿Debo suponer que has hecho preparar mi habitación para esta noche?

—No. —Victoria le miró a los ojos—. Y si lo que preguntas es si estaba preocupada por tu bienestar, la respuesta también es no.

—No es eso lo que preguntaba, pero has respondido de todas formas. —David escudriñó el rostro de Victoria de esa inquietante manera suya que revelaba su habilidad para calar a la gente—. Ya no se te da tan bien mentir —añadió él. Entró en su habitación y arrojó el abrigo sobre una butaca de felpa—. Creo que es un paso en la dirección correcta.

Una vez más, David esbozó su maliciosa sonrisa al sentarse en el borde de la cama para quitarse las botas. Cuando levantó los ojos para mirarla, Victoria sintió que se le aceleraba el pulso de una manera muy familiar.

—No es tan importante que yo te convenza de que estás equivocada, como que tú trates de convencerte de que tienes razón. Tengo la ventaja de que ya sé la verdad.

—¿Ahora también eres vidente?

—Me he cruzado con la doncella antes de subir. Ella me lo ha dicho. —David se desabrochó el cuello de la camisa y pasó delante de Victoria en dirección al vestidor—. La sinceridad es una medicina que cuesta tragar, Meg.

Precisamente él hablaba de sinceridad, pensó Victoria despectivamente. Estaba claro que disfrutaba pinchándola por alguna razón que ella desconocía.

—¿Qué ha ocurrido entre el señor Rockwell y tú? —volvió a preguntar desde la puerta del vestidor.

—Me ha convencido de que no debería darle una excusa a Kinley para ponerte las manos encima.

—¿Qué significa eso?

—Significa que Kinley es un cerdo inglés. Más aún de lo que imaginaba. Voy a posponer mi viaje a Londres. —David se volvió hacia la puerta con la camisa abierta mientras se desabrochaba el puño. Victoria le conocía lo suficiente para saber que había algo más que le inquietaba—. Kinley es muy hábil eliminando problemas antes de dar la partida por concluida —prosiguió David al cabo de un rato—. Y hay algunas cosas a las que no estoy dispuesto a renunciar.

Victoria no le había visto nunca así, pero lo único que le importó fue que David no iba a llevarse a Nathanial.

—¿Porque eres un hombre paciente?

—La paciencia de la tortuga venció a la veloz liebre —dijo él con expresión risueña. Dejó los gemelos de plata en un estante que le quedaba a la altura del hombro.

—Ser pelirrojo es mejor que no tener cabeza. Creo que es un proverbio irlandés.

—Tú no eres pelirroja, Meg. En ninguna parte del cuerpo, que yo recuerde.

Victoria ahogó una exclamación y entró en el vestidor.

—Ya que se respira tanta armonía y franqueza, tal vez deberías decirle a tu hijo la verdad sobre tu título. Se ha creído que su padre tiene un castillo en Escocia, ¡por el amor de Dios!

David la miró con expresión implacable.

—¿Le has hablado de nosotros?

—Fue él quien preguntó. Le he contado la verdad, hasta donde he podido. —Victoria rozó la pata de una silla con la punta del pie—. Creo que está contento.

David alargó una mano por encima del hombro de su mujer para coger una bata del colgador dorado de la pared.

—No te deprimas por eso, Meg.

—No me llames así. —Victoria prefería morir antes que dejar que su hijo la conociera por ese nombre—. Margaret Faraday era un tipo de mujer en el que nadie podría hallar cualidades atractivas.

Por un momento, Victoria creyó que David no la había oído, ya que no replicó.

—No sabes lo suficiente de las inclinaciones de los hombres como para estar tan segura de eso, mi amor —dijo él finalmente.

Victoria abrió la boca para contestar, pero descubrió que el corazón le latía con fuerza y no le dejaba hablar. David se ató el cinturón de la bata y pasó por su lado en dirección al dormitorio.

—En realidad solo queda en pie una parte del castillo. Una torre, para ser exactos, entre un montón de piedras. Pero para un niño de nueve años que sueña con caballeros y duelos con espada, esas piedras se convirtieron fácilmente en los muros de un castillo.

—Oh, por favor, David —dijo Victoria, yendo detrás de él—. Ahora no irás a decirme que también eres un auténtico barón.

Por un momento, dio la impresión de que David no iba a contestarle, pero finalmente hizo acopio de valor y se volvió.

—Hace tiempo se me concedió el título en agradecimiento a los servicios prestados a mi país.

Victoria se cruzó de brazos y dio unos golpecitos con el pie en el suelo.

—Ya, claro.

—No es del dominio público.

—Entiendo. —Victoria sonrió sin dejar de acusarle con la mirada—. Ya veo que cuantas más cosas sé sobre ti, más me doy cuenta de que eres aún más mentiroso que yo.

—Tal vez. —David apoyó un brazo en un poste de la cama—. Pero si no sales ahora mismo de mi habitación te daré una excusa para llamarme cosas peores.

—Entonces nos encontramos en un punto muerto —dijo ella. El corazón estaba a punto de estallarle en el pecho, pero dio un paso hacia su marido—. Porque me estás cerrando el paso.

David le lanzó una mirada de advertencia. Ambos sabían que Victoria podía pasar perfectamente esquivándolo.

—¿Se ha quedado mudo de repente, mi señor barón? —susurró ella.

—Solo... —David sonrió—, sin restricciones, mi amor.

Todos los sentidos de Victoria se aguzaron como si hubieran acercado una llama a su piel, y no solo por el calor que desprendía David, sino por su mirada y el roce ilícito de una bata contra otra. Victoria se consumía en el fuego que ardía bajo la caricia de la tela.

Entonces él se hizo a un lado, mostrando ambas manos con las palmas hacia fuera. Victoria vaciló, y luego pasó por su lado con la cabeza bien alta en medio de un revuelo de ropa de color marfil, salió de la habitación y cerró la puerta con firmeza.

David esperó a oír que la puerta del dormitorio de Meg se cerrara antes de volver a respirar. Durante muchos años se había consumido devorado por el sentimiento de culpabilidad, pero no era eso lo que sentía ahora.

—Sí. —Se echó a reír y, en un momento de epifanía, lanzó una mirada furiosa al techo, seguro de que allá arriba sin duda había alguien burlándose y dudando de su cordura—. Cada minuto nace un tonto, y todos son irlandeses.

16

—¡En guardia, Donally!

David paró la acometida de Rockwell, de modo que pudiera estudiar el arma del contrario y esperar una oportunidad para atacar. La respuesta de Ian obligó a David a retroceder dos pasos. Los dos hombres entrechocaron los floretes con un empuje que los llevó a cruzar el estudio de parte a parte por segunda vez. David llevaba un chaleco de piel sobre la camisa blanca. Bajo la máscara protectora, el sudor corría por su frente, por lo que agradeció la brisa que notó en la cara cuando pasó por delante de una ventana abierta que daba al valle. Fuera, la temperatura había subido y una llovizna persistente borraba los últimos vestigios de nieve.

Pero el tiempo importaba poco, ya que ese día había buscado entretenimiento dentro de la casa. Rockwell demostraba ser un digno adversario, por lo que disfrutaba aún más con el combate.

—Está sediento de sangre esta mañana —dijo David, respondiendo al ataque del hombre más joven. Imprimía su fuerza a la hoja del florete, frustrando todos los esfuerzos de Rockwell por conseguir un punto.

—¿Y usted no?

A pesar de la maestría que él mismo se atribuía, Ian Rockwell estaba a punto de ser derrotado.

—Control, Rockwell.

Ambos se pasaron el florete a la mano izquierda y volvieron a empezar el ejercicio. Siguió escuchándose el sonido del acero contra el acero. Lo que había empezado como un combate de esgrima degeneró rápidamente en una pelea con espada. Rockwell se agachó para esquivar el florete de David, resollando bajo la máscara.

—No está mal, Donally. Pero no va a ganarme.

David rió.

—No tengo que ganar para derrotarle. Basta con que le impida conseguir un punto.

Cruzaron la estancia un par de veces más entrechocando los floretes, hasta que Rockwell se inclinó hacia delante y dio por finalizado el entrenamiento.

—Creo... que ya nos hemos castigado bastante el uno al otro —dijo con voz entrecortada—. Dejémoslo en empate.

David agitó la punta del florete ante las narices de su adversario. No estaba dispuesto a darle esa satisfacción.

—Ni en sueños, Rockwell.

—Entonces haga el punto —jadeó Ian.

A pesar del deseo de darle a Rockwell en el pecho con la punta embotada de su florete, a pesar de haberse dormido y no haberse levantado hasta dos horas después del amanecer, con lo que había dejado sin hacer las tareas de aquella lluviosa mañana, David se sentía relativamente optimista, teniendo en cuenta todas sus preocupaciones. La noche anterior había decidido que no les seguiría el juego a los demás. Que Rockwell supiera lo que se sentía al convertirse en una marioneta en manos de otros.

—Sé lo que pretende, maldita sea. —Ian blandió el florete para apartar el de David, pero falló; los reflejos de David eran más rápidos—. Así que no pierda el tiempo tratando de hacer que pierda los estribos. Haga el maldito punto y acabaremos.

David levantó una mano para quitarse la careta y miró por encima del hombro de Rockwell. Lo que vio detuvo su movimiento en seco. El pulso se le aceleró al contemplar a su mujer y a su hijo junto a la pequeña higuera plantada en una maceta que había en el otro extremo de la habitación. Las manos de

Victoria descansaban sobre los hombros del niño; el movimiento titubeante del mentón de ella desmentía su aparente calma y era como un reflejo de la agitación de su marido. Por un instante, se miraron todos sin decir nada. La irritación de David hacia Rockwell se disipó. Sintió un súbito calor en su cuerpo como si de repente brillara el sol.

—Espero que no molestemos —dijo ella.

Un mechón de pelo húmedo cayó sobre la frente de David cuando este se quitó la careta y se la colocó bajo la axila.

—No molestáis —contestó, mirando a su hijo.

Nathanial, que nunca había dado muestras de timidez delante de él, desvió la mirada hacia la rozada puntera de uno de sus zapatos.

—Nathanial ha oído el ruido de los floretes —prosiguió Meg—. No estaba seguro de si era correcto que viniera a mirar.

—Maese Nate. —Rockwell saludó a madre e hijo con una gallarda reverencia—. Acaban de contemplar a los dos espadachines más excelsos de toda Inglaterra combatiendo hasta quedar en tablas.

A David no le gustó el comentario, y habría mostrado su desaprobación de no ser por el interés que percibió en la expresión de su hijo. Meg sonrió.

—Ya veo —dijo ella—. ¿Quién soy yo para rebatir la opinión que tiene un hombre sobre sí mismo?

—¿Ha practicado usted la esgrima, milady? —preguntó Rockwell, observándola.

—Madre sabe manejar el florete —interpuso Nathanial—. El año pasado partió en dos el del primo Nellis.

David enarcó una ceja al tiempo que Rockwell carraspeaba y decía:

—Eso debió de ser muy interesante.

—Además, el primo Nellis no tiene espíritu deportivo. —Nathanial tiró de la manga de su madre—. ¿Verdad? No ha vuelto a practicar contigo nunca más.

—El primo Nellis es un hombre sensato —dijo ella, complacida.

David miró a Meg a los ojos con expresión regocijada. «Mi encuentro con Nellis habría sido mucho menos agradable para él si hubiera llegado a tocarte», fue el pensamiento que le comunicó con la mirada.

—Muy sensato, sin duda —corroboró él.

Ian devolvió su florete al lugar que ocupaba en la pared, se disculpó y dejó a David a solas con Meg y Nathanial.

Meg se ruborizó, y por una décima de segundo, David se dio cuenta de que tenía miedo. No de él, sino de que le quitara a su hijo.

Sin embargo, David sabía que Meg no iba a amedrentarse fácilmente ante ningún desafío, ante ninguna responsabilidad, aunque tuviera que encararse con él.

—Tu padre es muy hábil con la espada. —Meg dedicó a su hijo esa sonrisa radiante y cautivadora que dejaba sin aliento a David, pero en sus ojos había algo completamente distinto cuando miró a su marido. El sentimiento protector de una madre, sí, pero también compasión hacia él, lo que David no esperaba en absoluto—. Tengo cosas que hacer —añadió Meg, inclinándose para rozar el pelo de Nathanial con los labios—. ¿Te quedas aquí?

Nathanial asintió con la cabeza mirándose los pies. David no estaba seguro de si ese gesto significaba un sí o un no, o incluso un quizá, pero al menos su hijo no había salido corriendo de la habitación.

—Estaré en el invernadero si me necesitas —dijo ella, aunque David sospechó que en realidad le hablaba a él—. Para cualquier cosa.

—Madre... —Nathanial corrió para detenerla en la puerta—. ¿No quieres quedarte con nosotros?

Meg le revolvió los oscuros cabellos.

—No, a menos que luego quieras ayudarme a limpiar el invernadero, ardilla —contestó sin mirar a David, y se fue.

Nathanial miró por encima del hombro a su padre, que seguía plantado en medio de la estancia con el florete en la mano y la careta bajo el brazo. Para ser un hombre que estaba tan seguro de sí mismo hacía cinco minutos, le sorprendió notar un hormigueo en el estómago. Había pasado dos semanas en compañía de su hijo, pero aquella era la primera vez que estaban a solas como padre e hijo.

—Debería haber venido antes para estar contigo, Nathanial.

—Madre me dijo que no era culpa tuya —dijo el niño, encogiéndose de hombros—. Dijo que no ibas a irte a Londres sin mí.

—No. —Mirar a los ojos de su hijo era como mirar a Meg—. Así que quieres retar a ese tal Ethan Birmingham, ¿no?

—Va a un colegio de Winchester y le da clases de esgrima el mejor maestro de toda Inglaterra —contestó el niño, volviendo a encogerse de hombros.

—Eso dice él. —David sonrió—. ¿Has aprendido a empuñar una espada?

Los ojos de Nathanial se animaron.

—Solo floretes con la punta embotada. Madre dice que si no me cortaría.

—Tiene razón. Se necesita mucho más para dominar el arte de la espada que el deseo de vencer a Ethan Birmingham. Tienes que saber empuñar la espada y hacerlo sin herirte.

—¿Tú eres un maestro?

David esbozó lentamente una sonrisa.

—Lo soy, hijo.

Una hora después de dejar a Nathanial con David, Victoria dejó de intentar mantenerse ocupada en el invernadero. Arrojó los guantes a un lado y regresó al estudio, movida por el deseo natural de una madre de comprobar el bienestar de su único hijo.

Apretó la oreja contra la puerta del estudio. Al oír voces masculinas sintió una oleada de calor. Oyó reír a su hijo en respuesta a algo que decía David. Luego se hizo el silencio. Victoria entreabrió la puerta y se asomó al interior.

David le daba la espalda mientras mostraba a su hijo lo que

parecía una extraña danza. Victoria reconoció el ritual kata que le había enseñado también a ella en otro tiempo. Una suave brisa agitaba los cabellos oscuros de David. Iba descalzo. Se había cambiado de ropa y llevaba una especie de bata larga con fajín blanco y debajo algo escarlata. Nathanial imitaba los movimientos de su padre, blandiendo lo que parecía la pata de un mueble en lugar de una espada. Mientras David le explicaba cada paso, el niño tenía una expresión concentrada y realizaba los movimientos con precisión.

Ninguno de los dos la vio.

El deseo de mirar, de tomar parte incluso, se hizo más fuerte, pero cerró la puerta. No la necesitaban. Se llevó una mano al costado. La herida no estaba curada aún, pero el dolor que sentía no tenía nada que ver con ella.

Victoria se echó la capa por encima y pidió al señor Rockwell que la acompañara al pabellón de caza. Sir Henry dormía cuando llamó a la puerta de su dormitorio una hora más tarde, y Esma estaba arriba ayudando a Bethany a coser su vestido nuevo.

Victoria se fue a la bodega y, por primera vez en muchos días, se enfrascó en su trabajo. No oyó la puerta de la bodega cuando se abrió.

—Llevan tres horas juntos en la casa —dijo sir Henry.

Victoria levantó la vista de la hilera de barriles partidos por la mitad apilados contra la pared, en los que estaba echando tierra del herbario. Sir Henry estaba de pie fuera del foco de luz que arrojaba la lámpara, con la cadera apoyada en la mesa de trabajo donde Victoria había terminado de etiquetar los últimos tarros de hierbas.

—¿Cómo lo sabe? —preguntó ella, sacudiéndose la tierra de las rodillas.

—Porque es el tiempo que llevas tú aquí dentro. —Hizo una mueca—. No estaba dormido cuando has llamado a la puerta.

En el exterior, un rayo de sol consiguió traspasar las densas nubes. Victoria alzó la vista hacia las estrechas ventanas de la bodega al notar que aumentaba la luz. Regresó junto a la mesa de trabajo y se puso a limpiar.

—Tiene una reserva de menta, pero necesitamos...

—Victoria. —Sir Henry le tocó el antebrazo y las manos de Victoria se detuvieron—. Para.

Ella cogió un tarro vacío con ambas manos y lo colocó en el estante antes de volverse hacia el anciano.

—No imaginaba que sería tan duro. Mi hijo necesita a su padre. Entiendo...

—Piensa en cómo debe de sentirse.

—¿Nathanial?

—Chadwick.

Victoria abrió la boca para decirle a sir Henry que aquel no era el verdadero nombre de David, pero no pudo. Lo que hizo fue coger una escoba.

—La estrecha relación de Nathanial con David me excluye a mí.

—Del mismo modo que tu relación con Nathanial excluye a Chadwick. Estás haciendo lo correcto, Victoria.

Desde el ángulo en el que se encontraba, Victoria vio la parálisis de la mano de sir Henry que aferraba el bastón, y dejó la escoba, olvidando sus problemas al instante.

—¿Cómo se encuentra?

—Daniel Gibson y su hijo Robbie han estado aquí —dijo sir Henry, apoyando ambas manos en el bastón como si estar de pie le resultara doloroso—. Me ha dicho que lord Chadwick había pedido verlo. He enviado al señor Gibson a la casa solariega para decirle que venga. Tenemos que hablar.

—¿Quiere crema en el café, señora? —preguntó Esma.

Victoria levantó la vista de los documentos que tenía en la mano. Estaba sentada a la mesa de la cocina. El olor del fuego que crepitaba en el hogar se mezclaba con el aroma penetrante de un pastel que se cocía en el horno. Aquellos eran los olores cálidos y reconfortantes a los que se había acostumbrado en el pabellón de caza. Esma se encontraba de pie a su lado con una jarrita de crema en la mano.

—¿Cuándo hizo esto sir Henry? —preguntó Victoria dejando los documentos sobre la mesa.

—Su abogado ha vuelto con los papeles esta mañana, señora.

El ruido de cascos de un caballo que se acercaba atrajo a Victoria hacia la ventana. Apartó las cortinas amarillas y vio que David entraba en el patio. Su marido llevaba abrigo, guantes y sombrero; a Victoria casi le pasó inadvertido Nathanial, que iba montado delante de su padre.

El señor Rockwell salió del establo para hacerse cargo de las riendas. David bajó a Nathanial al suelo cuando vio que Robbie salía del establo. Nathanial echó a correr por el patio en dirección a su amigo. Incluso desde detrás de la ventana, Victoria oyó cómo le contaba todo lo que había hecho durante la mañana y le decía que, cuando fuera mayor, sería caballero.

David desvió la vista hacia la casa, como si percibiera la presencia de Victoria en la ventana. Ella no oyó lo que dijo el señor Rockwell cuando David pasó la pierna por encima de la silla y se deslizó hasta el suelo. Dejó caer la cortina y, apoyando la cabeza en la ventana, cerró los ojos.

Por la mañana, David había disipado el temor que sentía Victoria con respecto al bienestar de su hijo, ya que era evidente que Nathanial adoraba a su padre. Sin embargo, se sentía dolida porque había pensado que padre e hijo tardarían más tiempo en crear un vínculo, que ella seguiría teniendo más importancia en la vida de Nathanial.

La puerta de atrás se cerró. David agachó la cabeza para entrar en la cocina. Se quitó el sombrero, miró brevemente a Victoria a los ojos y luego paseó la mirada por la estancia como si esperara que a Victoria le hubiera ocurrido una terrible desgracia.

—¿Va todo bien? —preguntó, tendiendo el abrigo y los guantes a Esma, que se apresuró a recogerlos.

El señor Rockwell y Bethany entraron detrás de él. Sir Henry apareció también en la cocina.

—Lord Chadwick —saludó, y pidió a David que se sentara a la mesa. Luego también indicó a Bethany que tomara asiento.

Esma sirvió el té. Consciente de lo que sir Henry estaba a

punto de pedir a David, Victoria se sentó frente a él sin dejar de mirarse las manos.

Sir Henry estaba enfermo. Nadie lo sabía mejor que Victoria, que había reconocido los síntomas hacía un año. Dos días atrás, sir Henry había decidido poner en orden sus asuntos. No quería recuperar Rose Briar. Aunque hubiera podido convencer a David para que le devolviera la finca —algo que Victoria sospechaba que habría logrado fácilmente—, sir Henry no conseguiría jamás el dinero necesario para que las tierras volvieran a ser productivas. Lo que sir Henry pensaba pedir era algo más personal, que afectaba a su familia, y Victoria aguardaba en el extremo de la mesa, temiendo oírlo.

—Estoy agotado —dijo sir Henry a David y a Bethany; luego se volvió hacia esta última—. He terminado los tratamientos y ambos sabemos que no hay hierbas ni pociones milagrosas que curen mi enfermedad. Podría vivir un año más o morirme mañana mismo, no lo sé. Los designios de Dios son inescrutables para todos nosotros.

—Peepaw...

—Bethany, por una vez en la vida necesito que me escuches. Necesito que las dos me comprendáis —dijo, mirando a Victoria y a Bethany, antes de volverse hacia David—. Voy a legar todo cuanto poseo a la finca de Rose Briar, y le pido que se quede, que no la venda, aunque sea solo porque es el hogar de Nathanial. Usted tiene los medios para devolver la vida a estas tierras y para dar a este pueblo lo que yo no he podido darle.

Victoria no tenía ánimos para mirar a sir Henry mientras presentaba sus argumentos. David era su marido y el padre de su hijo, pero también trabajaba para el gobierno británico y había dejado bien claro que se iría pronto... y se la llevaría consigo.

—En las circunstancias actuales, Nellis intentará hallar el modo de deslegitimar la compra de Rose Briar —siguió diciendo sir Henry a David—. Sin duda iniciará un pleito largo y doloroso. Pero aunque así sea, lo que no podrá es impugnar mi testamento y salirse con la suya. Solo le pido que considere mi petición, y se la hago porque Bethany necesita un tutor.

David miró a Victoria como si creyera que su mujer merecía acabar en el manicomio de Bedlam por aceptar que sir Henry le hiciera semejante proposición. Su mirada no pasó inadvertida a nadie.

—Ella no sabía nada de la decisión que he tomado —le aseguró sir Henry.

Bethany fue la siguiente en reaccionar.

—Yo tampoco quiero pertenecer a su familia, lord Chadwick —dijo, y se levantó con los ojos brillando a la luz del fuego—. ¿Por qué haces esto, peepaw? Hablas como si tuvieras un pie en la tumba, cuando estás fuerte como un roble. No permitiré que hables como si ya hubieras muerto.

—Siéntate, Bethany —le ordenó su abuelo.

—No pienso sentarme.

Sir Henry se puso en pie; el alboroto que se formó fue tan desagradable como solía ser cuando el anciano se enfadaba. Acusó a su nieta de ser una jovencita terca que, no solo necesitaba unos buenos azotes, sino que alguien le encontrara marido de una vez.

—¿Marido? —exclamó Bethany con voz ahogada y lágrimas en los ojos—. Yo elegiré a quién quiero por marido, peepaw.

—Esto es lo que pasa por mimarte tanto, Bethany Ann Munro. —Sir Henry sacudió su cabeza cana con pesar—. ¿Acaso deseas que Nellis se convierta en tu tutor?

—Deberías haberme preguntado qué quería, peepaw.

—¿Qué es lo que quieres, Bethany? —preguntó Victoria, levantándose.

—Desde luego no quiero ir donde no me quieren. Nathanial pertenece a la familia de lord Chadwick, pero yo no... ¿Por qué iba a quererme con él? —Bethany miró a sir Henry y luego a Victoria—. Ya casi tengo dieciocho años... si tú no vas a quedarte aquí, tampoco yo...

David echó la silla hacia atrás y, aunque fue el último en levantarse, su movimiento hizo que todos se callaran. Estuvo a punto de decir algo, pero lo pensó mejor, dio media vuelta y abandonó la cocina.

David estaba fuera, apoyado en una barra para atar a los caballos, cuando oyó crujir la grava a su espalda. A través del humo azulado de su cigarro vio que Meg se acercaba. Detrás de ella, Nathanial, Robbie y el hijo mayor de los Shelby jugaban a los piratas en el establo. David había salido para huir de la casa, para huir de sus pensamientos. Se había sentido furioso, aunque no sabía por qué.

O quizá sí.

—Te habría avisado acerca del plan de sir Henry si hubiera podido —le aseguró Meg—. Pero a pesar de lo que puedas pensar sobre sus motivos, es del hogar de Nathanial y de Bethany de lo que estamos hablando, y yo estoy de acuerdo con sus intenciones.

—¿Has inducido tú a sir Henry a tomar esa decisión?

—No. Está claro que sir Henry te considera una especie de ángel guardián —respondió ella—. Él está convencido de que todo ocurre por algún motivo, ya sabes. Sir Henry cree firmemente que tu presencia aquí es cosa del destino.

—¿Y tú qué crees?

—Que el destino no equivale necesariamente a buena suerte para todos.

Con los brazos cruzados, David dio unos golpecitos al cigarro para que cayera la ceniza. Le afectaba profundamente la presencia de Meg, y deseaba que no fuera así. Vestida con pantalones y botas bajo la capa, la figura de su mujer resultaba anómala, sorprendente, pero él habría deseado desnudarla y poseerla contra la pared de algún rincón oscuro y apartado. Consciente de que era una imagen completamente inapropiada dada su situación, David desvió la mirada hacia las colinas.

Desde luego, sir Henry había sabido acceder con inteligencia a sus más íntimos y secretos deseos. Tan solo su sentido del deber le atormentaba. Era su único conflicto.

Aunque ni siquiera estaba ya seguro de ello.

Solo tenía claras sus dudas.

—¿Por qué Nellis está tan empeñado en apropiarse de esta finca?

—No lo sé. El año pasado manteníamos una relación bastante educada.

—¿Salvo cuando le partiste la espada en dos?

—Sí, exacto —admitió Meg en tono de broma, esbozando una sonrisa.

El silencio que siguió se llenó de cálidos recuerdos compartidos.

—¿Sigues practicando el gojushiho kata y el kenjutsu? —preguntó David.

Ella negó con la cabeza y a David le embargó una extraña sensación de pérdida. Qué lejano quedaba aquel tiempo en el que le había enseñado el kendo, el camino de la espada. Qué lejanos los días en los que las risas de Meg llenaban el patio vacío de la casa de su padre.

Desde el pajar les llegó el ruido de alguien que moría en la batalla pirata, y Meg dirigió la mirada hacia la ventana abierta del pajar.

—Creo que nuestro hijo acaba de matar a Robbie —comentó.

Viendo que él no contestaba, Meg se volvió y frunció el ceño al sentirse descaradamente observada; David ni desvió la mirada ni se molestó en disimular unos pensamientos que no tenían nada de puros. Lo miró con firmeza y con cierto recelo. Sin embargo, por extraño que pareciera, David comprendía su cautela, ya que había logrado comprender por fin sus propios recelos y lo que los motivaba.

Riéndose interiormente de sus flaquezas, David recordó que uno de sus hermanos le había dicho en una ocasión que antes de juzgar a los demás debía enderezar su vida.

¿Cuándo había dejado de juzgar a Meg?

—No eres el tipo de mujer con la que creía que me casaría —dijo—. Sin embargo, desde el primer momento que te vi, te convertiste en parte de mi ser, aunque nunca supe muy bien qué hacer al respecto, igual que no lo sé ahora. —Miró la punta encendida de su cigarro—. He hecho mal casi todo lo que he emprendido en la vida, Meg. Y desde luego no soy ningún ángel.

—No es cierto que lo hayas hecho todo mal.

—¿Un cumplido? —Sorprendido, David arqueó una ceja.

—Me encontraste.

David dejó caer el cigarro al suelo y se incorporó para aplastarlo con la bota.

—Tal vez estaba destinado a encontrarte, a venir aquí. Y no en el sentido divino de la palabra.

Estaba claro que esa idea también había cruzado por la mente de ella.

—Estás aquí cuando deberías haberte ido a Londres —dijo—. El señor Rockwell debe de haberte contado algo nuevo sobre el caso, algo lo bastante importante como para que dejes de tener precaución.

La idea de que pudiera estar allí por cualquier otra razón que no fuera la de garantizar la seguridad de su mujer, añadió cierto regocijo sombrío al estado de ánimo de David. Pero, de repente, se encontró mirando sus increíbles ojos y deseó hacer algo que iba mucho más allá de poseerla físicamente. Deseó que creyera en él, que confiara en él.

—Hace seis meses, tu padre desapareció —dijo—. He descubierto que Kinley estaba a cargo de su encarcelamiento.

—¿Hace seis meses? Más o menos fue por entonces cuando Nellis empezó a interesarse en Rose Briar. Pero... si alguien conocía ya mi paradero, ¿por qué volvieron a meterte en el caso?

—¿No es obvio que tu padre quiere vengarse?

A David le pareció que Meg palidecía.

—¿Crees que Nellis está implicado en todo esto? Pero ¿por qué Rose Briar?

—Dímelo tú. Quizá crea que en algún lugar de esta enorme finca se esconde algo de gran valor. —No había ni ira ni acusación en su tono; tan solo era una pregunta que exigía una respuesta. David le cogió la mano izquierda y le puso el guardapelo en la palma—. ¿Estaría en lo cierto al suponerlo?

La expresión del rostro de Meg no varió, y de no ser porque David aún le sujetaba la mano y estaba atento incluso a su respiración, no habría notado reacción alguna. Sin embargo, mirando la cara de Meg, David comprendió que su sutil reacción no se debía a la pregunta, sino al guardapelo.

—¿Por qué me lo has traído? —preguntó ella—. Solo es una joya antigua.

—No es necesario que vendas tus pertenencias. Yo tengo dinero. —David se llevó el puño de su mujer a los labios y besó con suavidad los nudillos que encerraban el guardapelo—. Creo que estamos de acuerdo en estar en desacuerdo sobre todo lo demás.

—Sin embargo, los dos estamos de acuerdo en lo que ocurrirá cuando todo esto termine.

—¿Qué quieres que ocurra cuando todo esto termine? —preguntó él en voz baja.

Meg retiró la mano. El guardapelo había tocado una fibra sensible, o quizá había sido David. Era él quien la confundía, y tal vez lo había estado haciendo desde que había regresado del pueblo. A él le gustaba desconcertarla. La vulnerabilidad era más permeable, y así David podía llegar hasta Meg sin necesidad de traspasar el manto invisible en el que se envolvía.

—Dentro está el retrato de tu madre. ¿Por qué vendiste el guardapelo, Meg?

Meg retrocedió un paso al ver que David se erguía un poco más.

—Tenías razón. Yo también creo que hay alguien que dirige nuestros pasos. Aquí corres peligro. Deja que el señor Rockwell termine el trabajo por ti y me entregue a las autoridades cuando llegue el momento. Pero llévate a Bethany y a Nathanial contigo. Empieza una nueva vida en alguna otra parte —añadió. Era evidente que había dedicado bastante tiempo a reflexionar, pues siguió elucubrando sobre una posible anulación de su matrimonio—. Estoy segura de que cualquier mujer de Inglaterra aceptaría de buen grado casarse con alguien con unas credenciales impecables como las tuyas.

David apoyó las manos en la pared de tablones que Meg tenía a la espalda, acorralándola.

—¿Mis impecables credenciales? —Había cierto brillo en su mirada, un humor y una modestia que hacían de él un hombre menos recto y, en cierto sentido, más vulnerable a la mirada tierna de su mujer—. Hace un momento opinabas que debía aceptar la propuesta de sir Henry. ¿Y ahora tratas de endilgarme otra mujer?

—No es mi deseo endilgarte otra mujer.

Meg agachó la cabeza para pasar por debajo del brazo de David, pero él se adelantó, impidiéndole la huida.

—¿Por qué no me habías dicho que en el pueblo se cuentan chismes sobre nosotros?

—Eres el origen de muchos chismorreos —respondió ella con brusquedad—. ¿No era eso lo que pretendías conseguir, convertirte en un objetivo visible? Eres un barón, con una hermosa amante y una mansión en un cerro. Has iniciado una guerra con Nellis. ¿Cómo mi padre, o cualquiera que trabaje para él, no iba a darse cuenta de tu presencia y encontrarme a través de ti? Te ha salido bien, así que, vete y deja que el señor Rockwell finalice este trabajo antes de que tú y yo terminemos exactamente donde estábamos hace nueve años.

—¿Qué quieres que ocurra cuando esto acabe? —volvió a preguntar David—. Has dicho que los dos estamos de acuerdo en lo que ocurrirá cuando esto acabe. Quiero saber qué quieres tú que ocurra. ¿Nos enfrentaremos cara a cara como hicimos en otro tiempo? —preguntó haciendo un esfuerzo y obligándola a mirarle.

Ella negó con la cabeza y bajó la vista.

—No quiero odiarte, David.

—Entonces, el futuro no tiene por qué ser como otra persona quiera —dijo él con una mirada algo más amable. Sabía que ella tenía todo el derecho del mundo a no confiar en él, pero también era cierto que Meg debería haber aprendido hacía diez años que, cuando él ponía todo su empeño en una tarea, siempre lograba lo que quería—. Un camino de mil kilómetros empieza con un primer paso, Meg. —Ella miró al suelo cuando David le cogió una mano—. Puedes dar ese paso conmigo.

—Y luego ¿qué? —Meg lo miró a los ojos y añadió, susurrando—: ¿Tienes algún milagro escondido en la manga que pueda salvarme de ti?

—Tal vez. Pero no hoy, mi amor.

Estas últimas palabras las dijo en una íntima cercanía, inclinándose hacia ella porque no pudo contenerse. Cuando Meg fue a dar con la espalda contra la pared del establo, David se irguió ante ella y la traspasó con su ardiente mirada. En los ojos de Meg solo vio una cautela que comprendía demasiado bien. Era consciente del daño que él le había infligido hacía nueve años.

Había una oscuridad en el fondo de sus ojos que inquietó a David. Era una parte de su mujer que él reconocía porque también formaba parte de él.

No la besó. No lo intentó siquiera. Pero su mirada se demoró unos instantes más en la boca de su mujer antes de hacerse a un lado para dejarla pasar. Por el momento bastaba con ver el deseo en sus ojos y saber que ella lo deseaba tanto como él la deseaba a ella.

17

El crepúsculo se asentaba sobre las colinas, cuando David tiró de las riendas y se detuvo en lo alto de la loma desde donde se veía el pabellón de caza. Observó cómo Meg y Nathanial subían a la calesa que iba a llevarlos de vuelta a Rose Briar. Después de que Meg lo hubiera dejado solo en el establo, David había preferido no quedarse a cenar con ellos y se había ido a montar, a hacer galopar a Viejo amigo.

David sacó los prismáticos de la alforja y observó el avance de la calesa sendero arriba hasta que llegó al camino y se adentró en el bosque. También vio que el señor Shelby echaba heno en un comedero. Bethany salió entonces del establo llevando a su yegua de las riendas y David la observó durante un rato, olvidando su conflicto interior. Meg era apenas un poco mayor que Bethany cuando él y ella se habían conocido.

De todas formas, ¿qué sabía él de los deberes de un tutor, o de las responsabilidades que acarreaban las tierras y sus arrendatarios? ¿Cómo debía interpretar los motivos que podía tener un anciano para creer que él tenía derecho a reclamar todo aquello como suyo? ¿Y cómo iba a creer que él tenía capacidad para mejorar las cosas?

De pronto se dio cuenta de que aquella última pregunta le resultaba familiar, que era la misma que le había atormentado siempre en todas las etapas de su vida. Jamás había estado en su mano cambiar nada.

El semental negro se asustó de repente y se encabritó. David se volvió en la silla para enfocar con los prismáticos hacia campo abierto. Vio la torre de la iglesia a lo lejos, sobresaliendo entre los árboles e hizo una pausa para reflexionar sobre la fe que tenía sir Henry en el destino o la Providencia. David prefería no atribuir su situación a los designios de un caprichoso poder supremo. Sin embargo, su larga experiencia con la vida religiosa en Irlanda había dejado en él una huella indeleble que no podía negar. La misma causa que lo había unido a Meg en la India había vuelto a llevarlo hasta ella, como si el destino le ofreciese una segunda oportunidad para hacer lo que debería haber hecho la primera vez y reparar el daño que había causado. El destino le decía que confiara en su corazón.

Y en el de Meg.

La calesa apareció en lo alto de la lejana colina como una mota recortada en el cielo de color añil. A pesar del frío, había ganado pastando un poco más allá. La calesa descendió por el otro lado de la colina y volvió a desaparecer de la vista. De repente, David se sorprendió observando Rose Briar, en el cerro del otro lado del valle. Ya no veía una simple casa hecha de piedra y de madera, sino el sueño de Meg. Veía una oportunidad para él, su futuro tal como lo imaginaba sir Henry, si decidía quedarse.

Pero también veía los peligros que acechaban a cuantos habían llegado a significar algo para él.

Y no podía apartar el guardapelo de sus pensamientos.

Más tarde, pasada la medianoche, cuando se encontraba de pie junto a la ventana de su dormitorio con un sable colgado del costado, comprendió finalmente que su decisión ya estaba tomada.

Vestido de negro, con botas negras bajo la negra capa, David bajó por la angosta escalera de servicio, la misma que había utilizado Meg la noche que había escapado de la casa. El sable iba arañando las paredes. David alzó el farol por encima de la cabeza cuando salió al exterior y rodeó la casa. Su familia estaba dentro y había fuerzas que los amenazaban. Los cimientos de la casa se habían construido siglos atrás, quizá incluso en la misma época que la iglesia. David apagó el farol de un soplo.

Montó en su caballo, le hizo dar la vuelta e inició la marcha a medio galope. Mientras la luna seguía su imparable trayecto por el cielo negro como el ébano, David recorrió la finca de puerta a puerta, examinando el cerro y los campos silenciosos en busca de respuestas. El coronel Faraday no podía haberse desvanecido en el aire. Alguien tenía que estar ocultándolo. O había muerto, y entonces era otra la amenaza que acechaba. Esa noche, ni siquiera los hombres de Stillings aparecieron para obstaculizar su búsqueda. Al final, David comprendió que las respuestas que buscaba solo podía proporcionárselas la misma Meg.

Victoria estaba junto a la ventana de su dormitorio contemplando cómo David realizaba su ritual kata. El día apenas despuntaba entre las nubes grises, pero ella se había acercado a la ventana porque sabía que él había estado practicando durante toda la semana en la terraza que daba al valle, cuando los primeros rayos del sol apenas asomaban sobre las copas de los árboles.

Mientras lo miraba, Meg supo con toda seguridad que no había querido nunca nada ni a nadie como lo quería a él, salvo quizá ver a su hijo seguro y a salvo y que la enfermedad de sir Henry desapareciera milagrosamente. También deseaba que Bethany supiera que no estaba sola, que quería ser libre para encarar su propio destino.

Durante aquella semana, David había cambiado de táctica con ella y, si antes creía que el objetivo de su persecución era su padre, ahora sabía sin lugar a dudas que era a ella a quien tenía en su punto de mira.

Seguramente David sabía que lo observaba desde la ventana.

Y desde luego que lo observaba, fascinada como estaría cualquier mecenas con una obra de arte, fuera cual fuese el artista. Ataviado con una camisa sin mangas y unos pantalones plisados como una falda, David realizaba los ejercicios del kata con una precisión y una coordinación perfectas. Ella contemplaba a su antiguo mentor, a su marido y amante, fascinada por sus disciplinados movimientos y asediada por recuerdos que no quería explorar. Cerró los ojos y sintió una extraña agitación.

—Eres muy bueno, David Donally —dijo en voz alta, empañando el cristal con el aliento, y dejó caer la cortina.

Apoyada en la pared, respiró lentamente. David trataba de seducirla, y se le daba muy bien. Y aun sabiéndolo, seguía deseándolo. Sobre todo, quería creer en él.

«Puedes dar ese primer paso conmigo.»

¿Aunque ese paso significara caer en el abismo?

Pero Victoria no podía librarse de David. Se había mostrado cortés y educado con ella, y tan clarividente como un fantasma. Conseguía aparecer allá donde ella fuera, como si tuviera el don de leerle la mente y saber dónde estaba en todo momento.

Dos días atrás, convencida de que David y el señor Rockwell se habían ido a la iglesia, había salido a hurtadillas para ver quién vigilaba los establos y para comprobar si podía montar a caballo sin que le doliera el costado.

Pero allí se encontró con David, que charlaba tranquilamente con el mozo de cuadra. Sin mostrar la menor suspicacia por su presencia en el establo, David ensilló su semental. Luego la ayudó a subirse a la silla y montó detrás de ella. Acabaron recorriendo a caballo los campos que en otro tiempo producían fértiles cosechas. A Victoria le dolió el costado, pero eso no la afectó tanto como el olor de su marido, el calor de su cuerpo y su voz en el oído cuando se detuvieron para charlar con el señor Gibson y con otro arrendatario con los que se encontraron en el camino, al recorrer el extremo norte de la propiedad. Solo David era capaz de actuar como si no tuviera importancia que los vieran compartiendo la silla de montar en público, o lograr que ella se ablandara con un tema de conversación tan trivial como el tiempo.

Sin embargo, ahora David estaba ocupado, pensó Victoria mientras se lavaba la cara y los dientes y se trenzaba los cabellos. Luego se ajustó el corsé. El sol aún no había salido. Se puso unos pantalones, y se metió la camisa por dentro, mientras corría a buscar las botas. Sin duda estaba demasiado ocupado para fijarse en que abandonaba la habitación.

Abrió la puerta.

David estaba apoyado contra la pared con dos varas de bambú en las manos, esperando claramente a que ella saliera. Entornando los ojos, Victoria supuso que David había subido corriendo al ver que ella se apartaba de la ventana. David le arrojó una de las varas con una sonrisa pícara en los labios, y ella la atrapó en el aire, sorprendiéndose incluso a sí misma.

—No está mal. —A pesar de que no quería hacer caso de un cumplido que no sabía cómo tomarse, Victoria se sintió reconfortada por la expresión que veía en sus ojos—. Practica conmigo —añadió él.

—No puedo, David. Aún no estoy totalmente curada.

—Mejor que mejor —replicó él, impidiéndole el paso—, así ganaré yo.

—Oh, por favor, ¿tengo que soportar tu engreimiento también?

El descarado y admirativo escrutinio al que David la sometía hizo que se sonrojara.

—El ejercicio te hará bien —dijo David—. ¿Recuerdas los pasos?

Victoria examinó la vara.

—¿De dónde has sacado esto?

—¿No te resulta familiar? Es la misma vara con la que solíamos practicar.

—Todas las varas son iguales —contestó ella.

Una sonrisa rapaz se dibujó lentamente en los labios de David.

—Ah, ¿sí? Y yo que creía que mi vara era especial en tus manos mágicas.

Victoria deslizó los dedos sobre el frío bambú y miró a su

marido de reojo. La barba incipiente y desarreglada que cubría la mandíbula de David hacía que sus ojos parecieran más azules, como el cielo crepuscular o el mar al amanecer.

—¿Eso creías, David Donally?

Victoria no era de las que rechazaba un desafío, sobre todo viniendo de un hombre ataviado con unos finos pantalones escarlata y una corta camisa sin mangas que no ocultaba su cuerpo escultural. Iba descalzo y obligó a Victoria a quitarse las botas antes de ir al estudio, que estaba en el otro extremo de la casa.

David también la obligó a ponerse el chaleco protector y le ató las tiras de cuero en la cintura y las caderas; luego le echó la trenza hacia delante. Se colocó delante de ella y Victoria le sonrió, adoptando la posición de combate con la vara de bambú en las manos.

—Si sientes la necesidad de contenerte por un caballeroso sentido del honor, no lo hagas.

Sin embargo, Victoria se dio cuenta de que David se contenía, de que respondía pacientemente a cada uno de sus movimientos para permitirle volver a adquirir el ritmo necesario para el ejercicio. Victoria tenía los músculos agarrotados. Le tiraba la herida, pero también empezaba a aflorar lo que había permanecido largo tiempo enterrado. Volvía a embeberse del espíritu del kata a medida que recordaba los pasos. David y ella entrechocaban las varas dando vueltas en círculo.

—Te estás conteniendo —le recriminó David, cambiando de un pie a otro con un sonrisa imprudente y retadora—. ¿De qué tienes miedo?

—No tengo miedo —replicó ella, cruzando con él su vara.

Pero en realidad estaba asustada.

—Entonces, pelea conmigo, Meg.

David paraba cada uno de sus golpes moviéndose con una elegancia indefinible y una confianza que lo convertían en un diestro adversario. Ni una sola vez pensó Victoria que llevara ella la ventaja, pero él tampoco la desbordó ni consiguió derrotarla.

Esquivaron una colchoneta que había en el suelo y siguieron moviéndose en círculos.

—¿No crees que te dejas dominar por el miedo? Déjate llevar, Meg. Pelea contra mí. Solo de ese modo aprenderás a dominarlo.

Los ojos de David no se apartaban de ella ni un segundo. Los ojos de Victoria no se apartaban de los de él, y antes de que se diera cuenta, volvía a moverse con su antigua gracia, recobrando la confianza. Era como si, con cada golpe que dirigía a David, golpeara el muro de su propio corazón y de su alma, pero lo encontrara siempre alerta, como el maestro que establecía el ritmo y la distancia, como el amante que pedía más. Victoria volvía a tener dieciocho años y él veintiséis. Victoria golpeaba por arriba y luego por abajo, y sus movimientos ganaban en destreza y velocidad. Su sonrisa era resuelta cada vez que él paraba los golpes y el sonido hueco del bambú llenaba el santuario del estudio. Fuera, el sol despuntó sobre los árboles y su luz iluminó la habitación, cubriendo el suelo con el manto ambarino del amanecer, que despertaba los cálidos colores del día. Pero David y Victoria siguieron practicando, ajenos al resto del mundo.

—No lo he olvidado. —Victoria lanzó la vara contra los pies de David, volviendo a sentirse viva después de muchos años.

David esquivó la vara con un salto, dio media vuelta y contraatacó con movimientos contenidos y cuidadosamente controlados, pero aplicando la fuerza necesaria para arrancarle la vara de las manos. Esta salió volando por encima de su cabeza, pero David la atrapó en el aire. Tenía la ventaja de quince centímetros más de estatura.

Victoria respiraba con dificultad y le dolía el costado, pero no le importaba.

—Parece que hayas practicado todos los días —dijo David, tendiéndole de nuevo la vara, que ella le arrebató para volver a atacar.

David se agachó como si esperara su ataque, y de pronto se colocó detrás de ella. Con un veloz movimiento que no formaba parte de la coreografía del kata, pasó la vara por encima de la cabeza de Victoria y la apretó contra su pecho.

—No es justo, David. —Victoria respiraba el aroma de su marido, notaba los latidos de su corazón contra su espalda—. Estás improvisando. —Su boca acarició la curtida mandíbula.

—Y tú también, mi amor.

Los anchos hombros de David no permitían que Victoria viera nada más, pero sentía un intenso deseo de permanecer tal como estaba.

—Si eras sacerdote, ¿cómo es que no has perdido la práctica en todos estos años?

Él la soltó y Victoria se volvió para atacarle de nuevo. Su vara golpeó la vara de David.

—Hay lugares en Dublín que rivalizan con las calles de Calcuta, Shanghai, e incluso Boston.

—¿Has estado en todos esos lugares?

—En todos y cada uno de ellos.

Una vez más, David maniobró hasta quedarse detrás de Victoria, que empezaba a sentirse como un ratón entre las patas de un gato. Salvo que el cuerpo de David era cálido e incitante, así que esta vez dejó que el trasero se apoyara contra su entrepierna.

—Ahora cuéntame algo que nadie sepa sobre ti —pidió él, susurrando en sus cabellos.

—Mi color favorito es el lavanda.

—Eso ya lo sabía —dijo él, rozándole la oreja con la boca.

«¡Dios santo!» Al notarse atraída por aquel audaz contacto Victoria elevó su plegaria al cielo, como si un poder superior pudiera salvarla de sí misma.

—Nunca te lo dije.

—Es posible, pero no hay más que echar un vistazo a tu habitación.

Victoria notó la sutil rendición de David cuando le permitió empujarle hacia atrás.

—¿Y cuál es tu color favorito? —Victoria se soltó de su abrazo lanzando la vara hacia arriba, se volvió y apretó la vara contra su pecho. Luego siguió obligándole a retroceder—. ¿El negro? —¿Como el pecado?, decía su mirada.

—Nada tan prosaico —respondió él, y sus dientes brillaron a la luz del sol—. A menos que tengas la capacidad de leerme la mente.

Victoria no podía leerle la mente, ese era el problema, pero notaba su erección bajo los sedosos pantalones escarlata.

—Es posible que no sea capaz de leerte el pensamiento, pero tu cuerpo es un libro abierto, mi amor.

Victoria le obligó a retroceder hacia la colchoneta que David había dejado allí después de practicar con Nathanial la noche anterior. Él tropezó con el borde. No habría caído de no ser porque Victoria aprovechó la oportunidad para darle un empellón y levantarle el otro pie con la vara. Pensó que David debía de haberse dado un buen golpe en la espalda, pero ello no le impidió sentarse a horcajadas sobre sus caderas y apretar la vara contra su garganta al estilo de un gladiador romano.

—Yo gano, Donally. —Victoria sonrió, con la respiración jadeante—. Ríndete o sufre las consecuencias.

—¿Las consecuencias? —David soltó una carcajada forzada.

—¿Te has hecho daño? —preguntó ella.

—Sí. —David rodeó las manos de Victoria con las suyas y la obligó a levantar la vara—. Mi orgullo está un poco necesitado de tu bondad en estos momentos.

Sentada sobre él y notando su erección entre los muslos, Victoria sintió una perversa oleada de deseo. Siguió respirando de forma entrecortada, tratando de llenar de aire sus pulmones, pero rápidamente centró su atención en la vara que sostenía.

—Me has pedido que te dijera algo que no sepas. A cambio, ¿estás dispuesto a responder a mis preguntas?

David podría habérsela quitado de encima con muy poco esfuerzo, pero había puesto un gran cuidado en no hacerle daño hasta ahora. Victoria comprendió que siempre había procurado protegerla como ella misma no había sabido hacer.

David estiró los brazos por encima de la cabeza, tirando de Victoria hasta que quedó tumbada sobre él con los labios casi pegados a los suyos y los brazos también estirados.

—¿Ojo por ojo? —preguntó él, arqueando una ceja.

El hecho de que David le permitiera tratarle de aquella manera insufló confianza a Victoria.

—Ojo por ojo. —Sin soltar la vara, Victoria apretó las manos de David contra la colchoneta—. El botín para el vencedor. Yo haré la primera pregunta.

David deslizó la mirada desde los labios de Victoria hasta el lugar en el que se le abría la camisa, pero ella no estaba dispuesta a perder su ventaja por hacerse la recatada.

—¿Qué quieres saber? —preguntó él.

El cuerpo de David desprendía calor con un ligero aroma de mirra. Victoria lo miró a los ojos, recelando de su deseo, cada vez más acuciante.

—¿Qué ocurrió entre Kinley y tú para que desconfíes tanto de él?

—Nunca hemos sido amigos. Hace catorce años, Kinley hizo añicos mi tapadera durante una misión en Prusia, lo que estuvo a punto de costarme la vida, por no hablar de que puso en peligro una operación en la que llevábamos trabajando casi un año. En Calcuta, perdí a uno de mis hombres por su culpa, cuando actuó precipitadamente para atrapar al coronel Faraday. Y por su culpa también te perdí a ti. Si hubiera esperado...

—Si hubiera esperado, no habría cambiado nada.

—Habría cambiado todo. Yo habría tenido tiempo de sacarte de allí.

—¿Y convertirte en traidor para salvarme a mí? —preguntó Victoria, meneando la cabeza—. No creo que sea propio de ti hacer una cosa así, David.

—Entonces, lo que es propio de mí me parece un misterio.

Pero no para ella, pensó Victoria. David siempre había hecho gala de una integridad y una honorabilidad innatas, y ella no. Su trenza cayó sobre el hombro de David.

—¿Me amas?

—El corazón de un hombre es su mayor debilidad. Sería un idiota si te amara, ¿no crees?

—¿Has roto nuestros votos conyugales?

—¿A qué demonios viene esa pregunta?

—Ojo por ojo —dijo Victoria, apretándole más las muñecas—. ¿Me has sido infiel?

—No.

—¿Ni siquiera cuando creías que yo había muerto?

—Entonces no podía serte infiel, ¿no crees? —respondió él con los ojos entrecerrados.

Por su expresión, Victoria comprendió que había habido otras mujeres después de ella.

Demostrando su fuerza con un rápido movimiento, David se incorporó, tumbó a Victoria de espaldas y la inmovilizó con su cuerpo. Sus ojos la miraron con ternura.

—Tú tienes parte de culpa. Tu supuesto fallecimiento fue más que convincente. Y tardé dos años en hacerme sacerdote.

—Apártate de mí.

David observó los labios apretados de su mujer con adusto regocijo. Sorprendentemente obedeció, pero en su mirada había algo que desmentía la soltura de sus movimientos. Mientras se ponía en pie con dificultad y recogía la vara, Victoria percibió claramente que David estaba furioso.

—Si crees que vas a engatusarme dándote aires de esposa ofendida, olvídalo, mi amor.

Victoria soltó una carcajada forzada y fue hacia la ventana.

—¿Quién era ella?

—¿Qué importa eso?

A Victoria le latía el corazón con tanta fuerza que apenas oyó la respuesta de David.

—No quería mantener vivo tu recuerdo —prosiguió él—. Solo quería borrarlo de mi memoria para siempre.

Victoria no tuvo que volverse para saber que David había salido del estudio, pues de pronto notó el vacío de su ausencia. Cerró los ojos y se apoyó en el frío cristal.

Durante nueve años se había preguntado cómo sería la vida

de David. Ella había vivido sabiendo que David jamás le había pertenecido. No estaba enfadada porque hubiera encontrado refugio en los brazos de otra mujer. Le enfurecía no haber luchado con más decisión por lo que tenía en aquel momento.

Quince minutos más tarde, encontró a David en su habitación, tumbado en la cama. Tenía el pelo húmedo, como si se hubiera lavado la cara. Llevaba una bata de seda negra con cinturón y, con los dedos enlazados detrás de la cabeza, contemplaba las tupidas colgaduras que bordeaban el dosel de la cama. Victoria levantó la mano para llamar a la puerta, pero el movimiento atrajo la atención de David.

—¿Funcionó? —preguntó ella.

David se incorporó y puso los pies en el suelo. Nada en su expresión delataba lo que estaba pensando antes de aparecer Victoria. Se puso en pie. Estaba claro que no esperaba verla entrar en su habitación.

—¿Pudiste borrar mi recuerdo?

—No —respondió él en voz baja.

—¿Por qué no?

Victoria necesitaba saberlo porque esperaba encontrar una respuesta para ella en la de David. Sin embargó, él no respondió y, en el silencio del cuarto, Victoria sintió un nudo en el estómago.

Paseando la mirada por la habitación, vio a David por primera vez como una presencia permanente en su vida y en la de Nathanial.

—Es cierto que eres barón, ¿verdad? Con un castillo en Escocia y todo lo demás. Tu hermana está casada con un duque y tienes trece sobrinos y sobrinas. ¿Pamela es tu amante?

—No.

Lágrimas ardientes le quemaban los ojos. Recriminándose su falta de serenidad, se quitó el chaleco de cuero. Su camisa estaba húmeda y se le pegaba al pecho.

—Aquel último día en Calcuta, cuando mi padre supo que las autoridades estaban a punto de atraparnos y me entregó el pendiente, lo último que me dijo fue... que me quería. Nadie me lo había dicho nunca —explicó Victoria—. Y luego siguió diciéndome como si tal cosa que, si aún estabas vivo, pensaba encontrarte y hacer que te comieras tu propio corazón por lo que me habías hecho. —Victoria rió, sabiendo en ese momento que aquella amenaza era una mentira, puesto que su padre sabía quién era David desde el principio—. Recuerdo que pensé que estabas a salvo porque no tenías corazón. Sin embargo, también tenía miedo de que te matara. Así que hallé el modo de delatarle. Luego me corté el pelo, hice la maleta y me subí con un grupo de misioneros al primer tren que salía de Calcuta.

Victoria era consciente de que, si bien seguía teniéndole terror a su padre, aún tenía más miedo de no poder enmendar jamás su pasado.

—En el fondo siempre he sabido que mi padre no podía quererme. Me parecía demasiado a mi madre. Era igual que ella. Era impulsiva y necesitaba disciplina. Pero nunca quise ver a mi padre como el monstruo que en realidad era, hasta que tú entraste en mi vida y descubrí la belleza. Cuando tu compañero me dijo quién eras en realidad, sentí deseos de morir. Tal vez si no hubieras vuelto a casa en ese momento, me habría matado. Pero acabé apuntándote a ti con aquella pistola. Si tú te hubieras limitado a marcharte... si no te hubieras movido cuando lo hiciste...

—No tenías que estar en la casa cuando se hiciera la redada. Pero cambiaste tu rutina ese día. No estabas en el consulado...

Victoria negó con la cabeza al recordar la pesadilla que la había convertido en una fugitiva durante nueve años. Ya no quería buscar más excusas para sus acciones ni condenar las de él. En aquel momento no estaba en el consulado porque había ido al médico, debido a su estado.

—Después de... dejarte —no fue capaz de pronunciar la palabra «dispararte»—, comprendí que me había convertido en todo aquello por lo que despreciaba a mi padre. Pero una nueva vida crecía en mi interior y dependía de mí para sobrevivir. No quería que mi hijo sufriera como yo, así que decidí delatar a mi padre. Pero, aun entonces, una parte de mí quería creer, ingenuamente, que no había sido siempre tan malo.

O que ella no era como él. Durante nueve años, Victoria se había esforzado con denuedo por ser para Nathanial lo que su padre no había sido nunca para ella.

—Tu padre no podía quererte porque no sabía cómo.

—Lo dices como si lo supieras por experiencia —dijo Victoria, ladeando la cabeza.

—¿Sabemos nosotros qué es el amor en realidad? Tú tenías dieciocho años cuando me casé contigo. A pesar de tener una gran experiencia en ciertos aspectos en relación con los hombres eras muy inocente.

—¿Fue todo mentira?

David tardó tanto en responder que Victoria pensó que no iba a decir nada.

—Nada fue mentira, Meg.

Las lágrimas nublaron la vista de Victoria. David se había acercado a ella, sin que ella se diera cuenta, y cuando se irguió, se encontró mirándolo a los ojos.

—Me pediste que diera el primer paso contigo —dijo—. Ya lo di hace diez años. Y tú me diste a Nathanial.

Permanecieron suspendidos en el tiempo sin hablar. Lentamente fueron conscientes de cómo aquellos años parecían romperse en pedazos que caían a sus pies. Su respiración se volvió jadeante. Iluminada por la luz del sol que calentaba la habitación, Victoria se sintió de repente distanciada de todo lo que era, de todo lo que había llegado a ser durante los últimos nueve años.

De pronto el dique se resquebrajaba.

¿Qué sentido tenía tratar de protegerse, cuando lo que quería era besarlo, cuando lo que quería era sentir sus manos por todo el cuerpo y el susurro de la esperanza en su corazón? En ese momento, él apoyó la mano en la jamba de la puerta y ella le miró a los ojos con expresión vacilante.

—Bésame, Victoria.

David selló su nombre con un tierno beso que rápidamente

se convirtió en algo más. Un torrente de emociones acabó derribando el dique que ya estaba resquebrajado. ¿Por qué no podía escuchar a su cabeza en lugar de a su corazón?, se reprochó Victoria, dejando caer el chaleco al suelo para rodear el cuello de David con los brazos.

Cuando se separaron, no había un brillo burlón en los ojos de él, ni nada que disipara la tensión cada vez mayor. Los dos resollaban. Consciente de la reacción de su cuerpo, Victoria se apoyó en él y volvió a atraerlo con un beso. Abrió la boca de David para explorarla con la lengua; el gemido de él reverberó en su garganta. La barba incipiente de David le rascaba la piel. Él hundió los dedos en su pelo y, agarrándola por la trenza, le inclinó la cara hacia atrás para profundizar en el beso.

Victoria perdió el mundo de vista. Mientras notaba que la cabeza le caía completamente hacia atrás lamentó haber perdido el instinto de conservación. No se había dado cuenta de la intensidad de su deseo. Apenas se dio cuenta de que David giraba la llave de la puerta.

—Creo que soy demasiado blanda —musitó cuando David apartó la boca para posarla en el hueco de su garganta.

Victoria notó en su abdomen el bulto duro de David y percibió la sonrisa en su voz.

—Yo no estoy blando en absoluto —jadeó él con voz ronca, volviendo a juntar los labios con los suyos, y trazando con los dedos un camino desde la curva de sus hombros hasta sus manos. La aferró por las muñecas y las levantó hasta apoyarlas en la puerta. Sus ardientes ojos azul oscuro taladraron los de ella—. Y a no ser que me detengas, te llevaré a mi cama y acabaré lo que quiero hacer contigo en este momento.

Victoria se apretó contra él, intensamente consciente del deseo voraz que los consumía a ambos.

—Nos echarán de menos abajo, David.

Sus miradas se cruzaron.

—¿Y nos importa mucho en realidad? ¿Qué quieres tú?

Victoria notaba la puerta en su espalda, la única barrera que la separaba de la libertad. Pero el calor de las manos de David en torno a sus muñecas y el fuego turbulento de sus ojos conspiraban para debilitar su resolución. Victoria no quería pensar en sus necesidades, pues ya no estaba segura de nada, y mucho menos de sí misma.

Sin embargo, había demasiadas cosas entre ellos para negar que existía un vínculo físico y emocional. Aún tenían que recorrer miles de kilómetros para estar a medio camino, pero la distancia no era ya tan grande como cuando se había despertado por la mañana.

Le pertenecía. Al percatarse de esa primitiva realidad, una sensación de vértigo amenazó sus sentidos.

—Quiero verte desnudo —dijo.

Adivinando su decisión, David aferró la camisa de Victoria con las manos y se la sacó por la cabeza.

—Entonces, así será —dijo, y Victoria notó su cálido aliento en los labios.

David la cogió en brazos y la dejó de pie en el suelo junto a la cama. Victoria no sentía la prisa y la desesperación de hacía unos instantes, sino una necesidad libidinosa de tocar y de sentir el cuerpo de David. Le pasó la mano por los hombros y le abrió la bata, que cayó con una caricia de seda negra a sus pies. No llevaba nada debajo. David tenía ese tipo de cuerpo que una mujer no olvidaba, y los diez años transcurridos habían moldeado mejor sus músculos. Una erección perfecta surgía de la oscura entrepierna. Comportándose como si no supiera que estaba de pie ante ella, desnudo y magnífico, David le desató los cierres del pantalón y los deslizó por las piernas junto con los calzones. Pero al quedarse solo con el corsé y la camisola, Victoria recordó la fea cicatriz que tenía ahora en la cintura; su vacilación hizo que David alzara los ojos.

Había algo ardiente en la fuerza de su mirada, algo que la consumió hasta llegar a su interior y lograr que se derritiera. Luego la tumbó sobre la cama y sus cuerpos se enlazaron, con la pierna de Victoria sobre la cadera de David.

—¿Confías en que no te haré daño? —susurró él con voz ronca, como si le costara respirar.

Victoria no quiso pensar en lo que sintió. Sabía qué quería decir. David se refería a no hacerle daño en la herida del cuerpo, pero también hablaba de la herida que él le había causado en el corazón. Le pedía que creyera en él, como si supiera que llegaría un momento en el que ambos deberían ponerse a prueba.

David rodó sobre la cama hasta que quedaron sentados con Victoria encima de él. Repitió la pregunta al tiempo que su boca se fundía con la de ella en un beso imperioso y sus manos expertas desarmaban su voluntad. Sin embargo, al llegar al corsé se detuvo. Victoria comprendió que él había percibido su vulnerabilidad y que esperaba hasta que le permitiera quitarle la camisola.

David apoyó una mano abierta en la espalda de Victoria y con la otra le acarició un pecho y le chupó el otro a través de la fina tela. Victoria percibió su deseo por la forma en que la mano de David bajó por la espalda, acarició la cadera y el muslo y acabó en la cálida y húmeda entrepierna. Entornó los párpados y se arqueó al notar la lengua de David lamiendo su pecho. Se deleitó en aquella libertad.

Victoria atrajo las dos manos de David hacia sus pechos y lo besó, intentando satisfacer un deseo que era cada vez más acuciante, que invadía su cuerpo con una marea de sensaciones. Sus alientos jadeantes se mezclaron cuando él le devolvió el beso con el mismo apremio.

En el fondo, Victoria había creído que seguiría manteniendo el control, pero resultaba imposible con el deseo insaciable que David había despertado en su interior. Jamás se había avergonzado de su cuerpo y siempre había sido consciente del poder que ejercía su belleza sobre los hombres. Pero había ocultado esa parte de sí misma durante tantos años que este despertar gradual creaba destellos de azogue entre los dos.

—Confío en ti —se oyó decir por fin.

Jamás había dicho esas palabras a ningún ser vivo.

Presa de una excitación irrefrenable, Victoria siguió las manos de David hasta el borde de la camisola y le ayudó a quitar el último vestigio de ropa que los separaba; aquella finísima tela que, sin embargo, había servido eficazmente de barrera.

Con los cabellos alborotados alrededor de la cara, Victoria observó cómo la miraba sin tocarla, pero tocándola íntimamente. Luego él la miró a los ojos y su expresión posesiva borró toda su incertidumbre. La sujetó por la nuca y la besó en la boca. Después la tumbó de espaldas en la cama y, apoyándose en un codo, la miró a la cara.

—El tiempo lo cura todo —dijo, y no se refería únicamente a las heridas físicas.

Victoria o Meg —ya no sabía en realidad cuál de las dos era— encontró un refugio en su mirada. También él tenía sus cicatrices, pensó mientras recorría con el dedo la línea rugosa que subía desde las costillas hasta el pezón izquierdo de David. Este colocó la mano sobre su pubis y le introdujo un dedo que empezó a explorarla íntimamente, tocándola como solo él lo había hecho, abriéndola para él. Luego, David recorrió el perfil de su mandíbula con la boca. Victoria cerró los ojos y hundió la cabeza en la almohada. Notó que sus latidos se aceleraban de excitación, e instintivamente movió las caderas para adaptarse a los movimientos de él. Soltó un gemido ronco.

—Ámame, David.

Y él supo que siempre la había amado.

En busca de su redención, había vuelto al principio, como si tuviera poder para cambiar la vida de ambos.

Enlazando sus dedos con los de ella, David levantó el cuerpo para abrirla de piernas y poseerla con los ojos antes de penetrarla. Retrocedió y luego la penetró con más fuerza. Cabalgando sobre el éxtasis, David cerró los ojos y notó el calor del sol en la espalda; no iba a contenerse. Victoria quería que se entregara a ella por completo. Trató de juntar sus labios con los de él, pero la cabeza le cayó hacia atrás. Se arqueó con la piel ardiendo; tensó todo su cuerpo y soltó un áspero grito de asombro.

—No pares —rogó.

David no habría podido parar aunque hubiera querido.

Sus cuerpos se enlazaron y rodaron hasta que Victoria quedó encima. David acarició sus sedosos cabellos con manos que ya no eran tan firmes. Victoria siguió moviéndose, apretándose contra él. Sus pechos llenaban las manos de David. Luego su boca se aplastó contra la de él con una fuerza que lo dejó sin aliento, y lamió sus labios. La ronca respiración de David se mezcló con la de ella. Recibía el deseo de Victoria con hambre, pues saciaba el suyo; el beso se hizo más profundo, creciendo en intensidad, aumentando aún más su excitación. El orgasmo de Victoria vació de aire sus pulmones, pero él la agarró por las caderas y siguió empujando, penetrándola con fuerza.

Victoria echó el torso hacia atrás y la desbocada melena le cayó sobre los hombros. Sus miradas se cruzaron, intensas, cómplices. Al final, con una violenta acometida que arrancó el nombre de Victoria de sus labios, David se vació dentro de ella.

Al cabo de un rato, cuando por fin sus latidos se apaciguaron y David volvió a respirar con normalidad, notó la mirada de ella en su cara y el sol que iluminaba la cama.

—Sigue mirándome así y descubrirás que aún no he acabado contigo —dijo David, abriendo los ojos.

Meg seguía sentada sobre él con una sonrisa felina en su hermosa boca húmeda.

—Como he dicho antes —comentó ella en un arrullo, arañándole el pecho con sus afiladas uñas—, el botín para el vencedor.

—Sí, mi amor. —Sujetándole la cabeza con una mano, la atrajo hacia su boca, le dio la vuelta para quedar encima de ella, y disfrutó de un largo y exquisito beso mientras le acariciaba el seno derecho—. Si hubiera sabido que la rendición era tan dulce, me habría rendido mucho antes.

Un rato más tarde, se despertaron y volvieron a hacer el amor; salieron de su somnolencia mientras alcanzaban lentamente el orgasmo. La razón le había abandonado, pero a David no le preocupaba ya la redención, pues había algo increíblemente egoísta y vano en desearla tanto como la deseaba a ella. Luego la abrazó, estrechándola con fuerza contra sí, y se dio cuenta de que ella también lo abrazaba a él.

18

Victoria se despertó poco a poco y se desperezó lánguidamente en el mullido colchón de David. Por la mañana había yacido en los brazos de un ángel. Durante unos instantes, contempló con una sonrisa en los labios las motas de polvo que danzaban a la luz del sol sobre las sábanas. Pero un ruido hizo que volviera la cabeza y descubrió a Bethany sentada en la silla que había junto a la cama.

Detrás de ella, Moira limpiaba la habitación. La criada se irguió y dio un respingo al ver que Victoria la estaba observando.

—Disculpe, señora.

—No pasa nada, Moira. —Victoria tenía el brazo extendido sobre la almohada de David. Se incorporó, apoyándose en el codo.

—Lord Chadwick comió hace una hora y se fue a ver a sir Henry —explicó Bethany—. Nathanial está con él. Me ha dicho que debía dejarte dormir.

—Oh —exclamó Victoria, abochornada—. ¿Qué hora es?

—Pasan de las tres de la tarde.

Victoria se sentó en la cama, sujetando la manta contra su pecho.

—¡Oh! —gimió, no porque se hubiera pasado medio día durmiendo, sino porque le dolían todos los músculos del cuerpo.

—Le prepararé el baño, señora —dijo Moira. Se detuvo al

llegar a la puerta—. ¿Prefiere tomar el baño en su habitación o aquí?

Victoria bajó los pies al suelo, envuelta en la manta. Todo su cuerpo desprendía olor a David, como una marca visible de posesión.

—En mi habitación, por favor.

Seguramente todo el mundo en la casa, incluido el gato, sabía que estaba en la habitación de David a las tres de la tarde, y no hacía falta ser un lince para adivinar lo que había hecho en su cama, pensó, arrastrando tras de sí la manta. Al encararse con Bethany, se encontró con su mirada hostil.

—Me escandalizas... —Bethany trazó un arco con el brazo para señalar el estado de la cama—. Eres una mujer adulta, Victoria. Pensaba que tendrías el juicio suficiente para no dejarte... tomar por un hombre, como si fueras una de sus pertenencias. ¿Cómo es posible que te guste siquiera?

Al ver que Bethany daba media vuelta para abandonar la habitación, Victoria dio un paso adelante.

—No te vayas.

Bethany se puso rígida y se volvió hacia ella.

—Por cierto, esta carta ha llegado hace una hora —dijo, tendiéndole un sobre—. He subido para decirte que soy la única persona en el mundo a la que no han invitado a la fiesta de Tory Birmingham. Seguramente el rumor de tus escandalosas aventuras habrá llegado ya hasta Londres. Pero he decidido que me da igual si no vuelven a invitarme a ninguna otra fiesta. ¿A quién le importan cosas tan triviales? Sobre todo cuando soy la persona menos importante para todo el mundo. Ni siquiera soy capaz de gustarle a un hombre.

—¿Cómo puedes pensar eso de ti misma, Bethany?

—Lo que no entiendo es que no importe lo que haces tú, Victoria. Todo el mundo sigue queriéndote y desea protegerte. ¿No te preocupa quedarte encinta? ¿O acaso crees que teniendo otro hijo conseguirás eludir la prisión?

Victoria palideció.

—No soy ni tonta ni sorda. —Bethany se secó los ojos con

una manga—. Sé que no eres mi madrastra. Y cuando peepaw muera, no tendré a nadie en el mundo. Ni siquiera a Nathanial. Ni siquiera es mi hermanastro.

—Lo siento, Bethany —dijo Victoria, de pie en el centro de la habitación.

—Peepaw no quiere contarme nada, salvo que utilizaste el apellido de mi padre porque alguien te perseguía. Quizá esa persona no sea la única malvada aquí. Tal vez tú también lo seas.

Sus palabras se hundieron como cuchillos en el corazón de Victoria. No porque fueran mentira, sino precisamente porque eran verdad.

Bethany tenía los ojos brillantes por las lágrimas. Con la espalda rígida, se dirigió hacia la puerta, pero se detuvo con la mano en el pomo. Se volvió y un leve rubor tiñó de rosa sus mejillas.

—Ni siquiera sé cuál es tu verdadero nombre, ni qué hiciste.

—Era un poco más joven que tú cuando ayudé a mi padre a robar parte del tesoro nacional de un gobierno —explicó Victoria en voz baja—. Cuando mi padre se convirtió en el principal sospechoso, enviaron a lord Chadwick para investigarnos y detenernos.

Bethany volvió a secarse las lágrimas con la manga y trató de recobrar la compostura.

—Pero ¡por una cosa así podrían ahorcarte! —exclamó con expresión desolada.

—Creo que estás en lo cierto. —Victoria tomó aire para armarse de valor y se acercó a Bethany, que estaba cada vez más consternada—. Lo que hice estuvo mal, Bethany. No pretendo buscar excusas para mi delito. Pero el afecto que siento por ti no ha sido jamás una mentira.

—Ahora sí que creo realmente que me quedaré sola, Victoria, porque jamás viviré con Nellis. Le tengo miedo.

Victoria no podía quitarse de la cabeza el comentario de Bethany sobre Nellis. Después de bañarse y ponerse un viejo vestido azul, que seguía estando en buen estado, y unos botines con cordones, pidió a uno de los lacayos que la llevara al pabellón de caza para reunirse allí con David y Nathanial. Sir Henry estaba durmiendo, y Esma estaba en el patio dando de comer a las gallinas.

—No sé adónde se ha llevado lord Chadwick al joven Nate, señora —dijo Esma—. Pero ha enviado a mi William a hablar con el señor Gibson porque quiere contratar a un mampostero.

—Entonces supongo que querrá derribar los muros de la iglesia —dijo Victoria, desviando la vista hacia el otro lado del patio. La nieve se había derretido, pero los grises nubarrones que se cernían a lo lejos sobre el Canal no presagiaban que las suaves temperaturas fueran a mantenerse.

Desde que David le había contado que su padre había desaparecido seis meses atrás, a Victoria no dejaba de preocuparle que Nellis hubiera empezado a interesarse por Rose Briar precisamente en aquella misma época. Tampoco olvidaba la conversación mantenida con el sheriff Stillings hacía unas semanas.

—¿Ha regresado Bethany de la casa solariega? —preguntó Victoria.

—Está en los establos. Si se lo permitieran, no me cabe la menor duda de que se iría a vivir con los animales. Usted tiene talento para curar a la gente. Ella tiene talento para curar a los animales. Es una lástima que sir Henry no se haya dado cuenta.

Victoria cruzó los brazos bajo la capa.

—Tampoco yo he andado muy despierta en ese sentido —dijo—. Bethany ha sido la más perjudicada por los acontecimientos que nos preocupan últimamente.

—Es una buena chica, señora. —Esma accionó la bomba de agua para llenar un cubo—. Pero, como estaba usted ocupada, no se ha dado cuenta de que se ha enamorado del joven al que habían contratado.

Victoria apretó los labios, sintiendo una alarma creciente, pues su pasado era una prueba más que suficiente de que las jovencitas enamoradas y los espías británicos eran una peligrosa combinación.

—¿El señor Rockwell? ¿Y él ha...?

—Ha enviado a otro para que ocupe su lugar. A veces lo he visto trabajando en la iglesia o en la casa solariega, pero ya no viene nunca por aquí. —Esma se secó las manos en el delantal—. Está casado, señora.

Esta revelación sorprendió a Victoria. Era obvio que Ian Rockwell tenía integridad suficiente para no relacionarse con una jovencita enamorada y con ideas románticas. Sin embargo, al pensar en Bethany, Victoria recordó cómo se sentía cuando tenía diecisiete años y le parecía que tenía al mundo entero en su contra. Sobre todo recordaba haberse sentido muy sola.

David tenía un centenar de razones para no preocuparse por la segunda familia de Victoria o para no considerarse responsable del futuro de Bethany, pero ella tenía la esperanza de que, con el tiempo, podría convencerlo. Bethany necesitaba saber que no estaba sola y que jamás la entregarían en custodia a Nellis.

—¿Ha hablado lord Chadwick con sir Henry sobre el testamento?

—No lo sé, señora.

—¿Y tampoco sabe adónde ha ido lord Chadwick después de salir de aquí?

—No, señora.

De regreso a Rose Briar, Victoria se detuvo en la iglesia. El mozo de cuadra que la acompañaba saludó a los hombres que trabajaban en el interior del edificio quemado. Victoria se frotó el costado, donde súbitamente había notado un calambre, y desvió la mirada hacia la casa con el techo de paja del señor Doyle. Salía humo de la chimenea. De repente se encontró junto a la tumba de la esposa del señor Doyle, mirando la lápida fijamente y pensando en el milagro de pasar cuarenta años junto a otro ser humano, para tener que llorar después su pérdida. En toda su vida, Victoria no había comprendido realmente la muerte, salvo que era un hecho irreversible. Nunca había creído en el cielo, aunque, extrañamente, estaba convencida de que el infierno existía. El frío se le metió por debajo de la capa y de las faldas, y Victoria se echó la capucha hacia delante; sintió como si alguien la espiara, pero cuando levantó la cabeza no vio a nadie.

Siguió en el cementerio sin que nadie se fijara en ella. El caballo del señor Rockwell estaba atado a la verja de hierro que rodeaba el camposanto. Victoria vio su alta figura cerca de la casa del señor Doyle, hablando con el hombre corpulento que tenía un diente de oro. Nadie le prestaba atención.

Durante toda la semana, Victoria había tratado de zafarse de la vigilancia de David porque quería ir a hablar con Nellis. Ahora parecía que la Providencia le proporcionaba un caballo y el medio para escapar. O al menos el medio para conseguir uno de sus objetivos.

Victoria agachó la cabeza y rezó una breve plegaria ante la tumba de la señora Doyle, tal como había prometido al señor Doyle. Luego, con el corazón en un puño, se dirigió hacia la verja, montó el caballo y abandonó el cementerio.

—Tiene usted una visita, señor Munro.

Nellis alzó la vista de su correspondencia cuando Victoria entró en la biblioteca. Estaba sentado tras una ostentosa mesa de despacho impecablemente ordenada. Sendas estatuillas de grifos ocupaban los dos extremos.

—Me temo que no ha querido esperar en el vestíbulo —añadió el mayordomo.

Nellis se levantó y rodeó la mesa. Echó un vistazo detrás de Victoria antes de fijar los ojos en ella.

—Qué agradable sorpresa —dijo, logrando un tono desenfadado.

—Espero no molestarle.

—¿Desea el señor que sirvan el té? —preguntó el mayordomo.

—¿Por qué no? —respondió Nellis, agitando una mano con displicencia—. Que sea nuestra mezcla especial. Estoy seguro de que será toda una experiencia para la señora.

El mayordomo salió tras hacer una reverencia. Victoria sintió que se le revolvía el estómago mientras contemplaba al sobrino de sir Henry, e intentaba aparentar una calma que no sentía.

—¿Cuándo fue la última vez que honraste mi casa viniendo tú sola? —Nellis esbozó una sonrisa burlona, complacido con su ingenio—. Vaya, nunca.

—No es necesario que seas grosero, Nellis.

—Solo lo soy cuando me provocan. Por desgracia, suelo sentirme provocado. Al menos hasta que has llegado tú. —Nellis midió a Victoria con la mirada. Iba pulcramente ataviado con pantalones oscuros, chaleco y levita—. Estás preciosa, Victoria. ¿No quieres ponerte cómoda?

A Victoria no se le ocurrió pensar hasta ese momento que el cargo de Nellis como magistrado hacía su posición aún más precaria. Por ello se decantó por olvidar la hostilidad y mostrarse prudente, y se quitó la capa. Nellis no le ofreció que se sentara en ningún sitio en particular, simplemente esperó a que lo hiciera. Victoria eligió la butaca de respaldo bajo más cercana a la mesa, por la vista de la que se disfrutaba, no solo de la biblioteca, sino también de la calle.

—¿Va a venir alguien a aporrear mi puerta en cualquier momento, exigiendo que salgas? —preguntó Nellis, apoyándose en la mesa con gesto de suficiencia, como un hombre que tomaba con desenvoltura decisiones sobre la vida o la muerte de otras personas.

—No —contestó ella, haciendo un esfuerzo por permanecer erguida en su asiento.

—¿Para qué querías verme? —preguntó Nellis, riendo entre dientes.

—He pensado que podríamos hablar —explicó ella—. Para enterrar el hacha de guerra, por así decirlo, dado que eres pariente de sir Henry.

—He sido pariente de sir Henry durante cuarenta y un años. Tú no lo has sido nunca. Sin embargo, te atreves a reclamar Rose Briar.

—Tengo entendido que sir Henry heredó Rose Briar de su madre, que era la madrastra de tu padre y, por lo tanto, no era pariente tuya en realidad. Además, ni siquiera llegaste a conocerla.

Las facciones de Nellis se endurecieron y Victoria comprendió que había puesto el dedo en la llaga. También advirtió que Nellis aparentaba una calma que no sentía, por lo que no serviría de nada desafiarle directamente. Solo estaba jugando con él, porque no era un hombre paciente en absoluto.

—¿Puedo preguntarte por qué estás empeñado en apropiarte de Rose Briar? —preguntó, juntando las manos.

—Por razones sentimentales, Victoria.

—Pero tú no has vivido nunca allí. Yo solo quiero hacer lo que es justo y correcto —afirmó, dándose cuenta de inmediato de que había exagerado el tono de preocupación. Renunció a fingir y trató de sonreír—. Tal vez, si eres amable, lord Chadwick te invitará a cenar con la familia durante las fiestas.

—Sí, un tipo interesante. No sabía que Chadwick estuviera tan bien relacionado. —Nellis alargó la mano a su espalda y cogió una hoja de papel amarillento que había sobre la mesa—. Esto lo entregaron por error en mi casa hace unos días. Ya que has venido, podrías entregárselo tú.

Nellis dejó caer la hoja en el regazo de Victoria, que leyó el breve mensaje.

CONFIRMADO. A LAS TRES. MIÉRCOLES.
NEW HAVEN. NO FALTES. RAVENSPUR.

Era un telegrama dirigido a David. Ese día era miércoles. David no le había dicho adónde iba.

—¿Por error? Lo dudo.

—Lord Ravenspur trabaja para el Foreign Office y es uno de los más estrechos colaboradores de lord Ware —dijo Nellis, haciendo caso omiso del comentario de Victoria—. Al parecer tu «primo» goza de cierto prestigio como... emisario de nuestro gobierno en los diversos lugares en los que ha ejercido sus funciones. —Nellis agitó otra hoja de papel delante de las narices de Victoria—. Esperaba que tú pudieras decirme con qué propósito se reúne Chadwick con lord Ravenspur. Es muy curioso, ¿no te parece?

A Victoria empezaron a sudarle las manos. No tenía la menor idea del propósito de David al concertar esa cita secreta.

—¿Y por qué te interesa tanto, si no te concierne?

Nellis rió, apoyándose de nuevo en la mesa.

—Conociéndolo tan bien como lo conoces, seguramente sabrás que Chadwick es muy bueno en su trabajo. En serio, Victoria —dijo él en tono sarcástico—, no tienes la menor idea de qué tipo de hombre es, de lo contrario no te habrías mostrado tan dispuesta a dejarle entrar en tu vida. No creerás que le han otorgado tantos honores por abanicarle las posaderas a la reina, ¿verdad?

Victoria no encontró palabras para replicar ese zafio comentario. El ruido de una bandeja atrajo su mirada hacia la puerta. Con un delantal blanco sobre un vestido negro, la criada depositó la bandeja sobre la mesita que había junto a la butaca de Victoria. Mientras aceptaba la taza que le ofrecía, se preguntó qué era lo que había vislumbrado fugazmente en los ojos de esa mujer.

—¿No sientes curiosidad por saber qué tipo de hombre es ese por el que pareces tener tanto afecto? —preguntó Nellis cuando se fue la criada.

—Ya sé quién es —respondió Victoria, centrando en él toda su atención.

—Entonces sabrás que, hace catorce años, David Donally frustró un intento de asesinato de un miembro de la familia real, metiéndole al culpable una bala entre ceja y ceja. Desde casi seiscientos metros de distancia. Era una de las pocas personas en el mundo capaz de realizar semejante disparo. Y debo añadir que no era la primera vez que realizaba un trabajito parecido. ¿No me crees? —preguntó Nellis, sacando otra hoja de papel del montón que sostenía entre las manos—. Pertenecía a un grupo de élite conocido como Liga del Cóndor. A esos hombres los enviaban a lo largo y ancho del mundo para infiltrarse en organizaciones secretas, desbaratar complots y atrapar a los peores criminales.

Victoria no creía a Nellis. No conocía con detalle todo lo que había hecho David al servicio de la Corona, pero no le consideraba capaz de asesinar, fuera cual fuese la causa que defendía. David no era capaz de matar a sangre fría. O quizá sí. Pero ella le había visto luchar contra los hombres de Stillings. Podría haberlos matado fácilmente y no lo había hecho. Además, ¿acaso no se había hecho sacerdote?

—Por si fuera poco, hace diez años le otorgaron un título nobiliario como recompensa por sus notables servicios en Calcuta. Los demás honores y menciones ocupan dos páginas enteras.

—¿El título se lo dieron por sus servicios en Calcuta?

—¿No vivías tú en Calcuta antes de venir aquí? —La burlona implicación de sus palabras produjo escalofríos a Victoria.

—Ya sabes que sí.

—Entonces la pregunta que habría que hacerse es por qué un conocido asesino se presenta aquí para vigilar a una persona con una vida tan irreprochable como la tuya. Si atendemos a los rumores, Nathanial es hijo suyo. ¿Es eso cierto, Victoria? ¿Te has dejado embaucar por un infame espía? ¿Dos veces?

Nellis se incorporó y Victoria se encogió en la butaca en un movimiento instintivo. Él se dio cuenta y en sus labios se dibujó una sonrisa que erizó el vello de la nuca a Victoria, desconcertada porque Nellis supiera exactamente quién era ella, y lo supiera desde hacía meses.

—No permitiré que me chantajees —susurró.

—Simplemente te he preguntado si los rumores sobre el niño son ciertos —replicó él—. Aunque he removido cielo y tierra buscando un certificado de matrimonio entre David Donally y Victoria Munro, no lo he encontrado. Por consiguiente, si algo le ocurriera a Chadwick, Dios no lo quiera, como legítimo heredero varón de sir Henry, yo me convertiría en tutor de Bethany y del chico.

La incertidumbre hizo que Victoria se sintiera mareada. ¿Cómo podía saber Nellis tantas cosas? ¿Quería decir eso que estaba compinchado con su padre? ¿O se había puesto en contacto con él algún miembro del Foreign Office en el curso de la investigación? ¿O quizá ambas cosas?

Victoria iba a dejar la taza sobre la mesita antes de levantarse, cuando reparó en que la otra taza de la bandeja seguía llena. Miró su taza medio vacía y luego tuvo que hacer un esfuerzo para mirar a Nellis a los ojos; notó un escalofrío que le recorría la espalda.

—Me sorprende que hayas venido hoy a verme. —Nellis se situó detrás de ella y apoyó las manos en el respaldo de la butaca—. Claro que nunca he dudado de tu valor. —El tono de su voz se hizo más sombrío—. Bien, seguramente te preguntarás si he puesto algo en el té. ¿Sigues teniendo fuerzas para huir ante el peligro, Victoria?

No era la primera vez que Nellis se mostraba amenazador con ella, pero hasta ahora ella nunca le había tenido miedo de verdad.

—No me das miedo —susurró.

Nellis volvió a su mesa, cruzó los brazos sobre el pecho y observó el silencio de Victoria con aire triunfal.

—Entonces, ¿te digo que el té está envenenado y elimino el suspense? ¿O dejo que descubras la verdad por ti misma? En cualquier caso, me temo que de todas formas estás condenada.

Esforzándose por no perder la calma, Victoria dejó la taza sobre la mesita y se puso en pie.

—¿Alguna cosa más, Nellis?

—Ah, sheriff Stillings —dijo Nellis mirando hacia la puerta. Victoria estuvo a punto de desmayarse de alivio.

—Milady. —Stillings llevaba una pesada capa de lana del color de sus ojos castaños. Dedicó a Victoria una encantadora sonrisa—. No estaba al tanto de la presencia de una persona tan distinguida como usted.

—El sheriff Stillings trabaja para mí, Victoria —dijo Nellis, fijando en el otro hombre una mirada acorde con su cargo de magistrado—. ¿No es así?

Stillings carraspeó.

—¿Quería verme por algún motivo en particular?

—Creo que la señora ya se iba —dijo, mirando a Victoria.

En ese momento, un cascabeleo y el ruido de unos arneses anunciaron la llegada del suntuoso carruaje negro de Nellis. Apareció al otro lado de la amplia ventana y se detuvo delante de la casa.

—Faltaría a mi obligación si no me ocupara de que la escolten debidamente hasta Rose Briar.

—No querría que me encontraran muerta en tu carruaje —dijo ella, poniéndose los guantes.

—Aun así, ataremos las riendas de tu caballo al carruaje e irás en él. —Nellis quiso ayudarla a ponerse la capa, pero ella se la arrebató antes de que pudiera tocarla—. Anímate, Victoria. —Nellis se echó a reír, y añadió en tono reflexivo—: Puede que, antes de que todo esto acabe, yo sea más valioso para ti de lo que crees. Tal vez, si lo piensas bien, llegues a la conclusión de que podemos ser aliados, además de amigos. ¿No es así, Stillings?

Victoria se acercó al sheriff.

—Ocúpese de que vuelva a Rose Briar en el carruaje —ordenó Nellis al sheriff—. Y, Victoria. —Nellis rió, extraordinariamente complacido con su éxito—. El té no era más que mi mezcla predilecta con un toque de menta.

—Manténgase alejada de Nellis Munro —le aconsejó el sheriff Stillings cuando el carruaje cruzó con estrépito un estrecho puente y empezó a ascender por el sendero que llevaba a Rose Briar.

Sentada lo más lejos de Tommy Stillings que le era posible en el reducido espacio del carruaje, Victoria se había envuelto en su capa y mantenía la vista fija en la ventanilla, mirando el cielo crepuscular. Llevaba una hora en el asiento de cuero al lado del sheriff sin decir nada, pero ahora la inquietud que sentía desde que había abandonado Rose Briar por la tarde regresó multiplicada por diez al ver aparecer el cerro en lontananza.

Con su poco sutil guerra psicológica, Nellis había hecho hincapié en la mayor de las debilidades de Victoria: su falta de instinto para interpretar la naturaleza humana y, por tanto, los propósitos de las personas. Él quería que dudara de la integridad de David, lo que la llevaría a dudar de sí misma.

Su padre también era un experto en el arte de la manipulación; había sometido su voluntad creándole dudas, pues era la única forma de controlarla, la única forma de vencerla. Debería haberle arrancado las pelotas a Nellis para acabar de una vez con su arrogancia. La necesidad de hacerlo se hizo más intensa a medida que aumentaba su ira, y siguió creciendo hasta que, mientras apretaba los puños, notó que se le hacía difícil respirar.

Volvió la cabeza y vio que Stillings la observaba con algo parecido a la preocupación.

—¿Por qué trabaja para él?

—Porque sí. —Stillings recuperó la sonrisa—. Mis disculpas si en algún momento le he dado la impresión de que soy algo más que lo que Nellis quiere que sea.

Victoria entornó los ojos tratando de interpretar su expresión en la penumbra.

—Le tiene miedo.

El sheriff Stillings observó la rígida espalda de Victoria con cierta admiración.

—A Annie no le gustaría que le retorciera el cuello, milady.

El carruaje aminoró la marcha hasta detenerse completamente, balanceándose sobre sus muelles.

—¿Me habría matado si Nellis se lo hubiese ordenado?

El sheriff Stillings abrió la puerta y se apeó.

—Baje, milady.

Victoria desdeñó la mano que le tendía el sheriff y se bajó del carruaje. Pasó a grandes zancadas por delante de media docena de hombres atónitos, congregados junto a la verja, y enfiló el sendero que llevaba hasta la puerta. Si David se encontraba en algún lugar de Rose Briar, habría visto la llegada del carruaje. Victoria sintió temor. No quería enfrentarse con él hasta que pudiera dominar sus emociones; no quería mirarle a los ojos y ver en ellos que las acusaciones de Nellis sobre su pasado eran ciertas, o que desconfiaba de ella. No quería preguntarle por qué se había llevado a su hijo consigo para asistir a un encuentro secreto con alguien del Foreign Office.

—¿Qué quiere que haga con el caballo, milady? —preguntó Stillings a su espalda. Su tono ya no era divertido ni burlón, sino airado.

Victoria giró en redondo para decirle que podía irse al diablo, pero una ráfaga de viento helado se enredó en su falda y la dejó sin aire en los pulmones.

—Yo me ocuparé de mi condenado caballo. —El señor Rockwell apareció a su lado con una evidente expresión de descontento—. Ya que me pertenece.

Victoria se sujetó la capucha de la capa con manos temblorosas, y miró cómo se alejaba el carruaje. William Shelby y el señor Gibson formaban parte del grupo de hombres que la rodeaban.

—Señor Rockwell —dijo Victoria agarrándolo del brazo y sobresaltándolo—. ¿Ha vuelto Nathanial?

—Está con su padre. Alguien ha salido a caballo para intentar encontrarlos y pedirles que vuelvan —contestó Rockwell, arrebatando las riendas del caballo a uno de sus hombres—. Espero que haya disfrutado con su pequeña excursión, milady. Nos ha costado bastante tiempo y esfuerzo.

—Usted lo sabría si no fueran a volver, ¿verdad? Quiero decir, si hubiera pasado algo malo. —Nellis había amenazado veladamente a David. Y su hijo estaba con él—. Usted lo sabría, ¿verdad?

Rockwell bajó la vista hacia los dedos que le aferraban la manga.

—¿Qué ha ocurrido entre el señor Munro y usted?

Victoria apartó la mano y apretó el puño. Ya no estaba segura de nada. Volvió a sujetarse la capucha y dio media vuelta para encaminarse hacia la casa. El señor Rockwell la llamó por su nombre, pero ella no se detuvo. La puerta principal de la casa se abrió.

Bethany apareció a la luz de la lámpara del vestíbulo.

—Victoria... —Con lágrimas en los ojos, Bethany se hizo a un lado para que Victoria entrara en la casa—. Estábamos preocupados por ti.

—Sé cuidarme, Bethany. —Victoria no pretendía hablar con tanta aspereza; en realidad se alegraba muchísimo de verla, y no pretendía mostrar su ira—. Por favor... —Acarició con una mano la lozana mejilla de la joven—. Vuelve a casa con sir Henry.

Victoria subió la escalera con aire resuelto haciendo ondear las faldas como velas desplegadas bajo una tormenta. Cuando llegó al pasillo del segundo piso, echó a correr hacia su habitación.

19

Un fuego ardía en la chimenea. Victoria se tumbó en la cama con una mano bajo la mejilla y contempló con desgana las llamas moribundas. Había intentado permanecer despierta con la esperanza de ver a David, pero pasaba ya de la medianoche y aún no había regresado. La bandeja de la cena seguía intacta en la mesita donde la había depositado la señora Gibson hacía unas horas. Bethany había llamado también a su puerta, pero Victoria no podía hablar con ella y había hundido el rostro en la almohada para dormir. Sobre la mesilla de noche había un frasco verde de clorodina.* En su cabeza se repetía la conversación que había mantenido con Nellis. Finalmente cayó en un agitado duermevela y soñó con una figura envuelta en una capa en medio de la noche.

Se encontraba en el cementerio, rodeada de niebla, con el guardapelo de su madre al cuello y la mirada puesta más allá de las lápidas, en la iglesia.

«Si algo le ocurriera a Chadwick, como heredero de sir Henry, yo me convertiría en tutor de Bethany y del chico.»

«Puedes dar ese primer paso conmigo, Meg.»

«¿Te has dejado embaucar por un infame espía? ¿Dos veces?»

* Mezcla de tintura de opio, tintura de cannabis, cloroformo y excipientes, que se usaba para tratar diversas dolencias, desde el insomnio y la neuralgia hasta la diarrea. *(N. de la T.)*

Y él, como un ángel, acudió en sueños a su cama, para estrecharla entre sus brazos y prometerle amarla en la salud y en la enfermedad hasta la muerte.

La figura de la capa que la seguía se fundió con las sombras y Victoria abrió los ojos, atrapada por la vertiginosa sensación de su sueño, corriendo entre un denso humo negro. Pero no era Victoria. Era Meg Faraday. La bocina del buque de vapor sonó tres veces. La sala de máquinas se había incendiado y los pasajeros salían corriendo a cubierta, presa del pánico. Chillidos. Llantos infantiles. Gente empujándose y arañándose por subir a los botes salvavidas. Pero ella intentaba volver a entrar por la escalerilla. No se lo permitían. Alguien la golpeaba en el hombro y caía al agua justo antes de que explotara la sala de máquinas. Vagamente recordó unas formas entre las llamas, el olor a petróleo en el mar que la engullía y el sonido del barco hundiéndose. Se aferró a unos restos y encontró un barril flotando en el agua. Rogó a Dios que no dejara que se ahogara, y su bebé con ella, y le prometió su alma si la salvaba.

Era la primera plegaria que recordaba haber pronunciado en su vida. Cuando volvió a despertarse a la luz del sol, rodeada por los restos del naufragio, seguía viva.

—¡Maaaaaaggie! ¿Dónde estás?

El realismo del sueño hizo que se incorporara de pronto en la cama con el pulso acelerado. Solo su padre la llamaba así. Con la respiración entrecortada, parpadeó tratando de despejar la mente. Poco a poco recobró la calma. Su cama estaba vacía. Volvió a desplomarse sobre la almohada, enredada entre las mantas. Solo era un sueño. Dios del cielo, solo era un sueño.

Alargó una mano trémula y palpó a tientas en la oscuridad buscando el reloj que estaba sobre la mesilla de noche. La única luz en la habitación la proporcionaban los rescoldos de la chimenea y hacía un frío helado. Antes de dormir se había tomado tan solo unas gotas de clorodina para aliviar la rigidez muscular. Pero la medicina había tenido un efecto narcótico más potente en su vacío estómago. No podía pensar con claridad. La manecilla pequeña del reloj señalaba las cuatro, pero no veía nada más en la oscuridad.

Apartó a un lado las mantas, se levantó y se echó agua fría en la cara. Sin calzarse, se puso la bata sobre la camisola y, haciendo caso omiso del dolor en el costado, se la ató en la cintura.

Nathanial no estaba en su dormitorio, lo que significaba que David aún no había regresado. La incertidumbre empezaba a convertirse en inquietud. Victoria cerró la puerta de la habitación de su hijo y, tras unos instantes de vacilación, se dirigió hacia el estudio, donde encendió las delgadas lámparas de aceite sujetas a las paredes.

Cogió una vara del lugar que ocupaba en la pared, le dio unas cuantas vueltas, se la metió bajo un brazo y se dispuso a practicar a pesar de tener el cuerpo dolorido.

Nellis se había regodeado con su jueguecito del té. Había disfrutado hablándole de David y, en un momento vulnerable de ofuscación, Victoria había permitido que las insinuaciones de Nellis emponzoñaran su mente con las dudas.

Mientras se ejercitaba de un lado a otro del estudio, en lugar de fundir cuerpo y mente para obtener el equilibrio, su frustración no hizo más que aumentar. ¿No era eso lo que pretendía Nellis? Sin embargo, cuanto más resuelta estaba ella a no creer en lo peor, más la dominaban las dudas. Sumida en aquel círculo vicioso mientras seguía practicando, solo sentía la necesidad imperiosa de clavar aquella maldita vara en el miserable corazón de David. Fuera seguía reinando la oscuridad, y Victoria sentía cómo se cernía sobre ella hasta el punto de que casi no podía respirar.

Al iniciar la siguiente serie de pasos, giró la pierna, blandió la vara por encima de la cabeza, dio media vuelta y se detuvo en seco.

—¡David!

Su marido se encontraba apenas a dos metros. Llevaba puestos su grueso abrigo y las botas de montar, y daba la impresión de que lo hubieran sacado a rastras de la cama. La barba incipiente hacía más sombría aún su mirada, pero no era solo ira lo que vio Victoria.

David levantó una mano enguantada y apartó la vara de su cabeza.

—Mi caballo perdió una herradura a unos ocho kilómetros de aquí —explicó—. Nathanial y yo estábamos durmiendo en la posada que hay a las afueras de Alfriston. No he recibido el mensaje de Rockwell hasta hace dos horas.

—No debería haberse precipitado tanto en ir a buscarte.

—¿En qué demonios estabas pensando para ir a ver a Nellis?

Victoria no le hizo caso; no quería dejarse dominar por sus inestables emociones. Irguió el cuello y estiró el brazo izquierdo, mirando por encima del hombro al tiempo que doblaba la rodilla. Continuó con el ejercicio, trabajando con la vara con movimientos lentos y precisos. Llegó a la pared en nueve pasos, cogió la segunda vara del lugar que ocupaba junto con los floretes de esgrima, se volvió y se la arrojó a David, que la atrapó al vuelo.

—Lo sabe —dijo Victoria—. Sabe quiénes somos tú y yo. Sabe lo de Nathanial.

—¿Le ha amenazado?

«Te ha amenazado a ti», sintió deseos de gritar ella, pero respondió con calma:

—Ha dado a entender que, si te ocurriera algo a ti, él se convertiría en tutor de Nathanial y de Bethany, ya que es el heredero legítimo de sir Henry.

—Eso no ocurrirá, Meg.

Victoria no se atrevía a contarle nada más. En parte era consciente del peligro que suponía hablarle a David del telegrama de lord Ravenspur, ya que podía impulsarle a encararse violentamente con Nellis. Sobre todo cuando sospechaba que eso era precisamente lo que Nellis quería. Sin embargo, Nellis había logrado que Victoria dudara de la lealtad de David, a pesar de amenazar veladamente su vida.

—Nellis me ha contado cómo te ganaste el título y una página entera de honores diversos. Olvidaste contarme lo bien que te habían recompensado por tu esforzado trabajo en Calcuta. También me ha dicho que eres un experto asesino. ¿Lo eres?

David no alegó nada en su defensa. Pero una sombra cruzó por su cara y tardó una fracción de segundo de más en alzar la vara para parar su ataque.

—¿Qué estás haciendo, Meg?

—Pelea conmigo, David.

—No voy vestido para ello —respondió él, esquivando la siguiente acometida.

—Entonces desvístete. Al fin y al cabo, ya he visto todo lo que había que ver. —Victoria blandió la vara y golpeó en el aire.

—La primera regla. —La sonrisa de David advirtió a Victoria que pisaba terreno resbaladizo—. No se pelea cuando se está furioso. La ira hará que te maten.

—Y tú tienes tanto talento para sobrevivir...

Las lámparas de las paredes proporcionaban una luz mortecina, pero era suficiente para que David advirtiera que Victoria no llevaba prácticamente nada bajo la bata.

—Me temo que eres tú quien lleva ventaja, querida.

—¡Oh! —Victoria le atacó.

David se colocó a su izquierda, y contrarrestó cada uno de sus movimientos como si estuviera haciendo el amor con ella, con una precisión masculina, guiando cada una de sus acometidas hacia la rendición final. Victoria volvió a fallar y se tambaleó hacia delante.

—¿Por qué has ido a ver a Nellis? —preguntó David.

—Eso da igual. —Victoria aferró la vara con ambas manos y se lanzó sobre la vara de David—. He descubierto lo que estaba buscando.

—Más despacio —le advirtió David.

—No puedo.

No quiero, debería haber dicho.

—Pelea conmigo, David.

—¿Por qué crees que no te he presionado sobre lo del tesoro?

—¡Pelea, maldita sea!

David alzó la vara, aunque fuera solo para contrarrestar la fuerza de su ataque. Sus ojos centelleantes miraban a Victoria, avisándole de que era perfectamente capaz de contraatacar, pero siguió negándose a pelear.

Victoria trazó un amplio arco con la vara. David la atrapó en el aire con la mano, deteniendo su avance con la misma fuerza que si se hubiera estrellado contra una pared. El contacto sacudió todos los músculos de Victoria, que se inclinó hacia delante con una mano en el costado.

—Te duele, Meg. Deja que te ayude.

La ternura de David desarmó a Victoria. Comprendía lo que intentaba hacer, pero David no podía seguir cargando con ella. Bethany tenía razón. Victoria no podía seguir ocultándose detrás de otras personas. Tenía que luchar, por ella misma.

—No tengo nada más que decir. —Victoria tendió la vara a David, pero él la agarró por el brazo antes de que pudiera alejarse—. Suéltame. Yo no soy como tú, David. No puedo rechazar el dolor y fingir que no existe.

David la llevó hasta la pared, sujetándola con una mano; con la otra colgó las dos varas junto a los floretes.

—Ahora oirás lo que tengo que decir, Meg.

—Me llamo Victoria. ¿Por qué no haces un esfuerzo por recordarlo?

—Por Dios, Meg, Victoria...

—¿Por qué no dejas a Meg Faraday muerta y enterrada? David la atrajo hacia sí y, aferrándola por los hombros, acercó la boca a unos centímetros de la suya.

—Porque te quiero y me pides algo imposible.

En el estado de ofuscación en el que se hallaba Victoria, aquello era lo último que esperaba oírle decir.

—Siempre te he querido. —David apoyó la frente en su frente y dijo en tono apasionado—: ¿Aún no lo has entendido?

—No, no lo entiendo —dijo ella, secándose la mejilla con un nudillo.

David le sostuvo la cara con la mano y la besó. Era más fácil besarla que convencerla de sus sentimientos. Ladeando la cabeza, David abrió su boca sobre la de ella y conoció la dicha. Victoria emitió un leve sonido gutural, como si despertara de un profundo sueño, se alzó de puntillas para rodear el cuello de David con los brazos, y el beso se volvió más erótico. La pasión de David se inflamó; trató de apretarse más contra ella, de fundirse con ella, pero el gemido que surgió de su pecho no era de placer. La frustración se adueñó de cada fibra de su ser y le salvó de seguir adelante con su lujuria.

—¿Podrías por favor no tratar de matarme nunca más? —pidió con voz ronca y con la frente apretada contra la de Victoria. Estaba recobrando el dominio de sí mismo, gracias a Dios. Tenía aún muchas cosas que decirle y pensaba hacerlo, a pesar de la fatiga—. No voy a dejarte nunca más. Tienes que creerme.

Victoria se apartó y él la miró a los ojos con intensidad. Quería decirle que había dado los pasos necesarios para pedir el perdón para ella, pero no podía. Todavía no. Temía darle esperanzas y que luego se hicieran añicos, ya que su empeño exigía prácticamente un milagro. Pero nadie había hablado nunca a favor de Meg, hasta entonces nadie la había defendido, ni le había ofrecido una oportunidad.

—No te he presionado preguntándote por el tesoro porque necesito que confíes en mí y en mis motivos para estar aquí. Si tú dices que no sabes dónde está, yo te creo. Estoy haciendo todo lo que está en mi poder para ayudarte. ¿Me crees?

Ella asintió.

—Entonces dilo. —David metió los dedos entre sus cabellos para obligarla a mirarle a los ojos—. Dime que confías en mí para que os saque a Nathanial y a ti airosos de todo esto, que confías en que sé lo que estoy haciendo.

—Es el otro bando el que tiene el tiempo de su parte, no nosotros —susurró ella—. Yo solo quiero acabar con todo esto de una vez, pero no sé cómo. Si pudiera encontrar a mi padre...

David la aferró por los hombros y la apartó, estirando los brazos.

—Y entonces, ¿qué pasaría, por Dios bendito?

—Nunca más tendría pesadillas, David. Podría acabar con esto para siempre. Sería libre. Solo deseo librarme de él y de mi pasado. Ya no me importa cómo.

Por fin David lo comprendió todo. Vio que los ojos de Meg se llenaban de lágrimas que no caían.

—¿Por eso has ido a ver a Nellis?

Victoria se dirigió hacia la pared y se dejó caer sobre la colchoneta de piel, pero no estaba tan alterada como para olvidar cubrirse los pies desnudos con la bata.

—Él está relacionado con este caso de algún modo, pero no sé cómo.

David se puso en cuclillas delante de ella, y su abrigo se desparramó por el suelo.

—Dime por qué crees eso.

—Todo empezó hace seis meses. El interés de Nellis por Rose Briar. Su obsesión por mí. Alguien tuvo que hablar con él. Sabe demasiadas cosas sobre nosotros y no le ha importado que yo me enterara. Era como si quisiera asegurarse de que iba a contártelo todo.

David le echó hacia atrás los cabellos, tratando de dominarse para no salir del estudio e ir a por Nellis.

—¿Te ha hecho daño?

Meg negó con la cabeza sin mirarle a los ojos.

—El sheriff Stillings me ha traído a casa. Nadie me ha puesto la mano encima.

—No es necesario golpear a alguien para causarle dolor. Tiene que haber ocurrido algo más, si tanto miedo tienes de que vaya a verlo y le parta la cara.

—¿Adónde fuiste ayer? —preguntó ella.

David aceptó cambiar de conversación.

—Encontré al mampostero que trabajó en la iglesia. El señor Gibson me dio su nombre. Vendrá aquí mañana, y tras él vendrán otros muchos. Esta noche he hecho correr la voz de que quiero contratar a gente interesada en un empleo honrado.

—¿Has hecho eso?

—Necesito personas que no tengan miedo de la oscuridad. Hombres capaces de perseguir ratas por las cuevas. Hombres capaces de luchar y de cambiar las cosas.

David no sabía cómo iba a conseguir cambiar nada, cuando no sabía ni siquiera por dónde empezar. Pero sí sabía que Rose Briar y la gente que vivía allí eran importantes para Meg. O quizá a él le importaba tanto Meg que estaba dispuesto a darle cualquier cosa.

—¿Sabes lo que me dijo sir Henry ayer? —preguntó, ladeando el rostro de Meg con la palma de la mano—. Cree que la mayoría de la gente del pueblo se pondrá de tu parte.

—Pero ya no viene nadie por aquí.

—¿No crees que eso podría deberse a mi presencia y no a cualquier falta tuya?

Victoria se secó las lágrimas y rió.

—No juzgues a menos que quieras ser juzgado, ¿verdad? ¿Crees que serán más indulgentes conmigo porque la mayoría son contrabandistas y ladrones? ¿Aunque Nellis haga públicos ciertos hechos sobre nosotros? Ninguno de los dos podrá volver a mostrarse en público. Nadie en cien kilómetros a la redonda volverá a confiar nunca más en mí o en ti.

—Desde anoche confían en que encontraré las cuevas, con su ayuda o sin ella. También confían en que sellaré las cuevas de forma permanente. Y tú puedes confiar en que me ocuparé de cualquier hombre que ponga los pies en Rose Briar sin ser invitado. ¿Por qué no deberían confiar? Soy un libro abierto.

—¿De verdad me quieres? —preguntó Meg con las lágrimas suspendidas de las pestañas.

Dándose cuenta de que en los ojos húmedos de Meg veía el espejo de su corazón, David le cogió las manos y se llevó los dedos a los labios. Se había enamorado de ella hacía mucho tiempo, en un lugar muy lejano. Comprendió que su corazón había estado en peligro desde el momento en el que sus miradas se cruzaron en el campo de polo de Calcuta.

—Debería haber hallado el modo de ayudarte entonces, pero no pude.

—Tu honor te exigía realizar tu trabajo, David. Igual que ahora.

Aunque sabía dónde estaba su honor, David sabía también

que bordeaba la fina línea que lo separaba del deshonor. Pero amaba a Meg y no iba a permitir que muriera en prisión.

Cuando Meg habló, su voz era casi inaudible.

—Creo que no he conocido nunca a nadie como tú. Lo sé desde la primera vez que te vi en el campo de polo —dijo—. Incluso recuerdo el atuendo que llevabas y el color de tu caballo. Fuiste el único hombre que no depositó su corazón a mis pies en nuestro segundo encuentro. —Meg retiró las manos—. Y no creo que encuentre a nadie igual. Hiciste muy bien tu trabajo.

David se sentó con la espalda apoyada en la pared, dobló una rodilla contra el pecho y echó la cabeza hacia atrás. Sentados hombro con hombro, los años que los separaban acabaron diluyéndose.

—No sé qué te ha contado Nellis, pero sin duda exteriormente se ha atenido a los hechos objetivos. Fui lo que fui. —Apoyó una muñeca en la rodilla y reflexionó sobre su vida como si examinara un autorretrato que ya no se parecía a él—. Pero eso acabó. Sé que hice cosas en mi vida que...

—¿Por qué te hiciste sacerdote?

David examinó las arrugas de sus guantes de cuero y se los quitó lentamente mientras hablaba.

—Sentía la necesidad de hacer algo bueno en este mundo. De devolver algo de lo que había tomado. ¿Te suena romántico, o excesivamente filosófico?

—¿E hiciste algo bueno? —preguntó ella.

David pensó en los años pasados y en lo que había conseguido.

—Me gustaría creer que sí —contestó, y en su boca se dibujó una sonrisa—. Casé a dos de mis hermanos.

—¿En serio? —dijo Meg, apoyando la cabeza en su hombro.

—A uno de buen grado y al otro no tanto.

David se frotó la mandíbula al recordar la experiencia con su hermano menor. Hacía meses que no pensaba en su familia. Lo hizo en ese momento, y los echó de menos, pero luego volvió la cabeza, hundió la nariz en el pelo de Meg e inhaló el leve olor a mirra y membrillo. Meg se había lavado con su jabón.

—¿Qué van a decir cuando se enteren de que ya no eres sacerdote? —oyó que ella le preguntaba, al tiempo que se colocaba entre sus piernas, sentada en cuclillas.

La bata se le abrió, dejando al descubierto la curva de sus senos bajo la camisola.

—No sé si en mi familia acabaron de creerlo nunca —respondió David, alzando la vista para mirarla a los ojos, se preguntó cómo había podido soportar tantos años de celibato, cuando era capaz de sumergirse tan fácilmente en la libación carnal que bebía de los ojos de Meg—. Ni siquiera saben dónde estoy. —Hizo que Meg se pusiera de rodillas delante de él—. O al menos no lo sabían hasta que le envié un correo a mi cuñado hace unos días.

—¿Un correo?

—Mi hermana está casada con el subsecretario del Foreign Office —explicó David, poniéndose también de rodillas sobre la blanda colchoneta de piel.

—No entiendo —dijo Meg en un suspiro, dejando caer la cabeza hacia atrás mientras él hallaba solaz entre sus pechos.

El sol aún no había salido, no había nadie despierto en la casa, ni lo habría por el momento. David se irguió para besarla con pasión, sin mostrarse amable ni paciente en su deseo de poseerla.

—¿De qué sirve tener un cuñado en las altas esferas, si no puedo pedirle un favor? —preguntó, tumbando a Meg sobre la colchoneta. Luego se echó encima de ella y le sujetó las manos.

—Ese cuñado, ¿trabaja para lord Ware? —preguntó Meg.

David se despojó del abrigo.

—¿Es esta la conversación que te apetece mantener justo ahora? —preguntó, quitándose la camisa. Luego la emprendió con los botones de los pantalones.

—¡Espera! —pidió ella entre sus frenéticos besos.

Pero David ya estaba harto de hablar y esperar. Abrió la bata de Meg y luego se sentó para recorrer con la mirada las colinas y los valles que conducían hacia el pubis.

—En serio, David... —Meg trató de incorporarse, pero se enganchó el pelo—. Quizá no deberíamos hacer esto ahora...

—¿Me amas, Meg? —preguntó él arqueando una ceja, consciente de la intimidad de su posición entre las piernas de ella.

Los cabellos de Meg rodeaban sus hombros y su cara como una nube de oscura seda. David no podía fingir que no le afectaba el deseo de oír la respuesta. Tampoco pensaba sentirse culpable por hacer esa pregunta. En el fondo sabía que ella siempre le había amado, de modo que la pregunta era irrelevante para él. Pero Meg tenía que oírse a sí misma pronunciando esas palabras, como si así el sentimiento se hiciera más real.

—¿Acaso queremos engendrar otro hijo, David?

David miró sus labios hinchados por los besos y luego contempló todo su cuerpo. A Meg no se le escapó el significado de ese gesto. David la reclamaba como dueño y señor. Su pasado, su presente y su futuro le pertenecían a él.

—¿No llega un poco tarde tu preocupación, teniendo en cuenta que nos hemos entregado ya varias veces a nuestros apetitos más sibaritas? —replicó David mientras encontraba el pulso en su garganta con la boca.

—Entonces, piensa en esto: si, hagas lo que hagas, no puedes impedir que suceda lo inevitable, ¿podrás vivir con ello?

Fue entonces cuando David se dio cuenta de que a Meg le preocupaba más él que ella misma.

—Haremos que todo salga bien, Meg. —David atrapó uno de sus pezones con los labios y empezó a succionarlo. La camisola estaba húmeda y caliente. Meg dio un respingo al notar aquella invasiva intimidad, pero no hizo nada por impedirle que continuara. Ninguna otra parte de su cuerpo tocaba el de ella. Luego, su boca bajó por el estómago hacia el pubis—. Dímelo, Meg —dijo, repitiendo su petición inicial.

—Te amo, David.

David se incorporó, apoyándose en las palmas de las manos. Las pestañas de Meg enmarcaban sus ojos, que la pálida luz convertía en profundos lagos de color violeta. David sintió que su deseo se volvía más violento.

—No estarás exagerando, ¿verdad? Ni lo dirás solo por hacerme feliz.

Ella negó con la cabeza y rió.

—Te amo.

Meg sostuvo la mirada de David, hasta que él agachó la cabeza para meterla por debajo de la camisola y le separó los muslos con las manos.

—Dímelo otra vez, mi amor.

El cálido aliento de su susurro le acarició las partes íntimas.

—Oh, Dios —jadeó ella, frenética de placer—. Te amo.

Y él también la amaba, con la boca y con los dedos, pero sobre todo con la boca, con la que la reclamaba como su posesión, como su mujer, y con la que conseguía que el cuerpo de Meg hiciera lo que él quería. David avivó su fuego, encontró su ritmo entre las llamas de su pasión, sintió la tensión de sus caderas. Meg estaba donde él quería que estuviera, y cuando gritó y le clavó las uñas entre el pelo, David notó el orgasmo en su boca.

Se colocó de rodillas y, mirándola a los ojos empañados por la pasión, resistió la violenta necesidad de penetrarla antes de correrse en el suelo entre sus piernas. La mirada de Meg recorrió todo su cuerpo, acariciándolo como el fuego que la consumía por dentro.

—¿Quieres que pare?

Como respuesta, Meg le sujetó el rostro entre las manos y le besó. Un gemido vibró en su garganta, al tiempo que rodeaba las caderas de David con las piernas, lo que tuvo un efecto predecible. David le devolvió el beso. Dominándose al principio, para luego perder el control. David la penetró y encontró a Meg húmeda y caliente.

—Haces que me sienta indefensa, David.

Era un sentimiento que también David había tratado de superar a lo largo de los años. Pero cuando sujetó las manos de Meg contra la colchoneta y su pulso se aceleró, volvió a sentirse invadido por esa indefensión.

Empezó a moverse con lentas acometidas, jadeando junto a su oído, enlazando sus dedos con los de ella, perdiéndose en la melodía que ambos creaban, hasta que el nombre de ella marcó el ritmo de la respiración de David. Meg gritó en medio de un gemido entrecortado al llegar de nuevo al orgasmo. David apoyó las manos en el suelo para incorporarse y besarla en la boca, tragando sus gemidos, que se unieron a los suyos.

Al llegar al cálido estallido, mientras sentía aún los ardientes temblores del orgasmo de Meg, levantó la cabeza para aspirar una bocanada de aire y empujó con fuerza una última vez para correrse dentro de ella. Cuando se desplomó sobre Meg, ambos sudorosos y saciados, supo que el mundo podía terminar en aquel mismo momento y él no se daría cuenta.

Victoria se acurrucó en el cálido hombro que chocaba contra su mejilla. El primer rubor rosado del amanecer empezaba a despuntar en el horizonte por el este, cuando abrió los ojos y vio que David la llevaba en brazos por el pasillo. No llevaba nada bajo la bata y Meg sonrió. David no se había arreglado la ropa que llevaba todavía bajo el abrigo.

—¿Adónde me llevas? —murmuró.

—¿A tu habitación o a la mía?

Victoria se incorporó, pero él la obligó a acurrucarse de nuevo sobre su fornido pecho.

—¿Tu habitación o la mía?

David le había hecho cosas que aún hacían que se ruborizara pero, extrañamente, Meg no quería que la mañana terminara.

—No creo que podamos seguir guardando nuestra relación en secreto.

—No creo que lo hayamos hecho nunca, mi amor —respondió él, y Meg notó la curva de su boca en el pelo.

—A mi habitación. La cama es más blanda —dijo.

Solo cuando él la depositó en su cama, Meg recordó que había dejado el telegrama de lord Ravenspur sobre la mesilla de noche. Abrió los ojos y vio que David leía el telegrama que Nellis le había entregado, a la luz de la lámpara. Se lamentó para sus adentros, pero algún ruido debió de hacer, pues David la miró por encima del papel; sus ojos azules se habían convertido en dos penetrantes puntos negros.

—¿Nellis te ha dado esto?

Meg dejó escapar un largo suspiro al oír el tono de voz de David, y asintió lentamente, sabiendo que sería inútil tratar de ocultarle la verdad.

—No te lo he dicho porque no quería que salieras disparado hacia su casa y le dieras motivos para arrestarte.

—Eso sería muy improbable.

Victoria se tapó con la manta, sin acabar de compartir su convencimiento.

—Supongo que te habrá dicho que lord Ravenspur trabaja para el Foreign Office. —David dobló el telegrama—. Pero seguro que se le ha olvidado decirte que lord Ravenspur es mi cuñado.

—Quizá no lo sepa —replicó Victoria—. O habrá supuesto que yo ya lo sé y que no hallaría ningún placer en contármelo, porque no lograría fastidiarme.

—Si es cierto que no lo sabe, eso me indica algo.

—¿Y se supone que yo debería saber de qué se trata? —preguntó ella, colocándose el pelo por detrás de las orejas.

—Kinley conoce mi parentesco con lord Ravenspur —explicó David, con la mirada perdida en sus cavilaciones. Sacó un trozo de papel del mismo bolsillo del abrigo en el que antes había guardado el telegrama—. ¿Es esta la dirección de Nellis?

—Sí, vive en Grand. —Victoria se fijó en que la letra era también de Nellis—. ¿De dónde has sacado eso?

—Del dormitorio de Pamela.

Meg no pudo evitar que el corazón le diera un vuelco.

—¿Debería preocuparme por el motivo que tenías para entrar en el dormitorio de Pamela?

David se sentó en el borde de la cama.

—Ven aquí —dijo.

Su voz sonaba más como una promesa que como una orden. Se inclinó hacia Meg y la arrastró hacia sí para echarse sobre ella, manteniendo los pies en el suelo.

—Soy muy quisquilloso sobre los lugares en los que meto ciertas partes de mi anatomía. Siempre lo he sido.

—Me alegra saberlo.

—Nellis te ha dicho que Ravenspur trabaja para lord Ware. Y a pesar de todo lo que hemos hablado, has creído que sigo conspirando para tenderte una trampa.

—Mi temor nacía de mi sentimiento de culpabilidad y de nuestro pasado.

David apartó un mechón de pelo de su mejilla.

—Nellis no te ha dicho que Ravenspur es el marido de mi hermana. Y no sabe que he solicitado a la Corona que anule los cargos que existen contra ti. Por eso me puse en contacto con lord Ravenspur. Por eso no te lo había dicho. No sabía si...

Meg le selló los labios con un dedo.

—Querías hablar primero con tu cuñado.

—Sin duda, al ver que no acudía a la cita en New Haven, Ravenspur habrá tratado de localizar a Kinley. Si mi cuñado no sabe ya lo nuestro, pronto lo descubrirá.

—¿Cómo vas a explicarle a tu familia el modo en que nos conocimos?

—Diré que te conocí en la India —respondió él en tono neutro. No sabía muy bien cómo contestar a una pregunta a la que también él parecía haberle dado muchas vueltas.

—Debes de tener una familia extremadamente tolerante, si crees que todavía querrán conocerme cuando sepan la verdad —dijo ella con aire meditabundo. Él observó su vacilante sonrisa—. No soy inocente de aquello de lo que me acusan.

David le cogió la mano y le besó suavemente la palma. La conocía lo bastante bien como para saber que tenía miedo de abrigar esperanzas.

—Teniendo en cuenta tu edad en la época de los delitos, las circunstancias que rodearon tu vida con el coronel Faraday y todo lo que has logrado desde entonces, conseguiremos el perdón, estoy seguro.

Al pronunciar él estas palabras, tan firme en su certeza de que estaba en el lado de la justicia y de que sin duda su familia le quería tanto como ella, Victoria empezó a creer también. El primer rayo de esperanza fue como una caricia del sol en su corazón. David le puso la mano sobre la mejilla y su contacto la dejó sin respiración.

—Lamento haberte hecho llorar.

—No estoy llorando. —Victoria rió y le empujó para quitárselo de encima, pero David era inamovible, con el brazo cruzado pesadamente sobre su pecho. De repente, al mirar la oscura promesa de sus ojos, a Victoria dejó de importarle—. Haces que crea en lo imposible, David. Nadie me había dado eso nunca.

—Entonces comprenderás que, si tu padre está aquí, tendremos que encontrar otro modo de atraparlo.

—¿Si está aquí? —preguntó ella rápidamente.

—No estoy convencido de que fuera el coronel Faraday quien disparó aquella bala. O de que esté vivo siquiera.

—¿Existe alguna posibilidad de que no esté vivo?

—Rockwell no está seguro de que lo esté.

—Pero eso no significa que esté muerto. Sir Henry no se irá de aquí, David. Si mi padre está vivo, solo me seguirá si me voy.

Victoria percibió en David el irrefrenable deseo de zarandearla para meterle algo de sensatez en la cabeza, y no era la primera vez.

—Ya no estoy aquí como agente de la Corona, Meg. Estoy aquí como tu marido.

—¿Lo sabe Kinley?

David le pasó los dedos por los cabellos.

—Lo sabrá en cuanto yo hable con Ravenspur.

En los ojos de David apareció una extraña vulnerabilidad que suavizó la incertidumbre del corazón de Victoria. Le besó en la comisura de la boca.

—¿Porque esperas tener a tu cuñado como aliado? ¿Tal vez también al resto de tu familia?

—Me da igual si los demás no aceptan mi vida tal como es.

Pero Victoria sabía que eso no era verdad. Quizá el hecho de que la familia de David no la aceptara no los separase, pero le haría sufrir, más aún que su postura crítica ante las decisiones que habían llevado a David a la situación en la que estaba.

—Tu familia solo tiene que conocerte para quererte —dijo—. Y si te quieren a ti, también nos querrán a Nathanial y a mí.

David se sentó y tiró de Victoria hacia su regazo para estrecharla entre sus brazos.

—¿Me estás diciendo que no hay quien se me resista?

—No me gustaría que ese comentario se te subiera a la cabeza —replicó ella, cautivada por su desvergonzada sonrisa.

David le sujetó dulcemente la barbilla y la besó.

—Me temo que ya se me ha subido a la cabeza, mi amor.

20

La imagen de una sirena de busto generoso colgaba en un rótulo sobre la pesada puerta de roble. Los truenos que resonaban en el cielo plomizo habían convertido la llovizna en un aguacero cuando David entró en la posada. En las mesas los parroquianos charlaban y bebían cerveza. Las amplias ventanas con parteluces se abrían a la carretera principal procedente de New Haven.

El mesón, acertadamente llamado La Sirena Pechugona, tenía la fachada revestida de finos tablones de madera pintados de blanco y se encontraba en un lugar retirado, cerca de la Cueva del Contrabandista. Lo regentaba una amable pareja a la que David había conocido durante su primera semana de estancia en aquella parte del país; entrar en ese local era como sumergirse en el pasado. El señor Smith dirigía las caballerizas, mientras que su robusta esposa se ocupaba de la posada.

—Por aquí, milord —dijo la señora Smith, sosteniendo la lámpara en alto para iluminar la estrecha escalera que crujía bajo sus pies y que llevaba al segundo piso—. Le están esperando.

Walter Kinley miró por encima de sus anteojos de montura de oro, cuando las puertas correderas se abrieron y David entró en la salita que Kinley utilizaba como oficina temporal porque estaba a tan solo una hora de distancia del pueblo. El fuego de la chimenea caldeaba la atestada habitación. Sin embargo, cuando David vio al segundo hombre que permanecía de pie junto a la chimenea y lo miraba con frialdad, la habitación no pudo parecerle más helada.

Las gotas de lluvia que se habían quedado pegadas en la lana negra de cachemira del abrigo de David cayeron al suelo cuando lo entregó a la señora Smith, junto con los guantes y el sombrero.

—Ravenspur. —David saludó a su cuñado con una leve inclinación de cabeza. El duque de Ravenspur era tan alto como él, por lo que podía mirarlo a los ojos.

—Veo que no es necesario que los presente —dijo Kinley con cierto apremio, contento en apariencia de no tener que presenciar una reunión familiar—. Ravenspur ha insistido en que hablemos, de lo contrario no te habríamos convocado. De ti depende cómo salgas de aquí hoy.

David torció la comisura de la boca, pero su expresión no tenía nada de divertida.

—¿Eso significa que tienen intención de llevarme fuera y pegarme un tiro?

—A menos que prefieras una soga alrededor del cuello —dijo Ravenspur.

—Siéntate, Donally, por favor —invitó Kinley.

—¿Quiere decirme alguno de los dos de qué va esta reunión? —pidió David, y concedió a Su Excelencia el beneficio de un segundo examen mientras él se acercaba a la ventana para mirar, aunque era noche cerrada y no se veía nada. Una ojeada a la habitación contigua le permitió ver a un criado que despejaba la mesa tras una cena reciente, pero no vio a ningún hombre esperando.

Tras recibir la misiva de Ravenspur, David había cabalgado bajo un terrible aguacero para llegar a la posada antes del anochecer. Había dejado a Meg y a Nathanial en Rose Briar y a un equipo de trabajadores en la iglesia, echando abajo la estructura quemada. Ahora, al mirar a su cuñado, que vestía una levita oscura, chaleco color burdeos y pantalones con la raya perfecta, pensó que tenía todo el aspecto de un lord que era el subsecretario del Foreign Office, y sintió por primera vez que la realidad se imponía sobre la esperanza que lo había llevado hasta allí. Pero si había un hombre que no podía considerarse libre de pecado, ese era su cuñado, que encabezaba la lista de los rebeldes más contumaces. Era un hombre que, en el pasado y en más de una ocasión, había estado al borde de la indisciplina.

—Supongo que querrás una copa —dijo Kinley, aceptando la copa de clarete que le entregaba su criado.

Por una vez, David rechazó la bebida y tomó asiento.

—Si no le importa, esta noche prefiero estar despejado, señor.

—Tengo entendido que quieres solicitar el perdón para la señorita Faraday —dijo Kinley.

David miró al marido de su hermana a la cara y apretó los dientes. Le había pedido a Ravenspur que intercediera por Meg en su nombre, le había confiado la vida de su mujer. Y él, en cambio, había dado razones a sus superiores de Londres para apartarle del caso.

—Ravenspur, está claro que mi carta debió de causarte una gran conmoción, para que hayas venido corriendo a este rincón de Inglaterra, cuando podrías haber delegado en Kinley. ¿Te he llamado alguna vez maldito cabrón a la cara?

—¿Con franqueza? La última vez que te vi llevabas el hábito y estabas armando un buen lío en Irlanda.

—Estás perdiendo el control, Donally —le espetó Kinley—. Lord Ravenspur es tu superior.

—Y ambos olvidan que, sin mí, no tienen una maldita prueba contra ella.

—Tenemos la declaración que hiciste en Calcuta —puntualizó Kinley—. Y olvidas que ya contribuiste a juzgarla en rebeldía, Donally. ¿Debo llamarte Chadwick o sir David? ¿Quién eres hoy?

David juntó las puntas de los dedos y apoyó el mentón en los pulgares, mostrando una convincente indiferencia.

—He sido muchos hombres distintos cuando trabajaba para usted. —Cruzó los pies—. ¿Quién quiere que sea hoy? ¿El caballero errante? ¿El asesino? ¿El ladrón? ¿El marido? He sido todo eso. Ahora puede añadir el condenado papel de padre a la lista.

Kinley dejó la copa de clarete sobre la mesita que había al lado de su silla, un movimiento que sorprendió a David por la sutil emoción que delataba.

—Comprendo tu situación...

—No, Kinley. —David apartó la silla y se levantó—. No lo entiende.

—No te gusto, ¿verdad? —replicó Kinley, reaccionando al tono de David—. Pones en duda mi criterio. Crees que me precipito en mis acciones. Que soy pomposo. Que no tomo en consideración el instinto de los que trabajan para mí. Siento el mayor respeto por el tuyo; por eso solicité volver a trabajar contigo.

—Pensaba que era porque quería atrapar a mi mujer.

Kinley parpadeó, pero no mordió el anzuelo.

—He mantenido todas las promesas que se te hicieron —dijo—. Pero puedo recomendar que se te retire todo...

—La escritura de Rose Briar está a mi nombre. La compra la he efectuado con mi dinero. En cuanto al título, me importa un comino lo que haga con él o con cualquier otra cosa que me prometiera. He hecho cuanto exigió de mí. Lo que decida hacer será cosa suya.

—Está claro que tus sentimientos te ciegan —dijo Kinley, poniéndose en pie—. No necesito recordarte que puedo revocar tu estatus y enviarte de vuelta a Londres, si es necesario, hasta que se cierre esta investigación.

—¿Me está amenazando con arrestarme por defender a mi familia?

—Solo te informa de lo que ocurrirá si sales por esa puerta con cualquier otra intención que no sea la de cerrar este caso —terció Ravenspur, apartándose de la chimenea—. Si estás pensando aunque solo sea por un momento en desertar con la hija de Faraday, deja que te recuerde que lord Ware tiene poder para acusarte de traición. Piensa en el futuro de tu hijo, si perdiera a su madre y a su padre a la vez.

David alzó la mano para evitar que siguiera hablando. Aún no había perdido la paciencia, pero Ravenspur lo conocía demasiado bien para no reconocer el hastío en aquel gesto.

—¿Qué quieres que diga? ¿Que no la ayudaré a huir? —Demonios, Ravenspur tenía que saber que lo haría—. No permitiré que se someta a un juicio público, ni que la encierren en una prisión olvidada de la mano de Dios durante el resto de su vida. —Si no era algo peor.

—Siéntate. Por favor —dijo Ravenspur secamente. Para su sorpresa había añadido un «por favor», a pesar de la amenaza que acababa de proferir— . Tienes que oír algo más.

A su espalda, la lluvia golpeaba la ventana con fuerza creciente. David negó con la cabeza; en su expresión se reflejaba el nudo que tenía en el estómago y las implicaciones de la amenaza de Ravenspur.

—¿Le importa si permanezco de pie, Excelencia?

—¿Te importaría a ti si nos quedamos nosotros de pie? —dijo Kinley, atrayendo su atención y despertando en David el recuerdo de un encuentro similar. Su primer encuentro con Kinley.

No era algo que recordara a menudo, y estaba seguro de que rememorarlo en ese momento se debía al propósito que lo había llevado hasta la posada.

David había crecido en una familia pobre, pero su educación había sido excelente. Al igual que sus hermanos, se había licenciado primero de su clase en Edimburgo, pero al contrario que el resto de su familia, él jamás había albergado el deseo de convertirse en ingeniero o en arquitecto; en definitiva, en un hombre que construía mundos nuevos. Él quería experimentar el mundo. Poseía el mismo afán romántico de correr aventuras que su hermana menor, Brianna. Dieciséis años atrás, cuando trabajaba para el cuerpo diplomático, le habían enviado al consulado británico de Oriente Medio donde finalmente Kinley lo había reclutado para el Foreign Office. En el transcurso de los años, había llegado a conocer mundo, tal como deseaba; se había convertido en muchos personajes distintos y había descollado como protegido de Kinley. Con cada nueva misión, se adentraba cada vez más en los entresijos más tenebrosos de su profesión, hasta que acabó por distanciarse de la gente que más lo quería. Esa noche había acudido a la posada con la intención de iniciar el largo camino de vuelta a casa, y no para iniciar un nuevo viaje.

No pensaba volver al principio. No podía.

—En este caso hay más cosas de las que te han contado —explicó Kinley.

—Encuentren a Faraday de otro modo. No pienso seguir poniendo en peligro la vida de mi mujer.

Ravenspur se sentó en el sillón de orejas que había entre él y la puerta.

—Hace once años, Kinley y tú investigabais este caso en Calcuta junto con otras siete personas —dijo, y se inclinó hacia delante—. En el último año y medio, todos los que trabajaron juntos entonces han ido muriendo. Hace siete meses, el comandante Rockwell, amigo íntimo de Kinley, murió en un accidente de caza. La bala que lo mató salió de un rifle Enfield. Dadas las circunstancias, creemos que el disparo procedente de la iglesia iba dirigido a ti.

En cierto modo, David debería sentirse satisfecho puesto que él había llegado ya a esa misma conclusión, pero no era así.

—Kinley y tú sois los únicos que seguís con vida —añadió Ravenspur.

—¿Y cómo es posible que alguien consiguiera los nombres de los agentes que trabajaron en el caso?

—Kinley sospecha que, durante los últimos dos años, alguien ha estado manipulando o robando documentos relativos al caso. Han desaparecido archivos importantes. También los que contenían los nombres de nuestros agentes de otros casos. —Ravenspur se recostó en el sillón con los brazos apoyados a los lados—. Una semana después de que Faraday se fugara de Marshalsea, se encontró un cadáver en el Támesis. Era un hombre que llevaba el brazalete de identificación de Faraday en la muñeca izquierda. Dimos a Faraday por muerto. Pero cuando el pendiente llegó a manos de Kinley, lord Ware contrató a un antropólogo y exhumamos el cadáver hallado en el río. Necesitábamos saber si la víctima tenía la estatura de Faraday. La tenía, en efecto, pero le faltaban todas las muelas. Y sabemos con absoluta certeza que Faraday tenía una dentadura perfecta. Desconocemos quién era la víctima. Probablemente un vagabundo que se encontraba en el momento equivocado en el lugar equivocado. Para entonces, Kinley te había incorporado de nuevo a la investigación.

Ravenspur siguió hablando con estudiada lentitud.

—Dado que el coronel Faraday no podía haber tenido en su poder el pendiente durante los años que permaneció encerrado, es evidente que lo tenía otra persona. Alguien de la organización que tenía acceso a la prisión. Alguien que tendría la habilidad necesaria para procurarse la llave especial con la que abrir el brazalete de identificación y colocárselo a otra persona. Creemos que ese alguien abordó a Nellis Munro hace unos meses. Es a ese hombre al que perseguimos. Al topo.

David comprendió por fin el enorme interés de Ian Rockwell por aquel caso. Pretendía atrapar al topo que había asesinado a su padre. David se frotó la nuca con la mano y miró a Kinley. Notó que estaba a punto de salirse de sus casillas y cometer una imprudencia, como asesinarle.

—¿Y no podía nadie habérmelo contado, maldita sea?

Kinley soltó un bufido.

—Teniendo en cuenta que tu mujer fue a visitar a Nellis Munro hace unos días, te lo contamos ahora. Tu trabajo consistía en mantenerla con vida hasta que Faraday se pusiera en contacto con ella. Por supuesto, siempre te hemos autorizado a realizar tu trabajo como creyeras más conveniente.

—Meg no es una maldita traidora, Kinley —replicó David en un tono peligrosamente sereno—. No está compinchada con su padre.

—¿Tu mujer tiene un guardapelo de oro en su poder? —preguntó Kinley

Con un gran esfuerzo, David logró mantenerse impertérrito mientras sopesaba la posibilidad de mentir.

—Seguro que ya sabe la respuesta —contestó al fin.

—¿Le has preguntado quién se lo dio y por qué?

—Se lo dio su padre. En cuanto a la segunda pregunta, ¿por qué no me lo dice usted?

—Por interrogatorios que se realizaron a miembros del Círculo de los Nueve, sabemos que el guardapelo está relacionado de alguna manera con el tesoro. La hija de Faraday no ha intentado huir. Por lo tanto, si Faraday sigue vivo, es posible que haya estado en contacto con ella durante los últimos meses. —Kinley arqueó una ceja—. No sería difícil ocultar a alguien en esas cuevas que hay bajo el cerro. Muchos se han convertido en traidores por bastante menos que un tesoro con el que podría comprarse un país entero en algún rincón del mundo.

Al mirar a Kinley, David supo que ya no importaba si traspasaba la raya que lo separaba de la indisciplina.

—¿Fue usted con Pamela a ver al antiguo párroco que vivía en la iglesia de Rose Briar?

—Por todos los demonios, no —contestó Kinley, sorprendido.

David no se molestó en iniciar una discusión acerca de los fantasmas de Doyle, ni mencionó tampoco las huellas que había seguido después de la tormenta, ni sus sospechas sobre Pamela.

—Alguien que coincide con su descripción visitó al párroco hace unos meses para preguntarle por las cuevas.

—Eso ha estado fuera de lugar, David —dijo Ravenspur, dejando a un lado el trato profesional y pasando despreocupadamente al familiar.

Sus miradas se cruzaron por encima de la vieja alfombra gastada.

—¿Fuera de lugar? Mi mujer se despierta por las noches con pesadillas. Ha pasado por un infierno. No permitiré que sigáis utilizándola como cebo. La quiero fuera del caso...

—Ella es el caso. —Ravenspur estiró el brazo—. Es la pieza central de la investigación. Esto es más importante que tus sentimientos, o la culpabilidad por cualquier agravio que creas haber cometido contra ella. Si no puedes realizar tu misión con profesionalidad, te retiraré del caso ahora mismo.

—Y así volvemos a la cuestión de cómo saldrás de aquí. —Kinley observaba el clarete de su copa—. O más bien...

—¿Puedes dejarnos solos, Kinley? —Ravenspur se atusó los cabellos—. Quiero hablar con mi cuñado en privado.

—¿Lo considera sensato, Excelencia? —preguntó Kinley, dejando a un lado la copa de clarete.

—Me las he visto con forajidos del desierto; creo que podré ocuparme de mi cuñado sin ayuda.

David se volvió para mirar por la ventana y trató de dominarse. La lluvia formaba un charco en una maceta vacía del alféizar. No se veía nada en aquella negrura estigia, solo se distinguía la habitación, que la luz a su espalda reflejaba en el cristal.

—¿Quieres hacer el favor de decirme a qué venía esa pregunta? —inquirió Ravenspur cuando Kinley se fue.

David no creía que le debiera ninguna explicación a Ravenspur. Alzó la vista y vio la imagen de su cuñado en el vidrio. No habían dado muestra alguna del incisivo sentido del humor que solían compartir, ni de la amistad que había surgido entre su aristocrático cuñado y él. Solo la percepción de lo inevitable.

—¿Qué le ocurrirá a ella? —preguntó David.

—Puede que tú estés dispuesto a perdonarla por sus delitos, pero pertenecía al Círculo de los Nueve y la juzgaron en rebeldía junto con los demás. Meg Faraday no será nunca indultada. Solo tengo poder para hacer que su vida sea lo más cómoda posible.

Ravenspur nunca había sido de los que ofrecían falsas esperanzas cuando no las había, pero David había adivinado lo que iba a suceder en el momento mismo en el que había entrado en la habitación.

—No trates de retenerme aquí, Ravenspur.

—Quiero que sepas que yo no le he dicho nada a Kinley de tu petición —replicó su cuñado—, si es eso lo que crees.

David desvió la vista hacia las puertas correderas y luego

miró a su cuñado. No tuvo que echar un vistazo por encima del hombro para saber que Kinley no estaba tan lejos como para no oír su conversación.

—Nellis Munro ha estado interceptando mi correspondencia. Sin duda está al tanto de todo lo que ha ido sucediendo. Pamela ha estado investigando a Munro. Seguramente lo descubrió y se lo contó a Kinley. —David decidió no decir nada más. Si el departamento no confiaba en él, desde luego él tenía menos razones aún para confiar en ellos, aunque se tratara del marido de su hermana.

—Para tu información, yo no sabía dónde estabas hasta hace dos meses, cuando Ware me pasó los expedientes de este caso —explicó Ravenspur—. No tenía la menor idea de lo que hacías antes de ir a Irlanda, ni de que fueras el agente que trabajó en este caso en Calcuta.

—¿Cómo está la familia? —preguntó David. No se le ocurría nada más que decir.

Ravenspur meditó la respuesta.

—Te gustará saber que ahora Ryan y Rachel viven en Irlanda. Te echamos de menos en su boda. Están esperando su primer hijo.

Una sonrisa irónica se dibujó en los labios de David. Siempre había sabido que el corazón de su hermano menor pertenecía a la joven a la que amaba desde la infancia. Se le daba bien interpretar los sentimientos de los demás y, sin embargo, nunca le había resultado fácil interpretar los suyos.

—Ryan tenía razón sobre mí —dijo David mirando hacia la ventana y recordando la acusación que le había lanzado su hermano en una ocasión—. He estado huyendo durante demasiado tiempo.

—Tienes que pensar en tu hijo. Nadie te lo echará en cara si decides volver a casa con él.

David se echó a reír y, hundiendo las manos en los bolsillos, se volvió para encararse con Ravenspur.

—¿A casa?

—Deja que te retire del caso. Cualquiera puede darse cuenta de que ya no estás hecho para este tipo de vida. ¿Qué otra cosa te queda?

David pasó por delante de su cuñado para coger el abrigo de la silla.

—Hace cinco meses vivía de mi fe y creía tener cuanto necesitaba. La «otra cosa», como tú dices, vive en ese cerro y se ocupa de una joven y de un anciano que ni siquiera son familiares suyos. Meg no se ha ido porque no quiere abandonarlos. Le he prometido la libertad. —Recogió su sombrero y sus guantes y miró a su cuñado a los ojos—. ¿No lo entiendes? Ya estoy en casa.

David oyó que el carruaje se detenía frente a la casa del pueblo. Estaba fumando un cigarro y contemplaba por la ventana de la sala de estar el paisaje irregular de chimeneas de piedra y tejados de paja que se extendía por la calle empedrada hasta la silenciosa orilla del río. La luna apareció brevemente entre las nubes e iluminó la estancia, en un paréntesis de la tormenta que se había desatado sobre el Canal.

Aún tenía el pelo húmedo. Estaba seguro de que apestaba a caballo, pensó, mientras reflexionaba en su fracaso de aquella noche, en el nudo que tenía en el estómago y en las consecuencias de lo que le había revelado Kinley. Apagó el cigarro en un cenicero de latón y pasó al vestíbulo, para esperar con un hombro apoyado en la pared.

La puerta de la calle se abrió. Pamela no iba sola cuando entró. Evidentemente no sabía que tenía un visitante. Su compañero fue el primero en ver a David en la penumbra.

—Chadwick —dijo Nellis—. ¿Qué demonios está haciendo aquí?

—Señor Munro —saludó David, con una mano en el bolsillo.

—No pasa nada —le tranquilizó Pamela, poniendo una mano sobre el brazo de Munro—. Suele hacerme este tipo de visitas. Nos veremos mañana.

—¿Estás segura? —preguntó Munro.

David se dirigió hacia la puerta a grandes zancadas, la abrió y le invitó a marcharse.

—Está completamente segura.

Nellis se detuvo delante de David y se ajustó el chaleco.

—He disfrutado con la visita de Victoria. Espero que no estuviera demasiado alterada cuando se fue. Tiene tendencia a ponerse sentimental por las cosas más extrañas.

—Le ahorraré las desagradables consecuencias de pelear conmigo, Nellis. Rose Briar me pertenece, al igual que las tierras y las personas que viven en el cerro. Yo no soy un anciano y lucharé para conservar lo que es mío.

—Pues le deseo suerte en su empeño, Chadwick.

—Permítame que lo exprese de otra forma. —David se inclinó hacia él y bajó la voz—. Mi mujer está bajo mi protección. Si vuelve a amenazarla, le convertiré en pasto de los peces de ese río.

—¡Lord Chadwick! —exclamó Pamela, interponiéndose de pronto entre ambos—. Váyase, señor Munro. No permitiré una pelea en la puerta de mi casa.

—Condesa. —Nellis se llevó la mano al sombrero para despedirse antes de mirar a David con los ojos entornados.

Pamela cerró la puerta en cuanto Nellis salió. Se volvió y puso los brazos en jarras.

—¿Qué crees que estás haciendo?

—Pon las manos donde pueda verlas. —David la obligó a darse la vuelta—. Has estado actuando como una sucia espía, jugando con los dos bandos a tu conveniencia —dijo, acercando la boca a su oreja, y le separó los tobillos con los pies—. ¿Por qué tengo la sensación de que tú y yo estamos en bandos opuestos?

David le quitó el cuchillo que llevaba sujeto al muslo.

—Preferiría no encontrármelo clavado en la espalda —dijo, y lo arrojó sobre la mesita que había bajo el espejo. Luego volvió a obligarla a darse la vuelta.

—Te doy permiso para continuar —dijo ella, abriendo su boca carmesí en una sonrisa provocativa.

—No necesito permiso para hacer nada. Necesito respuestas y no estoy de humor, así que estoy dispuesto a retorcerte el pescuezo para obtenerlas.

—¿Amenazando con matarnos a Nellis y a mí, David? Y todo en una noche. —Pamela rió—. ¿No va eso en contra de tu moral últimamente?

—¿Tu trabajo conlleva acostarse con Munro?

—Entre otras cosas. El señor Munro es un hombre muy poderoso en esta parte de Inglaterra. Creo que a ti se te ha dado peor.

—Aún no me has visto en lo peor, Pamela.

—Señora. —La criada de Pamela, Agatha, se encontraba en la escalera y se retorcía las manos en su delantal blanco—. ¿Comerá algo antes de retirarse a sus habitaciones?

—¿Te apetece acompañarme? —preguntó Pamela a David, mirándolo de reojo.

—¿Qué estás haciendo, Pamela?

—Soy una puta. —Agitó una mano enguantada y se tambaleó ligeramente antes de ladear la cabeza—. ¿Todavía no te lo ha dicho mi marido?

David miró a Agatha.

—Prepárele algo de comer.

—Tú no eres mi protector. Ni tampoco lo es Ian, aunque a él le guste creer que sí. Pero me gustas —posó la mano sobre el pomo de la puerta—, así que te aconsejo que salgas de esta casa ahora mismo.

David la agarró por un brazo.

—Háblame del guardapelo de oro.

En los ojos de Pamela brilló un fugaz destello de miedo, pero se desvaneció tan rápidamente como había aparecido.

—No sé de qué hablas.

—Pamela. —David apretó el brazo con fuerza—. Si tienes algo que ver con el coronel Faraday, te estás jugando la cabeza.

—¿Por qué? ¿Porque tú fracasaste?

—Si sabes dónde está...

—No lo sé. —Pamela retiró el brazo de un tirón y se apoyó

en la puerta—. Además, crecí en una familia con ocho robustos hermanos en los suburbios de East Holborn. Siempre he sabido manejar a los hombres. Si quieres preocuparte por alguien, hazlo por ti mismo. —Abrió la puerta—. Ahora quiero que te vayas.

David vaciló antes de salir a la calle. Montó a lomos de su caballo, echó una última mirada a la casa y tiró de las riendas para dar media vuelta. La ira que sentía desde que se había despedido de Kinley no había menguado.

Una hora más tarde, envuelto en un sobretodo, David entró en el cementerio, sorprendido de ver que la luz de unos faroles parpadeaba en la iglesia. Aún faltaba una hora para el amanecer. Blakely salió a recibirlo con los ojos brillantes de agitación.

Protegido por un impermeable, comunicó a David que habían encontrado el túnel.

—Lo ha descubierto el señor Rockwell. Entró por él y volvió a salir. Dijo que solo un loco entraría ahí. Estamos esperando a que se haga de día. —Blakely carraspeó—. También le interesará saber que ya no tendrá que preocuparse más por que le roben las cartas y los telegramas —dijo, con no poco orgullo—. Desde hoy, no hay ningún hombre en la oficina postal que tema más a Nellis Munro que a mí. —Sus dientes brillaron en la penumbra.

David lo miró desde la silla. Una ráfaga de viento frío le golpeó.

—Dime que no has matado ni mutilado a nadie.

—No les he puesto ni un solo dedo encima.

Sabiendo que era mejor no profundizar demasiado en la manera de actuar de Blakely en el terreno profesional, David se frotó la sien con la base de la mano y eliminó sin miramientos la distracción que más ocupaba sus pensamientos.

Blakely se movió, nervioso.

—¿Necesitará algo más?

—Envíame a Rockwell. Estaré en la casa.

—No he vuelto a verlo desde que salió del túnel.

David miró a Blakely y luego desvió la vista hacia la iglesia.

—¿Dónde está mi mujer?

—El viejo se ha puesto enfermo. El chiquillo y ella se han quedado a pasar la noche en el pabellón de caza. Hay dos hombres con ellos. ¿Por qué no se va usted a casa a dormir?

A casa.

Esa palabra ya no le resultó extraña cuando entró en la habitación de Meg media hora más tarde, agobiado por la angustia que sentía en el pecho. No se había quitado el abrigo y aún llevaba el cuello abrochado. Su presencia masculina, tan fuera de lugar entre los encajes y el color lavanda, llenó la habitación. Qué ligado se sentía a ella, pensó mientras tocaba su almohada, pero no se sentía enjaulado por sus sueños y su amor, sino libre para vivir.

Abrió el cajón de la mesilla de noche y sacó el guardapelo que sabía que Meg guardaba allí. La luz mortecina del alba iluminó las flores grabadas en la tapa. Acercó una silla a la chimenea. Cerró los ojos, echó la cabeza hacia atrás y se dejó invadir por el silencio.

El hecho de que Kinley estuviera al corriente de la petición de indulto para Meg conducía a una conclusión. O bien recibía información de Nellis, o bien de alguien que estaba en contacto con él. Era evidente que Nellis, no solo había sobornado al operador del telégrafo para enterarse del contenido de todo lo que había enviado David durante las últimas semanas, sino que se había apoderado por algún medio ilícito de la carta que había enviado a Ravenspur.

El problema era que, gracias al hombre al que había ordenado que espiara los movimientos de Nellis, antes incluso de que Meg le visitara, David sabía que Nellis y Kinley no se habían encontrado.

Pamela era el único vínculo que lo relacionaba todo.

Victoria dejó un cuenco de caldo humeante frente a sir Henry y se mordió el labio para no sonreír cuando el anciano gruñó.

—Otra vez no, Victoria. —Sir Henry aceptó su ayuda para

incorporarse y Victoria le ahuecó las almohadas—. ¿Es que pretendes matarme de hambre? —añadió.

—Alégrese de que no le ponga una inyección de morfina. —Victoria le dio unas palmaditas en la rasposa mejilla, esperando haberle preocupado—. Le estaría bien empleado que yo fuera una de esas personas vengativas que no olvidan nunca nada.

Sir Henry se negó a coger la cuchara, así que Victoria removió la sopa por él. Esma la había hecho bajar precipitadamente de la mansión la noche anterior, temiendo que sir Henry hubiera enfermado. Pero tras pasar la velada y toda la mañana con él, Victoria había llegado a una conclusión muy distinta.

—Chadwick no ha respondido aún a mi petición con respecto al testamento —dijo sir Henry.

—No debería habérselo dicho tan bruscamente, sir Henry. Un hombre puede ahogarse ante tanta responsabilidad.

—Pero tú crees que él está aprendiendo a nadar, ¿verdad? —dijo él, mirándola con perspicacia.

—Creo que es posible que quiera aprender. —Victoria se sentó en el borde de la cama, con la bandeja sobre el regazo para que no se le cayera a sir Henry—. Prométame que no le dirá nada más sobre esa cuestión.

—Humm. No pienso prometer tal cosa.

Victoria ya lo suponía. Cuando a sir Henry se le metía algo entre ceja y ceja, no paraba hasta lograr su objetivo. Si sus malas pulgas servían para mantenerlo con vida más tiempo, ella le ayudaría en todo lo posible en su propósito. No le contó que David se había ido el día anterior y que aún no había vuelto de la cita con su cuñado.

En los últimos días, Victoria había recibido más que en sus veintiocho años de vida. Por malo que fuera lo que ella sospechaba que podía retenerlo, la fortaleza de David sostenía su ánimo.

—Tendré que trasladarlo a la mansión, sir Henry.

—Ni hablar, no harías más que mangonearme —dijo él, comiéndose un trozo de pan con parsimonia—. Ahora vete. Si tanta necesidad tienes de matarme de hambre, comeré solo.

Victoria le dio la cuchara.

—Por desgracia —dijo, poniéndose en pie y ahuecándose las faldas—, no está usted en las mejores condiciones, sir Henry. Esma me ha contado que anoche comió tarta de fresas y que le sentó pésimamente. ¿Cree que habría venido cabalgando bajo la lluvia, si únicamente se sintiera solo y quisiera compañía? —Consciente de que eso era exactamente lo que había hecho, Victoria se volvió hacia la ventana. Las cortinas estaban echadas. Las abrió.

Un caballo lanudo que tiraba de un carro abarrotado apareció en lo alto del sendero. Mientras sujetaba a un lado y a otro los cortinajes, Victoria vio que entraba pesadamente en el patio. El sol asomó peleón sobre las copas de los árboles e iluminó al carretero. Llevaba la cabeza cubierta por un sombrero blando. Era día de mercado en el pueblo. Transportaba el cargamento de carbón que ella había pedido la semana anterior. Nathanial salió del establo para ayudar al señor Shelby a descargar el carro. Victoria volvió junto a sir Henry.

—Volveré mañana —dijo, arreglando la manta para que le tapara los pies—. Le daré más caldo, o si decide que ya está mejor jugaremos una partida de cartas. Pero si lo que quiere es hablar con lord Chadwick, tendrá que ir a la mansión para hacerlo. Yo no pienso hacer de mensajero.

Sir Henry gruñó obstinadamente, y ella le dio un beso en la mejilla. Después de cerrar la puerta del dormitorio, Victoria se encaminó hacia la cocina. Esma se afanaba sobre la tabla de lavar, con las mangas enrolladas hasta los codos y el labio superior perlado de sudor. Victoria cogió una manopla y retiró la cafetera del fuego.

—Quiero trasladarlo a la mansión para poder estar más cerca de él, Esma —dijo, sirviéndose una taza de café.

—No será una carga, señora. —Esma restregó una de las camisas de sir Henry sobre la tabla y luego la sumergió en un cubo de agua.

Victoria volvió a dejar la cafetera en el fuego. Unas risas que procedían del patio la atrajeron hacia la ventana. Se apoyó en la encimera y apartó la cortina.

Bethany y Nathanial charlaban con el carretero. Bethany llevaba puesta la capa, pero no la capucha, y de su brazo colgaba una cesta de huevos. El sol arrancaba destellos dorados de sus cabellos y ella observaba con una sonrisa radiante al carretero, un hombre mayor que estaba haciendo un juego de manos para Nathanial. Victoria desvió la mirada hacia el carretero, que ofreció a su hijo un caramelo que había aparecido mágicamente tras la oreja de Nathanial.

—¿Quién es ese carretero? —preguntó a Esma.

Esma se inclinó sobre el fregadero para mirar por la ventana.

—El señor Gibson y él nos traen mercancías del pueblo. Siempre tiene alguna golosina para el chico.

Resultaba extraño para un hombre que no tenía aspecto de poseer más de dos chelines. Después de que Nathanial y Bethany regresaron al establo, Victoria recordó que había pensado en llevarle un café al carretero. Salió al zaguán y cogió la capa. Se la echó por los hombros y regresó a la cocina para recoger el café. Protegiendo la taza con la palma de la mano, salió al patio. El señor Shelby y el hombre al que el señor Rockwell había enviado para protegerlos estaban descargando el carbón.

El carretero se agachó tras la rueda trasera del carro, y Victoria vio que arrancaba trozos de barro de entre los rayos de la rueda con un cuchillo largo. No se le veía la cara. Llevaba las palmas de las manos envueltas en gruesa lana, pero los dedos, llenos de costras, seguían expuestos a las inclemencias del tiempo. Sin embargo, no había el menor signo de vulnerabilidad en esas manos.

—He pensado que quizá querría tomar algo caliente —dijo Victoria.

Al principio, creyó que no la había oído. Luego, el hombre ladeó la cabeza y le miró los pies. Se incorporó lentamente con los hombros encorvados, y Victoria vio que seguía empuñando el cuchillo. El hombre volvió la cabeza hacia ella y de repente la miró a los ojos.

—Hola, hija.

A Victoria se le paró el corazón. Habría dejado caer la taza de no ser porque él la vio y se la quitó suavemente de entre las manos. El coronel Faraday parecía haber envejecido veinte años desde la última vez que ella lo había visto. Sus facciones, antes seductoras, ahora se veían demacradas bajo una barba salpicada de gris, pero sus ojos de color avellana seguían siendo igual de penetrantes. Su presencia no había extrañado a nadie, lo que significaba que llevaba algún tiempo yendo por allí. Al fin y al cabo, ¿quién le conocía, aparte de David y ella? Sin embargo, Faraday era un auténtico camaleón, y Victoria dio por sentado que aquella nueva versión de su padre no era más que otro de sus disfraces.

—Sonríe, Maggie. —Faraday olisqueó el café—. Nos observan. Si me delatas, el hijo de Donally no vivirá para contarlo. No trabajo solo.

Sus palabras eran una promesa. Si le ocurría algo a él, alguien se encargaría de cumplirla. Ese día. Al siguiente.

Su padre seguía empuñando el cuchillo; aunque la manga ocultaba la hoja, le costaría muy poco clavárselo a una persona.

—Si te atreves a tocarle un solo pelo a mi hijo, te mataré con mis propias manos.

—Así se habla. —Su padre bebió el café, mirándola por encima del borde de la taza. En los nudillos tenía marcas de una pelea reciente—. Un buen chico, mi nieto, a pesar del cabrón de su padre. Ya sabes por qué estoy aquí, Maggie.

De repente, Nathanial salió del establo, donde había ido a buscar huevos con Bethany.

—¡Madre! —exclamó, y corrió hacia ella.

Victoria contuvo la respiración y tuvo la aterradora sensación de que se ahogaba. Podría haber gritado, pero se no le ocurrió hacerlo. De la misma forma que su padre sabía que no se le ocurriría gritar y poner en peligro la vida de sus seres queridos.

—Por favor... no le hagas daño.

—Madre. —Nathanial se detuvo delante de ella jadeando por el esfuerzo de la carrera desde el establo. Tenía paja en el pelo. Sus ojos brillaban cuando le mostró dos huevos—. Bethany dice que si los envuelvo en mantas, saldrán polluelos.

Victoria se interpuso entre su padre y su hijo.

—Creo que Bethany quería gastarte una broma.

—Dice que ella lo ha hecho montones de veces y que debería guardar los huevos cerca de los fogones en la cocina.

—Está bromeando, Nathan. —Le puso las manos sobre los brazos y le dio un leve empujón—. Ahora ve dentro y dile a Esma que te prepare la comida con estos huevos.

Con expresión de rebeldía, Nathanial miró a Faraday. Victoria también lo vio por el rabillo del ojo, un codo apoyado en el carro.

—Pero ¿por qué? —preguntó Nathanial—. No quiero comer...

—¡Haz lo que te digo, Nathanial! —Su hijo era demasiado pequeño para saber ocultar que estaba dolido. Victoria sintió deseos de acariciarle la mejilla, pero dijo—: ¡Ahora mismo!

Nathanial se encaminó hacia el interior de la casa con su preciosa carga de huevos. Cuando por fin Victoria se encaró con su padre, sentía una ira nacida en su pasado, la necesidad de proteger a su familia y la certeza de que iba a pelear por ella.

—Solo es un niño, padre.

—Es realmente curioso. —Faraday le tendió la taza y sonrió. Sus dientes seguían siendo casi perfectos—. Si quisiera hacerle daño a Nathanial, habría podido hacérselo hace mucho tiempo.

Al oír que pronunciaba el nombre de su hijo con tanta familiaridad, sucedió lo impensable. Una extraña calma se apoderó de ella. Con el mentón alzado, observó a su padre, que levantó la parte de atrás del carro para cerrarlo y se volvió. Victoria debería haber sentido miedo cuando volvieron a encararse. Padre e hija. Faraday la había moldeado perfectamente a su imagen.

Tal vez no era consciente de hasta qué punto había sido perfecta su labor.

Sopló en las manos para calentarlas y sus ojos se posaron en los de Victoria; quizá leyó en ellos sus pensamientos, mientras ella evocaba en silencio recuerdos de su padre. Formaban una mezcla visceral de amor y odio que habían definido siempre la imagen que tenía de sí misma.

La sonrisa que lentamente esbozó su padre indicó a Victoria que había sabido interpretar su debilidad.

—Después de observarte durante estos últimos meses, he decidido que puedes quedarte con tu pequeña familia, Maggie, y librarte de la carga que has llevado por mí durante todos estos años. No es necesario que nadie se entere de las maquinaciones de tu pequeño y taimado corazón. Perdonaré que me traicionaste. Abandonaré el país y no volverás a verme nunca más. —Faraday se dirigió hacia la parte delantera del carro y se encaramó al pescante para empuñar las riendas—. Pero quiero el guardapelo, Maggie. He terminado. Ahora debo marcharme.

—Eras tú quien estaba en la iglesia aquella noche, después de la tormenta.

Él no lo negó.

El carro giró pesadamente cuando su padre hizo dar la vuelta a los caballos. Victoria no podía impedirle que se fuera, pues no serviría para eliminar el peligro que pendía sobre la cabeza de su hijo ni para que su padre dejara de perseguirla. Echó a andar junto al carro, que avanzaba despacio.

—¿Fuiste tú quien me disparó?

—Desde luego que no —contestó él con tanta naturalidad como si hablaran del tiempo.

Entonces había alguien más.

El hombre de David salió del establo y los observó echándose el sombrero hacia atrás con el pulgar.

—¿Nellis trabaja contigo? —preguntó Victoria, bajando la voz.

—Nellis es una urraca avariciosa que ha jugado con mi paciencia y ha metido las narices donde no debía. —Se caló el sombrero y sonrió a su hija—. Donally ya se ha encargado de arreglarlo.

—¿Qué quieres decir? —preguntó Victoria, llevándose una mano al pecho.

La expresión de su padre era de regocijo, como si solo él conociera una divertida broma, como si supiera que él sería el último en reír.

—Siente un gran afecto por ti, hija mía. Siempre ha sido así. Me temo que está bordeando la traición para salvarte.

Victoria se detuvo. Mareada, desorientada. Se quedó plantada en el sendero con la mente completamente en blanco, intentando pensar. Se apretó la cintura con la mano. Sabía que si daba un solo paso, se le doblarían las rodillas.

Esperó a que el carro desapareciera antes de volverse para examinar las copas de los árboles y los tejados de los edificios que la rodeaban. No detectó movimiento alguno. No vio ningún destello de prismáticos. No percibió el menor indicio de que hubiera un tirador dispuesto a atravesarle el corazón de un disparo.

—¿Dónde está el señor Rockwell? —preguntó al hombre que había salido del establo.

—No lo sé, señora —contestó él.

Victoria se acercó.

—Llévese a Bethany al interior de la casa. Si deja a mi hijo solo, que Dios le ayude, porque conocerá mi ira y lo lamentará hasta el final de sus días. ¿Me ha comprendido?

Victoria pasó rápidamente por su lado y entró en el establo. No quería que su padre cobrara demasiada ventaja, pero malgastó unos minutos muy valiosos discutiendo con el señor Shelby mientras este le ensillaba el caballo.

Después de las últimas lluvias, le fue muy fácil seguir los profundos surcos que dejaba el pesado carro en el lodo. Quince minutos más tarde, entraba en el cementerio lleno de gente. Sin saber qué hacer, buscó el carro con la mirada y, al encontrarlo, vio que el hombre que empuñaba las riendas le echaba el freno.

Victoria no dio crédito cuando el señor Gibson se bajó del pescante. Espoleó al caballo para acercarse.

—Milady —saludó Gibson, mostrándose sorprendido al verla.

—¿Qué ha ocurrido con el hombre que conducía este carro?

—Me lo he encontrado por el camino. Me ha dicho que usted le había pedido que volviera al pueblo a por más provisiones. Se ha llevado mi caballo y se ha ido por la vieja senda de los arrieros.

Victoria se giró en la silla para mirar hacia el bosque. La abandonada senda descendía desde el cerro hasta el puente del río. Era la misma que había seguido ella el día que se había encontrado con David en el cementerio. Se desanimó casi de inmediato. No encontraría a su padre a menos que él quisiera ser encontrado.

Volvió la mirada hacia el cementerio para buscar al señor Rockwell. Pero, sobre todo, quería saber dónde estaba David, para al menos asegurarse de que estaba a salvo. Lo que vio la dejó perpleja.

—El señor Rockwell ha encontrado el túnel, señora —dijo el señor Gibson.

El cementerio estaba atestado. Entre treinta y cuarenta hombres fornidos formaban una hilera y se iban pasando cubos llenos de tierra.

—Han venido a ayudar, milady.

Eran los mismos hombres, con sus hijos, que habían abandonado sus granjas por miedo a represalias, pero ahora habían vuelto, más numerosos que antes.

—Pero ¿cómo ha conseguido David que vinieran? —se preguntó Victoria, sin darse cuenta de que lo había dicho en voz alta.

—No lo sé, pero han venido, señora. Han venido por lord Chadwick.

21

Victoria entró por la puerta de servicio y subió. Sujetándose las faldas, corrió por el pasillo hasta su habitación y cerró la puerta de golpe. Echó la llave con decisión, dio media vuelta y atravesó su gabinete privado en dirección al dormitorio.

Arrojó la capa sobre la cama de cualquier manera y cayó de rodillas frente a la mesilla de noche. Fue entonces cuando notó que sus músculos perdían la fuerza. Sintió deseos de cerrar los ojos y desaparecer. Notaba las lágrimas pugnando por salir, pero no iba a ceder al llanto.

Al cabo de un rato, recobró el control y abrió el cajón de la mesilla. Al no encontrar el guardapelo, vació el contenido sobre la cama.

El guardapelo no estaba.

Victoria regresó al gabinete y vació el contenido de otro cajón. Desesperada, registró armarios, desgarrando la ropa que encontraba. Cuando ya no le quedó nada por romper, se echó hacia atrás, vio los estragos que había causado y ahogó un gemido. Se le habían soltado las horquillas y largos y oscuros mechones le caían sobre los hombros. Se los apartó de la cara con manos temblorosas, dispuesta a mover muebles y alfombras. De pronto se detuvo.

Distinguió a David en el umbral de la puerta que conectaba el gabinete con el dormitorio. Victoria lo miró horrorizada; vio que tenía una expresión contenida, como si llevara un rato observándola. No sabía cómo había podido entrar en sus habitaciones.

Sin embargo, se sintió aliviada. David estaba en casa y de una pieza, delante de ella, llenando la estancia con su presencia. Victoria corrió hacia él. David la rodeó con los brazos y la estrechó contra sí.

—Estás temblando, Meg.

Daba igual que la ropa de David estuviera húmeda y que la barba le rascara en la mejilla. Victoria lo abrazó con todas sus fuerzas.

—Está aquí, David. Ha estado viviendo delante de nuestras narices. Se ha ido por la vieja senda de los arrieros.

—¿Quién, Meg? —preguntó él, ladeando la cabeza—. ¿Tu padre?

—Ha estado llevando suministros al pabellón de caza por cuenta del señor Gibson. Estaba tan cerca de Nathanial que podía tocarlo. Sabe que es nuestro hijo. Lo sabe todo. Sabe...

—Chis. —David volvió a abrazarla—. ¿Dónde está Nathanial ahora?

—En el pabellón. He enviado a Blakely para que lo proteja —respondió ella, tratando de serenarse. Se sentía igual que cuando era una niña pequeña, antes de que su madre se fuera. Cuando un arañazo o un chichón eran absolutamente soportables hasta que aparecía su madre, y las lágrimas que había podido contener hasta entonces, asomaban a sus ojos.

—Quiere el guardapelo, David. —Se apartó un poco de él, dándose cuenta de que la sujetaba por los hombros—. Debió de caérseme detrás de algún mueble, pero no sé dónde. Tengo que entregarle el guardapelo. Dice que si se lo doy se irá para siempre.

—¿Por qué quiere el guardapelo? —preguntó David, taladrándola con la mirada—. Además, ¿cómo sabe que lo conservas todavía?

Victoria meneó la cabeza.

—Intenté arrancar el retrato del interior —replicó ella, y notó que se le quebraba la voz—. Debería haberlo tirado hace años, pero no pude. Lo oculté. Cuando decidí luchar contra mi padre pensé que si no tenía el guardapelo... él nunca conseguiría el tesoro. Pero tú volviste a traérmelo.

—Te lo dio porque sabía que no podrías desprenderte de él. Pero debe de ser algo importante si quiere recuperarlo diez años después. ¿Por qué? ¿Qué significa el guardapelo para tu padre?

—Hace mucho tiempo, me dijo que era la llave para el corazón de mi madre. Que si lo llevaba siempre, me conduciría hasta ella.

—Es un canalla, Meg. Lo sabes, ¿verdad?

Ella asintió despacio.

—Es el único que sabe dónde está el tesoro. No te mentía cuando te dije que yo no lo sabía.

¿Se avergonzaba David de ella?, se preguntó Victoria. Ya no tenía secretos. David los conocía todos de forma tan íntima como su cuerpo y su corazón. Esta vez, si finalmente la entregaba a las autoridades, no quedaría nada de sí misma que pudiera salvar.

—Después del robo del tesoro en la India, el Círculo empezó a desmoronarse —explicó Victoria—. Mi padre parecía empeñado en hacer cosas que atrajeran la atención sobre nosotros. Para él todo era un juego. Te permitió entrar en el Círculo, aunque por fuerza tenía que saber lo que iba a ocurrir. Y yo hice exactamente lo que él quería que hiciera. Siempre supo que sería yo quien lo delataría a las autoridades.

David le sujetó suavemente la cara entre las manos y le obligó a mirarle a los ojos.

—Pero eso tú no lo sabías, Meg.

—¿No te das cuenta? Mi padre no podía haber planeado mejor los últimos diez años. Porque, ¿quién queda del Círculo de los Nueve para reclamar el tesoro, aparte del que lo ideó todo desde el principio?

David quiso hablar, pero ella se lo impidió.

—Tiene a alguien más trabajando para él, David. Hay alguien más metido en todo esto, aparte de Nellis.

—Lo sé.

Ella lo apartó de un empujón.

—Me ha prometido que no hará daño a Nathanial. Se irá para siempre...

—Meg...

—Al fin seremos libres. ¿Lo entiendes? —Victoria fue hasta la ventana y abrió las cortinas de un tirón. La bóveda del cielo apareció tras el cristal—. Quiero despertarme y notar el calor del sol en el alma y saber que él ya no me perseguirá nunca más. He vivido nueve años con el temor de que mi padre encontrara a mi hijo, pero si le doy el guardapelo, nuestro hijo será libre. Mi padre se irá. —Se arrodilló y empezó a revolver el contenido del cajón, que había vaciado en el suelo—. Podemos terminar con todo esto de una vez.

David se quedó mirándola desde el borde de la alfombra con el corazón desgarrado, y acudió a su lado sin poder evitarlo. Sorteó los papeles, botones y lápices desparramados y se arrodilló junto a ella.

—Ya no estás sola, Meg.

Ella se sentó en cuclillas con la falda de color violeta extendida a su alrededor, tan hermosa que dolía mirarla.

—¿Me ayudarás a encontrar el guardapelo?

David le apartó de la cara un mechón de pelo que le había caído sobre el hombro. Luego frunció los labios levemente mientras reflexionaba sobre lo que tenía que decirle, y le sujetó el mentón con cariño.

—Te ha dado su palabra de que no haría daño a Nathanial, pero no ha dicho nada de no hacértelo a ti. No te ayudaré a encontrar el guardapelo.

Meg apretó los labios y apretó los puños sobre la falda. Se puso en pie.

—No necesito tu ayuda —dijo, pasando por su lado—. Lo encontraré yo sola, aunque tenga que hacerlo todo trizas.

Él vio cómo se dirigía a la puerta que separaba el gabinete del dormitorio. Victoria salió y la cerró. A continuación se oyó el ruido de la llave al girar en la cerradura.

David miró la puerta que quedaba a su espalda y conducía al pasillo. Meg la había cerrado antes, pero la llave no estaba en la cerradura. David respiró profundamente y, apoyando la mano en el muslo, soltó una maldición antes de ponerse en pie. ¿Se había dado cuenta Meg de que lo había dejado encerrado en su gabinete?

Se sentó en la silla cerca de la ventana y sacó el guardapelo del bolsillo del chaleco. Le dio vueltas entre las manos, examinando el intrincado motivo floral que tenía grabado.

En la habitación contigua, algo se estrelló contra el suelo.

—Maldita sea, maldita sea, maldita sea. —Era la voz amortiguada de Meg.

Volvió a meterse el guardapelo en el bolsillo y se acercó a la puerta que conectaba ambas habitaciones.

—Meg.

—Vete. —David oyó el ruido de los muebles que arrastraba Meg—. Si no vas a ayudarme, lo haré yo sola.

—No vas a hacer nada sola.

Se produjo una larga pausa. Al cabo de un rato, David acercó la oreja a la puerta. Percibió que ella hacía lo mismo en el otro lado y supo que también ella lo notaba a él.

—¿Quieres hacer el favor de abrir esta maldita puerta? Voy a lastimarme si me obligas a echarla abajo.

Poco después, David oyó que giraba la llave y la puerta se abrió de golpe. Meg miró primero hacia la puerta del pasillo antes de dignarse prestarle atención. Cuando lo miró a él, David vio que tenía los ojos húmedos. Apoyó una mano en el marco de la puerta y habló a Meg sin tocarla.

—Sabes que te quiero.

—Yo también te quiero —dijo ella.

—No deberías haber tenido que enfrentarte con tu padre a solas. —David sabía que era culpa suya por haberse despistado, por haber olvidado para qué estaba allí.

—No he temido por mí, David.

—Eso es lo que más me asusta —respondió él, acariciándole la cara.

Al verla al borde de las lágrimas, David la estrechó entre sus brazos.

—¿Por qué? —preguntó Meg en un susurro, pero él detectó la rebeldía contenida que denotaban esas dos únicas palabras.

—Porque deberías temer por ti. Porque te quiero y no quiero perderte otra vez.

—Él sabe dónde está enterrada mi madre —dijo Meg contra su hombro, aferrándose a su camisa—. Siempre lo ha sabido.

David le apartó el pelo de la cara.

—Los hombres de Kinley registraron todas las propiedades de Faraday antes del juicio, tratando de averiguar si se hizo algún envío mientras vivía en la India. ¿Recuerdas alguna cosa sobre tu madre?

Ella negó con la cabeza.

—Sé que mi padre y ella se casaron en Brighton. Mi madre siempre me hablaba de una capilla junto al mar, pero no sé dónde exactamente. —Meg se secó los ojos y miró a David—. Le encantaba el mar.

—¿Algo más?

—¿Me estás interrogando? —preguntó Meg, con una sonrisa vacilante.

—¿Confías en que sé cómo ayudarte? —preguntó él, acercando la boca a sus cabellos. Notó que la espalda de Meg se ponía rígida bajo su mano y que le palpaba el bolsillo del chaleco.

—¿Estamos hablando de confianza entre marido y mujer? —preguntó Meg—. Recuerdo que eso ya me lo preguntaste una vez, David.

Se lo había preguntado aquella tarde de hacía tantos años, se lamentó David. Entonces él traicionó su confianza y Meg se alejó de su vida, llevando a su hijo en las entrañas.

—Sé lo que dije, Meg.

Meg le sujetó la cara con ambas manos, le besó en los labios y luego clavó en sus ojos una mirada penetrante.

—Entonces, ¿tú confías en mí? —preguntó ella.

—Confío en ti.

—¿Me devuelves mi guardapelo? —añadió Meg en un tono

algo más cortante—. Ese que debes de haber olvidado que guardaste en el bolsillo.

David apoyó una mano en la jamba de la puerta y le impidió que metiera la mano en su bolsillo.

—Ni en mil años, amor mío.

—Tú deseas tanto como yo que todo esto acabe. Si mi padre está dispuesto a huir, quienquiera que trabaje con él también huirá. Tenemos que atraparlos a todos.

—No permitiré que seas el cebo.

—Dame el guardapelo. —Meg le dio unos golpecitos en el pecho con la punta del dedo—. Esto es más asunto mío que tuyo, Donally. Tengo que zanjarlo de una vez por todas, por nosotros.

David entrecerró los ojos y llegó un segundo tarde para interceptar su mano. Meg agarró la tela del bolsillo del chaleco, se envolvió la mano con ella y tiró. David le sujetó la muñeca y ambos se quedaron clavados al suelo como dos guerreros en combate.

—Suéltalo, Meg.

—No.

David no quería hacerle daño, pero tampoco tenía intención de ceder.

Ella le insultó, pero David era más fuerte; le sacó la mano del bolsillo y la agarró por ambas muñecas, que sujetó contra la pared. Lentamente sintió una oleada de deseo. Los ojos de Meg también brillaban de pasión.

—Soy parte de esta lucha, David. Voy a terminarla, con tu permiso o sin él.

Meg tenía razón, por supuesto. Todo lo que decía era cierto, pero David no podía permitir que se sacrificara. Si se quedaba y le ayudaba a completar la misión, él tendría que entregarla a las autoridades. Y no podía. Ni podía permitir que Faraday le pusiera las manos encima.

—Estás pensando como marido, David. —La serena vehemencia de su tono atrajo la atención de David hacia su rostro—. No puedes hacer eso.

Sí, sí podía.

Y lo hizo.

—Eres mi mujer.

Cubriéndole la boca con la suya, David no pudo pensar en nada más. Ella no se resistió y el beso de David se hizo más intenso. Una pasión desenfrenada le recorría las venas. No le importó que sus acciones le hicieran vulnerable, y que con ello se volviera vulnerable ella también. Meg abrió la boca y él introdujo la lengua, que se adaptó a ella perfectamente, igual que a todo lo demás, y ella le devolvió el beso con un deseo voraz. David solo se separó de ella para levantarla en brazos y llevarla a la cama.

—Creo que eres una bruja —dijo, rozando sus labios, y cayó con ella sobre el colchón sin importarle que aún llevaran la ropa puesta—. Una sílfide, una ninfa, mi Lorelei, Meg.

Meg le desabrochó el chaleco y la camisa con manos ávidas, mientras él le abría el corpiño con necesidad igualmente apremiante, deseoso de llegar a la fina tela de la camisola. Meg le besó.

—Entonces, me alegro, David. —Meg se desplazó para sentarse a horcajas sobre los muslos de él y sacó el guardapelo del bolsillo del chaleco.

Él alzó la mano, le agarró la muñeca y enlazó sus dedos con los de ella de modo que el guardapelo quedara atrapado entre las dos manos. Luego, con la otra mano atrajo a Victoria hacia sí y le arrebató la iniciativa.

—No, Meg —susurró con voz ronca junto a sus labios.

Cerró sus protestas con un beso y finalmente Meg cedió a su absoluta posesión. Con el susurro de la suave respiración de Meg en su boca, David se colocó encima de ella en medio del frufrú de la seda de su vestido, sin dejar de besarla. Metió una rodilla entre sus muslos y encontró la abertura de los calzones. Con sus músculos poderosos, David se alzó sobre el cuerpo seductor de Meg. Ella vio el fuego en sus ojos y lo notó en la tensión de sus brazos, y se dejó llevar por la pasión que los arrastraba a ambos. Con la camisa abierta rozando el cuerpo de

Meg, David la penetró. Meg inhaló una brusca bocanada de aire y sus entrañas se contrajeron alrededor del miembro en un íntimo abrazo.

David soltó un gemido ronco. Se retiró un poco y luego volvió a empujar.

—Te quiero —dijo, y volvió a retirarse para mirar a su hermosa mujer tumbada sobre las almohadas, hasta que empezó a jadear.

Meg entornó los ojos, gimió y le agarró los cabellos con una exclamación ahogada, un sonido que se volvió placer en la boca de David. Ninguno de los dos pensaba ya en el guardapelo ni en nada que estuviera fuera de aquella habitación. David recorrió su cara con la boca hasta posarla en sus labios. Meg enlazó las piernas alrededor de sus caderas. La realidad dejó de importarles.

David deseó que pudiera ser así para siempre. Su pasión era insaciable. Meg deseaba con tal intensidad que la besara que le sujetó la cabeza para apretar la boca contra la suya mientras él seguía empujando y empujando. Juntos llegaron al orgasmo con el cuerpo estremecido, y él siguió empujando con fuerza, prolongándolo cuanto pudo.

Cuando todo terminó, David se desplomó encima de ella, jadeando, y Meg se abrazó a él. El bonito vestido había quedado inservible, pero David le prometió que le compraría uno nuevo.

—Diez vestidos nuevos —dijo, al oírla reír, pero incluso en su risa había cierta seriedad, y él fue lo bastante inteligente para dejar que se desahogara llorando—. Quisiera llevarte lejos de aquí —añadió, rodeándola con los brazos.

Meg no le preguntó por qué no le había hablado todavía de su entrevista con Kinley y Ravenspur.

—Anoche no volviste al pabellón de caza.

—Vine aquí.

—Y cogiste el guardapelo. ¿Por qué?

David le apartó el pelo revuelto de la cara.

—Kinley preguntó por él.

—Han encontrado el túnel —dijo ella con la boca pegada al hombro de su marido.

—Lo sé.

—¿Qué vamos a hacer, David?

—Voy a sacaros de aquí a ti, a mi hijo y a todos los demás.

David se incorporó de repente, apoyándose en un brazo, y miró hacia el gabinete. Meg lo observó fijamente a él. Entonces oyó lo que había atraído su atención. Un caballo se acercaba al galope. David se había levantado ya de la cama y se subía los pantalones.

Luego se dirigió hacia la ventana del gabinete y Victoria se quedó en la cama, reacia aún a moverse.

—Maldición. —David regresó junto a la cama metiéndose la camisa por dentro—. Es Ravenspur —anunció.

Menos de quince minutos después, Victoria se había lavado y cambiado de ropa. David le había dicho que se quedara en el dormitorio hasta que él fuera a buscarla. Pero Victoria estaba harta de dejar que otras personas la protegieran. Hablaba en serio cuando le había dicho a David que pensaba zanjar aquel asunto de una vez. Después de peinarse, se recogió la melena en un moño y se echó un chal rojo de punto sobre los hombros. Sujetándolo con fuerza, bajó la escalera guiada por el sonido de voces masculinas.

David había llevado a lord Ravenspur a la biblioteca y había cerrado la puerta. Victoria prefirió entrar antes que ponerse a escuchar tras la puerta. Ambos hombres callaron y se volvieron.

David estaba cerca de la ventana con una mano en la cadera y una expresión severa cuando miró a Victoria. El segundo hombre era su cuñado, supuso ella. Sus ojos grises la observaron, evaluándola.

Tenía ojos de halcón, de hombre que no pedía, sino que simplemente tomaba. Aquel hombre acababa de dar una muy mala noticia, pensó, cuando David se acercó a ella.

—¿Qué ha ocurrido? —preguntó, al notar que David la atraía hacia su lado.

—Nellis Munro fue asesinado anoche —dijo Su Excelencia, al ver que David no quería, o no podía contestar—. Al parecer, su marido fue la última persona que lo vio con vida. Se ha dictado una orden de arresto contra él.

22

—¿Fuiste o no fuiste a la casa del pueblo anoche? —Kinley lanzó a David una mirada despreciativa con sus ojos agrandados por los cristales de las gafas.

—Es obvio que sabe que sí —contestó David.

—Hay testigos que declaran que amenazaste con matar al señor Munro. Le ordenaste que se fuera de la casa —le espetó Kinley—. ¿Lo viste después?

—Testigos. Vi a Agatha. Y estaba furioso, pero no por las razones que usted cree. ¿Quiere decirme alguien dónde está Pamela?

—Su habitación estaba revuelta. Ahora también eres sospechoso de provocar su desaparición.

—Eso es completamente ridículo, y usted lo sabe.

La lluvia golpeaba el cristal de la ventana a su espalda. Moira había encendido ya las lámparas de la habitación, pues se acercaba la noche. Ravenspur se encaró con David desde el otro lado de la habitación.

—Tengo que preguntarte algo —dijo Ravenspur, tras haber escuchado pacientemente el interrogatorio al que Kinley había sometido a David durante dos horas—. ¿Fuiste anoche al dormitorio de la señora Rockwell?

—¿Ian y Pamela están casados? —preguntó Meg en voz baja, sentada delante de él, aferrándose a los brazos de su butaca.

—Sí —le contestó David, luego miró a Ravenspur—. No,

no fui a su dormitorio. He estado en su dormitorio en otras ocasiones y ella en el mío. Yo tenía una habitación en la casa del pueblo. —David miró al techo con fastidio ante la banalidad de su siguiente afirmación—. No, nunca ocurrió nada entre nosotros.

—Los criados de Pamela dicen lo contrario. —Kinley tuvo la cortesía de mostrarse incómodo—. Alguien con tu descripción ha sido visto con ella frecuentemente...

—¿Cree que es posible que ese hombre sea Faraday? —David estaba sentado con los brazos cruzados, y escuchaba a Kinley y a Ravenspur solo por respeto.

Miraba a Meg, que tenía la vista fija en él y no había dicho casi nada desde la llegada de Kinley. David había tenido que escuchar impotente mientras ella soportaba las insinuaciones de que era el amante de Pamela y que había retorcido el pescuezo a Nellis en un ataque de celos. Habría resultado risible, si todo aquel asunto no fuera condenadamente trágico.

Pero, dejando aparte lo que fuera Pamela, era cierto que David había estado en la casa del pueblo en plena noche y que había ordenado a Nellis que se fuera. Aparte de David, debía de haber alguien más en la casa esperando la llegada de Pamela. David recordó que prácticamente también lo había echado a él.

—¿Se da cuenta de que, si Nellis hubiera subido al dormitorio de Pamela anoche, como tenía pensado, le habrían matado allí? —preguntó David—. Está claro que alguien quería verlo muerto.

—Tenemos que encontrar a su marido —dijo Ravenspur.

—Nadie ha visto a Ian desde ayer —replicó David—. Se fue después de entrar en el túnel. Debió de ocurrir algo. Tengo que bajar hasta allí y descubrir qué vio.

—No, David. —Meg se levantó y se arregló la falda, mientras miraba a Ravenspur—. Anoche mi marido llegó a casa furioso. No quiso decirme qué le había sucedido. Debí insistir en pedirle respuestas.

David la miró con incredulidad, pero ella desvió la vista con las mejillas encendidas.

—Quería que huyera con él —siguió diciendo.

—¿Qué estás haciendo, Meg?

—Diciendo la verdad por una vez —contestó ella con voz trémula—. Miren en su bolsillo. Tiene mi guardapelo. Íbamos a ir juntos en busca del tesoro.

—Maldición. —Kinley dejó a un lado su bebida—. ¿Es eso cierto?

Meg vio la expresión de ira de David y se cruzó de brazos. Él vio el miedo y la angustia reflejados en su mirada y comprendió lo que estaba haciendo.

—Todo es cierto —afirmó Meg—. Temí incluso que me secuestrara.

David esbozó una sonrisa irónica.

—Ah, ¿sí?

—Miren en su bolsillo —insistió ella—. Estoy diciendo la verdad.

David no negó nada. Pero contarles que el coronel Faraday se había puesto en contacto con ella esa mañana no haría más que confirmar las acusaciones de Kinley de que estaba compinchada con su padre.

—Estás jugando a un juego muy peligroso, Meg —le advirtió en voz baja.

—No estoy jugando, David. Siempre has sabido cómo soy. —Ladeó la cabeza para dirigirse a Ravenspur—. Esta mañana mi padre se ha puesto en contacto conmigo. David quería protegerme. Por lo visto cree que aún puede salvarme. Tiene una idea de la situación muy poco realista, ¿no le parece?

—Sé lo que ha pedido para usted —contestó Ravenspur, examinándola detenidamente.

—Entonces comprenderá que, si no se me concede, no permitiré que David sacrifique su futuro ni el de mi hijo. No lo permitiré.

David se puso en pie.

—Ni se te ocurra pensar en sacarme de aquí, Ravenspur.

—Hágalo —pidió Meg—. No confío en él. Él... él...

—¿Está enamorado de ti? —preguntó David, obligándola

a volverse para mirarla a los ojos—. Yo no he matado a Nellis, Meg.

Ella sacudió la cabeza con lágrimas en los ojos.

—Todo esto es culpa mía —dijo a lord Ravenspur con mirada suplicante—. Mi padre lo matará. No quiero que David se quede aquí.

—Pues es una pena, Meg, porque no pienso irme. Y no voy a darte el guardapelo.

—¡Suéltame! —Los ojos de Meg centelleaban—. Eres el hombre más irritante que he conocido. Esta vez no perdonaré tu terquedad.

Meg dio media vuelta con un revuelo de faldas de seda de color lavanda y casi consiguió llegar a la puerta antes de que David la interceptara.

—No vas a salir de aquí, amor mío.

Ella trató de zafarse.

—Deja que me vaya —dijo, con la voz trémula—. Por favor —susurró.

David se volvió sin soltarla, respirando pesadamente. Ravenspur y Kinley lo observaban. David rodeó a Meg con los brazos como si con eso pudiera proteger su vulnerabilidad. No quería verla tan expuesta.

—¿Dices que Nellis se defendió y que estaba ensangrentado? —preguntó a Ravenspur—. Llevo la misma ropa que llevaba cuando me fui de aquí ayer. ¿No es cierto, Meg?

Ella apartó la cara. David tiró de ella hacia sí.

—¿No crees que si me hubiera peleado con el señor Munro tendría la ropa desgarrada o manchada de sangre? ¿Dónde están mis heridas? —Alzó las manos y las giró—. No tengo señales de ningún tipo. No soy culpable más que de cometer la imprudencia de ir a la casa del pueblo. —Miró a Meg a los ojos—. Nadie va a apartarme de ti. Yo no maté a Nellis.

—Hace seis meses, vino un hombre haciendo preguntas sobre la señora. —El sheriff Stillings apareció en el umbral de la puerta. Su capa mojada se abrió y dejó al descubierto la pesada cachiporra que llevaba colgada al cinto—. Preguntó si había vivido en Calcuta antes de venir aquí. Como no volví a verlo supuse que no había encontrado lo que buscaba y que se había ido. —Miró a Meg—. Pero yo sabía que usted había vivido en Calcuta. Munro se empeñó en hacer averiguaciones. —Stillings fijó su atención en David—. Le partieron el cuello, igual que a mis hombres cuando los encontramos en la vieja senda de los arrieros después de la tormenta. ¿Quién sabe cómo matar de una manera tan eficaz, milord?

Sus ojos castaños no vacilaron y su sonrisa se volvió desagradable.

—Solo he visto a una persona que peleara con semejante habilidad.

Rápidamente Meg avanzó un paso hacia él, pero David la retuvo; la agarró del brazo con fuerza suficiente para advertirle que él mismo libraría sus batallas.

—Sea como sea, tiene usted pelotas, Señoría —dijo Stillings—. Quizá incluso tenga agallas para entrar en una habitación llena de asesinos con la promesa de cubrirlos de oro y salir de ella con vida.

La boca de David se torció en una sonrisa que no tenía nada de divertida.

—Si un hombre cometiera semejante estupidez, lo último que esperaría es volver a verlo en su pueblo, sheriff.

—Tengo una docena de hombres ahí fuera y una orden de arresto contra usted —prosiguió Stillings tranquilamente—. Nadie echará de menos al magistrado por estos andurriales, pero si el que lo mató a él mató también a mis hombres, quiero encontrarlo.

Stillings miró a Meg.

—En una ocasión vino a pedirme ayuda.

—Sí —respondió ella en un susurro.

Stillings entró en la habitación con las botas llenas de barro. Llevaba un rifle en la mano.

—Usted buscaba los túneles, milord. Yo he subido por ellos desde el río. Esto es lo que he encontrado debajo de la iglesia.

David cogió el rifle Enfield. Lo levantó a la luz y localizó la leve marca de una letra que se había grabado a fuego en la culata. David tendió el rifle a Ravenspur y volvió la vista hacia Stillings.

—¿Podría enseñarme dónde lo ha encontrado?

—¿Y esta letra R? —preguntó Ravenspur.

—¿Rockwell? —Kinley cogió el rifle y lo examinó—. Este rifle pertenecía al padre de Ian Rockwell.

David hizo un aparte con Meg para que no los oyeran, y le sujetó el mentón suavemente con la mano para que no pudiera esquivar su mirada.

—Tú ya has hecho tu trabajo. Ahora déjame a mí hacer el mío —dijo. Luego miró a Ravenspur—. Tengo intención de limpiar esas cuevas. Blakely llegará pronto con mi hijo y mi pupila. Necesito que te lleves a mi familia a un lugar seguro hasta que todo esto acabe. Envía un telegrama a Halisham o a New Haven. Que mañana retengan el tren si es necesario. Podemos llegar a primera hora de la mañana si salimos esta noche.

—¿Puedes retener el tren? —se extrañó Meg.

—Yo no, pero Ravenspur sí. —David le metió un mechón de pelo detrás de la oreja—. No lleves más que lo necesario para Nathanial y para ti. Volveré en cuanto pueda. —Se volvió hacia Kinley y le dijo—: Puede arrestarme luego.

—Puede arrestarme ahora —dijo Victoria cuando David y Stillings abandonaron el patio a caballo.

Se oyó el ruido de un carruaje que llegaba. Era Blakely, que volvía del pabellón de caza. Victoria se plantó delante de la puerta. Ravenspur no podría salir de la biblioteca sin pasar por encima de ella.

—Milady. —Ravenspur se echó el abrigo sobre el brazo y esperó a que Victoria se moviera—. Con el debido respeto...

—No habrá indulto para mí, ¿verdad? —preguntó ella.

Al no obtener respuesta, alzó el mentón y trató de hacer caso omiso de la angustia que sentía.

—No mentía cuando le he dicho que David pretende sacarme de aquí. No permitiré que cometa traición por querer portarse noblemente e impedir lo inevitable.

—¿Qué propone que hagamos? —preguntó lord Ravenspur.

—Me iré con Kinley, lo más lejos posible de mi familia. —Victoria se ciñó el chal—. Mi padre se ha escondido. No podrán atraparlo a menos que consigan sacarlo de su escondite. Al fin y al cabo, cree que tengo algo que él quiere. Si no estoy aquí y no hay nadie más con quien pueda jugar, irá detrás de mí. Cuando lo haga, no quiero estar cerca de mi familia. David no lo atrapará nunca si no me usa de cebo.

Nathanial entró en tromba por la puerta principal. Le chorreaba agua del sombrero. Al ver a su madre en la puerta de la biblioteca, corrió hacia ella.

—¿Tenemos que irnos, madre? ¿Tenemos que irnos?

Victoria miró a Bethany por encima de la cabeza de su hijo. La joven se quitó la capa sin mangas forrada de pieles, que estaba completamente empapada, y levantó la cabeza. Llevaba un vestido de viaje de color azul. Sus ojos, tan parecidos al cielo estival, mostraron tan solo una leve vacilación al encontrarse con los de ella.

—¿Sir Henry no va con vosotros? —preguntó Victoria.

—No soporta ir en carruaje. Los Shelby se quedarán con él. —Bethany rodeó los hombros de Nathanial con un brazo—. Le he dicho que le ayudaría a hacer el equipaje. Estamos a punto de embarcarnos en una aventura, ¿verdad, Nathan? Él estará bien, Victoria.

Meg se dio cuenta de que nunca había querido tanto a Bethany como en aquel momento.

—Este es el cuñado de lord Chadwick —dijo a Bethany. Y a su hijo—: Tu tío, Su Excelencia el duque de Ravenspur. Él se encargará de proporcionaros alojamiento.

Nathanial y Bethany alzaron los ojos para mirar al hombre alto e imponente que les acababa de presentar. Bethany hizo una reverencia.

—Excelencia.

—Usted es la pupila de Chadwick —dijo lord Ravenspur, y luego hincó una rodilla en el suelo delante de Nathanial—. Y tú eres mi sobrino. Me llamo Michael —dijo—. Tío Michael. Así es como me llaman tus primos.

—¿Puedo llevarme a Zeus?

Lord Ravenspur miró a Victoria.

—Un gato —explicó ella.

Ravenspur rió.

—Eres igualito que tu tía Brea —dijo—. Le encantan los gatos. Tenemos cinco. Pero ¿no crees que Zeus preferiría cazar ratones aquí que pasarse los próximos días encerrado en una jaula?

Victoria se mostró de acuerdo con él.

—Se quedará para hacerle compañía a sir Henry.

Lord Ravenspur se levantó y se inclinó sobre la mano de Bethany.

—Ha sido un placer conocerla, señorita Munro.

Cuando Nathanial y Bethany subieron a sus habitaciones, Victoria enarcó una ceja.

—¿Cinco gatos? —preguntó.

—Y todos duermen con nosotros.

Victoria sonrió. Aunque no fuera cierto, era una extravagante afirmación, y a pesar de que percibía en él una voluntad de hierro que difícilmente debía de poder domarse, sus claros ojos grises delataban también cierto encanto, quizá incluso ternura, si se observaba con atención. Victoria no tuvo ninguna duda de qué tipo de hombre era cuando estaba en familia, ni de que Nathanial y Bethany estarían a salvo con él.

—Milady...

—Victoria —dijo ella—. Me llamo Victoria, Excelencia. Pocas personas me conocen por otro nombre. Dado que estamos emparentados, preferiría que me llamara Victoria.

—Todavía no me he acostumbrado a llamar Chadwick a Donally.

—Le quiero, Excelencia —dijo Victoria, antes de que lord Ravenspur se fuera y ella ya nunca pudiera decirle lo que quería confiarle ahora—. Necesito que su familia lo sepa para que no me juzgue mal. Quiero que acepten a nuestro hijo.

—Victoria. —Lord Ravenspur se puso el abrigo y se encaminó hacia la puerta principal, acompañado de Victoria—. David jamás me lo perdonaría si hiciera lo que usted me pide. —Se enfundó los guantes—. ¿Puedo confiar en que subirá a hacer el equipaje para marcharse con su familia? Yo tengo que irme ahora mismo si quiero llegar a la oficina de telégrafos.

—Pero, no puedo...

—Irá a Londres, lady Chadwick.

Victoria se quedó en la puerta de la mansión mientras él bajaba los escalones corriendo bajo la lluvia y abandonaba el recinto del patio. Había un hombre junto a su caballo, que esperaba cerca de la verja atado a una estaca. Lord Ravenspur habló con el hombre y luego montó. A Victoria le sorprendió que no viajara en carruaje. Cuando el duque se alejó a caballo, Victoria escudriñó la oscuridad en dirección a la iglesia. Una luminosidad fantasmagórica coloreaba el cielo. La luz de un centenar de faroles se reflejaba en las gotas de lluvia, creando un extraño resplandor.

David estaba allí. Victoria no acababa de confiar en Stillings, pero el sheriff era un hombre listo cuando se trataba de defender sus intereses, y sin duda se daría cuenta de dónde estaba la prosperidad futura del pueblo. En cuanto a Nellis...

Debería sentir algo, pero solo se sentía... impotente.

Victoria cerró la puerta. No quería encararse con Kinley, pero lo menos que podía hacer era procurar que el hombre estuviera cómodo hasta que regresara David. Se dirigió de nuevo hacia la biblioteca.

Al principio no distinguió a Kinley, que estaba junto a la ventana y contemplaba el valle en sombras con las manos enlazadas a la espalda.

Un rayo distante iluminó el huerto de árboles frutales que había bajo el cerro.

—Como un soliloquio en una tragedia griega —dijo él, antes de que Victoria pudiera hablar—. Es realmente curioso.

Victoria miró a Kinley, que seguía entre las sombras pero que de repente se volvió y la miró por encima del borde de sus gafas doradas.

«Es realmente curioso.»

Su padre había usado esa misma frase por la mañana.

En ese mismo instante, cuando los ojos de él se encontraron con los de ella, el aire se volvió mortalmente helado, y lo que la mente de Victoria se había negado a admitir en un principio, le advirtió ahora de que saliera huyendo.

Ambos se movieron a la vez.

El ruido de pasos que la perseguían de manera implacable espoleó a Victoria, pero no fue lo bastante rápida. La puerta de la biblioteca se cerró en sus narices. Su padre la agarró por el hombro y la obligó a volverse, mientras con la otra mano le apretaba la garganta, aplastándola contra la puerta.

—¿Ha sido la elección de mis palabras lo que me ha delatado, Maggie? —preguntó.

23

—¡Suéltame! —Victoria apoyó las manos en los hombros de su padre para empujar, pero él le mostró el puño. La otra mano seguía apretándole la garganta y dejándola sin respiración.

—No me obligues a golpearte, muchacha. Nunca te he pegado, pero lo haré si es necesario.

—¿Pegarme? —Haciendo un esfuerzo por aliviar la insoportable presión que atenazaba sus pulmones, Victoria se centró en separar los frenéticos latidos de su corazón de la necesidad de respirar—. Asesinaste a mi madre.

Él rió.

—Tu madre murió mientras daba a luz al hijo de otro hombre. Ella te abandonó, pero tú seguiste amándola y compadeciéndola. ¿Te abandoné yo, Maggie? Jamás.

La visión de Victoria se volvía borrosa por momentos.

—¿Cómo lo lograste?

—¿Cómo logré hacerme pasar por Kinley? —Faraday escupió el relleno que llevaba en los carrillos—. Ese cabrón fue mi sombra durante nueve malditos años. Un hombre inteligente, siempre con sus normas y su rectitud de funcionario. Conocía hasta el menor matiz de su voz, sus pensamientos y expresiones. Conocía a su familia. Los nombres de sus hijos. Venía a visitarme. Jugábamos a las cartas y charlábamos tomando brandy. Astutamente me acosaba a preguntas y yo le hablaba del tesoro.

Fue él quien tuvo el pendiente en su poder todos estos años. Pero cometió el error de contarme que creía que estabas viva. ¡Qué lista era mi hija! Eso fue lo que pensé, que eras digna hija de tu padre.

—¡Basta! —gritó Victoria, tapándose los oídos.

—Donally es el único cabo suelto que me queda por resolver —dijo él—. Ahora tiene el maldito guardapelo. Te prometí que dejaría a Nathanial en paz si me dabas el guardapelo. ¿Acaso no te lo dije?

Victoria abrió los ojos como platos.

«Nathanial.»

Bethany y él estaban arriba y no sabían nada.

—Mi socio ya debe de haber encontrado a tu hijo.

Victoria relajó los músculos. Estaba ganando la batalla contra la niebla que ofuscaba su mente, pero tenía que pensar. Metió la mano en un bolsillo y encontró la llave que se había guardado antes. Al notar que su resistencia disminuía, Faraday aflojó la presión en su garganta.

—Bien, así está mejor, ¿no crees?

De repente, Victoria se encontró con ventaja. Sabía que su padre era peligroso, pero él no tenía ni idea de que ella también lo era.

Estalló en sollozos y se apoyó en la puerta para exagerar su desvalimiento, pero poniendo mucho cuidado en no sobreactuar. A su padre le gustaba el melodrama, pero no se tragaría que ella hubiera cambiado tanto. Sin embargo, a Victoria le bastaba con que aflojara un poco la presión.

De pronto, se irguió con ímpetu y levantó los dos brazos al mismo tiempo para obligarlo a soltarla. Faraday se tambaleó hacia atrás y se golpeó contra la esquina de una mesa. Victoria abrió la puerta, la cerró de golpe y echó la llave justo cuando su padre la aporreaba con los puños por el otro lado.

—¡No te irás sin tu hijo! —gritó, y pateó la puerta.

Victoria dio media vuelta y echó a correr por el pasillo; apagó todas las lámparas de la pared que encontraba a su paso. Pero había olvidado la entrada de servicio. La puerta de la biblioteca se abrió con estrépito en el vestíbulo. Victoria ahogó un grito y se metió en el comedor. Las cortinas estaban echadas. Se detuvo respirando entrecortadamente y aguzó el oído por si su padre iba tras ella.

No oyó nada.

La habitación estaba oscura y fría. Salió por la puerta corredera que conducía a la escalera que bajaba a la cocina, y se apoyó en la pared para recobrar el aliento. Permaneció allí durante unos minutos hasta asegurarse de que su padre no la había seguido. En la casa no había muchos criados, por lo que no se cruzó con ninguno cuando bajó y recorrió el pasillo de la cocina en dirección a la escalera de servicio que llevaba al segundo piso.

Victoria fue apagando todas las lámparas a medida que avanzaba. Subió por la escalera de servicio y, con las manos pegadas a la pared, dobló la esquina y salió al segundo piso por otra puerta de servicio. Quería llegar a la habitación de Nathanial, pero el instinto le decía que su padre adivinaría su intención. Sin separar las manos de la pared, fue a tientas por el pasillo hasta llegar al estudio. Cuando entreabrió la puerta y se asomó al interior, un relámpago iluminó el estudio vacío.

—¿Maaaaagie?

La voz cantarina de Faraday procedía del otro extremo del pasillo. Se oyó un portazo.

—No me gusta que te escondas de mí.

Victoria no sabía quién más podía haber en la casa. Oyó la voz amortiguada de su padre hablando en voz baja. Entró corriendo en el estudio y cogió la espada de David, que estaba colgada de la pared. De no ser por su elevada estatura, no la habría alcanzado.

Volvió corriendo a la puerta, se pegó a la pared y asomó la cabeza al pasillo. Vio que todas las luces de la casa estaban apagadas. Empuñando la espada con fuerza, Victoria salió del estudio.

El cazador se había convertido en presa. Victoria sabía que, en ese momento, su padre deseaba matar a David más que a ella, lo que le daba una ligera ventaja, ya que se distraería mirando por las ventanas para ver si llegaba a caballo desde la iglesia. Victoria no quería delatar su posición antes de saber quién más había en la casa.

«Dios mío, no permitas que haga daño a Nathanial y a Bethany.»

Se metió en el pasillo de servicio y salió por el otro extremo. Llegó a sus habitaciones y de inmediato se puso a buscar otra arma que le fuera más manejable. La noche se echaba sobre las ventanas de la casa, pero no se atrevió a encender ninguna lámpara.

Su maletín médico seguía junto a la cama. Victoria se arrodilló, lo abrió a tientas y sacó una jeringuilla. Luego la llenó de morfina, con una dosis suficiente para dejar inconsciente a un hombre adulto de la envergadura de su padre. Tal vez incluso para matarlo. Empuñando el émbolo como si fuera un cuchillo, Victoria se levantó con cuidado de no tropezar con nada de lo que estaba desparramado por el suelo, ya que correría el riesgo de clavársela a sí misma sin querer.

Recogió también la espada y salió de la habitación. A mitad del pasillo, cruzó al otro lado y pegó la espalda a la pared, tratando desesperadamente de contener el pánico que se adueñaba de ella. Entre su habitación y la de su hijo solo había oscuridad. La tormenta únicamente le permitía oír su jadeante respiración.

Alargó la mano para abrir la puerta de la habitación de su hijo. Hizo girar el pomo de cristal y dejó que la puerta se abriera.

Nada.

—Nathanial... —llamó con voz queda—. Nathan —repitió, un poco más alto.

Entró en la habitación. Su hijo no estaba allí. Atravesó corriendo el vestidor y llegó a la habitación donde estudiaba. Nathan tampoco estaba allí. A Victoria se le escapó un sollozo desgarrado.

—Nathanial...

En el cielo retumbaban los truenos y Victoria lanzó al techo una mirada hostil. La tormenta del exterior no se podía comparar en violencia con la que crecía en su interior. Retrocedió un paso. La ira le estallaba en el pecho.

Ya no le importaba su propia vida. Si su padre le tocaba un solo pelo a Nathanial, daría caza a aquel hombre que era el rostro de sus pesadillas, el ladrón de la paz de su espíritu, y lo ensartaría como a un cerdo. Con los sollozos pugnando por salir de su garganta, giró sobre sus talones y chocó contra un cuerpo.

Soltó un grito y blandió la espada, aun sabiendo que estaba demasiado cerca para poder hacer daño con ella. Pero la mano izquierda que la había sujetado por la muñeca no le impidió utilizar la jeringa, que clavó en el hombro de la otra persona antes de darse cuenta de que no era su padre.

—¡Oh, Dios mío! —exclamó, al oír un juramento de David.

—Meg...

David se arrancó la jeringa del hombro, pero ella ya se había lanzado en sus brazos. David se tambaleó hacia atrás y retrocedió hasta el pasillo con las manos alrededor de la cintura de Meg.

—Estás aquí. Estás bien. Oh, Dios mío, oh, Dios mío... Te lo he inyectado todo —susurró, arrojando a un lado la jeringa.

Oyeron pasos en el pasillo. David se volvió. Una bala hizo astillas la jamba de la puerta. Victoria soltó un chillido, tiró de David para meterlo de nuevo en la habitación y cerró la puerta. Buscó a tientas la llave en su bolsillo y cerró. Luego le bajó la camisa a David para mirarle el hombro. Sus ropas estaban empapadas y rebozadas en barro.

—Maldición, maldición —exclamó David, agachándose para apoyar las manos en las rodillas.

Cayó hacia atrás, golpeándose contra la pared. Le sangraba la herida del brazo.

—Te ha dado. Oh, Dios mío, David. Te ha disparado.

—Dime que no acabas de inyectarme veneno.

—No, es morfina. —Victoria le sujetó la cara entre las manos y le dio un beso con desesperado afán—. Lo siento mucho. Lo siento mucho. Vas a perder el conocimiento, David. No podré evitarlo.

Victoria se sobresaltó al darse cuenta de que alguien se movía por la habitación contigua. Se oyó un portazo. Si su padre encontraba a David, lo mataría, si no lo había hecho ya ella con la morfina.

—Es Kinley —se apresuró a decir, tratando de poner a David en pie—. Es mi padre. El verdadero Kinley está muerto.

—Ian vino a buscarme —dijo él, poniéndole una mano en la mejilla—. Pamela... trabaja... con Kinley. ¿Estás herida?

—Nathanial... —sollozó ella, pronunciando el nombre de su hijo.

—Nathanial y Bethany están a salvo. Abajo. Están con Stillings. El túnel... —susurró David—. El túnel que sale de la iglesia conduce hasta la bodega de la mansión. Tu padre llevaba meses entrando en ella... antes de que nosotros nos instaláramos aquí. Doyle tenía miedo de esta maldita casa. —David se deslizó por la pared hasta el suelo—. Debería haberme dado cuenta... Kinley.

—Hacía años que no veías a Kinley ni a mi padre. Ni siquiera lord Ravenspur se dio cuenta. —Victoria trató de levantarlo—. Tengo que sacarte de aquí.

—Mis hombres tienen que estar por aquí —dijo él, arrastrando las palabras—. Búscalos.

Victoria se arrodilló delante de él.

—No voy a dejarte solo —dijo entre lágrimas—. Ahora calla. Ya basta de ruido.

—Dime que me amas.

—Te amo.

—Huiremos juntos. Volveremos a casarnos.

—Y viviremos felices por siempre jamás —dijo ella, taponando la herida del brazo para que dejara de sangrar—. Conozco el final.

Era un final de cuento de hadas que ellos jamás iban a tener.

David cerró los ojos.

Presa del pánico, Victoria comprobó que aún tenía pulso, justo antes de oír el percutor de un revólver.

—Es realmente curioso —dijo una voz en la oscuridad, y la figura de su padre surgió de entre las sombras.

Fue tal el pánico de Victoria que tuvo la sensación de que se le iba a salir el corazón por la boca. Su padre apuntaba a la cabeza de David con el revólver.

—¿Tiene el guardapelo?

—Cójalo, Faraday —dijo David con voz ronca detrás de Victoria. El guardapelo cayó en el suelo con un ruido metálico—. Váyase a buscar su tesoro y deje en paz a mi familia.

La espada yacía junto a Victoria, que recogió el guardapelo y se levantó con la espada en la mano.

—No permitiré que lo mates, padre.

Se oyeron gritos fuera de la habitación. Había otras personas en la casa.

—Ven conmigo, Maggie.

—No... Meg. No... te vayas, maldita... sea.

Faraday dio un paso para esquivar a su hija, pero ella se movió para interponerse entre su padre y David.

—¿Puede ofrecerte él la libertad? —preguntó Faraday. Sus gafas reflejaron la escasa luz que había en la habitación—. Nadie te comprende mejor que yo. ¿No echas de menos la emoción de la aventura? Después de tantos años, tenemos al alcance de la mano todo aquello por lo que trabajamos. Seremos libres.

No, Victoria sabía que ella no era libre.

Nunca sería libre.

Se secó las lágrimas y no apartó los ojos de su padre cuando David se desplomó, inconsciente. Tampoco le dio la espalda cuando hincó una rodilla en el suelo para comprobar el pulso de su marido. David jamás entendería por qué huía otra vez.

¿Podría perdonarla?

Tal vez en esta ocasión se trataba de su propio honor. Victoria quería acabar con todo de una vez.

—No permitiré que lo mates.

—Pídemelo como una hija, Maggie.

—Por favor... no lo mates, padre.

Faraday apartó el pulgar del percutor y bajó el revólver.

—Como quieras. Ahora dame el guardapelo, o dame la mano y saldremos juntos de aquí.

24

Victoria caminaba a trompicones detrás de su padre, que tiró de ella hasta conducirla debajo de un árbol. Cuando Faraday le quitó la mordaza de la boca, Victoria jadeó, tratando de recobrar el aliento. Un relámpago reveló que la carretera que llevaba hasta el valle estaba desierta.

—No tienes por qué atarme las manos, padre.

Victoria dio un respingo cuando su padre tiró de la tela con la que le había atado las muñecas.

—Lo hago para mi tranquilidad, Maggie. —Faraday ajustó la capa a su hija y le echó la capucha sobre el pelo para protegerla de la fuerte lluvia—. Aún no has demostrado que pueda confiar en ti.

—Entonces, ¿para qué me llevas contigo?

Victoria oyó voces a su espalda. Los gritos subieron de volumen. Habría sido noche cerrada incluso sin lluvia, por lo que Victoria no veía nada cuando atravesaron el patio y luego echaron a correr, bajando la colina a trompicones entre el barro y la lluvia.

Pamela los aguardaba al pie del cerro. Sujetaba dos caballos de las riendas. Los animales estaban impacientes. Victoria vio que uno de ellos era el caballo de David.

—¿Qué está haciendo ella aquí? —quiso saber Pamela.

El coronel Faraday cogió las riendas del caballo de David.

—Viene con nosotros —anunció.

—No será conmigo, Faraday. Solo tenemos dos monturas.

—Entonces cabalgará conmigo.

Pamela empuñó un revólver. Apenas era visible bajo el grueso impermeable con el que se cubría.

—¡No vendrá con nosotros!

—Maldita sea, ¿qué demonios haces, Pamela? —La lluvia aplastaba la peluca blanca de Faraday contra su cabeza. Se la quitó de un tirón—. No tenemos tiempo para esto.

—Tira el revólver, Pamela. —Ian se encontraba detrás de ella, apuntándole con un arma—. Te juro que dispararé —gritó para hacerse oír sobre la lluvia.

Pamela no se movió. Ian miró a Victoria.

—Lamento no haber podido llegar antes.

—Oh, por favor —se mofó Pamela, sin dejar de apuntar al pecho de Victoria—. ¡No podrías ser más aburrido aunque quisieras! La mataré si no bajas ese revólver.

—Mi mujer se vendió —dijo Ian, y le tembló la mano que sujetaba el revólver. Victoria vio que llevaba la cabeza vendada—. Anoche, en el túnel, encontré el rifle que pertenecía a mi padre. Fue ella quien le disparó, Victoria. ¿De verdad creías que no iría a por ti, Pamela? —gritó Ian contra el viento—. ¿Adónde crees que irás?

El cañón del revólver de Pamela seguía apuntado a Victoria, pero cuando habló se dirigió a Faraday.

—No he hecho todo lo que me has pedido durante estos años para que me la juegues ahora, Faraday. —Pamela amartilló su revólver—. Ella te traicionó en Calcuta. No vendrá con nosotros.

Victoria se movió, pero su padre se movió más deprisa y la apartó de un empujón cuando Pamela disparó. Victoria cayó de rodillas. Al mismo tiempo, el caballo de David se encabritó y agitó las patas en el aire, por lo que Victoria tuvo que hacerse a un lado para que no la aplastara con los cascos. Luego, su padre se echó sobre ella con toda su envergadura para impedir que el caballo la pisoteara. Al mismo tiempo que la protegía con su cuerpo, consiguió sujetar las riendas. Finalmente montó, a pesar de no acertar a meter el pie en el estribo la primera vez.

—¡Sube! —gritó, tendiéndole la mano a su hija.

Victoria miró a su padre. El breve resplandor de un relámpago le permitió ver en su pecho una mancha oscura que se iba extendiendo.

—No vaya, milady. —Ian había conseguido arrebatarle el arma a Pamela y se había sentado a horcajas sobre ella, que no dejaba de forcejear—. Todo ha terminado. No tiene por qué hacerlo.

—Maggie —dijo su padre—. Si te quedas, nunca serás libre. Sé dónde está el tesoro.

—¡Cabrón! —gritó Pamela a su marido—. Mátalo.

Victoria vio luces de faroles que bajaban por la colina. Miró a Ian. A unos pasos de distancia de Pamela se encontraba el arma de Rockwell, que a duras penas conseguía dominar a su esposa.

—Cuando David despierte, dígale que... lo siento.

Pamela se echó a reír.

—¿Quién es la traidora ahora?

Victoria se agarró al brazo de su padre y montó detrás de él. Faraday espoleó al caballo y Victoria se sujetó a su padre con todas sus fuerzas para no caer. El cuerpo del coronel Faraday la protegía de la lluvia y del viento, y ella agachó la cabeza contra su espalda.

Victoria se despertó lentamente. Notaba el suelo frío en la espalda y las mantas húmedas. Yacía junto a una fogata en un establo en ruinas. El entorno no le era familiar y tuvo que hacer un esfuerzo para despejar su mente embotada y recordar. Se incorporó con dificultad y descubrió que aún tenía las manos atadas. Le dolía todo el cuerpo. Estaba demasiado cansada para importarle su estado físico o su incierto futuro. Volvió la cabeza y vio a su padre sentado sobre un tronco con los codos apoyados pesadamente en las rodillas, observándola.

—Has estado horas durmiendo. —Faraday sirvió café en una abollada taza de estaño—. ¿Tienes hambre?

Se puso en cuclillas delante de ella y dejó a un lado la cafetera de estaño con unas manos que curiosamente habían perdido algo de firmeza. Una vez quitado el maquillaje, el rostro de su padre parecía más joven de los cuarenta y nueve años que tenía. Su pelo era del mismo color castaño oscuro que el de ella, pero con algunos cabellos grises en las sienes, y lo llevaba recogido en una cola. Las gafas eran suyas, y las llevaba puestas. Las llamas de la fogata se reflejaban en las lentes.

—No tenía intención de hacerte daño —dijo Faraday, llevándose un pañuelo manchado de sangre a la boca—. Te he echado de menos. Preferiría escuchar tu conversación que la mía, que ni siquiera en un buen día resulta agradable a mis oídos. Si te desato las manos, ¿me das tu palabra de que no escaparás?

Victoria enlazó los dedos y escudriñó los alrededores del establo en la oscuridad. Densos grupos de árboles desnudos se apiñaban cerca de la granja abandonada donde habían parado para pasar la noche después de viajar por fríos caminos rurales cubiertos de barro. Llevaban dos días jugando a lo mismo. Victoria no planeaba escapar, pero tampoco pensaba cooperar en lo más mínimo. Faraday parecía haberlo comprendido y aceptaba que ese fuera el precio por su compañía. Porque ella no pensaba concederle nada más.

—¿Por dónde vaga tu mente cuando estás conmigo, Maggie? —Su padre le sujetó el mentón y la obligó a mirarlo—. Antes charlabas conmigo. Recuerdo que te encantaba hablar. Recuerdo cuando eras una niña...

Victoria reparó en la palidez cenicienta de su padre y supo que se estaba muriendo.

—¿Por qué recibiste esa bala por mí?

—¿Qué te hace pensar que lo hice por ti? Tú tenías el guardapelo.

—Eres un mentiroso, padre. —Victoria ya no tenía el guardapelo y, sin embargo, tampoco le había hecho daño.

Faraday entrecerró los ojos y su hija vio en ellos un peligroso brillo, antes de que su expresión se desvaneciera tan rápidamente como había aparecido.

—Quizá debería plantearme volver a amordazarte —dijo, y se puso en pie con dificultad.

Victoria vio que se había cambiado la ropa que llevaba el día anterior. Era obvio que había preparado muy bien su fuga a través del país. Sin embargo, no estaba preparado para la bala que Pamela le había metido en el pecho.

—No tengo ropa para ti. —Echó comida en un plato de estaño—. Esperaba irme con Pamela, no contigo. No creo que su vestido te sirva.

—Pareces lamentar que no lo haya hecho. ¿No te deja eso con más tesoro para ti solo?

—Pamela y Kinley han sido íntimos durante los últimos meses. Echaré de menos su compañía.

Victoria se sintió asqueada.

—¿Por qué mataste a Nellis? —susurró.

—Descubrió quién eras y planeaba chantajear a Donally a cambio de su silencio, pero no sabía quién era yo en realidad. Donally estaba encajando todas las piezas con demasiada rapidez. Me temo que Nellis descubrió nuestro juego antes de lo que yo quería. —Faraday dejó un plato de judías quemadas junto a Victoria—. Donally era la única persona que consiguió comprenderme de verdad. Siempre fue mi más digno adversario. Te doy las gracias por derrotarlo por mí sin ayuda de nadie, las dos veces.

Victoria bajó la vista hacia la fogata y contempló las llamas, que se volvieron borrosas a causa de las lágrimas. Había inyectado a David una gran cantidad de morfina. No quería ni pensar que pudiera haberlo matado. Era una idea espantosa.

—Estira los brazos, Maggie.

Victoria sacudió la cabeza para tragarse las lágrimas, hizo lo que su padre le pedía, y él cortó las ligaduras.

—¿Me creerás si te digo que nunca he querido verte sufrir?

—No.

Él soltó una breve carcajada, pero acabó convirtiéndose en un espasmo de tos. Victoria vio saliva rosada en sus labios. El tristemente famoso y soberbio coronel Faraday no era inmortal, después de todo. Sin embargo, Victoria solo sentía una extraña sensación de pérdida que no sabía explicarse.

—Tal vez deberías pensar en hacer las paces con Dios, padre.

La boca de su padre se torció en una parodia de sonrisa.

—Dios y yo nunca hemos tenido interés en conocernos. Solo existía en la hipocresía de tu madre —replicó él, haciendo un esfuerzo por sentarse erguido.

—¿Me dejarás que examine la herida? —preguntó ella en voz baja.

—Cuando lleguemos a Brighton. Allí nos espera una casa, no muy lejos de donde está enterrada tu madre. En una bonita capilla junto al mar. A ella le gustaba mucho el mar —añadió, mirándose fijamente el dedo donde antes había llevado la alianza de oro—. Incluso a ti te parecerá bien.

Después de tantos años de espera, preguntándose por su madre, Victoria iba a saber por fin dónde reposaban sus restos. Era algo que ya no creía posible.

—Quieres verla, ¿verdad? —preguntó él.

Victoria asintió, pues por encima de todo deseaba saldar todas las cuentas de su pasado. Necesitaba cerrar definitivamente la herida de su madre, y lo conseguiría sabiendo dónde estaba enterrada.

—¿Por qué lo hiciste, padre? ¿Por qué la enterraste en un lugar que a ella le habría gustado?

Faraday no respondió y, durante los días siguientes de camino hasta Brighton, Victoria comprendió que jamás llegaría a saber cuáles habían sido las razones.

Tal vez su padre atesoraba el recuerdo de su madre una vez muerta, porque no había podido conservarla en vida, igual que no había podido conservarla a ella. Pero desde el momento en el que su padre se había colocado delante del arma de Pamela, su desinteresada acción había dejado en Victoria una huella indeleble.

Por eso se quedó con su padre, lo cuidó y cuidó del caballo.

Faraday la llevó a una pequeña casa, tal como había prometido. Era la única promesa que había cumplido en su vida. Ella tuvo que ayudarle a entrar porque estaba demasiado débil para mantenerse en pie. La casa estaba aislada en medio de un bosque, como en un cuento de los hermanos Grimm, cubierta de una centenaria enredadera espinosa.

David no apareció en los días que siguieron a su llegada a Brighton. Por la noche, mientras dormía en un sofá bajo la ventana, Victoria oía a veces la sirena de algún barco en la distancia. A solas con sus pensamientos y un cielo lleno de estrellas, Victoria empezó a pensar que David no la estaba buscando porque creía que eso era lo que ella quería. Incluso ella acabó casi creyéndolo.

Hacia el final de la segunda semana, su padre se sentía tan débil que Victoria estaba convencida de que no pasaría de aquella noche, pero se equivocó. Ella le daba de comer, le lavaba la cara y lo mantenía con vida más tiempo del que merecía.

Hasta que una noche, la voz de su padre la despertó antes del amanecer, diez días después de su llegada a la casa. Mascullaba palabras incoherentes. Tenía mucha fiebre. Victoria le mojó los labios con agua fría.

Y lo vio morir en silencio.

Victoria lo envolvió en mantas. Haciendo un esfuerzo, se puso en pie, se lavó los dientes y la cara, y frotó debajo de sus destrozadas uñas hasta despellejarse. Se quitó el vestido y se lavó los brazos y el cuello. Se lavó de pies a cabeza y, finalmente, se desplomó en el suelo. Estuvo mucho rato sentada con la espalda apoyada en la tina y con el guardapelo en la mano. La lámpara que había a su lado arrojaba sombras sobre las paredes manchadas de humedad. Finalmente, apretó las rodillas contra el pecho, hundió el rostro en la falda y rompió a llorar.

No sabía por qué lloraba. Pero ya no era la joven de diecinueve años, furiosa y asustada, que huía de su antigua vida. La fortaleza de Meg la había convertido en Victoria. Sir Henry y David le habían devuelto todo lo que ella había permitido que su padre le arrebatara: su honor, su dignidad y su corazón. Esta revelación no disipó su miedo, pero le dio valor para continuar.

Cuando volvió a levantar la cabeza, el sol despuntaba en el horizonte y la habitación se llenaba de luz. Se acercó a la ventana.

Había pasado casi dos semanas en aquella casa y nunca había contemplado la salida del sol. Lo hizo ahora conteniendo el aliento, y vio el reflejo de la luz matinal en las agujas doradas de una iglesia distante.

Para llegar a la iglesia, tuvo que cruzar un campo abierto desde el cual se divisaba toda la ciudad. La hierba húmeda le mojó los zapatos, pero no le importó ni la humedad en los pies ni el gélido frío de diciembre, que penetraba por su vestido harapiento, a pesar de que se protegía con la capa. Abrió de par en par las altas puertas de madera de la iglesia y entró en el silencioso santuario.

El sol de la mañana entraba a raudales por los vitrales, que derramaban sus colores sobre los bancos. Avanzó hacia la vaporosa luz del interior y alzó la mirada al techo de madera tallada y pintada y a la alta torre octogonal que se alzaba sobre la nave. Victoria nunca había creído que el cielo existiera de verdad, pero allí, contemplando el interior de la iglesia con sobrecogimiento, le parecía que se encontraba en él. Se trataba de una iglesia católica profusamente decorada con mármoles y estatuas. Solo el suelo de piedra era frío. Victoria se miró los pies. Los vitrales proyectaban imágenes coloreadas en el suelo, y cuando el sol alcanzó cierto punto en el cielo, las imágenes se convirtieron en dibujos florales. Como el de su guardapelo.

Victoria levantó el guardapelo a la luz y se dio cuenta de que la imagen grabada en la tapa era de una flor en particular: una azucena.

Dio un paso hacia atrás y examinó las inscripciones grabadas en el suelo de piedra y en las paredes. Recorrió la iglesia en toda su longitud, mirando todos los nombres, buscando a su madre.

Finalmente se le escapó una carcajada llena de ironía. Se había equivocado de iglesia. Después de tantos sufrimientos, se había equivocado de iglesia.

Victoria no sabía cuánto tiempo llevaba sentada con las manos juntas sobre el regazo. Cuando una sombra cayó sobre ella oyó la voz de un joven sacerdote.

—Parece un poco perdida, señorita.

Realmente estaba perdida y quería volver a casa.

—¿Hay una Margaret Victoria Faraday enterrada aquí?

—No, señorita —respondió él, y le tendió un fino trozo de papel—. Pero hay una lady Margaret Victoria Sullivan enterrada en la capilla que hay junto al mar —añadió—. Si sale fuera, verá la cúpula en la siguiente loma.

Victoria se quedó mirando el papel que tenía entre las manos, sin dar la menor muestra de su febril agotamiento ni su incredulidad. Pero las manos le temblaban cuando desdobló el papel y leyó el nombre de su madre.

—No entiendo. ¿Quién le ha dado esto?

—Ese joven que está sentado ahí detrás me ha pedido que se lo entregara.

Victoria se levantó y fue hacia allí.

David estaba sentado en la última hilera de bancos con un brazo en cabestrillo y los negros cabellos caídos sobre la frente y sobre el blanco cuello de su camisa. Cuando se puso en pie, Victoria se estremeció de alegría. David no se acercó; le dejó a ella la iniciativa.

Victoria se detuvo frente a él. No lo tocó por miedo a desmoronarse si lo hacía.

—¿Nathanial está a salvo?

—¿Estás bien? —preguntó él.

Los dos hablaron a la vez. Un sollozo quebró la voz de Victoria.

—Creo que sí. Sí —susurró. Tal vez no estuviera muy bien físicamente, pero su voluntad y su propósito no habían estado nunca más claros—. Estoy muy bien.

David le ofreció la mano como si Victoria no hubiera desaparecido durante tres semanas, como si fuera la cosa más natural del mundo. Victoria miró la mano, consciente de la constancia de su fortaleza; dejó que David se la tomara y alzó el mentón para mirarlo a la cara.

Luego David la atrajo hacia el círculo protector de su brazo y la besó en la sien. No se había afeitado y llevaba el cuello de la camisa desabrochado. Su aspecto no era tan impecable como le había parecido en un principio.

Victoria acarició el mechón suelto que le rozaba el cuello de la camisa y, cerrando los ojos, se sintió invadida por una paz que borraba para siempre todo lo malo que había en su interior. Lloró, pero sus lágrimas no eran de tristeza.

—¿Cómo has sabido dónde encontrarme? —preguntó con voz ronca junto a su mejilla.

—Me alojo en una posada con vistas a esta iglesia. Te he visto llegar caminando.

—Mi padre ha muerto.

—No sabes cuánto desearía haber estado contigo. —Apretó su mejilla contra la de Victoria, y luego la sujetó dulcemente por la nuca y la besó en la boca, despertando el deseo de ambos. Sus labios se buscaron una y otra vez, ávidos, voraces—. Te he echado de menos —dijo David, volviendo a abrazarla, y luego la besó otra vez—. No he podido venir antes a buscarte. Creía que te había perdido para siempre.

En las palabras de David, en el susurro de su nombre, también se reflejaba la ternura de los sentimientos de Victoria. Había perdido peso y sus ropas estaban maltrechas, pero estaba a salvo y su corazón rebosaba de felicidad al abrazarse a su marido. Pero antes de que pudiera hablar, un movimiento en el fondo de la iglesia atrajo su atención. Miró cómo el joven sacerdote se alejaba hasta que el eco de sus pasos se desvanecía en el silencio. Una mirada por encima del hombro herido de David le indicó que estaban completamente solos. La mañana era demasiado hermosa para estar tan desprovista de vida.

De repente, se le ocurrió que no había visto a nadie más desde que había entrado en la iglesia. Apretó el papel que le había dado el sacerdote y miró a David a los ojos con expresión inquisitiva. No iba a permitir que él asumiera la responsabilidad de lo que debía hacerse. Sintiendo una súbita debilidad y una vulnerabilidad que no pudo reprimir, se alegró de que todo hubiera terminado.

—¿Estoy bajo arresto? —preguntó.

En la sonrisa de David había algo más que amor, y Victoria sintió en su interior un súbito resplandor.

—Ven —susurró él junto a su sien, sin revelar nada—. Tengo que enseñarte algo.

25

El carruaje se detuvo cerca de un cementerio aislado. Victoria miró por la ventana y vio las olas coronadas de espuma en el mar. David había encontrado a su madre. Con el guardapelo firmemente apretado, contempló la pequeña capilla románica que se erguía sobre la loma, y luego el mausoleo de mármol que había junto al aletargado jardín invernal, como una versión en pequeño de la iglesia que acababan de abandonar. Un par de columnas dóricas servían de soporte al techo abovedado. Volvió la cabeza y vio que David la observaba.

Después de permanecer tantos años oculta, aquel momento le pareció irreal. Sus ojos fueron a posarse sobre la alianza de oro de David y luego sobre la suya.

—Si no puedes hacerlo, nos iremos ahora mismo —dijo él. Le cogió ambas manos y se las llevó a los labios—. Te llevaré a la posada para que puedas bañarte y dormir. Ya volveremos mañana o nunca, si lo prefieres.

Victoria estaba un poco acongojada, pero ya no tenía miedo. Al menos, no temía tanto lo que le depararía el futuro como lo que estaba a punto de ocurrir. Solo de pensarlo, se echaba a temblar.

—Espera. —Victoria se llevó la mano de David a la mejilla y lo miró a los ojos—. Necesito que me prometas que, ocurra lo que ocurra... mañana... —Una breve ráfaga de viento sacudió el carruaje y Victoria apretó con fuerza la mano de David—.

No quiero que Nathanial y tú sigáis comprometidos en esto. Por favor, dime que lo protegerás de todo, y que tú también te cuidarás. Prométeme que le dirás a sir Henry que... le quiero. Bethany... es una joven de buen corazón y necesita saber que es importante para los demás. La gente no será buena con ellos.

—¿Y tú? —David posó en ella una mirada cariñosa—. ¿Qué pides para ti?

—Un futuro sin tacha para mi hijo.

—¿Recuerdas que prometiste confiar en mí? Eso incluye el futuro de nuestro hijo.

David alargó la mano por detrás de Victoria para abrir la puerta. Un lacayo desplegó el estribo y se hizo a un lado. David bajó y esperó a que ella estuviera lista para descender del carruaje. El viento jugueteó con la capa de Victoria cuando él la sujetó por el codo y la condujo hasta los escalones de entrada al mausoleo.

—No sabía que el segundo nombre de tu madre fuera Victoria.

—Se lo pusieron por su madre. Yo no sabía que su apellido de soltera fuera Sullivan.

Victoria alzó la vista hacia el rosetón que había sobre la puerta desvencijada, y vio una azucena y encima unas letras grabadas. Se detuvo.

La inscripción estaba escrita en latín.

Era la misma inscripción que había en el guardapelo.

—«No hay milagros para el hombre que no cree en ellos», dijo David, detrás de ella—. Es un proverbio francés. Un canto a la vida.

—¿Entiendes el latín?

David abrió la puerta del mausoleo y se apartó para que ella entrara.

—Un recuerdo de mi antigua educación religiosa —explicó.

Victoria entró, se detuvo y parpadeó unos instantes para adaptarse a la penumbra. En los apliques de las paredes brillaba la luz vacilante de unas velas. Victoria miró a su alrededor antes de darse cuenta de que David no había entrado con ella.

Quiso formular una pregunta, pero él se lo impidió poniéndole un dedo sobre los labios.

—Esto tienes que hacerlo tú sola —dijo.

Victoria guardó silencio mientras él cerraba la puerta y la dejaba casi a oscuras. El mausoleo olía a tierra y a flores mustias. Las ventanas de listones de madera daban al mar, y cuando pasó por debajo de un arco para entrar en un auténtico jardín del Edén, se detuvo asombrada y alzó la vista.

Un tragaluz con vitral coronaba el techo, convertido en un retablo celeste. Ondulantes azucenas envolvían el cuerpo de un ángel con los brazos abiertos.

Victoria se volvió y tocó con la mano los nombres y fechas de los que yacían enterrados en los muros de granito. Encontró el nombre de su madre grabado en el suelo, muy cerca del jardín, y se arrodilló. Durante un buen rato permaneció inmóvil con las manos sobre el nombre grabado.

El sol seguía su curso en el cielo matinal. Su brillante luz traspasó el vitral del techo e iluminó dos pequeñas hendiduras en las piedras contiguas a la de su madre. Victoria se enjugó las lágrimas, sacó el guardapelo y lo sostuvo en alto sobre la marca ovalada. Deslizó los dedos a lo largo de la pesada losa cuadrada de granito, metiendo las uñas entre las piedras, y comprobó que podía extraerse. Palideció. Luego se puso en pie, caminó hacia atrás hasta el banco y se sentó, abriendo la mano que sujetaba el guardapelo.

—Es una llave —dijo una voz detrás de ella.

Victoria soltó un grito ahogado y se puso en pie. Lord Ravenspur estaba sentado en un banco de piedra junto al muro del fondo, con la parte superior del cuerpo sumida en las sombras.

—Cuando se inserta el guardapelo, hay que girar la tapa. Su padre mandó construir este mausoleo y dejó estipulado que no se enterraría en el suelo a nadie más que a su esposa. —Ravenspur se levantó como si fuera a enfrentarse a una súbita ráfaga de viento.

No llevaba sombrero y sostenía los guantes en la mano. Había dejado el abrigo doblado sobre el banco.

—Pero si ya se sabe dónde está el tesoro, no se necesita el guardapelo... —dijo Victoria.

—Se necesita, si no quiere utilizar dinamita para volar el mausoleo. —Ravenspur no se acercó a ella, sino que fue hasta la ventana y contempló el mar—. Hay una recompensa para quien encuentre el tesoro. Un pequeño porcentaje que, no obstante, supone una fortuna para una persona.

—Pero no lo he encontrado yo, sino David.

—David se lo regala a usted. Me ha hecho prometerle que no la detendría si usted decidía marcharse. De lo contrario, no me contaría lo que había descubierto.

Victoria cerró los ojos un momento.

—David es un hombre testarudo que actúa al borde de la insumisión como un funámbulo camina por la cuerda floja. Dele a él la recompensa.

Ravenspur la observó con los ojos entornados, pero su expresión ya no era crispada. Se balanceó sobre los talones con las manos enlazadas a la espalda, y luego volvió a fijar su atención en la ventana.

—Pasó tres días en cama. Pensé que iba a matarse tratando de encontrarla. No sé cómo supo que vendría a Brighton, pero no ha querido moverse de aquí. Hace una semana encontró el registro de la boda de sus padres. El apellido de soltera de su madre era Sullivan. Se casó con su padre en la capilla, junto al mar. —Lord Ravenspur señaló con la cabeza la losa del suelo—. Podemos abrirla.

Victoria miró el guardapelo que tenía en la mano y luego se lo tendió al duque.

—No quiero porcentaje alguno de ese tesoro. Y tampoco quiero seguir huyendo. Ábralo cuando yo me vaya, por favor. Luego entréguele el guardapelo a mi hijo.

Ravenspur esbozó una sonrisa al acercarse y aceptar la joya.

—Él ya me había advertido que diría usted esto.

—Entonces, ¿ha sido una especie de prueba?

—No, es cierto que tuve que jurarle a David que la dejaría

marcharse si usted decidía hacerlo. —Ravenspur sacó un puñado de papeles del interior de su chaqueta—. Él hará cuanto sea necesario para que sea usted libre. ¿Merece ser libre, Victoria?

—Me llamo Margaret Faraday, Excelencia. Creo que ambos lo sabemos.

—Salvo que yo tengo testigos que afirman que Margaret Faraday murió el 18 de diciembre de 1863 junto a la costa de Bombay.

—¿Cómo?

—Es cierto, lady Munro. Verá, ni siquiera lord Ware puede agitar una varita mágica y borrar los dieciocho primeros años de la vida de Margaret Faraday. Aunque volviera a ser juzgada y absuelta de todos los cargos, cuando se hiciera público el hallazgo del tesoro, jamás podría llevar una vida normal. Su parentesco con el coronel Faraday la convertiría para siempre en prisionera de su reputación y mancharía a las personas a las que más quiere. Es una mancha que no se borra tan fácilmente.

Victoria comprendía demasiado bien lo que quería decir.

—Y resulta que todos los testigos han muerto...

—¿Cree usted que los maté yo?

—Lo hizo Pamela. Creemos que se casó con Ian Rockwell hace tres años para poder estar cerca de su padre, el comandante Rockwell. Logró acceder a los documentos que guardaba el comandante sobre el caso; después se las ingenió para llegar hasta Kinley y, a través de él, al coronel Faraday. Pamela era el topo. Cometió alta traición por una parte del tesoro. Por desgracia, no sabemos hasta qué punto el coronel Faraday y ella perjudicaron a nuestro departamento.

—¿Dónde está ella ahora? —susurró Victoria.

—En estos momentos, su marido la está llevando a un manicomio del sur de Gales. En lugar de ser juzgada y ejecutada, pasará el resto de su vida encerrada en una celda de piedra. No sienta lástima por ella —dijo Ravenspur al ver que Victoria volvía la cara hacia otro lado—. Trató de matar a su marido y habría matado a su hijo si Rockwell y David no hubieran llegado a tiempo.

—Fue la bala de Pamela la que mató a mi padre. Que al final mi padre me salvara la vida a costa de la suya debió de suponer el epítome de la tragedia griega para él. —Victoria se cruzó de brazos—. Su cadáver se encuentra en una casa en medio del bosque, no lejos de aquí.

—Los hombres de David siguieron sus huellas hasta la casa.

Victoria se puso tensa.

—¿Qué ocurrirá ahora?

—Usted es la única superviviente del Círculo de los Nueve original —respondió él, lo que atrajo de nuevo la mirada de Victoria hacia él—. Pero teniendo en cuenta que Meg Faraday ayudó a nuestros agentes en Calcuta y les ha ayudado también aquí a resolver un importante caso, el gobierno está dispuesto a enterrar su pasado aquí, en este mausoleo, y a que su nombre se exonere póstumamente. No se reabrirá su caso. Tampoco habrá juicio público. El expediente sobre la hija del coronel Faraday será destruido, y se le ofrecerá la oportunidad de empezar una nueva vida como Victoria Munro. Es todo lo que puedo ofrecerle para proteger su identidad y la de su familia.

Victoria se llevó un puño a la boca, tratando de asimilar lo que acababa de oír.

—Pero Meg Faraday es la esposa de David. Tenemos un hijo. ¿Es consciente David de cómo podría afectar esto a Nathanial?

—Creo que lo que voy a decirle ha sido idea suya, así como de sir Henry.

—¿El qué? —preguntó ella con voz ronca.

—David ha obtenido una dispensa especial. Se casará con usted antes de que regresen a Rose Briar. Quizá la vida nunca sea perfecta, pero es posible acercarse bastante. Victoria, cuando salga de este mausoleo, será libre.

¡Libre!

A Victoria el corazón le latía con tanta fuerza que apenas podía respirar. ¿Acaso alcanzaba alguien a comprender que esa palabra significaba para ella más que todas las riquezas del mundo?

—No puede usted imaginar cuánto he deseado oír esa palabra.

Lord Ravenspur se echó el abrigo sobre el brazo y le tendió la mano.

—Permítame que sea el primero en darle la bienvenida a la familia de mi esposa, lady Chadwick.

—Gracias, Excelencia, gracias —exclamó Victoria, dándole un abrazo sin poder contenerse, aunque no fuera una reacción muy decorosa.

—Bethany y su hijo han estado viviendo estas últimas semanas con mi mujer en nuestra finca de Aldbury. Ahora se ha reunido allí toda la familia. Puede darle las gracias a Christopher, el hermano de David, por el cachorro que Nathanial se llevará a casa. A Chris le encanta compartir. Es así de generoso. Pregúnteselo a Ryan o a Johnny o a Colin.

Victoria rió entre lágrimas de felicidad.

—Parecen personas realmente maravillosas —consiguió decir Victoria.

—Lo son —dijo lord Ravenspur con una sincera emoción que ella no había visto hasta entonces.

Victoria se secó las lágrimas y miró al suelo. Se agachó y tocó el nombre de su madre; luego levantó los ojos hacia el ángel del vitral. Si algo bueno había obtenido de los primeros dieciocho años de su vida, era el hombre que aguardaba fuera de aquel santuario de mármol.

Vio a David sentado en el último de los anchos escalones blancos que conducían a la capilla, de cara al mar. Alzó la vista cuando ella apareció. Victoria se detuvo; el aire le azotaba los cabellos y la capa.

Cuando David se levantó, ella se recogió las faldas y echó a correr. David bajó los escalones de un salto y Victoria se lanzó a sus brazos riendo. Él la cogió en volandas y, al besarla, fue como la primera vez. Fue un beso largo, lleno de amor y de pasión, además de una extraordinaria ternura. Para ellos ya solo existían sus bocas unidas, la mano de él en los cabellos de ella, el cuerpo de Victoria apretándose contra el de David, el calor que emanaba de ambos. Victoria lo asimiló todo en su corazón y lo devolvió centuplicado, hasta que empezó a sentir que se le iba la cabeza entre los brazos de su marido y él alzó por fin los ojos para mirarla.

—Lamento no haber podido decírtelo antes —quiso disculparse David—, pero eras tú la que tenía que elegir tu camino.

—Tenemos un hijo, David. —Después de tantos años de proteger a Nathanial, Victoria seguía mostrándose cauta—. ¿Cómo va a afectarle esto?

—Nosotros seguiremos teniendo un hijo y sir Henry un nieto. Mi título no puede heredarse y no poseo tierras. Cuando Nathanial sea mayor, podremos contarle con detalle las circunstancias de nuestra decisión. Nunca albergará la menor duda sobre su legitimidad.

—¿Estás seguro? ¿No tienes dudas? Esto no será fácil.

—¿Bastará con una vida para que logremos superarlo? —preguntó él, volviendo a abrazarla para estrecharla con fuerza contra su pecho—. Esta vez nos enfrentaremos juntos a todo lo que venga.

David alzó la cabeza al oír unas voces y miró por encima del hombro de Victoria. Había tres hombres frente al mausoleo con picos y palas. Victoria no se apartó de él, pero giró la cabeza para ver qué había atraído su atención. David observó su perfil, nervioso por su silencio.

—¿Quieres que esperemos a ver qué encuentran?

—Ya sé lo que encontrarán —contestó ella. David se arrepintió al instante de haberlo preguntado. Su mujer había pasado por un infierno durante las últimas semanas, no podía pedirle que volviera a entrar en aquel mausoleo.

—Vayamos a la posada para que puedas darte un baño y tomar una comida caliente —propuso—. Ya hablaremos cuando hayas descansado.

—Eso me gustaría.

Se dirigieron al carruaje.

—¿Qué más te gustaría?

—Estoy bien —contestó ella con la cabeza apoyada en su hombro—. De verdad.

—Lo sé.

Aun así, no la soltó en todo el trayecto.

26

Victoria se despertó sobresaltada en medio de la oscuridad, hecha un ovillo en un colchón de plumas de una cama con dosel. Trató de recordar dónde se hallaba, y respiró de nuevo al ver a David dormido en una butaca junto a la chimenea. Al principio no lo distinguió en las sombras de la habitación. Seguía llevando el brazo en cabestrillo, pero ya no estaba despeinado ni parecía agotado, y tenía un aspecto mucho menos vulnerable.

Una voz la sobresaltó e hizo que soltara un pequeño grito.

—Creo que no había dormido nada en dos semanas.

—Sir Henry. —Victoria se volvió y encontró a sir Henry sentado junto a la cama con una pipa de mazorca de maíz seca en la boca. Estaba pálido y sus ojos mostraban un enorme cansancio, pero Victoria no percibió en su mirada más que bondad—. No se ha movido de esa butaca desde que ha vuelto y te ha encontrado dormida.

Victoria se incorporó. El pelo le caía, húmedo aún del baño, sobre los hombros.

—No tenía la menor idea de que usted estaba...

Sir Henry la interrumpió con un ademán.

—¿Qué voy a hacer yo solo en Rose Briar? ¿Jugar al juego de las pulgas* con Stillings? He venido con Chadwick en tren.

* Antiguo juego consistente en introducir unos discos de colores en un recipiente dándoles un golpe en el borde con un disco mayor. *(N. de la T.)*

Esma y William me han acompañado. Ella debe de estar en la cocina ahora, preparándote la comida. También se muestra inflexible con la salud de Chadwick, y se asegura de que coma como corresponde. Es sorprendente que el muchacho no la haya atado y amordazado y la haya enviado de vuelta en el primer tren.

—Han cuidado todos de él —dijo Victoria, con la emoción a flor de piel.

—Y él de nosotros —puntualizó sir Henry—. Ya veo que te ha traído ropa más adecuada.

Victoria echó un vistazo a la bata de encaje de color lavanda y supuso que debía de haber sido sir Henry quien había mandado que le llevaran sus cosas.

—¿Debo darle a usted las gracias por la ropa?

—Fue Esma quien preparó la maleta. Tuvimos que actuar con rapidez, de lo contrario ese mocoso nos habría dejado atrás. Solo espero que el pabellón de caza siga en pie cuando volvamos.

—¿El sheriff Stillings ha vuelto a causar problemas?

—Peor —replicó sir Henry con un bufido—. Él y ese hombre de Chadwick, Blakely, se han hecho amigos. Ahora prácticamente vive en Rose Briar. Aunque es cierto que se pasó dos días buscando tu rastro. Un hombre merece respeto solo por eso, aunque no haya ninguna otra cosa buena en él —añadió sir Henry, pasándose un pañuelo rojo por la nariz.

Siguió parloteando sobre el viaje en tren, el espantoso tiempo de finales de diciembre y lo que el frío y la lluvia suponían para sus articulaciones. Con la cabeza inclinada sobre las manos, se echó hacia delante y confesó que echaba de menos a Nathanial y a Bethany, que nada era igual sin ellos. Sorprendida por las lágrimas que acudían a sus ojos, Victoria se bajó de la cama, se arrodilló en el suelo frente a sir Henry y tomó sus envejecidas manos entre las suyas.

—Le quiero mucho, sir Henry —dijo, acariciándole la mejilla—. Si no se lo había dicho antes, se lo digo ahora. Gracias por todo lo que me ha dado y por no aceptar más que lo mejor de mí. Nathanial y Bethany son afortunados de tenerle como abuelo.

Él le permitió seguir sujetándole las manos unos instantes más y luego carraspeó.

—Nathanial es un buen muchacho. Un buen muchacho, ciertamente. Ya sabe jugar bastante bien al rummy, soportar los dolores de oído y echar un pulso. Aunque Bethany podría enseñarle algunas cosas sobre hierbas.

—Creo que se las enseñará, si usted se lo pide.

—Ahora, arriba —dijo él, dándole unas palmadas en el hombro—. ¿Quieres despertar a Chadwick con todas estas tonterías?

Sir Henry señaló con la cabeza la butaca donde dormía David. Pero David ya no dormía, los estaba mirando.

La luz del fuego de la chimenea dejaba su rostro en sombras, pero cuando se inclinó hacia delante, Victoria vio que sonreía.

—Demasiado tarde —dijo David, mirándolos.

Se había afeitado y cambiado de ropa, pero a pesar de su respetable aspecto, la expresión de sus ojos hizo que a Victoria se le acelerara el pulso. Le resultó imposible hablar porque los escalofríos le recorrían la espalda y aún tenía miedo de que todo fuera un sueño.

Sir Henry se apoyó en su bastón para levantarse.

—Os dejaré solos —dijo.

Pero al llegar a la puerta, se volvió para mirarlos.

—¿Estáis casados? ¿Es correcto?

—Nuestra situación es algo ambigua en estos momentos —respondió David, mirando a Victoria—, pero dentro de unos días, Victoria dejará de ser una Munro.

—No estaba seguro de que decidieras conservar el nombre, Victoria. —Hizo una pausa en la que su orgulloso rostro se llenó de emoción—. Si aún no le he dado las gracias... —añadió, dirigiéndose a David.

—Lo ha hecho, sir Henry. —David asintió en un gesto de deferencia—. Más de lo que imagina.

—Siempre he sabido juzgar bien a las personas. Es reconfortante saber que mi familia está en unas manos tan buenas como las suyas, Chadwick.

Sir Henry abandonó la habitación. Se oyó el ruido de su bastón cuando atravesó cojeando la sala de estar. David se acercó a la puerta del dormitorio y, apoyando una mano en la jamba, esperó a que el anciano cerrara la otra puerta. Victoria se unió a él. Al cabo de unos instantes, observó el perfil de Victoria y sintió una oleada de amor hacia ella.

—Entonces, ¿has decidido aceptar formalmente los términos del testamento?

David se volvió hacia ella, apoyó la espalda en la puerta y la cerró. De repente sintió ganas de reír de alivio tras una ardua jornada, como si acabara de regresar de una batalla, vivo y sin un rasguño. Su mujer era libre y él jamás se había sentido más confiado en su futuro.

—Creo que ya lo sabes.

—¿Adónde has ido mientras yo me bañaba?

—Ravenspur quería verme. —David sacó el guardapelo de un bolsillo—. Dice que querías que Nathanial tuviera esto.

Victoria estuvo a punto de rechazarlo. Ninguno de los dos dijo una sola palabra sobre el tesoro, pero David sabía que solo el tiempo lograría borrar definitivamente el pasado. Aun así, los nueve años transcurridos eran ya un buen comienzo.

—Entonces, ¿todo ha terminado por fin? —preguntó ella.

—O acaba de empezar. —David se quitó el cabestrillo con cuidado y, haciendo caso omiso del dolor, arrojó la banda de tela al suelo.

—¿Estás seguro de que puedes quitártelo? —preguntó Victoria, alarmada.

David le rodeó la cintura con el brazo, y bastó ese leve gesto por su parte para convencerla de que se estrechara contra él.

—Seguramente no debería —respondió. Victoria había vuelto a utilizar su jabón. David le acarició la frente con los labios y también la sien. Luego le echó la cabeza hacia atrás con la mano—. ¿Te he dicho alguna vez que me gusta cómo hueles?

—David —dijo ella, apartándose—. Nuestra boda en Calcuta fue legal, ¿verdad?

—¿Pones en duda la validez de nuestro matrimonio civil?

—Si se suponía que trabajabas de incógnito, ¿por qué utilizaste tu verdadero nombre?

—La mala suerte quiso que mi hermano sirviera en la India antes de que yo me presentara allí —respondió él en tono de confesión—. El gobernador general reconoció el parecido familiar en cuanto me vio en el consulado. Si lo hubiera negado, no habría hecho más que despertar sospechas. De todas formas, nada de eso importa ya.

—¿Por qué no te fuiste y dejaste que otro se encargara de la misión?

—Porque te vi a ti. —Los labios de David dibujaron esa sonrisa característica que a ella tanto le gustaba. Luego le cogió el rostro entre las manos y añadió—: Solo sé que te quiero, Victoria o Meg, y que te amaré y honraré en la salud y en la enfermedad hasta la muerte. Eres la madre de mi hijo. La señora de mi nueva casa y de todo lo que más quiero. No quiero despertarme nunca más y descubrir que has desaparecido de mi vida.

Victoria se aferró a las solapas de su levita, lo miró con los ojos brillantes y rió.

—Y nosotros te amaremos y honraremos. De hecho, vamos a envejecer todos juntos.

David hundió la mano con gesto reverente en los sedosos y cálidos cabellos negros de Victoria y le ladeó la cabeza. Habían vuelto a ser amantes desde hacía semanas, pero aquello era distinto. David estaba a punto de recuperar lo que creía haber vuelto a perder cuando despertó de la morfina aquella mañana de tormenta en Rose Briar y descubrió que ella se había ido.

Sin embargo, en cierto sentido Meg había desaparecido, pues David no veía ya en Victoria a la mujer con la que se había casado en Calcuta. La joven de la que se había enamorado y a la que había perdido se había convertido en una mujer madura a la que amaría para siempre. Al mirarla en la iglesia, solo había visto a Victoria.

Con un brillo pícaro en los ojos, David la llevó hacia la cama.

—¿Dónde quieres pasar la luna de miel? —preguntó.

Sonreía como un santo, pero su mirada prometía pecado. Victoria se quedó sin aliento y supo que estaba dispuesta a vivir la luna de miel allí mismo. La boca de David se cerró sobre la suya, sellando los votos privados que acababan de pronunciar, fundiendo el pasado de ella con el futuro de él. Y David supo que tenía su trozo de cielo entre los brazos.

Se casaron justo después de Año Nuevo en la iglesia de St. Mary, en Londres. Frente a frente, con las manos enlazadas, con el cuerpo de David reconfortado por la tierna fortaleza de Victoria, expresaron con palabras lo que ya prometían sus miradas. Sir Henry, Nathanial y Bethany estaban a su lado. También la familia de David, hermanos, hermanas y sobrinos, estaba presente para compartir aquel momento de su vida. David se sintió afortunado y, al ver la convicción en los ojos de Victoria, se sintió completamente vivo.

También sintió una gran paz interior al pronunciar los votos por segunda vez, pues había hallado al fin un sentido a su vida. O quizá el sentido lo había encontrado a él. Ya no estaba seguro de nada, excepto de esa certeza y de la promesa de que jamás abandonaría a su familia.

Ocho meses después de casarse, Victoria y David bautizaron a su segundo hijo en la iglesia de Rose Briar. Era una niña, la viva imagen de su madre, más frágil que un rayo de sol. David la sostuvo en brazos, emocionado por el pequeño milagro de la vida que jamás dejaba de asombrarle. Sir Henry falleció poco después, pero no antes de haber podido tener entre sus brazos a su nueva nieta.

El funeral se celebró en septiembre, un año después de la llegada de David, cuando el heno maduro esperaba ya a ser recogido en los campos. Había refrescado y el otoño se asentaba ya en las orillas del río Cuckmere, donde la medida de los sueños de un hombre podía encontrarse en los frutos de su trabajo, la risa chispeante de una niña y una esposa que lo amaba.

—Ahí estás —dijo Victoria, al encontrar a David en el cementerio un día después de haber abandonado el pabellón de caza para regresar a Rose Briar tras unos días de trabajo.

Los pacientes y los arrendatarios la mantenían siempre ocupada. Llevaba en brazos al bebé. Nathanial y Bethany la acompañaban.

David contemplaba la tierra removida. Alguien había depositado unas flores sobre la tumba de sir Henry.

—¿No te parece extraño que tú y yo viniéramos aquí y ambos encontráramos lo mismo? —preguntó, cuando ella le tendió una mano.

Victoria miró la iglesia y sus bonitos vitrales y sonrió. Bajo un cielo radiante y un suave céfiro, rodeados de ángeles, David la estrechó contra sí y le dijo que la amaba.

Tomando a su hija en brazos, pensó que ese lugar era el más adecuado, pues el destino le había dado una segunda oportunidad y la promesa de un futuro brillante que jamás habría creído posible. El tesoro que había estado buscando toda su vida. David rodeó los hombros de Victoria, y flanqueados por Bethany y Nathanial emprendieron juntos el camino de vuelta a casa.

Este libro ha sido impreso en los talleres
de Novoprint S.A.
C/ Energía, 53 Sant Andreu de la Barca
(Barcelona)